宫本武藏

剑与禅【二】

经典珍藏版

【日】吉川英治 ◎ 著

冯莹莹　杨田　范楠楠 ◎ 译

哈尔滨出版社
HARBIN PUBLISHING HOUSE

图书在版编目（CIP）数据

宫本武藏·剑与禅／［日］吉川英治著；冯莹莹，杨田，范楠楠译. —哈尔滨：哈尔滨出版社，2013.12
ISBN 978-7-5484-1241-0

Ⅰ.①宫… Ⅱ.①吉… ②冯… ③杨… ④范… Ⅲ.①长篇小说—日本—现代 Ⅳ.① I313.45

中国版本图书馆 CIP 数据核字（2013）第 105171 号

书　　名：宫本武藏·剑与禅

作　　者：［日］吉川英治　著
译　　者：冯莹莹　杨田　范楠楠　译
责任编辑：陈春林　李金秋
责任审校：李　战
封面设计：回归线视觉传达

出版发行：哈尔滨出版社（Harbin Publishing House）
社　　址：哈尔滨市松北区科技一街349号3号楼　邮编：150028
经　　销：全国新华书店
印　　刷：哈尔滨市石桥印务有限公司
网　　址：www.hrbcbs.com　　www.mifengniao.com
E-mail：hrbcbs@yeah.net
编辑版权热线：（0451）87900272　87900273
邮购热线：4006900345　（0451）87900345　87900299 或登录蜜蜂鸟网站购买
销售热线：（0451）87900201　87900202　87900203

开　　本：720mm×1020mm　　1/16　　印张：102.5　　字数：1650千字
版　　次：2013 年 12 月第 1 版
印　　次：2018 年 10 月第 2 次印刷
书　　号：ISBN 978-7-5484-1241-0
定　　价：150.00元（全四册）

凡购本社图书发现印装错误，请与本社印制部联系调换。　服务热线：（0451）87900278
本社法律顾问：黑龙江佳鹏律师事务所

序言

很久以前的某一天，我终于决定开始写《宫本武藏》这本书。转眼间，时光已流逝近二十年。这本书问世，则是在十几年前。

常言道，世事无常。我没想到，事隔多年后，这本书还能再版。

有人对我说："《宫本武藏》已成为一部经典。"听到这，我不禁苦笑道："哦，可能是吧。"若果真如此，对我而言也是意外之喜。

任何一位作家翻看自己二十年前的作品，都会发现很多不尽如人意之处。尤其会感到，当时自己的思想是多么不成熟。然而，这种充满个性化的坦诚的写作方式，正是那个时代的作家的使命。我们并不是为了后世的评价而进行创作。当然，一切评价只能交由时间、书评家和读者给出。

昭和二十八年 晚秋
作者

旧序抄录

　　宫本武藏的一生是充满痛苦和争斗的一生。尽管时代变迁，现代人却依然受困于同样的烦恼。在武藏所处的时代，斗争最为激烈而残酷，他痛苦过、挣扎过，也恸哭过。最终，他决定凭借手中的利剑，找出一条自救之路。这套书正是武藏个人奋斗史的全记录。这一点，相信任何人都没有异议。

　　肉欲是每个人与生俱来的东西，也是每个人必须要面对的课题。从文学角度来看，肉欲也是人与人斗争的实质所在。可以说，斗争是人类的宿命，也是文学创作中的重大课题。

　　主人公武藏时刻与人的这种本性抗争着。他所到之地，处处充斥着争斗。武藏手中紧握的细小宝剑，象征着他渺小而不屈的抗争精神。他所追求的斗争的终极目的即是彻悟，也就是领悟道中之道。

　　我害怕受到其他因素影响，这会使我裹足不前。虽然我并不是道学家，但谈到这里，就不免谨小慎微起来。

　　有时，作者的一时疏忽可能会影响读者的一生。

　　我认为，写作时首先要考虑的就是给读者带来的影响，其重要性要远远超过作品本身具有的文学价值。也可以说，这体现出了一个作家对文学创作的态度。

　　当初，我开始创作这部小说并不是完全出自个人兴趣。同时，这部小说也给我带来了诸多烦恼。

　　《宫本武藏》问世以来，广受读者好评。我也因为这部作品，而得到大家的垂爱。对此，我不胜荣幸。

　　朝日新闻的学艺部长T先生来看望我时，曾对我讲起这样一件事。一位京都的已故画家K.U先生（专画樱花）曾因不堪忍受穷困潦倒，而决定结束自己的生命。当日，他在《朝日新闻》的晚刊上，偶然读到《宫本武藏》中武藏登上朝熊山一章，K.U先生备受鼓舞，继而打消了寻死的念头。我还听说，游泳运动员古桥、将棋选手升田八段都从这部小说中得到了启发。每每听到这些，我都欣喜不已、备感振奋，同时也有一种深深的愧疚感。

刚才我提到其他因素的影响，其中也包括读者对作家的影响。不知从何时起，我也受到了读者们潜移默化的影响。

我们都习惯于遵从大众的价值取向，反映大众的精神生活。很少有人能像空谷幽兰一样，孤标傲世。长此以往，文学就会演变成更可悲的宿命性的文学。

对于《宫本武藏》一书，人们争论最多的，也是最易被书评家误解的地方就是象征着人性的宝剑，以及封建社会对人性的种种扭曲。不过，当今的读者都怀有正确的志向，其世界观和价值观也不同以往。宝剑已不再是带给人痛苦、烦恼的东西。我觉得每个读者都可以从自己的角度来阅读这部小说，当作消遣也好，当作精神食粮也好。

众所周知，武藏的宝剑并不是杀人的利器，更不是对武藏一生的诅咒。

它是武藏的珍爱之物，也是武藏的护身符。同时，这把剑还象征着凌驾于生命之上的道德标准，它使得武藏得以摆脱自己的宿命，领悟到哲人之道。

武藏也有温文尔雅的一面，绘画便是他的爱好之一。《宫本武藏》中写到，武藏晚年时曾绘制过武藏野屏风，并雕刻过观音像。这些仅是对武藏美术成就的一小部分描写。

另外，武藏的感情生活也很简单，正如他的行事风格。他从不强求别人，更不会将此事挂在嘴边。可以说，他对感情的态度完全不同于当下的恋爱观。这一点，每个人都可以实际对比后得出自己的结论。

我们可以站在现在和过去两个角度来认识武藏，但应该注意的是，决不能仅从杀人利器这个角度来认识武藏手中的宝剑，这一点毋庸置疑。

昭和二十四年 二月
写于 吉野村

旧 序

宫本武藏一直是我非常想写的人物之一。通过《朝日新闻》的连载，我的愿望终于得以实现，而我所构思的内容也终于变成了现在这套书。

对我们而言，宫本武藏这个名字并不陌生，很多人在少年时就已熟知。不过，一些古戏和古书中所描写的武藏并不是真实的武藏，由于当时人们对他的认识存在偏差，以致描写过于片面、夸大。单凭这些文艺形式，是无论如何也不能了解武藏真实的心路历程的。

近年，人们对于宫本武藏的研究热情日益高涨，类似"由剑开始参悟人生"、"实现自我的奋斗史"等议题受到大家的追捧。由此，还衍生出一门独立学科"武藏研究"。另外，很多美术史学家也开始研究宫本武藏的绘画史。不过，本套书仅以小说形式来描写宫本武藏这个人，并不是什么学术研究资料。

每每看到古戏、古书中对武藏的不真实描写，我都感到气愤难平。如果还照原样来写，就没有任何意义。我认为，既然要写就要适时纠正人们对武藏的错误认识，再现一个更加真实、更能引起读者共鸣的宫本武藏。现代人常常自以为是，且生活得毫无朝气。我希望，这套书可以使大家重新认识到先贤们所具有的那种坚韧的意志，以及对梦想、生活不懈追求的态度。同时，我还希望，这部作品能促使人们对当今社会过快发展这一现象进行反思。如上几点，正是我对这部作品寄予的期望。

不过，我并不知道愿望能否达成。当《宫本武藏》在《朝日新闻》登出后，很多读者对这部作品抱有极大的热情，并给我很大的鼓励。如此高的褒奖，让我始料未及。我没想到，登在报纸上的连载小说也能引起读者如此强烈的共鸣，让我收获到这么多的赞扬之声。

特别要强调的是，在我创作的过程中，很多未曾谋面的人纷纷寄来武藏故里的相关史料及笔记。对此，我的感激之情难于言表。这些资料不仅帮助我顺利地写完了《宫本武藏》，更让我的知识面得以进一步充实和拓展。

昭和十一年 四月
写于 草思堂

目录

地之卷

002 铃
008 毒蘑菇
016 丢落的梳子
022 花佛堂
030 农田里的人们
036 荆棘
042 孙子
051 受绑之笛
062 千年杉树
073 树石问答
078 三日月茶馆
083 软弱的武藏
088 光明藏
093 花田桥

水之卷

100 吉冈染
106 日之蚀·日之影
117 优昙华
125 山坡

132 河童
144 春的消息
148 不期而遇
158 茶泡饭
167 借宿奈良
177 般若原
191 山中小国
198 芍药使者
210 四高徒
215 团坐宴
222 太郎
229 怒火
234 黄莺
245 女人的抉择

火之卷

250 西瓜
255 佐佐木小次郎
267 狐狸足印
271 幻术
283 宿敌
287 美少年
299 忘忧贝
308 无常
313 旧时盟约
317 晒衣竿
331 无限江山

340 神泉
346 冬日幻像
357 风车
371 受惊之马
389 冬之蝶
394 心之猿
405 公开信
410 孤行八寒
416 针
425 微 笑
431 鱼 纹

风之卷

442 无边荒野
457 当世高手
467 黑夜迷途
473 真假佐佐木小次郎
488 二少爷
500 死胡同
507 慈母悲心
521 锄头
527 城里的商人
537 春雪
546 雪韵
559 今样六歌仙
568 焚牡丹
574 断弦

579 悲春之人
587 沉香君
596 门
610 今朝有酒今朝醉
617 必杀之地
625 一弯新月
631 山神
644 离散之雁
649 生死一线
657 雾风
669 菩提一刀
681 乳
688 蝶与风
693 道听途说
699 连理枝
707 送春谱
714 女瀑男瀑

空之卷

724 普贤
731 木曾冠者
741 毒齿
747 星之中
753 慈母棍
764 一夜之友
772 钱
784 焚虫
793 前往江户的妓女

797 恶作剧
809 草云雀
816 开拓者
823 喧嚣河滩
832 刨花
841 猫头鹰
851 守灵的童子
860 一指擎天
867 老师与弟子
873 土匪来
880 征夷
890 卯月之时
897 入府城
904 苍蝇
910 促膝长谈
918 食客
928 承办人
932 急信
941 假名书写的佛经
951 血色梅雨
961 心无旁骛
969 雀罗之门
974 街上的杂草

二天之卷

982 众口
987 虫鸣不断
995 鹫
1003 青柿
1011 露水湿淋淋
1023 四贤一灯
1032 槐之门
1039 皂荚坡
1045 忠明发疯始末
1056 物哀
1061 鼓槌
1067 恶魔的眷属
1074 篱笆红叶
1085 下行货物
1090 漆桶
1093 兄弟弟子
1099 大事
1107 石榴之伤
1111 梦土
1120 花落·花开
1127 师徒重遇记
1139 荣达之门
1147 天音

圆明之卷

1154 黄莺
1160 奔牛
1166 麻胚
1175 尘埃

1182 童心
1187 大日
1192 古今逍遥
1198 绳子
1203 丝雨之春
1214 港口
1223 热开水
1232 无可先生
1238 无为之躯
1244 空心麻线球
1256 圆
1262 饰磨染
1268 风信
1281 观音
1289 世之海流
1296 待宵舟
1305 鹰与女人
1312 十三日前
1319 马草鞋
1329 日出时分
1335 彼人·此人
1349 鱼歌水心

地之卷

 铃

一

世事变迁，沧海桑田，要怎样面对呢？

世间种种过往恰如秋风中的落叶，就让一切都归于自然吧！

武藏这样想着。

他躺在尸堆里，看上去就像一具尸体，武藏自己也这么觉得。

"现在，想动也动不了。"其实，他已耗尽了全部体力，根本动弹不得。他似乎没察觉到，自己已身中了两三颗子弹。

昨夜——说得具体点，就是庆长五年九月十四日半夜到天亮这段时间，关原地区下了场瓢泼大雨。直到今天下午，天空依旧乌云密布。黑云徘徊于伊吹山山脊和美浓群山之间，时不时下起的暴雨冲刷着战场上的痕迹。

雨水噼噼啪啪地落在武藏脸上，也落在旁边的尸体上。武藏像鲤鱼一样，张着嘴吮吸着沿鼻梁淌下的雨水。

尽管他脑袋昏昏沉沉，但也能隐约感到，这就是末世之水。

这场战争，我们注定要失败的。金吾中纳言秀秋①倒戈通敌，联合东军攻占了友军的石田三成、浮田、岛津和小西等阵营，我军随即土崩瓦解。可以说，仅半日之内，就定了天下。尽管现在还不知道数十万同胞今后的命运，但这一战却注定了后世子孙的宿命。

"我也是如此……"

武藏这样想着，眼前突然浮现出姐姐的身影，她独自留在了故乡。同

---

① 金吾中纳言秀秋：生于天正十年（1582年），卒于庆长七年（1602年）。为丰臣秀吉的正室北政所之兄木下家定之子。三岁时曾过继给秀吉，秀赖出生后，又过继给小早川隆景。由于此人常惹是非，深为秀吉所恶。关原大战时归属西军，却为东军做内应，终致骂名千载。死时年仅二十一岁，没有子嗣。

时,他还想起了村子里的种种往事。为什么一点也不觉得悲伤呢?莫非死亡就是这么简单!

就在武藏胡思乱想的时候,离他十步远的尸堆中,有一个看似死尸的东西突然抬起头喊道:

"是阿武吗?"

听到有人叫他,武藏不再装死,他睁开眼睛,四处张望。

原来那个人是武藏的朋友又八。当初,他和武藏一起从村里跑出来,每个人身上仅有一支长矛。后来他们追随了同一个主人,两个年轻人都想要出人头地,于是便来到这里并肩作战。

当时,武藏和又八都只有十七岁。

"是我!你是阿又吗?"武藏在雨中答道。"阿武!你还活着?"对方又问道。

听到这儿,武藏使尽浑身力气喊道:"当然活着,怎么能死呢?阿又!我们不能这样白白死掉啊!"

"废话!我能死吗?"又八说着,拼命爬到武藏身边,他抓起武藏的手说道:"我们逃走吧?"

武藏立刻拽住他,骂道:"你想死吗?现在还很危险。"

话还没说完,俩人躺的地方突然猛烈震动起来。原来一群乌压压的军队,喊叫着正朝这边杀过来,他们企图横扫关原的中心地带。

看到旌旗,又八突然大叫:"啊!是福岛的队伍。"武藏赶紧抓住他的脚腕,把他拽倒在地。

"笨蛋!想死呀!"话音刚落,敌方的马队整齐而快速地杀奔过来,所到之处泥土飞溅。马上的武士身披盔甲,挥舞着长枪和战刀,不断从俩人头顶跃过。

又八一直趴着,武藏则大睁着双眼,盯着这些强壮牲口的肚皮。

二

这场倾盆大雨从前天就开始下,像是这个秋天最后一场暴雨。九月十七日夜,天空万里无云。仰望苍穹,只见一轮明月冷冷地凝视着大地,不由让人心生寒意。

"走得动吗?"武藏把又八的胳膊搭在自己肩膀上,另一只手撑着他的身体缓步前行。他一边走,一边用心听着又八的呼吸声。

"撑得住吗?要撑下去啊!"武藏不停地说。

"还撑得住!"又八声音极其微弱,他的脸色比月色还惨白。

这两日夜晚,他们都躲在伊吹山的沼泽地里。由于只能吃一些生栗子或青草,武藏腹痛不止,又八也严重腹泻。他们知道,德川军不会因为胜利而轻易罢手,他们肯定在到处搜捕关原一役中战败的石田、浮田和小西等军的余党。他们深知，在这月朗星稀之夜溜进村里有多么危险，但又八腹痛难忍，甚至说"被抓也认了"。武藏也想，坐在这儿等死，未免太无能了。所以，这才下定决心，搀着又八下山，循着人烟处走来。

又八一手拄着长矛，一手搭着武藏肩膀，艰难前行。

他倚着武藏的肩头，不住地说："阿武，对不住，真对不住。"

"干吗这么说？"武藏答道，过一会儿又说道，"说对不起的应该是我。当听到浮田中纳言①和石田三成要起兵，我心想机会终于来了。因为我父亲以前追随的新免伊贺守②大人就是浮田家的仆人。我以为有这层关系，就连我们这样的乡下人都可以背起长矛去投奔他们，他们一定会像对我父亲那样，授予我们武士的身份，还会让我们参加战斗。我甚至还梦想，要在这个战场上斩获敌方大将的首级，给村里那些瞧不起我的人看看，相信九泉之下的父亲也会为我骄傲。"听到这儿，又八点头称是："我不也一样嘛……"

"你是我最好的朋友，于是我第一个想到了你，便去问你要不要一起去？当时，你母亲极力反对，还把我骂了出来。那个跟你订了婚的七宝寺的阿通姑娘，还有我姐姐都哭着劝我们不要去，她们说乡下孩子就老老实实地当乡下人吧……这也难怪，咱俩都是家里唯一的儿子呀！"

"嗯……"

"咱俩都觉得，跟女人和老人商量没什么用，就这么不顾一切地跑了出来。"谁知道，咱俩到了新免家的军营后，他们根本不顾念往日主仆情分，拒绝给我们武士的身份。咱俩只能厚着脸皮央求他们，让我们当个足轻（平时担任杂役，战时成为步兵的杂兵），最后好歹留了下来。后来，我们好不容易来到战场，结果不是被派去站岗放哨，就是被派去清扫杂草。拿镰刀的时候要比拿长矛多。别说大将的首级，就连斩获武士首级的机会都没有。到头来我们又落到了这步田地，要是再让你白白客死他乡，我真不知道该如何向你母亲和阿通姑娘交代。"

"这怎么能怪阿武呢！俗话说，胜者王侯败者寇。这种混乱的局面不是我们能左右的。这一切都是金吾中纳言秀秋造成的，该死的叛徒！我恨他！"

三

两人走了一会儿，来到一片空旷的野地。放眼望去，满是秋风吹卷的茅草，看不到灯火，也没有人烟。他们纳闷儿，下山时明明不是朝这个方向来的。

---

①浮田中纳言：生于元龟三年（1572年），卒于明历元年（1655年）。与宇喜多氏同为备前三宅氏的分支。

②新免伊贺守：生卒年不详。为备前宇喜多氏的家臣，年饷三千六百五十石。其父为美作国吉野郡竹山城主贞弘之子——宗贯，其母为竹中半兵卫的姐姐。于庆长五年的关原大战时从军，战败后返回美作乡，后得到黑田长政的重用。

"真是怪事！这儿是哪儿？"两人又重新环视了一下四周。

"只顾闲扯，好像走错路了！"武藏嘟囔着。

"那不是杭濑河吗？"靠在武藏肩头的又八说道。

"这么说来，这儿就是前天浮田军、东面部队的福岛军、小早川军与敌方的井伊军、本多势军混战的地方。"

"可能是吧……我应该跟随部队来过这儿，怎么一点印象都没有呢？"

"你看那边！"武藏指着远处说道。

远处的草丛里、河里到处都是死尸，这些人都死于前天那场激战中。有的死尸的头插入茅草丛中，有的仰面泡在小河沟里，还有的被死马压在下面。尽管连日的大雨已将血迹冲刷干净，然而月光却将每具尸体映照得惨白，犹如死鱼一般，让人觉得毛骨悚然，一下子又想起当日惨烈的景象。

"虫儿都在哭呢！"靠在武藏肩头的又八重重叹了一口气。哭泣的不仅是铃虫、松虫，他的眼角也渗出了两行热泪。

"阿武，要是我死了，你能帮我照顾阿通姑娘一辈子吗？"

"傻瓜，你瞎想什么！怎么说这种话？"

"说不定……我会死。"

"别说泄气话！你要是这么想，你的家人怎么办？"

"我母亲有亲戚们照顾，可阿通却是孤身一人啊！她的身世很可怜，据说是一个借宿七宝寺的武士扔下的弃婴。阿武，说真的，要是我死了，阿通就拜托你了！"

"只不过是拉肚子，哪能死人呢？振作点！"武藏不住地鼓励他。

"再坚持一下，等我们找到人家，就要点药，顺便舒舒服服地睡上一觉。"

关原通往不破的街道上，有几家小旅店，也有几个村落。武藏扶着又八，小心翼翼地缓步前行。

两人走着走着，便来到一片堆满尸体的野地。如此多的死尸，看来整个军队都已全军覆没。不过，他们现在不管看到什么样的尸首，都不会感到残忍和悲哀了。尽管神经已经麻木，武藏还是被眼前的什么东西吓了一跳，又八也一下子停住了脚步。

"啊！"他俩惊呼一声。

原来有个黑影倏地一下躲到了远处的尸堆中，那动作就像兔子一样灵活、敏捷。此时月光皎洁，周围亮如白昼，可以清楚看到的确有个人蹲在那边。

是一个流浪的武士吧？

他们都这么猜测。不过，那个人却是一个小女孩，看样子只有十三四岁。她虽然衣衫褴褛，腰间却系着镶嵌金线的窄幅木制腰带，和服的袖口也

地之卷

是圆形的。同时，小女孩也警戒地盯着对面的人，她那像猫一般锐利的眼神，直从尸堆中投射过来。

四

尽管战事已告一段落，但仍有很多武士手持刀枪，在附近山林里四处追剿敌方余党。这里尸横遍野，简直就是一个鬼哭狼嚎的地狱。这个尚未成年的小女孩为什么会深夜至此，又为什么要躲在尸堆里？她到底要干什么呢？

武藏和又八觉得很诧异，于是两人屏气凝神，目不转睛地盯着对面的小女孩。

过了一会儿，还是武藏没沉住气，他大吼一声"喂！"小女孩惊恐地睁大了双眼，时刻准备逃走。

"别跑！我有事问你。"武藏说着赶忙跑到小女孩附近，但为时已晚。她受到了惊吓，头也不回地朝着对面山上跑去。不知是系在腰间还是袖口的铃铛，随着她的飞快的脚步不时发出阵阵清脆的铃音，久久回荡在两人耳边。

"到底是什么人啊？"武藏茫然地望着夜空中升起的薄雾。

"不会是妖怪吧？"又八说着，不禁打了一个寒颤。

"不会吧！"武藏打趣着，"她躲到对面的山谷里去了。看来这附近有村落，我们要是没吓跑她，问问她就知道了。"

两人爬到山坡上，果然看见远处有灯火闪烁。不破山的山脉向南延伸，形成了眼前这片湿地。虽然灯火近在眼前，但他们还是走了二里地才到。走近一看，这户人家并不像农家，屋外有土墙，还有一个类似大门的入口。尽管入口处已十分破旧，但还能走人。门柱已严重破损，门板也没有了。两人进门后，穿过杂草丛生的小院，看到正房的屋门紧闭着。

"有人吗？"武藏轻叩房门。

"很抱歉深夜来打扰您，我们有事相求。请您救救这个病人，我们决不会给您添麻烦的。"

过了许久，屋内仍无人答话。刚才那个被吓跑的小女孩好像在屋里，她在跟家人低语着什么。不一会儿，屋里有了声响，武藏以为对方要来开门，结果等了半天，门依旧没有打开。

"你们是关原大战的逃兵吧？"是那个小女孩的声音，语气显得很紧张。

"是的，我们隶属浮田旗下，是新免伊贺守的足轻。"

"藏匿逃兵可是大罪，要是让你们进来，我们的麻烦可大了！"

"是吗？那好吧……我们只能走了。"

"请去别处碰碰运气吧！"

"我们会走，但我的同伴腹泻不止，能否求您给点药？"

"如果只是要药的话……"对方好像在犹豫,接着好像去找家人商量。随着她的脚步声,那清脆的铃音也渐渐消失了。

没过一会儿,旁边的窗户中出现了一张女人的脸,她像是这家的女主人,从一开始就一直在暗处窥视着武藏他们。此时,她开口道:"朱实,给他们开门吧!他们虽是逃兵,但这样的小兵是不会列在清查名单里的,让他们过一夜不会有事的。"

五

在这个简陋的小木屋里,两人终于能好好休息一下了。又八每天都卧床静养,服用朴树炭药粉治疗痢疾,武藏则每日用烧酒清洗大腿处的枪伤,两人平时就用韭菜粥充饥。

"不知这家人是干什么的?"

"管他呢!只要愿意收留我们,就是活菩萨!"

"那个妇人还很年轻,竟敢独自带着个小女孩住在这荒郊野外。""总觉得那小女孩长的有些像阿通。"

"唔,的确挺可爱……但是,那个像瓷娃娃的小女孩为什么要在深夜一个人跑到那种地方去,就连我们都不愿靠近那些尸堆呀!真让人捉摸不透!"

"听!有铃铛的声音。"两人都竖起了耳朵。"好像是那个叫朱实的姑娘来了。"脚步声在小木屋前停住了,应该就是她。她轻轻地敲着门,那声音听起来就像啄木鸟啄着树。

"又八哥哥!武藏哥哥!"

"谁呀?"

"是我,给你们送稀饭来了。"

"谢谢你!"

两人随即从草席上爬起来,打开门锁。朱实端着药和食物走进屋,问道:"你们身体恢复得如何?"

"托你的福,我们俩都好得差不多了。"

"我母亲说,即使身体好了,也不要大声说话,更不要到外面去。"

"多谢你的提醒!"

"听说石田三成大人和浮田秀家大人手下的大将从关原逃了出去,现在还没抓到,所以这一带搜查得很严。"

"是吗?"

"要是让他们知道我们藏匿逃兵,哪怕只是小兵,我们也会被抓走的。"

"我们知道了。"

"好了,请您休息吧!明天见!"朱实微笑着,正要转身离去,又八突

然叫住了她。

"朱实姑娘,能再多聊会儿吗?"

"不行!"

"为什么?"

"会被母亲骂的。"

"我只想问一句,你多大了?"

"十五岁!"

"十五岁?这么小!"

"可我会做很多事!"

"你父亲呢?"

"不在了。"

"你们是做什么的?"

"问我家?"

"嗯。"

"卖艾草的。"

"哦!是针灸用的艾草吧,那可是这儿的特产。"

"春天我们去伊吹山收割艾蒿,夏天晾晒,秋天和冬天制成艾草,然后再拿到垂井的旅店当土产卖。"

"哦……看来女人也能做艾草呀。"

"你们只想问这些?"

"那个,还有……朱实姑娘!"

"什么事?"

"前几天晚上——就是我们来你家借宿那晚,看见你出现在死尸遍布的野地里,你到底在干什么呢?"

"没这回事!"说着,朱实"砰"的一声关上门,跑回正房去了。只有那袖口上铃铛发出的清脆铃音久久回荡在两人耳边。

毒蘑菇

一

武藏身材十分高大,大概有五尺六七寸,他手脚都很修长,就像一匹擅于驰骋的骏马一样健壮。他的五官也非常清秀,唇红齿白、剑眉朗目,尤其是两道浓眉一直长过眼角。

真不愧为"丰年之子"。

在武藏小时候,老家作州宫本村的人经常这样叫他。由于武藏的五官和手脚要比同龄的孩子大很多，所以人们都说他是丰收之年出生的孩子。

又八也是为数不多的"丰年之子"中的一个，只是和武藏比起来，他显得又矮又胖，他的前胸就像棋盘一样扁平，没有发达的胸肌，脸也是圆嘟嘟的，说话时，那双栗子大小的眼睛就会滴溜儿乱转。

这会儿，又八不知打哪儿溜回屋来。

"欸！武藏，这个年轻寡妇每天晚上都涂脂抹粉呐！"又八小声说。

两人都很年轻，身体又强壮。武藏的枪伤已经痊愈，又八的痢疾也彻底好了，他已无法再像蟋蟀一样躲在这阴暗、潮湿的小木屋里。

有时，武藏听到有人和寡妇阿甲、小女孩朱实围坐在正房的火炉旁唱歌、聊天，还有阵阵笑声，他以为有客人来访。仔细一听才发现，那个人原来就是又八。

最近，又八经常不在小木屋里过夜。偶尔，他会带着满身酒气来找武藏。

"武藏，你也过来吧！"

开始时，武藏会提醒他："笨蛋！别忘了自己的身份！我们是逃兵！"

要是又八再来找他，武藏就说："我不喜欢喝酒！"

再后来，武藏的态度也渐渐缓和下来。

他心想："在这附近，应该不要紧吧！"，于是他走出了小木屋。在这二十多天里，这是他第一次仰望蓝天，武藏伸了一个大大的懒腰，对身边的又八说："阿又，我们不能一直麻烦别人，是该回家乡的时候了。"

"我也这么想。可是，伊势路和通往京城的要道附近查得很严，我们最好等下雪时再上路。这家的寡妇和那个女孩也这么说。"

"你每天都在火炉旁喝酒，这哪像在躲避追兵啊！"

"说什么呢！上次，一个德川家的武士来这里搜博浮田中纳言，还不是我出去把他们打发走的。与其躲在小屋里战战兢兢，还不如大大方方地喝酒、玩乐。"

"是这样啊！也许你说得对。"

虽然武藏认为他有些强词夺理，但还是听从了他的建议。于是，他当晚就和又八搬到正房去了。

寡妇阿甲很喜欢家里突然变得热闹起来，她一点也不觉得是件麻烦事。

她常开玩笑说："阿又、阿武，你俩谁愿意当朱实的未婚夫？这样就能永远待在这儿了。"她喜欢逗弄这两个纯真的青年，觉得他们手足无措的样子十分有趣。

二

这家农屋的后面有一座土山，山上长满了松树。

朱实经常拎着篮子去那儿采松口蘑，每当她循着松树根，闻到松口蘑独有的香气时，就会高兴地大叫："在这里！在这里！武藏哥哥快来！"她是那样天真无邪、活泼可爱！

离朱实不远的松树下，武藏也挎着篮子，蹲在那儿找松口蘑。

"这里也有！"秋天的阳光透过密密的松枝投射进来，给两人身上披上一层细密的金纱，两个年轻的身影摇曳着、闪耀着……

"比比看，谁采的多？"

"我的多！"武藏喊道。

朱实把手伸进武藏的篮子里，随后叫道："不对！这不是松口蘑，这些是红蘑、天狗蘑什么的，都是有毒的！"说着她扔了那些蘑菇。

"看吧！还是我采的多！"朱实很得意。

"天要黑了，我们回去吧！"武藏催促着。

"是不是因为你输了，就着急走！"朱实嘴上虽这么说，却先跑下山去。可她跑到一半，突然脸色大变，随即停住了脚步。

原来，有个男人正大踏步地朝半山腰的林子走来。他的长相极为凶恶，眉毛又粗又黑，像两条毛虫，厚厚的嘴唇上卷着。他穿着破旧的和服，腰间挎着一把大刀，还穿着兽皮。这个男人浑身散发出一种原始而凶残的气息，此刻，他那阴森可怖的眼神正望向朱实。

"阿朱！"这个男人走到朱实近旁，嬉皮笑脸地问道："你妈在家吗？"看着那一嘴黄牙，朱实吓得脸色惨白，只能木然答道：

"嗯，在家。"

"你告诉你妈小心点！听说她背着我偷偷赚钱，这两天我会去你家收年租。"

"……"

"你们以为我不知道吗？你们一卖东西，我马上就会知道。你每晚都会去关原一带吧？"

"没有！"

"跟你妈说，如果她再搞鬼，就把她从这儿踢出去！知道吗？"

男人瞪着眼睛说完后，就挪着笨重的身躯，慢吞吞地向沼泽地那边走去了。

"那家伙是谁？"武藏看那人走远后，便问朱实。此时，朱实的嘴唇仍抖个不停。

"不破村的辻风！"她小声答道。

"他是个流浪武士吧？"

"对！"

"他究竟为啥发火？"

"……"

"我不会说出去的。是不是不能告诉我?"

朱实沉默着。又过了一会儿,她突然搂住武藏说道:"一定不要告诉别人!"

"嗯!"

"武藏哥哥,那天夜里我在尸堆里干什么,你还不知道吧?"

"不知道。"

"我在偷东西。"

"什么?"

"我到那些还没来得及打扫的战场上,翻找死人身上的东西——刀、发簪、香囊等物,只要能卖钱的,我什么都拿。虽然有些害怕,但这样可以糊口。如果我不去,我妈会骂我的。"

三

太阳还没有下山。

武藏坐在半山腰的草地上,他要朱实也坐了下来。透过浓密的松枝,可以望见远处的伊吹山沼泽地有一间小茅屋。

"这么说,你上次说你家是做艾草的,也是骗人的啦?"

"嗯。我母亲既虚荣又爱浪费,光靠卖艾草,根本活不下去。"

"哦!"

"爸爸在世时,我们住的房子是伊吹七乡里最大的,还有很多手下人。"

"你父亲是城里人吗?"

"是流浪武士的首领。"朱实眼中充满得意之色。

"可是,他被刚才遇见的辻风典马给杀死了……虽然没有证据,但大家都说是典马杀了我爸爸。"

"什么?你父亲是被人杀害的?"

朱实默默点了一下头,眼泪就扑簌簌地流下来。这个女孩虽然身材娇小,但说话很老成,看不出只有十五岁。有时,她的动作也快得出奇。一时之间,武藏并未觉得她很可怜,但看到大颗的泪珠从她那浓密的睫毛下滴落,突然有一种想抱紧她的冲动。

估计这个小女孩没读过书,她一定认为父亲所从事的流浪武士,就是最好的职业。并且,她的母亲一定也告诉过她,只要能填饱肚子,当小偷也无可非议的。

战乱更迭,世事变迁,不知从何时起,流浪武士已蜕变成只知苟且偷生、不知生命意义的流浪汉,周围人也见怪不怪。每当领主们发动战争之时,就利用这些流浪武士到敌营去放火、散布谣言,或偷取对方的战马。领主不用他们的时候,这些人就去洗劫战死的士兵,他们扒掉死人的衣服卖

地之卷

钱，有时还随便捡个首级去领赏。反正这些人弄钱的招术很多，只要有战事，他们就能弄到一笔钱，足够花上个一年半载。总之，这些流浪武士过的就是这样自甘堕落的生活。

村里的农民、樵夫都是老实本分人，但如果战事殃及村子，他们就无法下田耕种。平时，只能从战场上捡点零碎东西度日。一旦他们发现其中有利可图，就会一而再、再而三地干这个行当。

如此一来，流浪武士的生财之路就受到了威胁，他们会严密看管自己的地盘。如果发现有人来抢饭碗，他们决不会轻易罢休，会用极其残酷的手段来捍卫自己的权利。

"该怎么办啊？"朱实胆战心惊，唯恐被报复。

"辻风的手下一定会来找我的……要是他们来了，怎么办？"

"不用担心！要是他们真来了，就交给我！"

他们走下山时，天已全黑。袅袅青烟从远处小木屋的烟囱中飘出，缭绕在黄褐色的凤尾花丛中。寡妇阿甲照旧化了妆，站在后门等着他们。一看到武藏和朱实并肩走来，便劈头盖脸地问道：

"朱实，你干什么去了？这么晚才回来！"

阿甲的眼神从未如此犀利，语气也从未如此严厉过。武藏愣住了，朱实好像察觉到母亲为何大发脾气，她立刻从武藏身边走开，红着脸跑回屋去了。

四

第二天，朱实才对母亲提起辻风典马的事，阿甲十分害怕，骂道："你为啥不早说？"

接着，她急忙把柜子、抽屉，还有仓库里的东西收拾出来。

"阿又！阿武！你们俩来帮我把这些东西放到顶棚那儿。"

"好的！来了！"又八回答一声，就爬上房梁。

武藏踩着脚蹬，站在阿甲和又八中间，把那些东西一件件放到顶棚内侧。

要是昨天没听朱实说起家里的情况，武藏突然看到这么多东西，肯定会惊慌失措。武藏心想，她们真没少搜罗东西啊，其中有短刀、枪穗、只剩半只袖的铠甲、头盔、战旗、念珠、旗杆等物，较大的物件要数那个镶嵌着珠贝和金银的华丽的马鞍。

"只有这些吗？"又八从顶棚内侧探出头问道。

"还有一个。"说着，阿甲递过来一把黑橡木的木剑。武藏接过剑，发现剑锋很是锐利，握在手里沉甸甸的，十分合自己心意。

"阿甲姊姊，能把这个给我吗？"

"想要这把剑？"

"嗯！"

阿甲虽未答话，却笑了笑表示默许。

又八忙跳下顶棚，来瞧这把剑，他很是羡慕武藏。

"这孩子在吃醋呢！"阿甲说着，便拿了一个嵌着玛瑙珠的皮制荷包给他，但又八并不中意。

这个寡妇有个习惯，就是每天傍晚一定要洗澡、化妆，还会小酌一番，也许丈夫在世时，她就习惯这样。并且，她还要朱实也养成这种习惯。可能生性爱慕虚荣的人，都渴望青春永驻吧！

"来啊！大家都过来坐！"阿甲招呼着。

几个人围着火炉而坐，阿甲给又八斟满酒，还给武藏拿来了酒杯。不管两人如何推托，她还是拽着他们的手，硬灌进去。

"男人不喝酒，算什么男子汉！来，我来给你们倒酒。"

此刻，又八显得焦躁不安，他直勾勾地盯着阿甲。阿甲却装作没瞧见，故意把手放到武藏的膝盖上，还唱起了时下流行的小调，她的声音非常甜美动听。

一曲过后，她说："这首歌表达了我的心声——武藏，你听懂了吗？"

此时，武藏已羞得无地自容，把脸扭向别处。可阿甲全然不顾，她就是想看到这个年轻男子害羞的模样，同时还要让另一个心生嫉妒。

又八觉得很无趣，便说道："武藏！我们差不多也该起身了。"

阿甲忙问道"阿又！你们要去哪里？"

"作州的宫本村呀！我们要回故乡，我妈给我安排了一桩好婚事。"

"是吗？我真不该把你们一直藏在这儿。如果阿又已有婚约，那你一个人先走吧！我不会强留你的。"

五

武藏十分喜爱阿甲送给他的黑橡木剑，经常把它带在身边。此时，武藏正在练剑，他身体灵活、动作协调，舞剑让他感觉到前所未有的愉悦。

就连晚上睡觉，武藏也抱着这把木剑。每当他把脸贴在冰冷的木剑上，就会想起幼年时经受的耐寒训练。父亲无二斋身上那种坚韧的男人气概，在武藏的血液中沸腾着。

父亲就像剑一样冷峻，不知如何爱护、关心孩子。浓重的烟草味和极度的恐惧，就是武藏对父亲的全部印象。因此，他很怀念母亲，但在武藏幼年时她就改嫁了。九岁那年，武藏突然想去看望住在播州的母亲，很想听母亲柔声说一句："阿武都长这么大了！"他不知母亲为何要和父亲离婚，后来又嫁给了播州佐用乡（日本古时播磨国佐用郡的佐用乡，现指兵库县佐用郡的佐用町）的一个武士，如今也有了孩子。

当年的情景依然历历在目，武藏在一个神社边上的林子里，见到了母亲,她一把将武藏紧紧搂在怀里,哭着说:"回去吧,回到你父亲那儿。"每每想起这一幕,武藏不禁泪湿双眼。

没过一会儿,父亲就派人追了过来。他不由分说地把武藏绑在马背上,带回美作吉野乡的宫本村,当时武藏只有九岁啊!回到家,父亲还骂他"不肖子",甚至用拐杖打他。这件事深深地烙印在武藏幼小的心灵上。

临了,父亲放下狠话:"如果再去找你妈,我就不认你这个儿子!"

没过多久,武藏听说母亲病死了。突然间,他就像变了一个人,本来少言寡语,变得异常暴躁,成了没人敢惹的刺儿头。就连父亲无二斋也拿他没办法,如果父亲拿棒子揍他,他会一把抢过棒子打回去。村里的捣蛋鬼都怕他,只有同村的又八敢跟他一争高低。

武藏十二三岁时,就已长得像成人一样高了。有一年,一个叫有马喜的武官来村里找人比武。这个人是一个四处游学的武者,他常高举着一面镶有金箔的旗子。武藏得知后就来应战,谁知他竟将有马喜打死在练武场上。

于是,村里人都说:"阿武不愧为丰年之子!真能打啊!"此后,武藏越发变得肆无忌惮了。

每当他从村里走过,周围人就会说:"武藏来了,千万别惹他!"人们都怕他、躲着他,武藏内心变得更加冷漠。不久,父亲无二斋也去世了,正是这个严格而冷酷的男人让武藏变得如此残忍。

要是没有姐姐阿吟,武藏不知会引来多大麻烦,说不定早就被赶出村子了。每当姐姐声泪俱下地规劝他时,他都乖乖听话。

这次武藏找又八一起从军,也是想找机会改邪归正。他想堂堂正正地重新做人,这个愿望在他心中慢慢生根发芽。然而,现在的他再一次失去了人生的方向。现实是多么黑暗啊!

不过,如此乱世也磨炼了青年人的意志,他们不会为芝麻绿豆的小事担忧。就像武藏,他现在睡得很香,以后的事就以后再说吧!

武藏呼吸均匀,手里紧紧抱着那把木剑,也许他梦到了故乡。

"武藏……"

不知何时,阿甲悄悄来到武藏枕边。映着昏暗的烛光,阿甲的手指轻轻碰触着武藏的嘴唇,自言自语道:"哟……睡得真香。"

六

"噗!"的一声,阿甲吹灭了蜡烛,她像猫一样缩着身子,轻轻贴近武藏。

她那不合年龄的华丽睡衣和涂满脂粉的脸幻化成一个黑影。窗外一片寂静,只听见露水敲打窗棂的声音。

"他还不识此事吧!"阿甲想着,便要把他怀里的木剑拿开。突然,武藏跳起来大喊:"有小偷!"

刹那间，阿甲的双手被武藏反扭在身后，她的肩膀和前胸压在了被打翻的烛台上。"好痛！"阿甲疼得大叫。

"啊？是婶婶！"武藏随即放开了手。

"咳！我还以为是小偷呢！"

"你真没轻没重！疼死我了！"

"我不知道是您！对不起！"

"你不用道歉了……武藏？"

"嗯？你……你要干什么？"

"嘘……傻瓜，别那么大声，难道你不知我的心意？"

"我知道，是您救了我们。此番大恩大德，我永世不忘。"

"我不想听什么恩惠、道义这种生硬之词，感情是一件强烈的、深厚的、无法释怀的事情。"

"等一下婶婶，我把灯点上。"

"真不开窍！"

"啊……婶婶你……" 眼前的一幕让武藏吓了一大跳，他全身抖个不停，全身的牙齿、骨头都在格格作响。就算碰到敌人，或仰面倒在地上看无数战马从头顶飞过，他也没有现在这样悸动过。

武藏蜷缩到屋角，说道："婶婶，你给我到那边去！要么就回自己屋里。否则，我要喊又八了！"

阿甲没有动，她显得有些着急，睨斜着眼睛盯着武藏，暗影处不时传来她急促的呼吸声。

"武藏！难道你还不知道我的心意吗？"

"你真不知羞耻！"

"羞耻……"

"是的！"

两人怔然对峙着，全然没注意到有人一直在敲门。现在，敲门声越来越大。

"喂！快开门！"

从拉门的缝隙可以看见，烛光在晃动。朱实大概被惊醒了，接着听见又八大声问道："谁啊？"。

"妈妈！"朱实在走廊上喊着。

阿甲不知发生了什么事，答应一声就赶紧回到自己房里。此时，来人已撬门而入，六七个彪形大汉并排站在院里。

其中一人怒喝道："我是辻风！还不赶快点灯！"

地之卷

丢落的梳子

一

这些人光着脚，咚咚地走进屋来，显然想趁别人熟睡之时，来个突然袭击。他们到处乱翻，把仓库、抽屉、地板下边都搜了一遍。

辻风典马坐在火炉边上，冷眼看着手下们进进出出。

"你们要折腾到什么时候？找到东西没？"

"什么也没有！"

"没有？"

"是的。"

"当然没有了，别找了！"阿甲背对着这伙人，坐在隔壁屋子里，一副满不在乎的样子。

"阿甲！"

"干吗？"

"去给我们烫壶酒！"

"酒不是摆在那儿吗？想喝就喝吧！"

"你干吗这副样子？我也好久没来做客了。"

"你们就这么来做客吗？"

"别生气嘛！所谓无风不起浪，你心里应该有数！的确有人告诉我，卖艾草的寡妇让她女儿到战场上偷死人的东西。"

"你把证据拿出来！有证据吗？"

"如果我真想拆穿你，就不会事先通知朱实了。流浪武士也有自己的规矩，反正我会再来搜查的，今天就到此为止。先饶了你，够意思吧！"

"谁稀罕哪！真是岂有此理！"

"阿甲！过来给我们斟酒！"

"……"

"你这个爱慕虚荣的女人！如果愿意来服侍我，就不会过得这么惨。怎么样？你考虑一下！"

"你突然变得这么好心，真让人害怕！"

"你不同意？"

"我丈夫是谁杀的，你知道吗？"

"如果你想报仇，我能助你一臂之力哟！"

"别装蒜了！"

"大家都说凶手就是你，难道你没耳闻？尽管我是流浪武士的寡妇，也不会下贱到去服侍杀夫的仇人。"

"说得好！阿甲！"典马苦笑着，仰头喝了一口酒。

"为了你们娘俩的安全，最好别把这件事说出去！"

"等朱实长大，她一定会找你报仇的！你给我记住！"

"哼！哼！"典马耸耸肩，满不在乎地笑了笑。他把碗里的酒一饮而尽，扛起长矛，正要交给站在边上的手下。

就在这时，他好像发现了什么，突然命令道："哎！用枪杆戳戳这儿的顶棚！"

典马举起长矛，对着顶棚一阵乱戳。这么一来，藏在上面的各种武器和物品就哗啦一下掉落下来。

典马倏地站起身说道："她是流浪武士的敌人，把这寡妇拖出去，让她尝尝我们的厉害！"

二

对付这么个女人用得着这样兴师动众吗？手下人这么想着，就要拥进屋里。突然，每个人都像中了邪一样，站在门口一动不动，没有一个人敢上前拉阿甲。

"你们在干吗？快点把她拖出来！"典马有些不耐烦了。然而，这些手下仍没有任何动作，他们都大瞪着双眼，盯着屋里。

典马按捺不住，要亲自看个究竟。他正要走近阿甲，突然也被什么东西吓得呆住了，竟不敢靠上前去。

刚才，典马一直坐在有火炉那屋，所以他没看到阿甲的房里，还有两个彪悍的年轻人。武藏半蹲在地上，手里紧握着黑木剑，只要有人敢上前一步，他就会砍断来人的小腿；又八站在墙边，高举大刀，只要有人敢探头进来，他就会毫不留情地斩落对方的首级。

为避免朱实受伤，他们把她藏到了上面的橱柜里，所以没见人影。刚才，典马在那屋喝酒时，武藏他们就做好了应战准备。正因为阿甲有这样的靠山，所以才会如此镇定。

"原来如此！"典马终于恍然大悟。

"上次，和朱实在山上溜达的人，就是这个小子吧！那另一个是谁？"

武藏和又八并不答话，他们时刻准备以武力解决，争斗一触即发。

"这个家原来并没男人。我看，你们是关原战败的散兵吧！如果敢在这儿撒野，小心没命！"

"……"

"这儿没人不知道我辻风典马！你们都混到这步田地了，还敢撒野，给我小心点！"

随后，典马回头对手下人挥了挥手，示意他们退下，免得碍手碍脚。突然，一个手下"啊！"地大叫一声，原来他不小心踢倒了放在门口的火炉。霎时，带火星的灰烬和浓烟直冲向顶棚，扩散成一大片烟雾。

典马一直盯着屋里人的一举一动，此时他什么也看不清了。"混蛋！"典马气得大骂，就冲进屋里。

"来得好！"等在那里的又八，双手举刀劈砍下来。然而，他的动作没有典马快，"当"的一声，又八的刀砍在了典马的刀鞘上。

阿甲急忙躲到屋角，武藏擎着木剑半蹲在阿甲原来的位置。见又八没能得手，武藏飞身过去猛砍典马双脚。

"扑通！"一声，典马如巨石般笨重的身躯直向武藏扑来，简直就是泰山压顶啊！武藏从未承受过如此大的重量。他的头、颈处接连挨了典马好几记重拳，差点以为自己头盖骨都被打碎了。不过，武藏并没有就此放弃，他铆足全身力气，用力一甩，把典马甩了出去。"砰！"的一声，肥胖的典马撞到了墙上，整个房子都被震得晃了一下。他缩着双脚，一动不动了。

三

只要认准敌人，就决不轻易放手。就算用嘴咬，也要让他屈服。不留活口，斩草除根！

从幼年时，武藏就如此行事。他的血液中流淌着古日本武士的原始野性。不仅单纯，更难以驯服。他没接受过任何教育，也无学问、知识，就像一块未经雕琢的璞玉。就连父亲无二斋也不喜欢这个儿子。为改变武藏的个性，父亲经常用惩戒武士的方法来责罚他，结果却适得其反，武藏越发变得暴戾、狂躁，村里人都叫他"小霸王"。大家越讨厌他，他就越发逞强撒野，他目中无人，甚至连村外的山林野地都据为己有。这些仍不能满足武藏的野心，他有更远大的梦想，于是便来到了关原战场。

对武藏而言，关原是步入社会的第一步。但是，就在这里，这个青年人的梦想彻底破灭了——他原本就习惯一无所有的生活，也就不会为了一点点小挫折而顿足捶胸、怨天尤人。

今晚对武藏而言是个意外之喜，他想不到竟会有大鱼主动上钩。没错，这条大鱼就是流浪武士的头儿辻风典马。在关原作战时，他多么盼望能碰到如此强劲的对手啊！

此时，夜色笼罩在原野上，典马拼命狂奔着。

"胆小鬼！别跑！"武藏紧追其后，两人相距仅十步之遥。

狂奔之中，武藏的头发都竖立起来，耳边只听到风声"呜呜"作响，这一切都让他感到莫名的兴奋。嗜血的本性在武藏身体里沸腾着，他感到无比畅快。

"啊——"武藏飞身将典马压倒，黑木剑应声砍下，霎时间鲜血喷涌。

扑通一声，辻风典马那臃肿的身体倒在了地上。他的头盖骨像碎豆腐一样烂成一堆,两个眼珠子也被打暴,挂在脸上。

武藏又用剑对着尸体补了两三下,断裂的白骨从皮肤下飞溅出来,散落一地。

武藏抬手擦掉额头上的汗珠,满不在乎地瞥了一眼典马的尸体。

"怎么样,大首领?"说完,他掉头便走,就像一切不曾发生过一样。武藏边走边想,要是刚才典马跑得够快,自己肯定会被甩下的,这样就杀不了他了。

"武藏!"远处传来又八的声音。

"喂!"武藏不慌不忙地回答。正当他四下寻找时,又八跑了过来,问道:"发生什么事了?"

"我把他宰了,你怎么样?"武藏答道。

"我也宰了一个!"说着,又八拿起一把沾满血迹的刀给武藏看。

"其他的家伙都跑了,什么流浪武士,真没种!"又八很是得意。

两人热血沸腾、兴奋不已,不时发出阵阵笑声,那笑声如同孩子般纯真、爽朗。他们提着滴血的刀剑,一边谈笑着,一边朝亮着灯的小木屋走去。

四

不知哪儿跑来一匹野马,它从窗子伸进头来,观察着屋里的一切。粗浊的鼻息声,把熟睡中的两个人吵醒了。

"小家伙!"武藏伸手抚摸着马头。又八伸了一个大大的懒腰,他的手好像都要碰着顶棚了。

"啊!睡得真香啊!"

"太阳都升得老高了!"

"莫非已经是傍晚了?"

"不会吧!"

一觉过后,两人已把昨晚的事忘得一干二净,他们在乎的只有今天和明天。武藏飞快地跑进后院脱光衣服,用冰冷的河水擦洗身体。洗过脸后,他对着太阳深深地吸了一口气。

又八就是又八,他睡眼惺忪地走进正屋,跟阿甲母女打着招呼:"早上好!"又八的心情似乎不错。

"婶婶,您是不是有什么烦心事?"

"没有啊!"

"您怎么了?杀害您丈夫的辻风典马已经死了,他的手下也尝到了苦头,您还担心什么?"

又八觉得很奇怪,他原本以为,宰了典马会使这母女二人非常高兴。昨晚,朱实不也拍手称快吗?怎么今早,阿甲显得如此惶恐不安。

看到她们一脸不安,从昨晚一直坐在火炉旁,又八既有怨气,又满腹狐疑。

"婶婶!您到底为什么发愁啊?"

又八接过朱实倒来的茶,也盘腿坐在炉旁。阿甲无奈地笑了笑,她很羡慕这个青年人的粗枝大叶。

"你还问呢!阿又,典马还有好几百个手下呢!"

"哦!我懂了。你是怕他们来报复。那些家伙没什么了不起,有我和武藏在呢!"

"这可不行!"阿甲轻轻摆了摆手。

"没啥不行的!那些小喽啰根本不堪一击!婶婶,是不是你觉得我们不够厉害?"

"我看呢,你们还都是毛头小子!典马还有个弟弟叫辻风黄平,如果他来报仇,就算你俩联手都打不过他。"

又八听了这话,觉得很泄气。但仔细想想阿甲的话,好像也不是全无道理。这个叫辻风黄平的人,不仅在木曾的野洲河一带拥有强大的势力,还十分通晓兵法,同时又是忍术高手。一旦被这个人盯上,没人能活命。如果黄平从明处进攻,他和武藏或许还能招架。假如黄平突然来个夜袭,两人就只有束手待毙了。

"这家伙确实不好对付呀!真不巧!我还喜欢睡懒觉。"又八手托下巴,冥思苦想。阿甲觉得,这样下去也不是办法,只能收拾行李,暂时躲到别处去。阿甲顺便问又八,今后有何打算。

"我要跟武藏商量一下!咦?他跑哪儿去了?"

又八走到门外,手搭凉棚放眼望去,只见武藏骑着刚才那匹野马,驰骋在伊吹山山脚下。他的身影是那么渺小、那么遥不可及。

"他可真悠闲啊!"又八嘀咕着,他双手围成喇叭状,对着武藏飞驰的方向大喊着:"喂!快点回来!"

五

武藏和又八随意地躺在枯草地上,商量着事情。世上再没有比他们更要好的伙伴了。

"要不,咱们还是回家乡吧!"

"是该回去了!不能总和她们母女一起生活呀!"

"嗯!"

"我很讨厌那个寡妇!"武藏说。

"是呀!就这么办!"又八翻身仰面躺着,对着蔚蓝的天空大叫着:"我要回去了,我真想阿通啊!"他用脚敲着大地,指着天空对武藏说:"你看!那儿有朵云彩,像不像正在洗头的阿通?"

武藏却看着自己刚才骑过的那匹马。他想，居住在山野间的人，秉性都很淳朴善良。就像这匹野马，它不求任何回报，也不被任何事牵绊，就这样自由自在地任意驰骋。

"吃饭了！"朱实在对面喊道。

"哦！该吃饭了！"两人站起身。

"又八，我们来赛跑！"

"好嘞！我不会输给你！"

朱实站在草坡上，高兴地拍着手等着两人跑过来。

下午时，朱实的心情突然变得很沉重，因为她听说武藏他们决定返回家乡。少女一直认为，两人会永远跟她们快乐地生活在一起。

"你这个笨蛋！哭丧着脸干吗？"阿甲一边化妆，一边喝斥女儿。同时，她从镜子里偷偷瞧着坐在火炉旁的武藏。

此时，武藏突然想起前天晚上，这个寡妇在他枕边说的绵绵情话，又想起了她身上那种酸酸甜甜的发香。一想到这些，他赶紧把脸扭过去。

又八坐在武藏身边，他从碗柜里取出酒壶，把酒斟入酒瓶，一切是那么随意、自然，就像在自己家一样。明天就要离开这儿了，今晚要喝个痛快！阿甲也精心打扮了一番。

"我要把酒全喝光！你们就这么扔下我们走了，真狠心哪！"阿甲抱怨着。

不一会儿，三人眼前就堆了三个空酒壶。

阿甲紧挨着又八，举止极其轻浮，武藏有些看不下去了。

"我……走不动了！"她向又八撒娇，还故意靠着又八的肩膀，要又八送她回卧房。她对武藏说："阿武就一个人睡这儿吧！你不是喜欢一个人待着吗？"语气中充满嘲讽。

结果，武藏那晚就真的睡在了堂屋。由于昨夜喝得酩酊大醉，加上睡得又晚，等他早上醒来，已是日上三竿。

他起来一看，发现屋里空无一人。

"咦？"就连昨天朱实和阿甲收拾出来的行李也不见了，衣服、鞋子统统不见踪迹。最可疑的是，连又八也不见了人影。

"喂！又八！"武藏喊了一声。

他来到之前养伤的小木屋里，结果这儿也没人。院里的水笼头没关，旁边有一把红色的梳子，正是阿甲时常别在头发上的那把。

"啊？又八这家伙！"武藏拿起梳子闻了闻，那淡淡的发香又让他想起那晚可怕的诱惑。看来又八没能抵抗住它，想到这儿，武藏心头顿时涌起一种莫名的凄凉。

"你这个傻瓜！怎么对得起阿通姑娘啊！"武藏猛地把梳子摔了出去。

尽管自己气愤难平，但一想到在家乡苦苦等待恋人的阿通，他就难过得想哭。

那匹野马看到武藏失魂落魄地跌坐在厨房里，便从窗外悄悄探进头来。然而，武藏这次却没像往常一样去抚摸它的头，马儿只好缩回头，舔着水池边散落的饭粒。

花佛堂

一

用"山峦叠翠"这个词来形容武藏的家乡，再合适不过了。从播州龙野口开始，就进入了山区，连接作州各地的要道遍布于群山之间，木制界标高耸于山脊之上。穿过杉树遍布的坡道，再越过中山隘口，随后到达的高地可俯瞰英田川峡谷。每每有路人途经此地，都会驻足片刻。他们不禁会想："这种荒凉之地，会有人家吗？"

其实，这儿不但有人家，而且还为数不少。在河流沿岸、半山腰以及碎石围成的耕地附近分布着好几个村落。直到去年关原大战爆发前夕，新免伊贺守家族都一直住在河流上游的小城堡里，那里距此仅有一公里左右。再往山里走，就到了因州边境，这里的志户坡矿山很有名，至今还有很多人来此采矿。

这里虽是穷乡僻壤，却是交通要道。人们从鸟取赶往姬路（位于兵库县南部），或是从但马（日本古代地名，兵库县北部）翻山赶奔备前（冈山县东南部），都要途经此地。因此，这个小山村里既有旅馆，又有和服店。每到夜幕降临时，还能看到几个浓妆艳抹的烟花女徘徊在屋檐下。

这儿就是宫本村。

站在七宝寺的檐廊上，阿通能看见这些石头砌成的屋顶。

"唉，已经快一年了。"她茫然地望着远处的白云沉思。

她是个孤儿，又是在庙里长大的。所以，这个少女周身都散发着一种冰冷、孤寂的气质，就像香炉里燃尽的香灰。

去年，她十六岁，跟十七岁的又八订了婚。

又八在去年夏天跟村里的武藏一起出去打仗，直到年底，两人仍音信全无。

一转眼，正月过去了，二月也过去了，阿通望穿秋水，仍不见恋人归来。如今已是暮春四月，她渐渐地不再抱有希望。

"听说武藏家里也没收到任何音讯……大概两人都已战死沙场了。"偶尔，她也会向别人诉几句苦。大家也都认为，武藏和又八必死无疑了。有人还说，连领主新免伊贺守家族的人都没能活着回来。那场大战后，小城堡里出现了很多生面孔，肯定是德川家的武士。

"他为什么非要去打仗呢？我那么反对都没用……"

阿通喜欢独自沉思，她在廊檐下一坐就是大半天。此时，她的表情是多么寂寞、凄凉！

今天，她又坐在这儿，想着心事。

"阿通姑娘！阿通姑娘！"有人在叫她。

在寺院的厨房外，有一个光着身子的男人从井边走来，为避免有伤风化，他用黑炭涂满了全身。这个人是但马国的行脚僧，已在七宝寺住了三四年。现在，这个三十岁左右的年轻和尚，正对着太阳晒着他那毛茸茸的胸脯。

"春天到了！"他显得心情不错。

"春天虽好，但虱子太多，它们就像藤原道长一样嚣张，快把我咬疯了。我干脆下决心把衣服脱下来洗一洗……不过，这件破袈裟要晾在哪儿呢？晾在茶树上不容易干，晾在桃树上又影响桃花开放。我这个大大咧咧、不拘小节的男人，竟为晾衣服而犯起愁来。阿通姑娘！你有没有晾衣竿？"

阿通红着脸说道："咳……泽庵师父，你想一直光着身子等衣服干吗？"

"那我就边睡边等！"

"真是死心眼儿！"

"对了！明天是四月八日，是浴佛节，人人都要用甜茶洗澡，就和我现在一样。"

说着，泽庵像模像样地打坐起来，他学着释迦牟尼的样子，一手指天、一手指地。

二

"天上天下、唯我独尊！"

泽庵煞有介事地模仿着诞生佛的样子。

"哈哈哈！学得真像啊！泽庵师父！"阿通被逗得大笑。

"很像吧！哪能不像呢？我是悉达多太子转世投胎的嘛！"

"等一下，我要把甜茶浇在你头上！"

"这可不行！你的好意我心领了！"

有只蜜蜂飞了过来，这个"释迦牟尼"急忙挥舞双手驱赶蜜蜂。此时，他的兜裆布突然松开了，泽庵只好不再管那蜜蜂，去系兜裆布。那只小蜜蜂就趁这个空当飞走了。

阿通被眼前的情景逗坏了，她捂着肚子笑个不停。

"哎呦！我肚子好疼啊！"

这个名叫宗彭泽庵的年轻和尚，出生在但马。他住在七宝寺的日子里，每天都有一大堆笑料发生。就连郁郁寡欢的阿通,也时常被他逗得大笑不止。

"对了,我不能在这儿多待了!"她把白皙的脚伸进草鞋。

"阿通姑娘!你要去哪儿?"

"明天是四月八日,大师父交代的事,我都给忘了!我必须去采些鲜花送进花佛堂,为当日的浴佛节做准备,晚上还得把甜茶准备好。"

"你要去采花?哪儿有花?"

"下游村子的河边。"

"我们一起去吧!"

"不用了!"

"装饰花佛堂需要很多鲜花,你一个人肯定采不过来,我可以帮帮你!"

"可你现在光着身子怎么见人哪?"

"人本来就是光着身子而来的嘛!没关系的!"

"那不行!你千万别跟着来!"

阿通飞也似的逃到了寺庙后面。不一会儿,她背着竹篓、拿着镰刀,准备从后门溜出去。泽庵却跟了过来,不知他从哪儿找来一条大浴巾裹着身体。

"唉……"阿通叹了一口气。

"这样总可以了吧?"

"村里的人看见会笑的。"

"笑什么?"

"总之,你别离我太近。"

"别说谎了!你明明喜欢和男人并肩走!"

"不理你了!"

说着,阿通先跑开了。泽庵也追了过去,大浴巾被风吹得鼓起来,他就像从雪山走下的"释迦牟尼"。

"哈哈!生气了?阿通姑娘,不要生气嘛!你绷着个脸,喜欢你的人都会被吓跑的!"

英田河的河滩位于村子下游四五百米远的地方,这里已是春花烂漫的景象。阿通把竹篓放在地上,用镰刀尖扒开花根周围的泥土,好几只蝴蝶围着她翩翩起舞。

"多么平静祥和的画面!"这个年轻的和尚,十分多愁善感。他站在一旁,像得道高僧一样感概着。阿通忙得不亦乐乎,他却并不帮忙。

"阿通姑娘,你现在的样子是多么安详而平静。世人本可以在百花盛开的净土中享受人生,却非要哭泣、烦恼,从而陷入爱欲和地狱的旋涡,似乎不经历水深火热的煎熬就不甘心……阿通姑娘！我不想让你变成那样。"

三

油菜花、春菊、鬼芥子、野玫瑰、三色堇——阿通把采的花统统放入竹篓里。

"泽庵师父，不要总对别人说教。最好多留意蜜蜂，别再让它叮到头了！"阿通揶揄着。

泽庵却充耳不闻。

"笨蛋！现在说的不是什么蜜蜂！我正为挽救一个女人的命运，而传达释迦圣僧的法旨呢！"

"真让您费心了！"

"没错！你算说对了！和尚就是一种吃力不讨好的职业。不过，跟那些卖米的、卖衣服的、木匠、武士一样，在这个世上，和尚也是必不可少的。说起来，从三千多年前，和尚和女人就是冤家。你看，佛经里就把女人称为'夜叉'、'魔王'、'地狱使者'等等。看来阿通姑娘讨厌我，也是前世宿怨哪！"

"为什么女人是夜叉？"

"因为她们欺骗男人。"

"男人不也欺骗女人吗？"

"等等！你这话让我不知如何回答了……哦，我懂了！"

"那您说说看！"

"因为释迦牟尼是个男人……"

"你净胡扯！"

"唉！女人哪……"

"又来了！"

"女人呀！真让人捉摸不透啊！释迦牟尼年轻时，在菩提树下曾被欲染、能悦、可爱等妖女纠缠而受苦，所以他憎恶女性。可是他晚年之时，也收过女弟子。而龙树菩萨比释迦牟尼还要讨厌女人……不对，应该说是害怕女人。不过，他也说过贤妻应具备四种品德，即性情温和、关心朋友、孝敬父母、任劳任怨。他认为，男子就应该选这样的女人为妻。同时，也歌颂过女性身上的种种美德。"

"说了半天，全都是替男人讲话！"

"那是因为古代的天竺国'男尊女卑'的观念比日本还要根深蒂固。另外，龙树菩萨还对女人讲过这样的话。"

"什么话？"

"女人呀！不要把自己的身体嫁给男人。"

"这话真奇怪！"

"没听完圣言，不可妄加评论！后面的那句话是——女人要把身体嫁给真理。"

"……"

"你听懂了吗？'嫁给真理'的意思就是——不要迷恋男人，要相信真理！"

"什么是真理？"

"我也不是十分明白。"

"哈哈哈！"

"反正，说得通俗点，就是要嫁给诚实可靠的人。不要迷恋城里的浪荡子，要在自己的故乡，孕育良好的子女。"

"你又来了！"阿通作势要打他。

"泽庵师父，您还是来帮我采摘鲜花吧！"

"好说！"

"您就不要喋喋不休了，也稍微动动手吧！"

"小菜一碟！"

"您帮我摘花，我去趟阿吟姐姐家。她帮我做了一条腰带，我去拿回来，明天要戴。"

"阿吟姐姐？哦，好像在寺里见过她，我也要去！"

"您这副样子……"

"口渴了，到她家讨口茶喝。"

四

阿吟二十五岁了，却仍没有出嫁。她样子并不难看，家世也不错，并非没人来提亲。

就是因为弟弟武藏在乡里八村惹是生非、名声很坏，致使一些人不敢登门提亲。谁都知道，本位田村的又八和宫本村的武藏，他们从孩童时就是公认的捣蛋鬼。不过，还是有很多人喜欢阿吟，她待人谦恭、彬彬有礼。然而，每个上门提亲的人，都被她回绝了。她总说："自己要像母亲一样照顾武藏，直到弟弟长大。"

父亲无二斋在新免家担任武术教头时，曾因受赐"新免"之姓而风光一时。那时，宫本家在英田河河边盖了一栋气派的房子，周围还建有土墙。对一个乡下人来说，这房子太过豪华了。现在，这栋房子仍显得很宽敞，但屋体已老旧。屋顶上杂草丛生，练武房的高窗和房檐之间，落满了白色的鸟粪。

无二斋成为浪人（离开主家的武士）之后，家里的生活变得十分贫穷。最后，父亲在贫病交加中黯然离世，阿吟也辞退了所有的用人。这些人都是宫本村的村民，他们很同情无二斋家的遭遇，经常会偷偷把菜放到厨房，或还说，连领主新免伊贺守家族的人都没能活着回来。那场大战后，小城堡里出现了很多生面孔，肯定是德川家的武士。

"他为什么非要去打仗呢？我那么反对都没用……"

阿通喜欢独自沉思，她在廊檐下一坐就是大半天。此时，她的表情是多么寂寞、凄凉！

今天，她又坐在这儿，想着心事。

"阿通姑娘！阿通姑娘！"有人在叫她。

在寺院的厨房外，有一个光着身子的男人从井边走来，为避免有伤风化，他用黑炭涂满了全身。这个人是但马国的行脚僧，已在七宝寺住了三四年。现在，这个三十岁左右的年轻和尚，正对着太阳晒着他那毛茸茸的胸脯。

"春天到了！"他显得心情不错。

"春天虽好，但虱子太多，它们就像藤原道长一样嚣张，快把我咬疯了。我干脆下决心把衣服脱下来洗一洗……不过，这件破袈裟要晾在哪儿呢？晾在茶树上不容易干，晾在桃树上又影响桃花开放。我这个大大咧咧、不拘小节的男人，竟为晾衣服而犯起愁来。阿通姑娘！你有没有晾衣竿？"

阿通红着脸说道："咳……泽庵师父，你想一直光着身子等衣服干吗？"

"那我就边睡边等！"

"真是死心眼儿！"

"对了！明天是四月八日，是浴佛节，人人都要用甜茶洗澡，就和我现在一样。"

说着，泽庵像模像样地打坐起来，他学着释迦牟尼的样子，一手指天、一手指地。

二

"天上天下、唯我独尊！"

泽庵煞有介事地模仿着诞生佛的样子。

"哈哈哈！学得真像啊！泽庵师父！"阿通被逗得大笑。

"很像吧！哪能不像呢？我是悉达多太子转世投胎的嘛！"

"等一下，我要把甜茶浇在你头上！"

"这可不行！你的好意我心领了！"

有只蜜蜂飞了过来，这个"释迦牟尼"急忙挥舞双手驱赶蜜蜂。此时，他的兜裆布突然松开了，泽庵只好不再管那蜜蜂，去系兜裆布。那只小蜜蜂就趁这个空当飞走了。

阿通被眼前的情景逗坏了，她捂着肚子笑个不停。

"哎呦！我肚子好疼啊！"

这个名叫宗彭泽庵的年轻和尚，出生在但马。他住在七宝寺的日子里，每天都有一大堆笑料发生。就连郁郁寡欢的阿通，也时常被他逗得大笑不止。

"对了，我不能在这儿多待了！"她把白皙的脚伸进草鞋。

"阿通姑娘！你要去哪儿？"

"明天是四月八日，大师父交代的事，我都给忘了！我必须去采些鲜花送进花佛堂，为当日的浴佛节做准备，晚上还得把甜茶准备好。"

"你要去采花？哪儿有花？"

"下游村子的河边。"

"我们一起去吧！"

"不用了！"

"装饰花佛堂需要很多鲜花，你一个人肯定采不过来，我可以帮帮你！"

"可你现在光着身子怎么见人哪？"

"人本来就是光着身子而来的嘛！没关系的！"

"那不行！你千万别跟着来！"

阿通飞也似的逃到了寺庙后面。不一会儿，她背着竹篓、拿着镰刀，准备从后门溜出去。泽庵却跟了过来，不知他从哪儿找来一条大浴巾裹着身体。

"唉……"阿通叹了一口气。

"这样总可以了吧？"

"村里的人看见会笑的。"

"笑什么？"

"总之，你别离我太近。"

"别说谎了！你明明喜欢和男人并肩走！"

"不理你了！"

说着，阿通先跑开了。泽庵也追了过去，大浴巾被风吹得鼓起来，他就像从雪山走下的"释迦牟尼"。

"哈哈！生气了？阿通姑娘，不要生气嘛！你绷着个脸，喜欢你的人都会被吓跑的！"

英田河的河滩位于村子下游四五百米远的地方，这里已是春花烂漫的景象。阿通把竹篓放在地上，用镰刀尖扒开花根周围的泥土，好几只蝴蝶围着她翩翩起舞。

"多么平静祥和的画面！"这个年轻的和尚，十分多愁善感。他站在一旁，像得道高僧一样感慨着。阿通忙得不亦乐乎，他却并不帮忙。

"阿通姑娘，你现在的样子是多么安详而平静。世人本可以在百花盛开的净土中享受人生，却非要哭泣、烦恼，从而陷入爱欲和地狱的旋涡，似乎不经历水深火热的煎熬就不甘心……阿通姑娘！我不想让你变成那样。"

三

油菜花、春菊、鬼芥子、野玫瑰、三色堇——阿通把采的花统统放入竹篓里。

"泽庵师父，不要总对别人说教。最好多留意蜜蜂，别再让它叮到头了！"阿通揶揄着。

泽庵却充耳不闻。

"笨蛋！现在说的不是什么蜜蜂！我正为挽救一个女人的命运，而传达释迦圣僧的法旨呢！"

"真让您费心了！"

"没错！你算说对了！和尚就是一种吃力不讨好的职业。不过，跟那些卖米的、卖衣服的、木匠、武士一样，在这个世上，和尚也是必不可少的。说起来，从三千多年前，和尚和女人就是冤家。你看，佛经里就把女人称为'夜叉'、'魔王'、'地狱使者'等等。看来阿通姑娘讨厌我，也是前世宿怨哪！"

"为什么女人是夜叉？"

"因为她们欺骗男人。"

"男人不也欺骗女人吗？"

"等等！你这话让我不知如何回答了……哦，我懂了！"

"那您说说看！"

"因为释迦牟尼是个男人……"

"你净胡扯！"

"唉！女人哪……"

"又来了！"

"女人呀！真让人捉摸不透啊！释迦牟尼年轻时，在菩提树下曾被欲染、能悦、可爱等妖女纠缠而受苦，所以他憎恶女性。可是他晚年之时，也收过女弟子。而龙树菩萨比释迦牟尼还要讨厌女人……不对，应该说是害怕女人。不过，他也说过贤妻应具备四种品德，即性情温和、关心朋友、孝敬父母、任劳任怨。他认为，男子就应该选这样的女人为妻。同时，也歌颂过女性身上的种种美德。"

"说了半天，全都是替男人讲话！"

"那是因为古代的天竺国'男尊女卑'的观念比日本还要根深蒂固。另外，龙树菩萨还对女人讲过这样的话。"

"什么话？"

"女人呀！不要把自己的身体嫁给男人。"

"这话真奇怪！"

"没听完圣言，不可妄加评论！后面的那句话是——女人要把身体嫁给真理。"

"……"

"你听懂了吗？'嫁给真理'的意思就是——不要迷恋男人，要相信真理！"

"什么是真理？"

"我也不是十分明白。"

"哈哈哈！"

"反正，说得通俗点，就是要嫁给诚实可靠的人。不要迷恋城里的浪荡子，要在自己的故乡，孕育良好的子女。"

"你又来了！"阿通作势要打他。

"泽庵师父，您还是来帮我采摘鲜花吧！"

"好说！"

"您就不要喋喋不休了，也稍微动动手吧！"

"小菜一碟！"

"您帮我摘花，我去趟阿吟姐姐家。她帮我做了一条腰带，我去拿回来，明天要戴。"

"阿吟姐姐？哦，好像在寺里见过她，我也要去！"

"您这副样子……"

"口渴了，到她家讨口茶喝。"

四

阿吟二十五岁了，却仍没有出嫁。她样子并不难看，家世也不错，并非没人来提亲。

就是因为弟弟武藏在乡里八村惹是生非、名声很坏，致使一些人不敢登门提亲。谁都知道，本位田村的又八和宫本村的武藏，他们从孩童时就是公认的捣蛋鬼。不过，还是有很多人喜欢阿吟，她待人谦恭、彬彬有礼。然而，每个上门提亲的人，都被她回绝了。她总说："自己要像母亲一样照顾武藏，直到弟弟长大。"

父亲无二斋在新免家担任武术教头时，曾因受赐"新免"之姓而风光一时。那时，宫本家在英田河河边盖了一栋气派的房子，周围还建有土墙。对一个乡下人来说，这房子太过豪华了。现在，这栋房子仍显得很宽敞，但屋体已老旧。屋顶上杂草丛生，练武房的高窗和房檐之间，落满了白色的鸟粪。

无二斋成为浪人（离开主家的武士）之后，家里的生活变得十分贫穷。最后，父亲在贫病交加中黯然离世，阿吟也辞退了所有的用人。这些人都是宫本村的村民，他们很同情无二斋家的遭遇，经常会偷偷把菜放到厨房，或是帮忙打扫那些闲置的房间,还会把水缸挑满水。

就连现在也是如此。

此刻,阿吟正在后屋里做针线,听到有人从后门进来,心想八成又是谁来帮忙了,所以并未停下手上的活计。

"阿吟姐姐!您好啊!"阿通来到她身后,轻轻坐下。

"我还以为是谁呢,原来是阿通啊!我正给你做腰带,明天浴佛节时要戴吧?"

"嗯,给您添麻烦了,真不好意思!原本我可以自己做的,但寺里的事情也一大堆……"

"没事的,反正我也闲得慌……再不做点事,又该胡思乱想了。"

这时,阿通瞧见阿吟身后的佛灯盘里,点着半截蜡烛。佛龛里供着两个牌位,上面写着:

享年十七岁 新免武藏之灵位
同年本位田又八之灵位

这显然是阿吟的笔迹,佛龛周围还供着少许清水和鲜花。

"咦……"阿通眨着眼睛问道:"阿吟姐姐,莫非有人来送信,说他们确实战死了?"

"没有。但是……现在这种情况不就等于死了吗?我已不再抱有希望了。关原大战是在九月十五日,我只能把那天当作他们的忌日了。"

"我不信!"阿通使劲摇着头。

"他们不会死,不久就会回来的。"

"你梦见过又八吗?"

"嗯,经常梦到。"

"看来,他们的确是不在了。我也经常梦到弟弟。"

"我不信!我们不要谈这个话题了!我要把这个不吉利的牌位砸烂。"

阿通眼里充满泪水,起身吹灭佛龛里的蜡烛。似乎这样还不足以消除心中的反感,她又拿走了供奉用的鲜花和清水,"哗"的一声把水泼在隔壁屋的屋檐下。此时,泽庵恰巧坐在那儿,水正好溅了他一身。

"啊!好凉啊!"他一下子蹦了起来。

五

泽庵急忙用裹身的大毛巾擦着头上、脸上的水。

"喂!阿通!你这女人要干吗?我是来讨水喝,不是来被水泼的喔!"

阿通忍不住破涕为笑。

"对不起!泽庵师父,真的很抱歉!"阿通陪着笑脸一个劲儿道歉,还给泽庵拿来他最需要的茶，然后才回到阿吟屋里。

"那个人是谁呀？"阿吟睁大眼睛望向屋檐下问道。

"是住在寺里的行脚僧。对了！有一次你到寺里来时，不是看到一个脏兮兮的和尚双手托着脸趴在正殿的地上。当时，我问他在干什么，他说要捉来虱子让它们比赛摔跤。"

"啊……就是那个人啊！"

"对！他是宗彭泽庵师父。"

"真是个怪人！"

"相当怪呢！"

"他穿的既不是法衣，也不是袈裟，那到底是什么呀？"

"大浴巾！"

"嗯……他还很年轻吧？"

"听说才三十一岁——但寺里的和尚都说，他年纪虽轻，却很有修为呢！"

"不能光听人家说。光看外表，真看不出他有什么了不起！"

"听说他出生于但马的出石村，十岁时当了小沙弥，十四岁时进入临济胜福寺，受戒于希先和尚。他还曾追随山城大德寺的高僧，游学于京都、奈良等地。据说，他还曾跟随妙心寺的愚堂和尚和泉南的一冻禅师学过佛法呢！"

"原来如此，看得出他的确与众不同。"

"另外，和泉南宗寺的住持十分欣赏他，推荐他担任大德寺的住持，朝廷还颁发了诏书。不过，听说他在大德寺只待了三天就不干了。此后，丰臣秀赖大人、浅野幸长大人、细川忠兴大人，还有朝廷里的乌丸光广大人，都非常器重他，曾要建造一座寺庙让他来当住持，还有人要无偿提供俸禄给他。但这些都被他一一回绝了。他就喜欢整日跟虱子做伴，像个乞丐那样周游列国。你说，他是不是脑子有问题？"

"说不定，他还觉得我们脑子有问题呢！"

"他真那么说过啊！有一次，我想起又八，一个人哭的时候，他就这么说。"

"不过，他还挺有趣的！"

"是有趣过了头！"

"他要住到什么时候？"

"谁知道呢。他总是突然来，又突然走，喜欢四海为家。"

"听到喽！听到喽！"走廊那边传来泽庵的声音，他站起身走了过来。

"我可没说您的坏话！"

"说也没事！不过，有没有点心之类的东西？"

"小心会招来蜜蜂哟！"

"什么嘛！阿通！你这个女孩子一副弱不禁风的样子，骨子里还很坏喔！"

"怎么了？"

"哪有人光给客人茶喝，自己却喋喋不休地说个没完？"

六

大圣寺的钟声响起。

七宝寺的钟声也响了起来。

平时，钟声都是在清晨响起。偶尔，下午也能听到铛铛的钟声。现在，系着红色腰带的姑娘、商铺的老板娘、领着孙儿的老太婆，不断向山上的寺庙拥来。

正殿已挤满前来参拜的村民，几个年轻人左顾右盼、交头接耳。

一看到阿通，他们就会低语着"在那儿！她在那儿"、"今天格外漂亮啊！"

今天是四月八日——浴佛节。正殿中，有一座用菩提树的枝叶搭建的佛堂，各种野花点缀着四周的柱子，花佛堂中间摆满了甜茶。一尊二尺高的黑色释迦牟尼像立在地上，圣尊双手分别指向天地。宗彭泽庵拿着小巧的竹舀子，把甜茶淋在圣像的头顶。同时，他还会把甜茶分给那些需要的人，并帮他们倒进竹筒里。

"这个寺庙很穷，请大家尽量捐些香火钱。请有钱人多捐出一些。一舀甜茶换一百贯铜钱，保证帮您消除一百个烦恼。"

花佛堂对面的左手边摆着一张桌子，阿通就坐在桌前，她系着新做的腰带。桌上摆着绘有泥金画（日本独特的漆器工艺装饰技法之一）的砚台，五色纸上写着除灾祛病的吉祥话，用来分给那些善男信女。

纸上写着：

"卯月八日为吉日。佛祖保佑驱邪避恶。"

村里的人深信，只要把这道符咒贴在家里，就可以祛病辟邪。

阿通不停地在五色纸上写着同样的话，已写了好几百张了，连手都写麻了。如此粗浅的文字，已让她心生腻烦。

"泽庵师父。"她偷空喊道。

"什么事？"

"您别勉强别人捐钱呀！"

"我是在奉劝有钱人。帮他们减轻钱袋的重量，是为大善之举呀！"

"您这样说，万一今晚有小偷去这些有钱人家里偷东西，怎么办？"

"哎呀！哎呀！我刚以为能稍微喘口气，没想到参拜的人这么多。大家

别挤,别挤嘛……喂!那个年轻人!要排队啊!"

"喂!和尚!"

"叫我吗?"

"你说要排队!可你每次只舀给女人!"

"我也喜欢女人嘛!"

"这和尚真不正经!"

"你也别假装正经!我知道你们不是真的来拿甜茶和辟邪符的。这儿的人一半是来参拜释迦牟尼,一半是来看阿通姑娘,你们都属于后者吧——喂!喂!你为什么不捐香火钱?这么小气,没有姑娘会喜欢!"

阿通羞得满面通红,说道:"泽庵师父!请您收敛些!再说我就生气了!"

她坐在桌前发呆,顺便也让酸痛的眼睛休息一下。突然,她在人群中看到一张年轻的面孔。

"啊!"她不由得大喊一声,毛笔也从指间滑落下来。

在她起身的同时,那个人一下子就钻进了人群。阿通不顾一切地大叫"武藏!武藏!"便向回廊方向追了过去。

农田里的人们

一

本位田家不是普通百姓,他们拥有半农民半武士的身份,也就是所谓的乡士。

又八的父母脾气都很倔。他母亲阿杉婆已年近六十,却每天都去地里干活,甚至比年轻人和佃农还要卖力。她又耕田又打麦子,总是干到天快黑才回家。即便回家,她也不会让手闲着,总是背回去一大筐满满的桑叶,留作晚上喂蚕用。

此时,阿杉婆正在桑田里劳作。"外婆——"外孙丙太从对面跑过来,他光着小脚丫,鼻涕还挂在脸上。

"喔!是丙太啊!你到寺里去了吗?"阿杉婆直起身子问道。

丙太看到外婆后,就一蹦一跳地跑过来。

"去了!"

"看到阿通姑娘了?"

"看到了。外婆,阿通姐姐今天系了一条特别漂亮的腰带,她还给佛像上供鲜花呢!"

"领到甜茶和辟邪符了吗?"

"没有。"

"为什么?"

"阿通姐姐说不用拿这些东西了,要我快点回来告诉外婆一声。"

"什么事啊?"

"就是河对面的武藏呀!他今天也去参拜花佛堂了,阿通姐姐说看到他了。"

"真的?"

"真的!"

"……"

阿杉婆一下子眼含热泪,四处张望着,仿佛儿子又八就在附近。

"丙太,你来替外婆摘桑叶。"

"外婆,您要去哪儿?"

"我要回家看看,新免家的武藏既然回来了,又八也一定回来了。"

"我也要去!"

"傻小子!你不用去!"

又八家的房子很是气派,周围环绕着高大的橡树。阿杉婆一口气跑到仓库前,冲着女儿和长工们大声问道:"又八回来没?"

大家有些发愣,随后摇头答道:"没有啊!"

但是,这个思儿心切的母亲太过激动了,看到大家怀疑的样子,她就像发疯一样大声叫骂,一个劲儿说自己的儿子肯定已经回来了。既然有人在村里看到了新免家的武藏,那又八肯定也一起回来了。说着,她还要大家分头去找。

阿杉婆一直把关原大战那天当作宝贝儿子的忌日,她几乎天天以泪洗面。阿杉婆十分疼爱又八,恨不得把他捧在手里、含在嘴里。加之又八的姐姐已嫁为人妇,这个儿子就成了本位田家唯一的继承人。

"到底找到没有啊?"

阿杉婆进进出出、问个不停。直到天黑,依然不见又八。阿杉婆在祖先牌位前燃起蜡烛,跪下为儿子祷告着。

阿杉婆没等家里的长工吃完晚饭,就把他们赶出来寻找又八。到了夜里,仍不见这些人回来报喜,她便来到黑洞洞的大门口,久久地站在那儿。

月亮挂在房外的树梢上,洒下柔和的光芒。远处的群山,薄雾缭绕,空气中飘来阵阵梨花的香气。

阿杉婆看见有人从梨树园那边走过来,知道是儿子的未婚妻,便举起手招呼着:"是阿通吧?"

"婶婶!"阿通踩着湿漉漉的草鞋,走了过来。

地之卷

031

二

"阿通——听说你看到武藏了,是真的吗?"

"嗯,我的确看到武藏了,在七宝寺的花佛堂。"

"没看见又八吗?"

"当时,我想叫住武藏好好问问。可不知为什么,他跑掉了。虽说武藏这个人很奇怪,可他为什么一看见我就要跑呢?"

"跑掉了?"阿杉婆歪着头苦思不解。

正是这个新免家的武藏,唆使又八出去打仗的。对此,这位年迈的母亲,常常怀恨在心。这会儿,她好像又在猜疑着什么。

"那个该死的武藏……搞不好他让又八一个人死在了外边,自己胆小就厚着脸皮回来了。"

"不会吧!即便是这样,他也会带些遗物回来呀!"

"很难说啊!"阿杉婆用力摇摇头。

"那家伙,没什么感情的。看来,又八交上了坏朋友。"

"婶婶!"

"什么?"

"我觉得应该去阿吟姐家看看,今晚武藏哥哥一定会回家的。"

"他们是姐弟,当然会见面喽!"

"我们去看看吧!"

"那个阿吟也是的,明知自己弟弟拐走了我儿子,却从没来看过我。现在,也不来告诉我武藏回来的事。不能什么事都让我们先出面,新免家的人应该主动过来!"

"但是,现在情况特殊。我想尽快见到武藏哥哥,好问个清楚。到了阿吟姐家,由我来打招呼,婶婶就跟我一起去吧!"

阿杉婆虽不情愿,也不得不答应了。

其实,她比阿通更想得知儿子的下落。

新免家在河对岸,离此不到一公里半。河这边的本位田家历代为乡士,对岸的新免家具有赤松满佑(日本室町中期的武将)的血统。在没发生武藏这件事之前,两个家族就已经开始暗中较劲。

阿吟家大门紧闭,周围树木繁茂,以致看不清房里是否亮着灯。阿通正准备绕到后门去,阿杉婆却站在原地没动,并说道:

"本位田家的女人来拜访新免家,岂能从后门进去!"

没办法,阿通只好自己绕到屋后。过了一会儿,门内亮起了灯,阿吟迎出门来。

现在的阿杉婆,跟在田里干活时相比,简直判若两人。

"半夜无法把我们赶走,你才会出来开门吧!真是劳你大驾了!"她说话毫不客气。说完,便径自走进房里。

三

阿杉婆二话不说,一屁股就坐到了主座,活像个灶神爷。阿吟大方地向她打招呼,她敷衍了一下,随即问道:

"听说你家的恶藏回来了,把他叫过来!"

阿吟一头雾水,反问道:"谁是恶藏呀?"

"哈哈哈!这会儿我说漏嘴了!村里人都这么叫,我这个老太婆也被传染了。恶藏就是武藏,听说他从战场回来了,现在一定藏在这儿吧!"

"没看见……"听见弟弟被骂得这么难听,阿吟气得脸色苍白,紧咬着嘴唇。阿通觉得很不好意思,便告诉她今天在浴佛节上看到武藏的事。

"真奇怪!他没回这儿来!"阿通努力帮双方打圆场。

阿吟苦着脸说道:"他没回来,如果回来了,我一定带着他登门拜访。"

话音刚落,阿杉婆猛地用手拍着榻榻米,凶神恶煞地骂道:

"这叫什么话?以为说一句'会登门拜访'就完事了?当初,就是你家的恶藏怂恿我儿子去打仗的。又八可是本位田家唯一的香火啊!可是,他却背着我把又八拐跑了,现在他一个人回来,能交代得了吗?再说,你为什么不来打个招呼?本来你们新免家姐弟就很无礼!你们把我这个老太婆当成什么了……你家的武藏既然回来了,就必须把又八还给我。如果做不到,就把恶藏叫到我面前,跟我报告又八的下落!"

"可是,武藏的确没有回来呀!"

"胡说!你不可能不知道!"

"您是在为难我啊!"说着,阿吟哭倒在地。她突然想到,要是父亲无二斋还在的话,就不会如此受气了。

突然,"嘎!"的一声,过道的门响了一下。不是风吹的,随后从门外传来清晰的脚步声。

"咦?"阿杉婆双眼放光,阿通正要起身——突然,门外一声惨叫,那是人类所能发出的最接近野兽的呻吟声。

接着,有人大叫:"喂!把他抓起来!"

房子周围响起了急促而沉重的脚步声,接着是树枝折断的声音,还有践踏草丛的声音——那声音,听起来绝不止一两个人。

"是武藏!"阿杉婆立刻站起身,瞪着哭倒在地的阿吟说道:

"我就知道他在!你这个女人竟敢骗我!真是岂有此理,你给我记住!"

说着,她走过去打开走廊的门,向外张望。这一看不要紧,阿杉婆顿时吓得面如土色。

原来,有个年轻人仰面朝天地倒在地上,他小腿处佩戴着护甲,口鼻中

不断有鲜血汩汩涌出，样子惨不忍睹。看来，他是被人用木剑之类的东西刺死的。

四

"是……是谁……谁被杀死在这里？"阿杉婆声音颤抖，几乎不能成言。

"咦？"阿通提着灯笼来到走廊，阿吟也战战兢兢地向外窥视。

那个人既不是武藏也不是又八，是个从没见过的武士。阿杉婆虽然吓了一跳，但也放下心来。

"是谁下的毒手呢？"

阿杉婆自言自语着，然后急忙转过头对阿通说："如果被牵连进去就麻烦了，快点回家！"阿通心想，这个老人只在乎儿子又八，来这里说了那么多难听的话。阿吟姐已经够可怜的了，万一真有什么事，她也应该留下来安慰阿吟。于是她说自己晚一点再回去。

"这样啊！随你的便！"阿杉婆毫不犹豫地一个人先走了。

"您提着灯笼吧！"阿吟亲切地问她。

阿杉婆却说："本位田家的阿婆，还没老到走路要用灯笼！"

真是个不服输的老太婆。阿杉婆出了门，她撩好裙摆，径自走向满是露水的野地。

"阿婆！请等一等！"她才一出新免家，就被人叫住了。看来，她还是要被牵连进刚才那起凶案。对面那个人影横握大刀，手脚都戴着护甲，样子十分威武，是个从没见过面的武士。

"您是从新免家出来的吧？"

"是的，没错……"

"您是新免家的人吗？"

"怎么可能！"阿杉婆急忙摆手。接着说道：

"我是河对岸乡士家的老婆子。"

"那么，您儿子就是那个跟新免武藏一同去关原参战的本位田又八喽？"

"是的……但不是我儿子想去，而是被那个恶藏骗去的。"

"恶藏是谁？"

"就是武藏那家伙！"

"看来，他在村里名声很坏。"

"您也知道？他就是一个活阎王，我那傻儿子竟会跟那种人交朋友！为此，我不知掉了多少眼泪。"

"听说您儿子在关原战死了。但是，您别难过，我会替您报仇！"

"您是？"

"我是德川军的兵士。关原大战后，参加过姬路城的围捕行动。现在，我们奉命在播州边境设立关卡，盘查过往行人。这儿的……"他指着后面的土墙继续说道，"那个叫武藏的家伙，在关卡处逃跑了。我们知道他以前是新免伊贺守的人，曾在浮田军中效命，所以一路追到了宫本村——但是，那家伙非常棘手，我们一连追了好几天，想趁他跑累时抓住他，可总也没得手。"

"啊……原来如此。"阿杉婆不住点头。她终于明白，武藏为何不敢在七宝寺露面，也不敢回到姐姐家。她一想到武藏撇下又八自己回来，心中就愤愤不平。于是，说道：

"这位军爷……武藏再怎么厉害，要抓他也不是什么难事。"

"但我们人手不够。就在刚才，我们的一个人还被打死了……"

"我老太婆倒有一条妙计，您附耳过来……"

五

阿杉婆的妙计到底是什么呢？

"喔！原来如此！"那武士听后，不住点头。

"你们要干得漂亮些！"她临走时还不忘加上一句。

没多久，那武士便在新免家房后召集了十四五个人手。他暗中交代了一些事情后，这些人就爬过围墙，潜入屋里。

屋里两个年轻女子——阿通和阿吟正彼此诉说着自己的不幸。屋内烛光昏暗，她们不住帮对方擦拭着泪水。那十几个武士光着脚，忽地拉开门，冲进屋里，房里顿时站满了人。

"啊！"阿通吓得脸色惨白，瑟瑟发抖。而阿吟不愧是无二斋的女儿，她目光犀利，盯着来人。

"谁是武藏的姐姐？"其中一个武士问道。

"我就是！"阿吟回答。

"你们擅入民宅，想干什么？别以为女人好欺负，要是有人敢乱来，我不会饶他！"阿吟毫无惧色地说道。

先前跟阿杉婆交谈的那个，貌似头目的武士指着阿吟说："这人就是阿吟！"

紧接着屋里一阵大乱，蜡灯也突然熄灭了，阿通尖叫一声就摔倒在院子里。事出突然，这群人蛮不讲理，只见十几个身材魁梧的大汉拿着绳子，逼近阿吟，要把她绑走。阿吟不甘示弱，拼死反抗。然而，她还是被人反扭着双臂，按在地上，身上也挨了好几脚。

糟了！

阿通不知道自己究竟身处何地，只能顺着夜路，朝着七宝寺的方向拼命跑去。她光着脚，脑子里空荡荡的。对于这个过惯平静生活的少女而言，眼前的变故已彻底击碎了她的世界。

她终于跑到了七宝寺的山下。

"嘿！这不是阿通姑娘吗？"

原来，树下的石头上坐着一个人。此时，他站起身，原来是宗彭泽庵。

"你这么晚没回来，我很担心，正在到处找你呢！咦？你怎么光着脚……"泽庵低头看着阿通白皙的双脚，阿通一下子扑进泽庵的怀里，边哭边说：

"泽庵师父！不得了了！怎么办哪？"

泽庵依旧不动声色，"不得了了……世上能有什么不得了的事？来，你先冷静一下，告诉我出了什么事。"

"新免家的阿吟姐被人抓走了……又八还没回来，阿吟姐人那么好，却被他们抓走了……我，我以后该怎么办哪？"她靠在泽庵怀里，哭个不停。

 荆棘

一

大地就像少女一样，吐露着炙热的气息，泥土、青草都笼罩在闷热的空气中。人们脸上的汗水仿佛都可以折射出阳光。暮春正午，一切都寂静无声。

武藏一个人走在山里，周围空荡荡的，他挂着那把黑木剑，时不时抬起头观察一下四周的动静。他显得很烦躁，也很疲惫。如果有飞禽出现，他的眼神顿时会变得锐利而机敏，沾满泥土和露水的身体上散发着野兽一样的气息。

"畜生……"他不是在骂某个人，然而这一吼却激发出一股无法抑制的愤怒。他用力挥舞着木剑，"嘎！"的一声，一根碗口粗细的树干被砍断了。

白色的汁液从树干断裂处流了出来，这让他想起了母亲的乳汁，他久久凝视着……失去母亲后，就连家乡的一草一木也变得陌生了。

"为什么村里人都把我当仇人呢？有的人一看到我，马上就去报官；还有的人只远远看到我，就立刻逃之夭夭，仿佛看见野狼一样……"

武藏在赞甘山中，已整整躲了四天。

白天时，他透过薄雾能隐约看见自己家的老房子——姐姐一个人孤零零地住在那儿。有时，他还能看见七宝寺的屋顶，它静静地坐落在山脚下的树林中。

可是，这两个地方，他都无法靠近。浴佛节那天，他夹在人群中去看阿通，没想到她会认出自己，并在大庭广众之下喊出自己的名字。他想，如果

被人发现，不仅自己会被抓，阿通也会受牵连，所以只得慌忙逃走。

当天晚上，他偷偷溜回家，想看看姐姐。不料，又八的母亲恰巧到访，要是她问起又八为什么没一起回来，他真不知道该如何向这位老人解释。所以，他一直在屋外徘徊，只能从门缝里看看姐姐的样子。谁知，自己的行踪还是被姬路城的武士们发现了，逼不得已他只能赶快跑掉，最终连一句话都没能和姐姐说上。

从那时起，武藏就藏在赞甘山。这里山势险峻，能清楚地观察到那些姬路城武士的动向。武藏看到，那些人在拼命搜捕自己，村里人也和他们连成一气，每天到处搜山。

"不知阿通姑娘会怎么想。"

武藏开始变得疑神疑鬼，就连阿通也不敢轻易相信了。村里的每个人都变成了他的敌人，他觉得那些人要切断他所有的生路。

"该如何跟阿通姑娘说呢？又八为什么不回来……唉！还是先告诉他母亲吧！看来，不这么做，这村子就没法待了。"

武藏下定决心，正要下山，但他随即想到，天黑之前绝不能出现在村子里。于是，他想先吃点东西。他用小石子打下来一只小鸟，拔掉鸟毛，撕下肉来直接扔进嘴里，就这样边走边吃。

"啊？！"迎面走来一个人，也不知是谁，一看见武藏就马上逃进林子里。这个人竟毫无缘由地讨厌自己，武藏感到非常气愤。

"等一等！"他向豹子一样朝那人扑了过去。

二

原来这人是来往于各山之间的烧炭工，武藏认得他，便抓着他颈后的头发，把他拎过来。

"喂！为什么要跑？你忘了吗？我是宫本村的新免武藏！我又不吃人，你不打招呼就跑，这像话吗？"

"是，是！"

"坐下！"武藏一松手，那人又要逃跑。这次，武藏用脚踢了那人的腰一下，还举起木剑吓唬他。

"哇！"那人双手抱头，趴在地上，全身抖个不停。

"救……救命啊！"他叫喊着。

武藏实在不懂，村里人为什么都这么害怕自己。

"现在我问你话，你要老实回答，明白吗？"

"我什么都告诉你，只要你能饶我一条命。"

"没人要你的命。我问你，山下是不是有追兵？"

"是的。"

"七宝寺周围是不是也有埋伏？"

"是的。"

"村里那些人，今天是不是也出来搜山，想要抓住我？"

"……"

"你也是他们中的一个吧？"

那男人听到这话，一下子跳起来，像个哑巴似的猛摇脑袋，嘴里含糊不清地说着"不是的，不是的"作势又要逃跑。

"等等！等等！"武藏掐着那人的脖子。

"我姐姐现在怎么样？"

"谁呀？"

"我姐姐——新免家的阿吟姐！姬路城武士逼迫村里人来追捕我，我姐姐没受到牵连吗？"

"不知道，我什么也不知道！"

"你这家伙！"武藏将木剑高举过头顶。

"你说的话很奇怪哟！一定有事，如果你不说，我就打碎你的脑袋！"

"啊！手下留情！我说，我说！"烧炭工合掌求饶，随后说出了阿吟被抓一事，还有村里张贴的布告——凡是给武藏东西吃的人、让武藏留宿的人皆视为同犯。并且，村里每户人家隔一天就得派一个年轻人，跟随姬路城武士去搜山。

听到这儿，武藏怒不可遏，他全身的汗毛都竖了起来。

"真的吗？"他反复问着。

"我姐姐是什么罪名？"他已血灌瞳仁。

"我什么也不知道，我们都很害怕领主。"

"我姐姐被抓到哪里去了？牢房在哪儿？"

"村里人说，好像是在日名仓。"

"日名仓……"武藏双眼充满仇恨，他眺望着边界处的群山，山脊在灰色的暮霭中隐隐可见，可转眼间就消失在茫茫暮色中。

"好！我这就去救您……姐姐……姐姐！"武藏自言自语着，他挂着木剑，循着水声，朝湖边大步走去。

三

晚课的钟声刚刚响过，七宝寺的住持这两天才游学回来。

寺外漆黑一片，伸手不见五指。但寺里却灯火通明，厨房及长老的卧房里烛光摇曳，人影依稀可辨。

"阿通姑娘，你快点出来吧……"武藏一直蹲在正殿和卧房之间的过道里。空气中飘来阵阵饭菜的香味儿，他仿佛看到了热腾腾的米饭和菜汤。这几天，他只能靠一些生鸟肉和野菜充饥，胃里早已空空如也。此时，他的胃突然剧烈抽搐起来，疼痛难忍。

"哇！"武藏一下子吐出了几口酸水，他痛苦之极。

房里的方丈好像听到了什么声音，随口问道："是谁呀？"

那声音突然又消失了，"大概是猫吧！"是阿通的声音，她正端着晚饭朝这边走来，眼看就走到了武藏藏身的过道。

"喂！阿通姑娘！"武藏想叫住她，可剧烈的疼痛让他无法出声。仔细一看，武藏不禁庆幸，原来有个人紧跟在阿通身后。

"浴室在哪儿？"那个尾随者问道。

那人穿着从寺里借来的衣服，腰间扎着根细带子，脖子上挂着毛巾。武藏注目一看，认出那人就是姬路城的武士。他命令部下和村里人日夜不停地搜山，自己却一到天黑就躲进寺里享清闲，还白吃白喝。

"您问的是浴室吗？"阿通随手把东西放下

"我带您去吧！"阿通沿着回廊，向里屋走去。突然，那个留着八字胡的武士从后面抱住了阿通。

"怎么样？不和我一起洗吗？"

"啊！"阿通大叫一声。

那人用两只手夹着阿通的脸，嬉皮笑脸地说："有什么不好的？"说着还把嘴凑到阿通脸上。

"不行！不行！"阿通毫无反抗之力。不知是不是嘴被捂住了，她连声音都发不出来。

武藏见状，早已忘记自己身处险境。

"你干什么？"他跳到回廊上，大喝一声。同时，一记重拳猛击在那武士的后脑，那个武士一下子栽倒在地，武藏急忙护住阿通。

阿通被眼前的一切吓坏了，她大声叫喊着。

那武士仰面摔在地上，他已看清来人是谁，"啊！你是武藏——是武藏！这儿有武藏！快来人哪！"

一时间，慌乱的脚步声和喊叫声在寺里响成一片，钟楼里还传出了"当！当！"的钟声。看来他们早已计划好，一看到武藏就敲钟为号。

好家伙！所有搜山的人都朝七宝寺的方向狂奔过来。之前，他们正沿着赞甘山一带搜寻武藏的踪迹。这会儿，武藏早已逃离了七宝寺，他站在本位田家宽敞的大门前。

"婶婶！婶婶！"武藏看到正房里烛光摇曳，便低喊了几声。

四

"谁呀？"阿杉婆拿着油烛，慢慢走出房来。

就着油烛微弱的光亮，她顺着来人的下巴慢慢向上端详。突然间，阿杉婆那张坑坑洼洼的脸，变得铁青。

"啊！是你……"

"婶婶，我来告诉你一件事……又八他没死，他还活着，他现在和一个女人生活在一起……就是这样，麻烦您转告阿通姑娘。"

说完，武藏仿佛一下子轻松了许多，"啊！终于了了一桩心事。"然后，他拄着木剑，向门外走去。

"武藏！"阿杉婆叫住他。

"你要去哪儿？"

"问我吗？"武藏面露悲色，"我现在要去闯一闯日名仓的哨卡，救回我的姐姐，然后远走他乡。所以，我再也见不到婶婶了……我来只是告诉你们和阿通姑娘，又八没有战死，我没有撇下又八自己跑回来。对这个村子，我已毫无留恋。"

"是这样……"阿杉婆换一只手拿着油烛，一只手招呼武藏过来。

"你肚子很饿吧？"

"我好几天没吃饭了。"

"真可怜哪……我正在熬汤，如不嫌弃就一起吃点吧！也当作给你饯行了！趁现在汤还没熬好，你可以先去洗个澡！"

"……"

"喏！武藏，你家和我家从赤松时代（日本室町时期中的某一阶段）起就同为望族，我真舍不得你走啊！"

"……"

武藏伸手抹去眼泪，温暖而贴心的只言片语使他一下子就放松了戒备，他回想起人与人之间的友好、善良。

"快……快到里面去，要是被人看见就麻烦了……你有没有毛巾啊？对了！这儿有又八的内衣和小褂，一会儿你洗澡时，我会帮你拿进去。现在，我去准备一些饭菜……你就舒舒服服地泡个澡吧！"

说着，阿杉婆把油烛交给武藏，她快步走进屋里。不一会儿，阿杉婆的女儿飞也似的跑了出去。

浴室的门被吹得吱吱作响，里面传来哗哗的冲水声，油烛的灯影随风不停摇曳着。阿杉婆在正房高声问道："水温合适吗？"

浴室里传来武藏的声音："太舒服了……啊！好像又活过来了！"

"你可以慢慢洗，饭菜还没准备好呢！"

"太谢谢了！要知道您这么热心，我早就应该来看您。本来我还以为，婶婶会生我的气呢……"

武藏的声音充满欢喜，他又说了两句什么，但被水声掩盖了。此时，他没听到阿杉婆的回答。

不一会儿，阿杉婆的女儿终于气喘吁吁地跑了回来——她身后跟着二十多名姬路城武士和参加搜山的村民。

阿杉婆已在屋外等了一会儿,见女儿领人回来了,她就迎上前去跟来人耳语了几句。

"什么?你把他骗进浴室里了?这家伙终于露头了……好的!今晚一定要抓住他!"

武士们分成两组,像蛤蟆一样贴在地上匍匐前进,逐渐向浴室靠拢。

夜色中,浴室的烛光显得格外明亮,把周围照得通红一片。

五

似乎有什么地方不对头——一种不祥的直觉涌上心头,武藏不由得打了个冷颤。

他从门缝向外张望,刹那间,他全身的汗毛都竖了起来。

"糟了!上当了!"他大叫一声。

他全身赤裸,浴室又这么狭窄,怎么办?武藏根本没时间想这些。

现在才发现上当,已经太迟了。那些手拿棒子、长矛、捕棍(日本江户时代捕吏所用的器械)的黑影已将浴室团团围住。其实,这些人总共也不过十四五个,可在武藏看来,对方足有四五十个。

他没办法逃跑,因为手边就连一件遮羞的内衣都找不到。但是,武藏并没有害怕,对阿杉婆的满腔怒气,激发了武藏血液中的兽性。

"哼!我倒要看看你们能把我怎么样!"

他不选择防守,在这种情况下,只有采取主动出击。

此时,埋伏在浴室外的人正互相推委,谁也不愿第一个冲进屋里。突然,"砰!"的一声,武藏猛地踹开浴室的小木门,大吼一声:"什么人!"便跳了出来。

他全身赤裸,湿漉漉的头发披散开来。

武藏面露凶光、咬牙切齿,一把就抓住了刺向他的长矛的木柄,随后用力一甩,那人就飞了出去,这只矛被武藏紧握在手中。

"混蛋!"武藏大吼着。

乱战中,武藏挥舞着长矛横扫敌方,尽管对方人多,但这招儿很好使。这种不用枪尖刺而用枪杆横扫的方法,是他在关原战场上学到的。

糟糕!刚才应先派三四个人杀进去。武士们悔之晚矣,只能相互埋怨。

打了十个回合左右,武藏的长矛被折断了。他举起仓库边上用来压咸菜的石头,猛向对面砸去。

"在那儿,他逃进正房了!"外面传来武士们的喊声。

阿杉婆和女儿吓得连鞋都顾不上穿,就向后院跑去。

武藏闯进正屋,到处乱翻,弄出巨大的响声。

"我的衣服呢?我的衣服跑哪儿去了?快还给我!"

地上掉落了几件长工穿的粗布衣,衣橱里也有很多衣服,但武藏看也不看，一心只想找到自己的衣服。

他拼命四处翻找，终于在厨房的角落里找到了那身破旧的衣服。他抱着衣服，踩着土墙，顺天窗爬到了房顶。

院里一阵骚乱，那些人发出的呼叫声，就像看到了洪水溃堤一样。武藏走到正屋屋顶的中央处，慢条斯理地穿起衣服，他用牙齿从腰带上撕下一条布，紧紧绑住湿漉漉的头发。可能是绑得太紧，连他的眉角、眼角都被绷得吊起来。

春日的夜空中，星斗满天。

 孙子

一

"喔——哎！"这边山上有人喊着。

"喔——哎！"对面山上就有人回应。可以听出，那回声从很远处传来。

每天都有人去搜山。

村里人再也无暇养蚕、种地。

在村长家门前、村口处都立着高高的告示牌，上面写道：

本村正全力追捕新免无二斋遗子——武藏，其人出没于山林之间，乱杀无辜、罪大恶极。如发现武藏，可将他就地处决。且擒获、斩杀武藏有功者，皆应论功行赏。具体如下：

抓获武藏者，赏银钱十贯

斩首武藏者，赏耕地十块

通报武藏藏匿之处者，赏耕地两块

如上

庆长六年 池田胜入斋 辉政 家臣

本位田家大门紧闭，入口处还围起了高高的栅栏。村里人都说，武藏一定会回来找他们报仇，阿杉婆和家人每天都战战兢兢。姬路城的池田家还派过来很多人手，他们轮流把守在这儿，单等武藏一出现，就用号角、钟声和所有能发出声音的东西，来通知自己人。所有人的神经都紧绷着，只等武藏主动送上门。

不过，他们的苦心白废了。

今天早晨，武藏仍旧没有出现。

"哇！又有人被杀了！"

"这回是谁？"

"好像是个武士！"

有人在村头的草丛里发现一具尸体，那人脖子被刺穿，双脚朝天，死相很奇怪。人们面露惧色，又难掩好奇之心，纷纷交头接耳议论起来。

据说，那个人的头盖骨被砸碎了，好像是被谁用村口处的告示牌砸的。那块染满血迹的告示牌，被扔在死者的背上。

告示牌的正面便是奖赏之类的内容，有人不经意地读了出来。读着读着，那种恐惧感渐渐消失了，周围人突然觉得这些文字很可笑。

"哪个家伙在笑？"有人责问。

此时，阿通也夹杂在村民中。看到眼前这一幕，她吓得急忙缩回头，她的脸上、嘴唇已毫无血色。

早知道就不看了。阿通很后悔，她的眼前总浮现出那张扭曲的脸。她要尽快摆脱眼前这一切，于是小步跑回寺里。

迎面走来一个军官，正是之前一直住在寺里的武士头领，他已把七宝寺当成了自己家。此时，他面色慌张、脚步凌乱，跟在他身后的五六个部下肯定刚向他汇报了村头死尸一事，眼前他正打算赶往那里。看到阿通，这个军官故意装作满不在乎地问道："是阿通啊！你去哪儿了？"

自从那晚被这个军官轻薄过之后，阿通就对他厌恶至极。看到面前这人脸上那两撇好像死泥鳅一样的八字胡，阿通差点儿恶心得吐出来。

"买东西去了！"

阿通丢下这句话，就头也不回地跑上了正殿前高高的石阶。

二

泽庵在正殿前边逗着狗玩。

看到阿通边躲着狗，边跑过去，就叫住了她。

"阿通姑娘！有你的信哟！"

"什么？我的信？"

"刚才你不在，我就替你收了。"说着，泽庵从袖口中掏出信，递到阿通手中。

"你脸色不好，怎么了？"

"刚才在村口那边看到一个死人，感觉很不舒服……"

"那种事情最好别看——不过，这个世界到处都有死人，就算你捂起眼睛还是会碰到。真让人伤脑筋啊！原本以为，这个村子是唯一的净土呢！"

"武藏为什么要杀那么多人呢？"

"他不杀别人，别人就来杀他——尽管他杀人不对，但也不能白白死掉呀！"

"太可怕了……"说着，阿通打了个寒颤，不由得缩紧双肩。

"要是他来了，怎么办哪？"

远处，灰黑色的卷毛云逼近山梁。阿通茫然地拿着信，躲进了厨房旁边的织布房里。

织布机上挂着一块还没织好的布料，那是块男用衣服的布料。

从去年开始，阿通就日夜不停地织布，她把思念化作根根丝线，一起织了进去。期待有一天又八回来，能把它穿在身上。

她在织布机前坐了下来。

"是谁寄来的？"

她仔细看了看信封上的字迹。

她是个孤儿，没人会写信给她，也没人需要她寄信。她想，是不是谁弄错了？又低头仔细看了看收信人的姓名。

这封信似乎辗转很多地方才寄到这里，信封上满是折损的痕迹，还有雨渍，已经破烂不堪。打开信封，两张纸掉了下来，她先展开了其中一封信。

那是个陌生女人的字迹，好像还是个中年女人。

阿通姑娘：

如果你已看过第一封信，我就不再多言了。但为了慎重起见，我还是决定附上此信。

机缘巧合，我已认又八当养子，但他似乎一直挂念着你。为避免双方再有任何瓜葛，我希望你们能划清界限。今后，请忘记又八。谨以此信告知。

敬具

阿甲

另外一封信是又八的笔迹，他写了一大堆不能回乡的理由。

信的最后，还是让阿通忘了自己，另嫁他人。又八还提到，自己不知如何告诉母亲这一切，拜托阿通转告母亲，自己在外地过得很好。

读完信，阿通仿佛被冷水泼头一般，竟然一滴眼泪都没流。她双手捧着信，抖个不停，她的指甲毫无血色，就像刚才看见的那死人的指甲一样。

三

"八字胡"的部下全都露宿在野地，他们日夜奔忙、疲惫不堪。可这个军官却把七宝寺当成了自己歇脚的地方。为了侍候好这位军爷，每到傍晚寺里的人就忙得不亦乐乎，又是给他烧洗澡水，又是煮饭炖鱼，还要从老百姓家找来好酒。

今天傍晚，又到了该准备一切的时候，可仍不见阿通的踪影。看来，"八字胡"今晚要挨饿了。

泽庵到处寻找阿通，不停喊着她的名字，就像父母在找走丢的孩子。他找遍整个寺院，仍不见阿通，织布房的门紧闭着，里面并没有梭子织布的声音。泽庵已在那儿找了好几遍，但始终没有推门进去看看。

住持时而走到回廊上，大喊着："阿通！你在干吗？"

"她应该在寺里。没人斟酒，客人无法尽兴，会不高兴的。快去找她！"

最后，寺里干活的男仆只得提着灯笼，下山去找。

此时，泽庵突然推开了织布房的门。

阿通果然在这里。她掩面伏在织布机上，周围一片漆黑，她是那么孤独、凄凉。

看到阿通这副样子，泽庵并未急着开口，他看到阿通脚下踩着两封信，那信纸已被脚揉碎、踩烂，可见阿通有多么痛恨它们，就像痛恨诅咒人偶一样。

泽庵轻轻捡起那信。

"阿通姑娘！这是今天送来的信吧！请把它收好！"

阿通并没伸手去接，只是轻轻摇了摇头。

"大家都在找你呢……快点吧！我知道你不愿去，可住持还等着你给客人斟酒呢，他现在急得发慌！"

"我头好痛……泽庵师父……今晚，我可以不去吗？"

"我从不认为去给别人倒酒是件好事，但这儿的住持不过是个凡夫俗子，他喜欢趋炎附势，没有能力在领主面前维护寺庙的尊严——所以，我们不得不应付那个'八字胡'。"泽庵一边劝着，一边拍着阿通的背。

"你从小就是这儿的和尚养大的。现在，正是需要你回报寺里的时候……怎么样？只要稍微露个脸就好！"

"快起来！走吧！"

泽庵扶起阿通，阿通满脸是泪，终于抬起了头。

"泽庵师父……我这就去，很抱歉！您能陪我一起去客房吗？"

"没问题！只是那个'八字胡'很讨厌我，而我一看到那张脸也总想讽刺他两句。虽然这样做太不成熟了，但我就是忍不住。"

"那么，就我一个人去吗？"

"住持会在那里，没事的！"

"每次我一去，住持就找理由躲开了。"

"哦！那还真让人不放心哪……好！我陪你去，别再犹豫了！快去打扮一下！"

四

在客房里，那个军官看到阿通姗姗来迟，赶紧整理好衣冠，满脸堆着笑。之前，他已喝了不少酒，此时他满脸通红、眼角发沉，细长而下垂的眼睛跟上翘的八字胡，恰巧凑成个圆弧。

虽然他看到了阿通，但仍觉得很扫兴。原来，烛台对面坐着个碍眼的闲人，这个人把书放在膝盖上，像个近视眼似的弯腰低头正看着。

这个人就是泽庵。"八字胡"以为他是寺里打杂的小和尚，便用下巴对着他说道："喂！你！"

可是泽庵根本没抬头，阿通急忙悄悄提醒他。

"啊？叫我吗？"泽庵故意东张西望。"八字胡"十分高傲地说：

"喂！打杂的！这里没你的事了，退下去！"

"不！我待在这儿很好。"

"我在喝酒，你却在旁边看书，真煞风景！站起来！"

"我已经放下书了。"

"真碍事！"

"那么，阿通姑娘！请帮我把书拿到外面去。"

"我说的不是书，是你！你坐在这儿，实在有碍观瞻！"

"那就难办了！我又不能像孙悟空一样化成一缕烟，或是变成一条虫子，落在饭菜上……"

"快给我退下！你，你这没大没小的家伙！"他终于被惹怒了。

"好的。"泽庵假意害怕，站起身来到阿通身边，拉起她的手。

"客人说他喜欢一个人待着。喜欢孤独，此乃君子之风。我们走吧，不要打扰他！"

"喂！喂！"

"什么事？"

"谁说阿通也要一起退下了？你这个家伙！太不识相！"

"大家的确都不太喜欢和尚和武士呢——看看你的胡子，就知道了！"

"快给我道歉！你这家伙！"

他伸手去拿立在墙角的战刀。泽庵则目不转睛地盯着那上翘的八字胡。

"您要我怎样道歉呢？"

"你这打杂的！越来越不像话了！我非好好收拾你不可！"

"您是要砍贫僧的头吗……啊哈哈哈！您省省吧！这样太没意思！"

"你说什么？"

"没有人为斗气而砍和尚的头，如果我人头落地后，还能对你微笑，你岂不是白费劲。"

"好！我倒要看看，你脑袋掉了，还怎么耍贫嘴！"

"好啊！"

泽庵嘴不饶人，不断激怒那个军官。八字胡握刀的手，因愤怒而抖个不停。阿通一直挡在泽庵身前，她一个劲儿地哀求泽庵住口。

"您在说什么？泽庵师父！您怎么可以这样跟军官大人讲话呢？求求您快道歉吧！要不然，您就要性命不保了！"

然而，泽庵却答道："阿通姑娘！你先下去吧——我这儿没关系！那么多人花了二十多天时间，还解决不了一个武藏，又能把我怎么样？要是真把我杀了，才叫人笑话呢！大笑话！！"

五

"哼！有本事别动！"

"八字胡"满脸通红，摁动了刀鞘。

"阿通！你退下！我非把这个爱耍嘴的家伙劈成两半不可！"

阿通把泽庵护在身后，跪在"八字胡"脚边苦苦哀求："他惹您生气，真对不起。这个人跟谁讲话都这样，决不是故意戏弄您。"

泽庵听到这儿，便说："阿通姑娘！你说什么呢？我可不是在戏弄谁，我说的都是事实。他们就是废物，所以别人才叫他们'废物武士'，这有什么不对？"

"别再说了！"

"我还要说。这阵子为搜捕武藏，整个村子被闹得鸡犬不宁。武士们当然有很多时间，但老百姓就遭殃了！他们不得不放下手中的农活，每天去搜山，又得不到任何工钱，佃户们都快没饭吃了！"

"哼！你这个打杂的！竟敢仗着和尚的身份随意批评朝政。"

"我没有批评朝政——我说的是那些介乎于领主和百姓之间的官吏，他们表面奉公守法，其实是浪费国家俸禄的蛀虫——就像你！你每晚都穿着舒适的便装，要泡热水澡，还要美女陪酒，你究竟想干什么？谁给了你这种权力？"

"……"

"侍君以忠，待民以仁。这是为官者的本分。不管农田荒芜，无视部下辛苦，只顾自己偷闲享受。明明是办公期间，却在这儿饮酒作乐。简直是挟天子之威，行劳民伤财之事，这不就是典型的贪官污吏吗？"

"……"

"如果你把我的头砍下来，拿到姬路城辉政大人面前，大人一定会感到很奇怪，他还会问'咦？这不是泽庵吗？怎么今天只有头来了？身子呢？'我在妙心寺的品茶会上，就已认识辉政大人，从那时起我们就成了好友。此外，在大阪地区和大德寺，我们还见过几面。"

听到这儿，"八字胡"泄了气，酒也渐渐醒了。可是，他还无法判断泽庵的话是真是假。

"你还是先坐下来吧！"泽庵故意给他个台阶。

"如果你不信，我现在就可以拿些土特产，跟你到姬路城的辉政大人那儿去对证……不过，我最讨厌去拜访领主了……再加上，如果我和大人聊天时，不小心说出你在宫本村的种种恶行，他可能会让你剖腹谢罪。所以，一开始我就警告过你，当武士的人要给自己留条后路。其实，武士的弱点就在于此。"

"……"

"把刀放回去吧！我还有一句话要说，你读过《孙子兵法》这本书吗？这是一本兵书。当武士的人，应该都知道《孙子兵法》——关于这一点，我正想给你上上课，教你如何兵不血刃，就能抓住宫本村的武藏。这可关系到您的前途啊！您还是仔细听听吧……来！请坐。阿通姑娘！请再给他倒一杯。"

六

面前这两个人，年龄相差十几岁。泽庵刚三十多岁，而"八字胡"已四十出头。然而，人与人之间差异，并不是以年龄来计算的，而是取决于每个人的资质，以及后天的磨炼。如果能在日常生活中，勤于修行、磨炼，那任何人都能参悟到深刻的人生哲理。

"哦！不能再喝了！"

刚才耀武扬威的"八字胡"，现在温顺得像只猫。

"原来如此，我不知道您和辉政大人是故交，刚才多有得罪，请多多包涵。"

"八字胡"诚惶诚恐的样子有些滑稽。

"好了好了！这种事没有什么大不了的。重要的是如何抓住武藏。总之，这件事关系到阁下的使命和武士们的颜面。"

"的确如此……"

"即便武藏迟迟不归案，您依旧可以悠闲地住在寺里，还可以茶来伸手、饭来张口，更可以追求阿通姑娘，但是……"

"咳！那些事就……请不要跟辉政大人提起。"

"要我保密是吧？这我知道——话说回来，如果每天都命人搜山，长此以往，农民会更加穷困，人心也不得安宁，老百姓根本无法安心耕种。"

"的确如此。为此事，我每天也是夜不能寐啊！"

"你根本就是束手无策嘛！看来，你这小子根本不懂兵法。"

"我真惭愧！"

"的确应该好好反省一下！说你们无能、好吃懒做，实不为过——不过，这样数落你们，我也于心不安，所以我保证三天之内抓住武藏。"

"什么？"

"你不信?"

"可是……"

"可是什么?"

"我们从姬路城调来数十名援兵,加上农民、足轻,总共有两百多人,他们每天搜山,仍然一无所获。"

"你们真是煞费苦心哪!"

"另外,现在正好是春天,山上能找到很多吃的东西。因此,现在对我们不利,而对武藏有利。"

"那就等到下雪嘛!"

"这样也……"

"行不通?对吧?所以,我才说由我来抓他。我不需要其他人手,一个人就可以应付。对了!阿通姑娘可以来帮我,两个人,足够了!"

"您又在开玩笑了!"

"岂有此理!难道我宗彭泽庵一天到晚就会开玩笑吗?"

"抱歉!"

"由此看来你小子真是不懂兵法。我虽然只是个和尚,却对《孙子兵法》略知一二。不过,在动手之前,我有个条件。如果你不答应,那我只能袖手旁观。"

"什么条件?"

"抓到武藏后,要由我来处置他。"

"嗯……这个嘛……"

"八字胡"捻着胡子,暗自权衡:"这个不知天高地厚的年轻和尚,可能故意说大话来吓唬我。如果我现在答应他,他也许在情急之下,就会露出狐狸尾巴。"想到这儿,"八字胡"一口答应下来。

"可以!如果高僧能抓到武藏,就任凭您处置。可万一您在三日内没抓到他,怎么办?"

"那我就在院子里的树上,这样——"说着,泽庵比画了一个上吊的样子,还吐出了舌头。

七

"那个泽庵和尚大概疯了。我今早听说,他接受了一件极其荒唐的任务。"

寺里的男仆面带愁容,跟厨房干活的人说着。

"真的吗?"大家十分惊诧。

"他打算怎么做呢?"每个人都瞪大双眼,关切地询问。

不久,连住持也知道了这件事,为了显示自己未卜先知,他说了些"这就是祸从口出啊!"之类的话。

其实，真正替泽庵担心的只有阿通。她一直非常信任未婚夫又八，没想到又八会突然寄来休书，这个打击比听到又八战死疆场还要令她痛不欲生。她之所以一直忍受着阿杉婆的坏脾气，是因为她是自己未婚夫的母亲。如今她和又八已解除婚约，今后的人生她究竟要依靠何人呢？

对于这个人生一片灰暗的少女来说，泽庵是唯一的指路明灯。

那天，她在织布房里独自哭泣，用剪刀绞烂了那块为又八精心纺织的布料，还想一死了之。后来在泽庵的劝慰下，她改变了主意。她去客房的路上，泽庵一直牵着她的手，使她倍感温暖。

然而，这个泽庵师父竟然做出这种决定。

现在，阿通已顾不上自己的痛苦。她一想到泽庵可能会为这个荒唐的约定而丧命，就如同万箭穿心一般。

以她的常识判断，大家花了二十多天拼命搜山都抓不到武藏，现在，仅靠泽庵和自己两个人，想要在三天内抓到武藏，简直就是天方夜谭。

为使双方的约定更令人信服，泽庵和"八字胡"还在八幡神（日本的弓箭之神）面前立下了誓约。泽庵跟"八字胡"打过招呼后，就回到了正殿，阿通禁不住责怪他太过鲁莽。但是，泽庵却轻轻拍了拍阿通的肩，说这没什么好担心的。如果能借此机会帮村里解决这个大麻烦，连接因幡（日本旧国名，位于今鸟取县东半部）但马、播磨（日本旧国名，位于今兵库县西南部）、备前四洲的交通要道就会重新恢复安宁，很多人也会因此得救。跟这些相比，自己的一条命又算得了什么！总之，到明天傍晚之前，阿通姑娘尽管好好休息。不用担心那么多，一切交给我好了！

但是，阿通依旧惴惴不安。

眼看时间就要到傍晚了。

阿通终于在正殿角落里找到了泽庵，原来，他正跟猫一起睡大觉呢！

看到她一脸茫然的表情，寺里上上下下的人都说"不要去！阿通姑娘！"、"要不先躲起来吧！"

无论是住持，还是男仆、杂工，所有的人都极力劝阻她不要跟泽庵同行，但无论如何，阿通都无法那么做。

太阳已偏西。

坐落于群山脚下的英田河和宫本村，笼罩在一片金黄之中。

一只猫从正殿跑了出来。泽庵终于睡醒了，他来到回廊，伸了个大大的懒腰。

"阿通姑娘！我们就要出发了，准备一下吧！"

"我已准备了一大堆东西，有草鞋、拐杖、绑腿，还有药和桐油纸。"

"还得带一样东西！"

"是长矛还是大刀？"

"你不信？"

"可是……"

"可是什么？"

"我们从姬路城调来数十名援兵，加上农民、足轻，总共有两百多人，他们每天搜山，仍然一无所获。"

"你们真是煞费苦心哪！"

"另外，现在正好是春天，山上能找到很多吃的东西。因此，现在对我们不利，而对武藏有利。"

"那就等到下雪嘛！"

"这样也……"

"行不通？对吧？所以，我才说由我来抓他。我不需要其他人手，一个人就可以应付。对了！阿通姑娘可以来帮我，两个人，足够了！"

"您又在开玩笑了！"

"岂有此理！难道我宗彭泽庵一天到晚就会开玩笑吗？"

"抱歉！"

"由此看来你小子真是不懂兵法。我虽然只是个和尚，却对《孙子兵法》略知一二。不过，在动手之前，我有个条件。如果你不答应，那我只能袖手旁观。"

"什么条件？"

"抓到武藏后，要由我来处置他。"

"嗯……这个嘛……"

"八字胡"捻着胡子，暗自权衡："这个不知天高地厚的年轻和尚，可能故意说大话来吓唬我。如果我现在答应他，他也许在情急之下，就会露出狐狸尾巴。"想到这儿，"八字胡"一口答应下来。

"可以！如果高僧能抓到武藏，就任凭您处置。可万一您在三日内没抓到他，怎么办？"

"那我就在院子里的树上，这样——"说着，泽庵比画了一个上吊的样子，还吐出了舌头。

七

"那个泽庵和尚大概疯了。我今早听说，他接受了一件极其荒唐的任务。"

寺里的男仆面带愁容，跟厨房干活的人说着。

"真的吗？"大家十分惊诧。

"他打算怎么做呢？"每个人都瞪大双眼，关切地询问。

不久，连住持也知道了这件事，为了显示自己未卜先知，他说了些"这就是祸从口出啊！"之类的话。

其实，真正替泽庵担心的只有阿通。她一直非常信任未婚夫又八，没想到又八会突然寄来休书，这个打击比听到又八战死疆场还要令她痛不欲生。她之所以一直忍受着阿杉婆的坏脾气，是因为她是自己未婚夫的母亲。如今她和又八已解除婚约，今后的人生她究竟要依靠何人呢？

对于这个人生一片灰暗的少女来说，泽庵是唯一的指路明灯。

那天，她在织布房里独自哭泣，用剪刀绞烂了那块为又八精心纺织的布料，还想一死了之。后来在泽庵的劝慰下，她改变了主意。她去客房的路上，泽庵一直牵着她的手，使她倍感温暖。

然而，这个泽庵师父竟然做出这种决定。

现在，阿通已顾不上自己的痛苦。她一想到泽庵可能会为这个荒唐的约定而丧命，就如同万箭穿心一般。

以她的常识判断，大家花了二十多天拼命搜山都抓不到武藏，现在，仅靠泽庵和自己两个人，想要在三天内抓到武藏，简直就是天方夜谭。

为使双方的约定更令人信服，泽庵和"八字胡"还在八幡神（日本的弓箭之神）面前立下了誓约。泽庵跟"八字胡"打过招呼后，就回到了正殿，阿通禁不住责怪他太过鲁莽。但是，泽庵却轻轻拍了拍阿通的肩，说这没什么好担心的。如果能借此机会帮村里解决这个大麻烦，连接因幡（日本旧国名，位于今鸟取县东半部）但马、播磨（日本旧国名，位于今兵库县西南部）、备前四洲的交通要道就会重新恢复安宁，很多人也会因此得救。跟这些相比，自己的一条命又算得了什么！总之，到明天傍晚之前，阿通姑娘尽管好好休息。不用担心那么多，一切交给我好了！

但是，阿通依旧惴惴不安。

眼看时间就要到傍晚了。

阿通终于在正殿角落里找到了泽庵，原来，他正跟猫一起睡大觉呢！

看到她一脸茫然的表情，寺里上上下下的人都说"不要去！阿通姑娘！"、"要不先躲起来吧！"

无论是住持，还是男仆、杂工，所有的人都极力劝阻她不要跟泽庵同行，但无论如何，阿通都无法那么做。

太阳已偏西。

坐落于群山脚下的英田河和宫本村，笼罩在一片金黄之中。

一只猫从正殿跑了出来。泽庵终于睡醒了，他来到回廊，伸了个大大的懒腰。

"阿通姑娘！我们就要出发了，准备一下吧！"

"我已准备了一大堆东西，有草鞋、拐杖、绑腿，还有药和桐油纸。"

"还得带一样东西！"

"是长矛还是大刀？"

"什么呀……是吃的!"

"您说的是干粮?"

"还有锅、米、盐、豆酱……最好再带点酒!总之,厨房里有的东西全都拿来。然后,把这些东西挂在扁担上,我们挑着走。"

受绑之笛

一

近处山色之漆黑远胜浓墨,远处的山色之淡然恰似云母。此时正值暮春时节,春风和煦。

小路上雾气缭绕,就连大叶竹、藤蔓也笼罩在浓浓的雾气中。离村子越远,山路越潮湿,好像昨夜刚下过一场大雨似的。

"阿通姑娘,你还好吧?"

他们担着挂满行李的扁担,泽庵在前,阿通在后。

"一点也不好!我们到底要去哪儿呀?"

"我也在想呢……"泽庵回答得心不在焉,"再往前走一点吧!"

"我倒不怕走路,可是……"

"是不是累了?"

"不是!"阿通的肩膀被扁担压得很痛,她不时地换着肩。

"谁都没有碰到呀!"

"今天,'八字胡'一整天都没在寺里,他把搜山的人统统撤回村里。看来,他是准备看热闹了!"

"泽庵师父!您究竟打算如何抓住武藏?"

"过一会儿,他肯定会出现的。"

"出现之后我们怎么办?他平时就很凶悍,这会儿被困在山里,难免要做困兽之斗。现在的武藏,简直就是一个魔鬼!一想到他,我就浑身发冷。"

"快看!你脚边有什么东西!"

"哎呀!你吓死我了!"

"不是武藏啦!我看道边有藤蔓做的绊马索,还有荆棘围的矮墙,所以叫你注意。"

"看来,那些人想把武藏置于死地。"

"如果不多加小心,我们也会掉入陷阱的!"

"啊?我吓得连一步都走不动了!"

"别害怕!要掉也是我先掉下去!不过,这些人只是白费工夫。喔!山

地之卷

谷变得越来越狭窄了！"

"刚才，我们已经翻越了赞甘山的后山。现在，这里应该是过原山一带。"

"天这么黑，我都辨不清方向。"

"我也辨不清。"

"把行李放下来吧！"

"干什么？"

"小便！"说着，泽庵走到悬崖边上。

英田河上游正位于泽庵脚下，湍急的水流自百尺高的悬崖上倾泻而下，拍打在岩石上，发出阵阵如野兽低吼般的巨响。

"啊！真痛快！真乃天人合一也！"

泽庵一边方便，一边仰头数星星。

阿通站在远处，有些担心，便问道："泽庵师父！还没好吗？怎么那么久？"

他终于回来了，"我顺便卜了一卦。卦上说，这件事已有头绪。"

"卜卦？"

"说是卜卦，其实是一种'心卦'，更准确地说是'灵卦'。此卦综合了地相、水相和天相。闭目凝神之时，'灵卦'自会告诉你应去哪座山。"

"是高照山吗？"

"我不知道那山叫什么，不过山腰处有一片没有树木的平原。"

"那是虎杖草牧场！"

"虎杖草……刚好我们要抓山中猛虎，这是个好兆头！"泽庵不禁朗声大笑。

二

在高照山的半山腰有一片地势平坦、视野宽阔的地带，这里面朝东南方，村里人都叫它虎杖草牧场。

虽然叫做牧场，却不见任何牛马。只有湿润的微风轻轻拂过小草，一切都是那么空旷、寂寞。

"来！我们就在这儿扎营。这会儿武藏好比曹操，我就好比诸葛亮。"

阿通放下行李，随后问道："要在这儿干吗？"

"坐着！"

"坐着？这能抓住武藏吗？"

"如果在四周挂上网，我连天上的鸟都能抓住，何况武藏！简直就是小菜一碟！"

"泽庵师父，您不会被妖怪附身了吧？"

"我们来生火！说不准他就要上钩了！"

泽庵捡了些枯树枝，生起一堆篝火。看着熊熊燃烧的火焰，阿通稍微踏实了一些。

"有了火，感觉不那么害怕了！"

"你很担心吗？"

"这个……谁也不愿意在荒郊野外过夜啊……要是突然下起雨怎么办？"

"刚才上山时，我看到这儿下边正好有个山洞。要是下雨，我们就躲到那儿去。"

"我想，武藏也会在晚上或下雨时躲到山洞里吧……为什么村里人一定要把他当成眼中钉呢？"

"是权力造成的。越是本分的老百姓就越惧怕权贵，因此他们才会把自己的手足赶出家园。"

"也就是说，他们只顾自己的安危？"

"这些无权无势的可怜人，我们应该宽恕他们。"

"为抓一个武藏，那些姬路城武士有必要如此大动干戈吗？"

"这关乎到时局的稳定。从关原大战之后，武藏就一直被敌人穷追猛打，为回村子，他冲破了边境哨卡，还杀了把守关卡的哨兵。他一错再错，不停地杀人，最后终于落到性命难保的境地。这不是别人的过错，都缘于他自己不谙世事。"

"你也痛恨武藏？"

"当然！如果我是领主，一定会将他处以极刑。为以儆效尤，我要将他碎尸万段。即便他钻到地底下，我也要刨土掘根，把他绳之以法。如果轻易饶过他，朝纲政绩就会败坏，更何况现在正值乱世。"

"泽庵师父表面看起来很温和，原来内心是如此爱憎分明。"

"当然要爱憎分明！我就是一个光明正大、赏罚分明的人。正是秉持着这样的信念，我才来到这儿。"

"咦？"阿通好像看到了什么东西，从火堆旁站起身来。

"刚才，那边的树林里好像有嚓嚓的脚步声。"

三

"什么？脚步声……"

泽庵侧耳听了一会儿，突然大声笑道"哈哈哈！是猴子啦……你看那边，一只母猴背着小猴，向那边树上跳过去。"

听到这儿，阿通松了一口气，"啊……吓死我了！"她又重新坐了下来。

之后，两人一直默默注视着熊熊的火光，直到深夜谁都没再开口。

看到火堆就要熄灭，泽庵又加了些枯枝。

"阿通姑娘！你在想什么？"

"我……"

阿通的双眼被火熏得又红又肿，听到泽庵问她，她不由地把目光投向繁星满天的夜空。

"我在想，这个世界是多么不可思议啊！无数的星星在寂静的夜空中——不对，我说错了，应该说夜空包罗万象——它是那样辽阔，又是那样安详，同时还在慢慢地发生变化。无论发生什么事，这个世界都会照常运转下去，而我是多么渺小、多么微不足道。我的命运好像也被一种未知的力量支配着……我刚才想的就是这些毫无边际的事情。"

"你在说谎吧……也许你曾经想过这些，但现在你想的肯定是另外一件事！"

"……"

"有件事要向你道歉，阿通姑娘！老实说，我看过你的信了。"

"哪封信？"

"那天在织布房里，我帮你捡起信，可你没接，光顾着哭，所以我就放在袖子里了……然后，说起来有些失礼，我如厕的时候太无聊，就仔细看了一遍。"

"天哪！真过分！"

"看过信后，我什么都明白了。阿通姑娘！其实这件事对你反而是好事。"

"为什么？"

"像又八那种不可靠的男人，如果你真和他成了亲，他再丢给你一纸休书，岂不是更糟！还好你们只是订亲，这样倒让我觉得很庆幸。"

"女人是不会这样想的。"

"那么，你是怎么想的？"

"我觉得很委屈……"

突然，阿通咬着袖口说："我一定……一定要找到又八，告诉他我有多么想念他，否则我实在不甘心！而且，我还要去找那个叫阿甲的女人。"

泽庵望着一脸绝望与痛苦的阿通嘀咕着："又来了……"

"阿通姑娘！我原以为你能一直无忧无虑地生活下去，不必知道世间险恶、不必了解人心叵测，永远这么单纯、这么快乐。没想到，你还是被卷入了命运的狂潮。"

"泽庵师父！我，我该怎么办？我好冤枉！好冤枉！"阿通把头埋进臂弯，她的脊背随着啜泣声一起一伏。

四

白天，泽庵和阿通会躲到山洞里，饱饱地睡上一觉。

另外，食物储备也相当充足。

但是，最重要的就是如何抓住武藏。不知泽庵葫芦里卖的什么药，他连找都不找，好像完全不把这件事放在心上。

转眼间，已到了第三天晚上。

阿通像前两天一样，依旧坐在火堆旁。

"泽庵师父！今晚可是约定的最后期限了！"

"是啊！"

"您准备怎么做？"

"做什么？"

"您还问做什么？我们之所以来到这儿，不就是为了履行一个重要的誓约吗？"

"嗯！"

"如果今晚还抓不到武藏……"

泽庵连忙打断她的话，"我知道。如果我办不到，就得吊死在千年杉树上。不过，你别担心，我还不想死呢！"

"那么，您至少也得去找一找啊！"

"找？能找到吗——在这大山里？"

"我真搞不懂您在想什么！换作是我，除非有必胜的把握，才有胆量立下这个誓约。"

"是的！就是胆量！"

"难道泽庵师父接受这个任务，只是因为有胆量？"

"嗯！可以这么说！"

"哎哟！我担心死了！"

阿通本以为泽庵是个很自信的人，所以才把他当成自己的依靠。现在看来，完全不是这么回事，她真的开始担心起来了。

这个人是不是疯了！

有些精神失常的人常常高估自己，把自己当成伟人、救世主，说不准泽庵就是这种人。

阿通开始怀疑起来。

"快到午夜了！"泽庵喃喃自语，好像现在才意识到时间。

"是啊！天就要亮了！"阿通故意加重了语气。

"真奇怪呀……"

"您在想什么？"

"他差不多快出现了。"

"您指的是武藏？"

"对呀！"

"谁会主动送上门呢?"

"不对!并不是这样。其实,每个人的内心都很脆弱,没有人天生就喜欢孤独。更何况他现在被周围人仇视、追杀,不得不困在这冰冷而残酷的地方。奇怪?看到这温暖的篝火,他没理由不出现哪!"

"也许,这不过是泽庵师父一厢情愿的想法吧!"

"不!"泽庵的声音充满自信,他断然地摇了摇头。这样一来,阿通反而觉得很安慰。

"想必,新免武藏已经来到附近了。只是,他不知道我们是敌是友。他犹豫不决、疑神疑鬼,又不能走过来询问,只能躲在暗处偷偷监视。对了!阿通姑娘,能把你插在腰间的东西借我看一下吗?"

"是这支横笛吗?"

"对!就是这支笛子。"

"不行!这支笛子我谁也不借!"

五

"为什么?"泽庵一反常态,显得非常固执。

"不为什么!"阿通摇着头答道。

"就借我一下嘛!笛子越吹音色才会越好,我又吹不坏。"

"但是……"阿通用手护着腰间,就是不答应。

阿通这只笛子从不离身,是她最宝贵的东西。泽庵曾听她说起过这支笛子与她的身世有关,所以很了解阿通此刻的心情。不过,他觉得现在借用一下也无妨。

"我不会弄坏的,就让我看一下吧!"

"不行!"

"无论如何都不行吗?"

"嗯……就是不行。"

"唉!真固执呀!"

"对!就是这么固执!"

"那好吧……"泽庵终于让步了,"那阿通姑娘来吹首曲子吧!"

"不行!"

"这也不行吗?"

"对!"

"为什么?"

"我会哭的,没法吹!"

"喔……"

对于阿通,泽庵充满怜悯,他深切感受到这个孤女有多么固执、倔强。她的内心是如此冰冷、无助,又总是渴望拥有那些自己没有的东西。

其实，阿通最缺少的就是爱。她经常在脑海里勾画着父母的形象，她总是在心底默默呼唤着那从未谋面的双亲，想象着他们也在呼唤着自己。然而，她始终无法体会到真正的骨肉之情。

那支笛子就是她父母的遗物，她对双亲的全部想象都幻化成这支小小的横笛。当她还在襁褓中时，就被人丢弃在七宝寺的檐廊下。那时，这支笛子就别在她身上。

可以说，这支笛子是她寻找父母的唯一线索。而且，在未找到亲人之前，笛子就代表着父母，而笛声就像是父母的声音。

一吹笛子就想哭。

阿通不愿把笛子借给别人，也不愿自己吹。泽庵非常了解她此刻的心情，也十分同情她。

泽庵沉默不语。

今晚已是第三晚，夜色格外幽静，珍珠色的月亮隐藏在薄雾之中，一切是那样安静、恬淡。野雁就要飞离此地，远处的云端不时传来嘎嘎的鸣叫声。

"火快熄了。阿通姑娘！再去捡些枯树枝吧。咦？怎么了？"

"……"

"你哭了？"

"……"

"让你伤心了，我不是有意的。"

"不，泽庵师父……是我太固执，我不好，您拿去吧！"她从腰间抽出笛子，递到泽庵手上。

那支笛子装在一个旧布袋里，布袋上绣的金线已褪了色，布袋破旧不堪，连袋口的系绳也有几处破损的痕迹。那支横笛古色古香，十分雅致，让人不由得想起前尘往事。

"哦……可以吗？"

"没关系。"

"那么，阿通姑娘就来吹奏一曲吧！我听着就好……就这样静静地听。"

泽庵没有接过笛子，只是侧着身，双手抱住了膝盖。

六

平时，泽庵要是听别人吹笛子，肯定会先开两句玩笑。可现在，他却微闭双目，凝神倾听，阿通反而有些不好意思了。

"泽庵师父！您一定吹得很好吧？"

"还说得过去。"

"那么，请您先吹一曲吧！"

"别那么谦虚,阿通姑娘!你不是也下了不少工夫吗?"

"嗯。清原派(日本乐曲流派之一)的一位老师曾在寺里住过四年。"

"那真难得!那你一定会吹奏《狮子》、《吉简》这些秘传的乐曲。"

"我还没学会。"

"反正,吹一首你喜欢的曲子就行——不,更准确地说,是吹一首能排遣你苦闷情绪的曲子。"

"嗯!我也这么想。如果笛声能带走我心中的哀伤、怨恨、无奈,那我也会轻松很多。"

"没错!排解郁结之气是非常重要的。其实,这支一尺四寸的横笛,象征着一个人,也可以说象征着宇宙间的万物——笛子上的干、五、上、开、六、下、口七个孔洞,就代表着人的七情六欲和阴阳转换。你看过《怀竹抄》吧?"

"不记得了!"

"那本书开头写道:笛子是五声八音的乐器,非常有助于修身养性。"

"您真像笛子老师!"

"我不过是一个不守规矩的坏和尚。来,让我看一下你的笛子。"

"请看!"

泽庵刚接过笛子,就惊呼一声,"喔!这是一件珍品。你父母把它放在了你身上,可以看出他们都是人品高洁的人。"

"那位教我笛子的老师也很欣赏这支横笛。它真有那么珍贵吗?"

"不同的笛子有着不同的形态和灵气。只要拿在手上,就能立刻感觉到。以前,鸟羽院的蝉折、小松殿的高野丸,以及清原助种的那支颇有名气的逸蛇笛,都是世间少有的珍品。近来,诸侯四起、世道混乱,我还是有生以来第一次看到这样的珍品!还没吹奏,我就已经激动得发抖了。"

"您这样一说,我就更不敢吹了,本来我吹得就不熟练。"

"笛子上有铭文吗……哎呀!月光太暗,看不清楚啊。"

"上面刻着两个小字——'吟龙'。"

"吟龙……原来如此。"说完,泽庵便将笛鞘和布袋还给阿通。

"来吧,吹奏一曲!"泽庵显得十分庄重,阿通也被他认真的表情所感染。

"我吹得不好,请多包涵。"

阿通正身坐好,并规规矩矩地向笛子行了礼。

泽庵不再做声,周围一片寂静。此时,泽庵一动不动,好像已与天地合为一体,他的身影就像是山中的一块岩石。

阿通轻轻把唇贴到笛子上。

七

阿通白净的脸稍稍转向一侧，摆好吹奏的姿势。她先用双唇湿润了吹孔，然后开始酝酿情绪。此时的阿通跟往常大不相同，艺术果真能赋予人们威严、庄重之感。

"我开始了！"

"让您见笑了。"她再一次对泽庵说道。

泽庵只是点点头。

悠扬的笛声响了起来。

阿通细长白皙的手指就像一个个蹦跳的小精灵，踏着七个小孔跳着舞。

低音时如潺潺流水，泽庵感觉自己仿佛化作一股清泉，穿梭在溪谷、漂游在浅滩；高音时激越嘹亮，泽庵感觉自己仿佛被带上九重天，与风儿作伴、与白云嬉戏。接着，天地之声交相呼应，犹如飒飒松涛之声，悲叹着世事无常。

泽庵一直闭着眼睛，他听得入神。这笛声让他想起一个关于名笛的传说。相传，名乐师三味博雅有一次在晚上吹着笛子散步，走到朱雀门时，门楼上竟有人吹笛唱和。三味博雅还与此人交谈，并互换了笛子。两人兴致极高，从深夜一直吹奏到天明。后来才知道，那个唱和的人原来是鬼的化身。

连鬼神都会被音乐打动，更何况是佳人吹奏的笛声。任何有七情六欲的常人，都会被这笛声感动。

泽庵这么想着，突然悲从中来。

他没有流泪，却把头深埋在两膝之间，两只手紧紧抱着膝盖。

两人之间的篝火已快燃尽，阿通的脸反而被映照得更红。她完全沉醉在笛声里，已与笛声融为一体。

母亲您在哪里？父亲您又在哪里？袅袅的笛音飞上云霄，不停呼唤着自己的亲人。那笛声是如此哀怨，怨那寡情薄义之人为何要欺骗自己；那笛声又是如此凄婉，缠绵地诉说着自己的不幸与伤痛。

还有，还有……

笛声还在问着，这孤苦无依的少女今后要怎么活下去，要怎么才能像其他女人一样，实现自己的梦想。

笛声是如此婉转、凄凉，不知阿通是沉醉其中，还是被自己吹奏的曲子所打动，她的呼吸有些急促，鬓间渗出了细密的汗珠，脸颊上流下了两行清泪。

悠扬的笛声娓娓飘来，时而嘹亮，时而低沉，时而呜咽，无休无止、亘古绵长。

就在此时——

篝火突然熄灭了，在距离火堆四五米远的草丛里，传来一阵嚓嚓声，好

地之卷

像是野兽爬行的声音。

泽庵登时抬起头，凝视着那团黑色的东西，轻轻招了招手，说道："朋友，草丛里一定又潮又冷吧！别客气，过来烤烤火！听我的话。"

阿通觉得很奇怪，于是止住了笛声。

"泽庵师父！您自言自语地在说什么？"

"你没察觉到吗？阿通姑娘，刚才武藏一直在那儿听你吹笛子。"泽庵指着草丛说道。

于是，阿通不由地转头望向草丛。

"啊……"她大叫一声，仿佛被妖魔鬼怪吓到一样，竟然还把手中的横笛朝那黑影掷了过去。

八

阿通被吓得大叫一声，可藏在草丛中的人似乎受到了更大的惊吓，他像鹿一样，从草丛里一跃而起，准备逃走。

泽庵没想到阿通会被吓得大叫，眼看好不容易上钩的鱼儿就要溜掉，他不免心中一急，喊道："武藏！"

接着，他用尽全力大喊一声："等一等！"

他接连不断的呼喊声，似乎有一种难以抗拒的力量，带着一种压迫性，还带着一种不容忽视的威严感，让人无法忽视。武藏的双脚就像被钉在地上一样，他终于回过头来。

他目光炯炯，逼视着泽庵和阿通，那眼神充满怀疑，满是杀气。

泽庵叫住武藏之后，就没再开口，他双手抱胸，静静地注视着武藏。他毫不畏惧，迎着武藏的目光——两人就这样对视着，甚至连呼吸的节拍都一模一样。

终于，泽庵的眼角露出了一丝极其友善的笑纹，抱胸的双手也放了下来。

"出来吧！"他招手说道。

如此异样的举动，让武藏始料未及，他眨了眨眼睛，黑漆漆的脸上写满了不可置信。

"不过来坐坐吗——过来吧！我们一起聊聊！"

"我们这儿有酒、有吃的，我们不是你的敌人，也不是你的仇人。就一起围着火堆，聊一聊吧！"

"武藏……你的直觉不是很敏锐吗？这里有火、有酒、还有吃的，又充满温情。是你把自己推向了地狱，又扭曲了整个世界——好了，不说这些大道理了，你是听不进去的！快过来烤烤火吧……阿通姑娘！用刚才做的芋头汤和剩饭做一个芋头杂烩粥吧！我肚子也饿了！"

阿通架好锅，泽庵把酒壶放在火上温着。看到两人从容不迫的样子，武藏终于放下心来，他一步一步靠了过来。也许是觉得有些不好意思，他显得缩手缩脚，还没走到火堆旁就驻足不前了。见此情景，泽庵先把一块石头骨碌到火堆旁，走过去拍拍武藏的肩膀说道："来！坐吧！"

武藏顺从地坐了下来。但阿通始终不敢抬脸看他，她觉得对面坐着一个出笼的猛兽。

"嗯！好像煮好了。"

泽庵打开锅盖，用筷子扎了块芋头放进嘴里尝了尝。

"哦！煮得真软！怎么样？你也尝尝吧！"

武藏点头笑了笑，第一次露出了洁白的牙齿。

九

于是，阿通盛了一碗杂烩粥递给武藏，他一边吹着热气一边狼吞虎咽地吃着。

武藏那双拿筷子的手在微微颤抖，喝粥时牙齿碰在碗沿儿上，发出咔咔的响声。此时，用"饥饿"一词实在不足以形容他的感受。那种发自于本能的颤抖，让人看后不寒而栗。

"好吃吗？"泽庵放下筷子，又建议道，"要不要再来点酒？"

"我不喝酒。"武藏答道。

"不喜欢喝？"泽庵问道。武藏摇摇头，在山上躲了几十天，他的胃已承受不了那样强烈的刺激。

"托您的福，我暖和多了！"

"吃饱了？"

"吃得很饱。"说着，武藏把碗递给了阿通。"阿通姑娘！"武藏叫了一声。

阿通低着头，答了一声"是！"那声音低不可闻。

"你们来这里干什么？昨夜，我也看到这边有火光。"

武藏这一问，可把阿通吓了一跳，她不知该如何回答，急得浑身发抖。此时，泽庵在一旁开了口，他毫不掩饰地说："其实，我们是来抓你的！"

听到这儿，武藏并未显得十分惊讶。他默默地垂着头，用怀疑的眼神审视着面前这两个人。

泽庵转身面向武藏，说道："怎么样？武藏！如果你终究要被抓，不如现在就束手就擒。无论是君主的法规，还是佛法的戒律，都是法。尽管二者同为法，但我所秉持的惩戒之法还是相当人道的哟！"

"我不要！"武藏愤然地摇头，眼看就要爆发。见此情景，泽庵安抚道："那么，你先听我说。我了解你的心情，就算会被烧成灰，你也会反抗到底的。但是，你赢得了吗？"

"你说赢什么？"

"那些憎恨你的人，还有领主的法令，以及你自身，你能赢过这些吗？"

"我输了！可我……"武藏痛苦地呻吟着，他紧锁双眉，面色凄惨，泪水就要夺眶而出，

"最后只能落得一个被砍头的下场。本位田家的阿婆，还有那群姬路城武士，都叫嚷着——快砍死这个可恨的家伙！"

"还有，你姐姐怎么办？"

"什么？"

"你姐姐阿吟，现在被关在日名仓的山牢里，你打算怎么办？"

"……"

"那个性格温和，一直挂念着弟弟的阿吟姑娘……不，不只这些。还有你父亲新免无二斋的名誉，他的祖先平田将监可是播磨望族赤松家的支脉。这一切的一切，你都想过吗？"

武藏用乌黑而粗糙的手，捂住了脸。

"不……不知道……这，这些事，会怎么样？"他流着泪，大声喊着，那瘦削的双肩剧烈地抖动着。

"你这个混蛋！"泽庵握紧拳头，对着武藏的脸猛打过去。

武藏毫无防备，被打了个趔趄，泽庵趁势又狠狠补了一拳。

"你这个莽夫！不肖子！我泽庵要替你的父亲、母亲，还有你的祖先，好好教训你！再吃我一拳！怎么样？疼不疼？"

"喔……真疼！"

"知道疼代表你还有点人性——阿通姑娘！快把绳子给我——你在害怕什么？你看，武藏已经被我制伏了。不是用权力的绳索，而是慈悲的绳索。不用害怕他，也不用可怜他，快给我绳子！"

被泽庵压倒在地的武藏，一直闭着眼睛。如果他想反击，仅凭泽庵那单薄的身体是无论如何也制伏不了他的。然而，他现在感觉累极了，手脚好像都没有任何力气，只是软绵绵地贴在草地上。同时，他的眼角不断渗出汩汩的泪水。

千年杉树

一

一清早，七宝寺的山上便响起了铛铛的钟声。这不是每日例行的钟声，而是告诉大家三日期限已到。真不知这钟声是吉是凶？为了一看究竟，村里人都争先恐后地跑上山。

"你看！"

"抓到了！抓到武藏了！"

"哦！真的吗？"

"是谁抓到他的？"

"是泽庵师父！"

拥挤的人群围拢在正殿前，武藏被绑在阶梯的栏杆上，他看去就像一头落入陷阱的猛兽，大家目不转睛地盯着他。

"哦……"很多人都不由得咽了下口水，仿佛出现在眼前的是大江山（位于日本京都府西北部，相传为源赖光消灭妖怪的地方）的妖怪。

泽庵笑呵呵地走过来，坐在台阶上。

"各位父老乡亲，这下你们可以安心耕种了！"

泽庵一下子成了村民心中的英雄，人们把他当作宫本村的守护神。

有人跪在地上给他磕头，也有人上前紧紧握着他的手，还有人对他顶礼膜拜。

"不敢当！不敢当！"泽庵急忙摆手制止村民们的盲目举动，接着说道："各位父老兄弟，你们听好！武藏被抓，并不是我的功劳，而是天意如此。没有人能逆天行事，正所谓天理昭昭啊！"

"您这么谦虚！更让我们敬佩啊！"

"如果你们一定要这么抬举我，那我就却之不恭了。不过，各位！现在有件事要与大家商量。"

"哦？什么事？"

"就是如何处置武藏的问题。当初，我和池田诸侯的家臣曾约定，如果三日内抓不到武藏，我就上吊自尽；如果我抓到了，武藏就要任我处置。"

"这事我们听说了。"

"不过，这事……怎么办好呢？我已经把他抓来了，那是应该杀了他，还是放了他？"

"怎么能放了他？"大家异口同声。

"一定要杀了他！这个魔鬼！让他活下去有什么用？他只会给宫本村带来不幸。"

"嗯……"泽庵若有所思，可村民们已经有些不耐烦了。

"杀了他！"人群后方有人大喊着。

这时，有个老太婆趁势挤到最前面，她狠狠地瞪着武藏。她不是别人，正是本位田家的阿杉婆，她一边挥动手里的桑树枝打武藏，一边骂道："不能让他死得太便宜，要不我咽不下这口气——看到这张脸，我就生气！"

然后，她那恶狠狠的目光又投向了泽庵。

"泽庵大师！"

"什么事，阿婆？"

"我儿子又八的一生就是被这个家伙给毁了，我失去了本位田家唯一的香火。"

"你说又八啊！那家伙没什么出息，你还是另收一个义子比较好。"

"你在说什么？无论好坏，他都是我儿子。武藏是我的仇人，应该交给我老太婆来处置。"

她刚说完，就有一个站在后边的人大喊了一声："不行！"

人们似乎害怕挡住这个人，急忙让出一条路来，原来是那个姬路城武士的首领。

二

"八字胡"一脸不悦，表情十分冷峻。

"喂！这儿可不是看热闹的地方！你们这些老百姓全给我退下！""八字胡"怒不可遏。

见此情景，泽庵忙说道："各位父老，请不要走！我叫你们来，就是要商量如何处置武藏，请留下来！"

"闭嘴！""八字胡"耸着肩膀，斜眼瞪着泽庵、阿杉婆和其他老百姓说道："武藏是犯了国法的罪人，他十恶不赦，再加上他又是关原一战的残兵，更不能随意交由他人处置。无论如何，都要把他交给朝廷。"

"这可不行！"泽庵摇头说道，"这违背了约定。"他的态度很坚决。

因为此事关乎到自己的利益，"八字胡"一下子急了，"泽庵大师！朝廷会给你赏金的。还是把武藏交给我吧！"

听到这儿，泽庵不禁哈哈大笑起来。他并不作答，只顾着一个劲地笑。

"不……不准无礼！这有什么好笑的？"

"是谁无礼呀？'八字胡'大人，你是想反悔吧！可以！如果你敢反悔，我现在就敢把武藏放了。"

听到这儿，村民们惊恐万分，纷纷要转身逃走。

"怎么样？"

"……"

"我把武藏放了之后，你可以自己去抓他，顺便也可以跟他一较高下。"

"喂！等一等！等一等！"

"什么事？"

"好不容易才抓到他，如果你真把他放了，肯定会引起混乱……这样吧！武藏由你斩首，但人头要交给我！"

"人头……这可不能开玩笑！安葬死者是和尚应尽的职责，如果把头交给你，我们寺庙就没生意做了！"

泽庵故意用开玩笑的语气，讽刺着"八字胡"。然后他又对村民说："虽然我向大家征求了意见，但也无法立刻做出决定。就算要杀他，也不能让他死得太痛快，否则那位阿婆也不甘心——我看这样好了，把武藏吊在千年杉的树枝上，手脚都绑在树干上，让他在四五天里被风吹、被雨淋，最后再让乌鸦把他的眼睛啄瞎，怎么样？"

也许大家觉得这样太过残忍，谁也没有吱声。这时，阿杉婆开了口："泽庵大师！你真聪明！可是，仅吊着他四五天可不够，应该吊着他十天、二十天，让他一直曝晒在烈日下，最后再由我刺穿他的咽喉。"

她说完，泽庵若无其事地答了一句："那就这么定了。"然后，他抓起捆着武藏的绑绳。

武藏低着头，默默地走到千年杉下。

村民虽然觉得他很可怜，但先前的怒气仍未消散。他们用麻绳绑住武藏的双脚，把他吊到两丈高的树枝上。武藏看起来就像一个稻草人。

三

自从阿通下山回到寺里，走进自己房间的那一刻起，她就被一种孤单、寂寞的情绪所笼罩着。

这是为什么呢？

自己不是一直都这么孤零零的吗？寺里至少还有其他人，有烛火，有亮光。而山上的三天，都是在寂静的黑夜中度过的。并且，只有泽庵师父跟自己两个人而已——可是为什么，自己回到寺里之后，反而觉得更加寂寞？

这个十七岁的少女，很想搞清楚自己的情绪。她手托着脸，坐在窗前的小木桌旁，一动不动。

"我知道了！"

阿通似乎明白了情绪变化的根源。寂寞的感觉就像饥饿一样，并不是一种外在的东西。如果内心得不到满足，就会感到寂寞。

寺里面看起来很热闹，人进人出，灯火通明，但这些都无法治愈她内心的寂寞。

在山上，有的只是树木、山石、云雾和无尽的黑暗，但泽庵却跟她在一起。他就像一盏明灯，能看透阿通的内心。他的那些话是如此温暖、如此智慧，让人备感振奋。

"是不是泽庵师父不在，才使我感到如此寂寞呢？"

想到这儿，阿通站起身来。

可是，这个泽庵自从处置完武藏之后，就一直跟姬路城的家臣们在客厅商量事情。回到村里，他一直在忙，根本没空和自己谈心。

这么一想，阿通又坐了下来。此刻，她多么希望自己身边能有一个知己。俗话说，人生得一知己足矣。阿通需要的就是一个可以信赖的人，他能了解自己、鼓励自己。

她真的非常需要这种朋友，渴求之情几乎到了无法自持的程度。

那支笛子——作为双亲的遗物，一直陪伴在她身边。但是，仅凭这支小小的竹笛是无法慰藉她的心灵的，她需要一个能倾吐心声的对象。

"真难受……"此时，她又忍不住想起又八的冷酷与绝情，不禁泪如泉涌，连桌面上都形成了一小摊水渍。怨恨、愤怒、孤独一时间涌上阿通的心头，她的太阳穴青筋暴突，随后头就一阵阵地疼起来。

这时，有人轻轻拉开了门。

不知何时，寺院里已被暮色笼罩，从门缝中依稀可见厨房里跳动的炉火。

"哎呀！原来你在这儿啊……我都在寺里待了一整天了！"阿杉婆自言自语着走进屋。

"啊！是婶婶啊！"阿通急忙拿出坐垫，阿杉婆连声谢也没说，就一屁股坐了下去，那胖胖的身体看起来像个木鱼。

"媳妇！"阿杉婆的表情显得很严肃。

"是！"阿通有些紧张，她双手伏地回礼。

"我过来是想知道你究竟是怎么想的，另外还有些事要跟你说。刚才，我一直在跟泽庵和尚，以及姬路城的武士们商量事情。这儿的和尚真没礼貌，连杯茶水都没给我倒，渴死我了！你先给我倒杯茶！"

四

"不是别的事情……"阿杉婆一边接过阿通奉上的绿茶，一边说道："武藏那小子说的话，我原是不信的。不过，听说又八确实还活着。"

"是吗？"阿通的反应很冷淡。

"不过，就算他死了，你还是要以又八未婚妻的身份，堂堂正正地嫁到本位田家。婚礼上，让寺里的大师代表你的父母。对于这件事，你不会反悔吧？"

"是……"

"真的吗？"

"是……的……"

"这样我就放心了！还有，人们都是爱讲闲话的。如果又八一时回不来，我一个人料理不过来这么大的一个家，也不能老是指望已出嫁的女儿。所以，这阵子，你就离开寺里，搬到本位田家来吧！"

"是……我吗？"

"难道还有其他人要嫁到本位田家吗？"

"但是……"

"是不是不愿意跟我生活在一起？"

"没……没这回事,不过……"

"你先整理好东西吧!"

"嗯……能不能等又八哥回来之后再说?"

"不行!"阿杉婆态度坚决。"我儿子回来之前,我不允许任何男人碰你。监督媳妇的品行是我的职责。在成婚之前,你要学会种田、养蚕、针线和各种礼仪,我会尽我所能地教给你。好吗?"

"好……好的……"阿通万分无奈,只得答应下来,那声音充满悲哀与无奈。

"还有。"阿杉婆用命令的口吻说道,"关于武藏的事,不知那个泽庵葫芦里卖的什么药,我很不放心。正好你住在寺里,你要给我盯紧武藏,一直到他丧命为止——就怕半夜一不留神,那个泽庵会做出什么荒唐事来!"

"那么……我不必现在就离开寺里了?"

"凡事不能两全其美。武藏人头落地那天,就是你搬到本位田家的日子,懂了吗?"

"懂了!"

"我可是都说清楚了啊!"阿杉婆又强调了一句,才转身离去。

她刚走开,窗外就闪出一个人影,似乎已在此等候多时。

"阿通!阿通!"这人轻声叫她。

阿通伸出头一看,原来站在窗外的是"八字胡"。看到阿通,他隔着窗户一把抓住阿通的手,说道:"以前多亏你的照顾,潘里卜了公文,我必须要赶回姬路城了。"

"哦!是这样啊!"阿通想缩回手,可"八字胡"却抓得更紧了。

"上头知道这件事后,让我回去详细禀报。要是能带走武藏的人头,我不但脸上有光,对上头也有了交代。可是那个泽庵和尚,说什么也不把人头给我……我想,你是和我站在一起的……这封信,等会儿到没人的地方再看。"说完,"八字胡"塞给阿通一个东西,就慌慌张张地向山下跑去。

五

信封里好像不光装着信,还有一件分量很重的东西。

阿通很了解"八字胡"的野心,她有些害怕,但还是战战兢兢地打开信封。原来,里面包着一枚光彩夺目的庆长大金币(一枚大金币相当于十枚小金币)。

信上写着:

请照我的话做,于数日内偷偷取下武藏的首级,火速送至姬路城下。

我想你已非常了解我的心意。鄙人虽然不才,但提起青木丹左卫门，谁都知道我是池田家臣中年饷千石的高等武士。如果我对别人说，你是我借宿民宅时娶的老婆，他们肯定不会怀疑。你很快就会成为享禄千石的武士妇人，享尽荣华富贵。对八幡神起誓，我说的都是真心话。来姬路城找我时，请以此信为证。还有，为了你未来的丈夫，请一定要把武藏的首级带来啊！

匆忙提笔，简言告之。

丹左

"阿通姑娘！吃过饭了吗？"这时，门外传来了泽庵的声音。阿通急忙穿上草鞋，走了出去。

"今晚我不想吃饭，头有些疼。"

"那是什么？你手上拿的！"

"信。"

"谁的？"

"你要看吗？"

"如果你不介意的话。"

"怎么会呢？"

阿通把信交给他，泽庵看过后大笑不止。

"他这是无计可施，才想到用金钱和名利来收买阿通姑娘。原来，'八字胡'的名字叫作青木丹左卫门，这世上真是什么样的武士都有。但不管怎么说，这还算一件值得高兴的事。"

"其他事好说，关键是这枚金币怎么处理？哦！这可是一大笔钱呢！真伤脑筋哪……"

"你是说这些钱怎么处理？"

泽庵拿过金币，向正殿走去，想把它丢进装香火钱的箱子里。突然，他停住了手，把那枚金币贴在额头上，朝神像拜了拜。

"好了，这钱你拿着，不会有事的。"

"可是，我担心以后会和他纠缠不清。"

"这钱已不属于'八字胡'了。刚才我把它献给了如来佛祖，现在又从佛祖那儿领受过来，你就把它当作护身符吧！"说着，泽庵把金币塞进阿通的腰带里。

"啊！今夜可能会起风！"他望着天空说道，"好久没下雨了！"

"春天也快过去了！一场大雨可以冲去满地散落的花瓣，也能一扫人们懒散的情绪。"

"如果下起大雨，武藏可怎么办？"

"嗯，那个人嘛……"两人不约而同望向千年杉。就在此时，从树上传来喊声："泽庵！泽庵！"

"咦？是武藏吗？"泽庵瞪大眼睛望向那边。

"混帐和尚！泽庵，你是道貌岸然的伪君子！我有话跟你说，你到树下来！"

树枝被风吹得不停摇晃，武藏的声音听起来格外凄厉。杉树叶纷纷落下，落在地上，也飘落在泽庵的脸上。

六

"哈哈哈！武藏，你看起来很有精神嘛！"泽庵趿拉着草鞋，来到树下。

"这么精神，该不会是因为害怕死亡而精神失常了吧？"他走到适当的位置，仰起头说着。

"闭嘴！"武藏喊道。

与其说他精神百倍，不如说他是怒火中烧。

"如果我怕死，为什么会甘心被绑？"

"你甘心被绑，是因为我强你弱。"

"你这和尚！满口胡话！"

"你声音好吓人哪！如果你不喜欢刚才的说法，那么换一种好了！就是我聪明，而你太笨！"

"哼！你再敢胡说！"

"好了好了！树上的猴子大人，经过一番折腾，你还不是被五花大绑地吊在这棵树上？你还能怎么样？这就够难看的了！"

"听着！泽庵！"

"哦！什么事？"

"当时，如果我武藏想跟你拼命的话，早把你像烂黄瓜一样给踩碎了！这对我可是不费吹灰之力哦！"

"说这些都没用！已经晚了！"

"你……你说什么！我听信你这和尚的花言巧语束手就擒，结果你却让我遭受这种侮辱。"

"继续说——"泽庵若无其事地说道。

"可是，为什么……为什么不快点砍掉我的头呢……我原本以为，与其让村里那些家伙或敌人杀死我，还不如把自己交给你这个看起来蛮有武士风范的和尚。没想到我想错了。"

"错的只有这些吗？你不认为之前的所作所为都是错的吗？你还是吊在那儿，好好反省一下吧！"

"废话！我问心无愧！虽然又八的母亲把我当仇人，但我觉得应该把又

八的消息告诉她，这是我的责任，也是朋友应尽的道义。所以我才会闯过哨卡，跑回村里来——难道这违反了武士道的精神吗？"

"不是这些细枝末节的问题。从大处看，你的内心——本性——也就是你最初的想法就是错的。你自认为自己的言行遵循着武士的标准，其实完全不是这回事。当你认为自己是正义一方时，就习惯使用武力，结果给自己和别人都造成了伤害。最后，你也落了个这样的下场……怎么样？武藏，上面的视野不错吧？"

"臭和尚！你给我记住！"

"在被晒成肉干之前，你应在上面好好看看这个世界有多大！从高处俯瞰人群，有助于你好好反省。如果你死后见到你的祖先时，可以告诉他们，是一个叫泽庵的和尚让你这样做的。他们一定会因为你受到正确的引导而高兴万分的！"

之前，阿通一直躲在角落里，她像石头一样动也不动，静静听着他们的对话。此时，她突然跑了过来，大声叫着："太过分了！泽庵师父！你说的话我全听到了。对一个完全没有抵抗能力的人说那些话，你真的太过分了……你……你还是个出家人吗？而且武藏刚才说过，他是因为信任你，才束手就擒的呀！"

"你说这些，是要护着他呀？"

"你一点同情心都没有……你要是再这么说，我会讨厌你的！武藏也想明白了，你要杀他就干脆一点！"阿通脸色大变，向泽庵扑了过来。

七

这个少女的情绪突然变得很激动，她脸色铁青、泪水涟涟，向泽庵猛扑过来。

"啰唆！"泽庵的表情从未这么可怕。

"女人懂什么！你给我闭嘴！"他厉声骂道。

"不行！不行！"阿通用力摇着头，她也失去了往日的恬静。

"我有权力讲话！在虎杖草牧场，我也蹲守了三天三夜呀！"

"不行！不管谁来说情，武藏必须由我泽庵来处置。"

"所以说你要砍他的头，就快些砍！把人折磨得半死不活，你太不人道了！"

"这就是我的习惯！"

"你真冷酷！"

"你给我退下！"

"不要！"

"你这个女人！又开始固执了！"泽庵一把推开阿通，阿通踉跄着撞到杉树上。"哇"的一声，她靠着大树哭了起来。

她没想到，泽庵会如此绝情。原本以为他只是当着村民的面先把武藏绑上，然后再做合理的处置。没想到这个人现在竟然说他的习惯就是折磨别人。这令阿通心痛不已。

原来，她对泽庵一直深信不疑，如果连他都变得让人厌恶，那么整个世界对她来说也就不再有任何留恋。她已经不再相信任何人，一个人痛苦地哭泣着，陷入了绝望的深渊。

但是，就在她抱着大树痛哭时，突然感到一股莫名的热流向自己袭来。不错，正是武藏身体里沸腾着的热血。这个被吊在千年杉上的男人，这个发出凄厉嘶吼的硬汉，他那早已融入血液中的顽强而坚韧的生命力，正通过这棵千年古树传递到阿通身上。

他才像武士的儿子！纯洁高尚、秉持信义。想起他束手被绑的样子，还有刚才说的那些话，阿通觉得这个人是有血、有泪、有感情的男子汉。

以前受大家的影响，自己也错怪了武藏——他哪里像魔鬼？为什么大家会如此憎恨他？又那么惧怕他？还要四处追捕他？

阿通肩膀和后背随着呜咽一起一伏，她双手紧紧抱着树干，两颊的泪水把树皮打湿了一片。

此时，起风了，高处的树梢发出沙沙的声音，好像被天狗摇动着一样。

噼里啪啦！豆大的雨点从天而降，打湿了阿通的衣领，也打湿了泽庵的头。

"呀！下雨了！"泽庵忙用手遮住头。

"喂！阿通姑娘！"

"爱哭鼻子的阿通姑娘！就因为你太爱哭，连老天都来陪你哭！起风了，一会儿雨就下大了，趁着还没淋湿，快走吧！别护着那个要死的人了！快点过来！"泽庵一边说着，一边用僧衣蒙着头，逃难似的跑进正殿。

雨哗哗地下着，乌黑的天边，升起一层薄雾。

阿通任由雨水噼噼啪啪地打在背上，依然一动不动——当然，树上吊着的武藏也动弹不得。

八

无论如何，阿通无法一走了之。

雨水顺着她的背，浸湿了她的衣服。但一想到武藏，这些又算得了什么！可是，自己为什么要跟着武藏一起受苦呢——这个问题，她还没来得及细想。

阿通突然发现，眼前吊在树上的才是一个真正了不起的男人，她真心期望武藏不要死。

"他太可怜了！"

阿通一边抽泣，一边环视着大树。风雨交加中，武藏连个影子也看不到。

"武藏哥哥！"她不觉喊出声来，可是没人回答。武藏肯定把自己当成了本位田家的人，认为自己跟那些村民一样冷酷无情。

"经受如此的风吹雨淋，就连一晚上也熬不过去啊！世上有这么多人，难道就没人愿意救救他吗？"

突然，阿通冒着雨飞奔起来，风儿在她身后吹个不停，好像在追逐她的脚步。

寺院里，厨房和僧房的门都紧闭着，排水管处的水流如瀑布般砸向地面。

"泽庵师父！泽庵师父！"阿通用力敲着泽庵的房门。

"谁呀？"

"是我，阿通！"

"啊？你还在外面呀？"泽庵急忙开门，走廊里弥漫着薄薄的水雾。

"哎呀！雨好大呀！雨会淋进来，快进屋！"

"不用！我是来求您的。泽庵师父！请把他从树上放下来吧！"

"谁？"

"武藏！"

"荒唐！"

"我会感激您的。"说着，阿通双膝跪地，合掌乞求泽庵。

"求求您……我可以为您做任何事……请救救他！救救他！"

哗哗的雨声掩盖了阿通哭泣的声音，此刻，她就像一个坐在瀑布下的苦行僧一样，紧合双掌。

"我拜托您，泽庵师父！只要是能做的事，我什么都愿意去做……请……请您……救救……救救他！"阿通流着泪大声说道。大风裹挟着雨水不断吹进她的口里。

泽庵像石头一样，动也不动。他紧闭双眼，让人无法猜透他的心思。好一会儿，他重重地叹了一口气，终于睁开了眼睛。

"快去睡吧！你的身体那么娇弱，再淋雨会生病的。"

"如果……"阿通往门边蹭了蹭，还想说些什么，可是泽庵却打断了她的话。

"我要睡了，你也去睡吧！"他重重地关上了门。

然而，阿通并没有放弃，也没有气馁。

她竟然从地板下方的暗阁里，爬到泽庵床铺的位置，"求求您！这是我第一次求您……泽庵师父！如果您不答应，您就不是人……是鬼！是冷血动物！"

本来泽庵打算一直沉默下去，这下子他无论如何也睡不成了，他终于暴跳如雷，大声吼道："来人啊！我地板下藏了小偷！快给我抓住她！"

树石问答

一

经过昨夜那一场风雨,春天的痕迹已被冲刷得无影无踪。清晨,刺眼的阳光直射在人们脸上。

"泽庵师父!武藏还活着吗?"

天一亮,阿杉婆就来到寺里打听武藏的情况,一副幸灾乐祸的样子。

"啊!是阿婆呀!"泽庵来到廊檐下,"昨夜的雨可真大呀!"

"这场暴风雨来得正是时候!"阿杉婆说道。

"不过,人不可能淋一两场暴雨就死掉!"

"这么说,武藏还活着?"说着,阿杉婆那张皱纹堆累的脸望向千年杉,由于阳光太刺眼,她的眼睛眯成了一条缝,"他就像块抹布似的挂在树上,动也不动哦!"

"乌鸦还没去啄他的眼睛,看来武藏一定还活着。"

"多谢您了!"阿杉婆一边向泽庵道谢,一边望向寺里,"怎么没见我儿媳妇呢!能不能帮我叫她出来?"

"你的儿媳妇?"

"就是我家的阿通!"

"她现在还不算本位田家的媳妇吧?"

"马上就是了!"

"儿子不在,你就把儿媳妇娶回家,让她跟谁成亲哪?"

"你这个行脚僧,就不要管别人家的事了!阿通到底在哪儿?"

"大概在睡觉。"

"哦,是吗!"阿杉婆自言自语,"我让她晚上盯紧武藏,白天睡觉也说得过去吧!泽庵师父!白天就由你负责看着武藏吧!"

说完,阿杉婆走到千年杉下,抬头望了一阵子,才拄着拐杖雄赳赳地回村了。

之后,泽庵回到了自己的房间,直到晚上都没再露面。其中有一次,村里的小孩跑进寺里,朝着千年杉扔石子,泽庵曾拉开门大声训斥:"小鼻涕虫!干什么呢!"然后,那扇门就再没打开过。

在另一侧的阿通的房门,今天也是紧闭着,只是偶尔有小和尚进进出出地端汤送药。

昨晚,有人发现阿通跪在大雨中,便把她强拉回屋里,住持还狠狠训斥了她一顿。结果,阿通到底还是染了风寒,高烧不退,卧病在床。

地之卷

073

今晚，夜空很晴朗，烟波浩淼、月朗星稀。寺里的人都早已进入了梦乡，泽庵看了一会儿书觉得累了，便穿上草鞋，走出屋外。

"武藏！"他叫了一声，树梢轻微地晃动了一下，晶莹的露珠纷纷落了下来。

"可怜虫，连回答的力气都没了吗？武藏！武藏！"他大喊了几声。

树上传来了武藏洪亮的声音："干啥？臭和尚！"他怒吼着，力气丝毫没有减少。

"哦。"泽庵再次抬起头，"声音还很响亮嘛！看来还能撑个五六天。对了，你肚子饿不饿？"

"少废话！和尚，快把我的头砍下来吧！"

"不行不行！我可不能乱砍别人的头。像阁下这样的莽夫，即使被砍了头，说不定也会找我算账呢……好了！我们还是来赏月吧！"

说着，泽庵坐到了一块石头上。

二

"哼！你要干什么？你等着！"

武藏使尽全身力气挣扎着，树枝被摇得不停晃动。

树叶纷纷落到泽庵头上，他弹去衣领上的树叶，仰头说道："对了！对了！如果不发脾气，就感觉不到生命力的顽强和真正的人性。最近以来，人们不是变成了毫无血性的书呆子，就是故作清高，还要年轻人模仿那些老气横秋的举止，真是荒唐啊！年轻人不会发脾气可不行！你应该继续发脾气，发吧！发吧！"

"哼！等会儿我把绳子弄断后跳下来，要把你一脚踢死！等着瞧吧！"

"有志气！我等着呢——对了！还要我继续说吗？绳子没断之前，你可别断气啊！"

"你说什么！"

"哦！好大的力气呀！大树在摇晃呢。不过，大地可是纹丝不动呀！这是因为你的怒气只是一己私怨，所以力量微乎其微。男子汉应该为天下苍生而愤怒，为了小小的个人感情就发怒，无异于妇人之态。"

"你有屁就放吧！等着看吧！"

"算了吧，武藏，你这样只是徒劳的。就算你再怎么挣扎，杉树枝也不会被折断，天地更不可能被震动！"

"唉……真可惜啊！"

"凭你这么大的力气，即使不能为国效命，也可以投靠明主呀！若果真如此，别说天地，就连神明也会为你动容——更何况其他人呢！"

泽庵又开始说教起来。

"太可惜了！你虽然有幸生为一个人，却跟野猪、野狼一样，野性难驯。丝毫没有走进人的世界，年纪轻轻就要在此了结一生，真是可惜！"

"胡说！"武藏从高处吐了一口吐沫，可口水还没落地就化成了雾气。

"听好！武藏，你太高估自己了！你一直认为这世上没有人比你强，结果怎么样？看看你现在的狼狈样！"

"我问心无愧！输给你并不是因为我打不过你！"

"输在策略上也好，败在口才上也罢，总之你就是输了！事实摆在眼前，就算你再怎么懊恼，我已成了赢家。我可以坐在石板上，而你这个败将，只能乖乖被吊在树上，任由风吹雨打——怎么样？我们之间的差距，你明白了吗？"

"如果比力气的话，你肯定是最强的，就像老虎和人是无法相提并论的。但是，老虎终究比人低等呀！"

"其实，你所谓的勇气也是如此。以前，你的所作所为都是因为你太愚蠢，不了解生命的真谛。那只是匹夫之勇，称不上真正的勇猛，更不是武士应有的作为。真正的勇者，既要知道恐惧为何物，又要懂得生命的意义，要能够悲天悯人、死得其所。我之所以说你可惜，指的就是这件事。你生来胆识过人、气力超群，但你没有知识，所以只学会了武士道野蛮的一面，而你的智慧和修养却极度匮乏。人们常说文武二道，所谓二道，指的不是两种道，而是兼备两种才能，并将其合二为一——你懂了吗？武藏！"

三

石不语，树亦不语。黑夜依旧寂静无声，两人都沉默不语。

过了好一会儿，泽庵终于慢条斯理地从石头上站起身，"武藏！你再好好想一个晚上吧！想好了，我再来砍你的头。"说完，他转身离去。

泽庵刚走出十步——不，是二十步左右，正要进入正殿时，空中突然传来武藏的喊声。

"喂！等一等！"

"什么事？"泽庵从远处回过头来。

"请您回到树下。"

"嗯……是这儿吗？"

接着，树上的人突然大声呼喊："泽庵和尚！救救我吧！"武藏突然大声哭起来，树枝剧烈摇晃着。

"从现在开始，我想要重新活一回……我终于懂得了每个人生下来都肩负着重要的使命……我明白了生命的价值，我不能就这样一直被绑在树上啊！这太不值了！啊，我已酿成了无法挽回的大错。"

"你能觉悟，真是太好了！你现在终于成为一个真正的人了。"

"啊！啊！我不想死！我要重活一次。要活着，从头再来！泽庵和尚！求求您，救救我！"

"不行！"泽庵断然拒绝。

"人生有很多事是无法回头的，世上任何事都只有一次机会。如果你把别人的头砍下来，还能再接回去吗？你虽然很可怜，但我是不会为你解开绳子的。为避免自己死得太难看，你还是念念经，静静去体会生死大义吧！"

泽庵的草鞋声逐渐消失了，武藏没有再呼唤他。

他按泽庵说的，闭上了双眼，放弃了求生的念头，也不再惧怕死亡。此刻，夜风习习，星斗满天，武藏感到一股寒气迎面而来，直透骨髓。

"嗯？好像有人！"

树下有个人影抬头望向这里，然后抱住树干，拼命向上爬。看得出这人不擅于爬树，他只爬了一点，就拽着树皮掉了下去。

即便如此，他仍不放弃，一心一意地往上爬，手被树皮磨破了他也毫不在意。终于，他抓到了树枝，然后又抓住树枝爬到了最高处。

那人大口喘着气，轻声呼唤"武藏……武藏！"

武藏整张脸就剩下眼珠还能转动，看起来就像个骷髅。他望向那人。

"嗯？"

"是我！"

"阿通姑娘？"

"逃走吧……你刚才不是说这么死不值吗？"

"逃走？"

"对！我在这个村子里也待不下去了……再待下去，我会受不了的。武藏，我要救你，你愿意吗？"

"哦！把绳子割断！快割断！"

"请稍等！"阿通肩上背着一个小包袱，她从头到脚都是要出门的打扮。

她拔出短刀，一刀就把武藏身上的绳子割断了。武藏的手脚已没有知觉，阿通想扶住他，没想到一脚踏空，结果两人一起从树上掉了下来。

四

从两丈高的树上掉下来，武藏竟然还能站得住。他高大的身躯矗立于天地之间，表情很是茫然。接着，他听到脚边传来呻吟声。低头一看，原来是阿通，她挣扎着，站不起来。

"啊！"武藏扶起她来，"阿通姑娘！阿通姑娘！"

"好痛……好痛啊！"

"摔到哪儿了？"

"不知道……但我还能走，没关系！"

"掉下来时压断了好几根树枝，应该没受什么大伤。"

"别管我了，你怎么样？"

"我……"武藏想了一下,说道,"我……还活着!"

"当然活着!"

"我只知道这一点。"

"快点跑吧!越快越好……如果被人看见,我跟你都会没命的!"阿通一瘸一拐地走着,武藏也默默地跟着她——两人走得很慢,像两只被霜打了的小虫。

"你看!播磨滩那边的天空已经泛白了!"

"这是哪儿?"

"中山岭……咦?我们已走到山顶了!"

"都走这么远了?"

"同心协力就能办大事!对了!你已经两天两夜没吃东西了!"

被阿通一说,武藏才意识到自己饥饿难耐。

阿通解开背上的包袱,拿出年糕递给武藏。甜甜的豆馅顺着舌头滑进肚里,武藏感到活着真好,那捧着年糕的手不停地颤抖着。

"我竟然还活着!"他深切地意识到这一点。同时,他下定决心,要开始新的生活。

火红的朝阳映照在两人的脸上,阿通的脸显得更加生动。武藏突然想到,自己竟然会和她待在这里,不禁暗自发愣,这简直太不可思议了!

"到了白天,更不能大意!尤其是快到边境哨卡的时候!"

听到边境两字,武藏眼睛突然一亮。

"对了!我要去日名仓哨卡。"

"什么……你要去日名仓?"

"我姐姐被关在那儿的山牢里,我要去救她。阿通姑娘!我们就此分手吧!"

阿通一言不发地盯着武藏。不一会儿,她开口说道:"你真的决定这么做?早知道我们会在这里分手,我又何必离开宫本村呢?"

"可是,这也是没办法的事啊!"

"武藏哥哥!"阿通满怀深情地望着武藏,并轻轻握住他的手,她的面颊、身体一阵发烫,炽热的感情使她禁不住颤抖起来。

"我的心意,以后再慢慢告诉你。我不想和你在这儿分手,不管你去哪儿,都请带着我。"

"可是……"

"我求求你!"阿通合掌请求着,"即使你不愿意,我也要跟着你。如果你去救阿吟姐姐,嫌我碍手碍脚的话,我可以先到姬路城等你。"

"好吧……"说着,武藏正要转身离去。

"一言为定哦!"

地之卷

"嗯！"

"我在城下边的花田桥等你！如果你不来，我就一直在那儿等，哪怕等上一年、等上十年！"

武藏点头答应了一下，便顺着山坡直奔而下。

三日月茶馆

一

"外婆！外婆！"

阿杉婆的外孙丙太光着脚，从外边跑进屋，他用手抹了一把鼻涕，向厨房的方向大声喊着："不好了！外婆！您在干什么？出大事了！"

阿杉婆正坐在灶前，用竹筒生火。

"出什么事了？大呼小叫的！"

"村里都乱套了！外婆，您还有心思做饭呀——难道你不知道武藏已经逃走了吗？"

"什么……逃走了？"

"今天早上，千年杉上已看不到武藏了！"

"真的？"

"寺里面也乱作一团，因为阿通姐姐也不见了！"

听到这儿，阿杉婆的表情变得十分狰狞可怖。丙太吓得不敢继续往下说，只是偷偷咬着手指甲。

"丙太呀！"

"是！"

"你快点把你哥哥和河原的权叔叫来！"阿杉婆的声音微微发抖。

然而，还没等丙太走出门，本位田家的门前就已挤满了人。其中有阿杉婆的女儿、女婿，还有那位权叔。此外，还有其他一些亲戚和佃户。他们叫嚷着：

"是不是阿通那丫头把他放走的？"

"泽庵和尚也不见了！"

"一定是这两人搞的鬼！"

"这下可怎么办哪？"

阿杉婆的女婿和权叔已经准备好祖传的长矛，他们聚集在本位田家门前，情绪非常激动。

此时，有人对屋里喊了一声："阿婆！你都听说了吧？"

尽管阿杉婆现在已经确定，武藏的确是逃走了。但是，她不愧为本位田家的女人,她强压住满腔怒火,端坐在佛堂里。

"我现在就出去,你们先静一静!"阿杉婆在屋里说道。接着,她默默祷告了一番,然后从容地拿出一柄短刀别在腰间,又收拾了一些衣物,才来到大家面前。

众人看到阿杉婆腰间别着短刀,草鞋带紧紧绑在脚面,就知道这个倔强的老太婆已有了自己的打算。

"没什么好吵的!我这就去把那个不知廉耻的儿媳妇找回来,好好教训她!"

接着,阿杉婆神态自若地走出门去。

"既然阿婆都要去,我们也一起跟去吧!"众人群情激愤,决心跟随这位敢想敢为的老太婆。他们一路上捡了些木棒、竹茅当作武器,簇拥着向中山岭方向追去。

然而,已经太迟了。

这群人赶到岭上时,已近正午。

"他们逃走了?"众人跺着脚,懊悔不已。

因为已接近边境地带,所以一个看守哨卡的官兵过来对他们说:"这里禁止结伙通过!"

于是,权叔上前对官兵说明了事情的原委。

"如果我们放弃追捕,不但有愧于祖先,还会成为村里人的笑柄。本位田家再也不能在村里待下去了——所以,请让我们过去吧!让我们把武藏、阿通他们追回来!"他言辞恳切,试图说服这个哨兵。

尽管他们理由充分,但国家的法令是不容动摇的。因此,哨兵断然拒绝了他的请求。当然,如果他们能拿到去往姬路城的通行证,自然另当别论。可这么一来,那两个人早就逃之夭夭了!

"这样好了——"阿杉婆和亲戚们商量之后,决定做出让步。

"如果就我和权叔两个人,是不是就可以自由通过了?"

"五人以下,均可自由通过。"哨兵回答。

阿杉婆点点头,准备跟众人告别,她的表情有些激动,还有些悲壮。

"各位!我离开家时,就已经想到途中会出现各种状况。所以,也没什么好担心的!"

大家都站在这儿,表情严肃地望着阿杉婆,她那薄薄的嘴唇一开一合,隐约可见两颗大门牙和红色的牙龈。

"我这次出门带上了家传的腰刀,临出门前我已跟祖先的牌位告别,还发下两个誓愿——一是要惩罚败坏门风的媳妇,二是要确定犬子又八的生死。如果他还活在世上,我就是用绳子绑也要把他绑回家,让他继承本位田家的家号,再另娶一个比阿通好上百倍的媳妇,光耀门楣,以雪今日之耻！"

"不愧是阿杉婆呀！"人群中有人不由得赞叹起来。

然后，阿杉婆那锐利的目光望向了自己的女婿，"还有，我和权叔都已年近半百，为了达成这两个誓愿，我们要远赴他乡，四处查访，可能要花上一年、两年，甚至是更长时间。所以，我不在家的这段日子，由女婿当家，养蚕、耕种等农活样样都不得懈怠！大家明白了吗？"

河原的权叔已年近五旬，而阿杉婆也五十多岁了。万一他们真的碰上武藏，一定会和他拼命的。所以，有人提出让三个年轻人与他们同行。

"不必！"阿杉婆摇头拒绝。

"武藏没什么可怕的！他只是个毛头小子！我这个老太婆虽然没什么力气，却有些智谋。对付一两个敌人，绝对没问题！这儿——"她指着嘴，自信地说道，"一言既出，驷马难追！那么，大家先回去吧！"

于是，众人也不再强求。

"再见了！"说完，阿杉婆和权叔并肩穿过中山岭，向东边走去。

"阿婆……您多保重啊！"众人在山岭上挥手告别。

"要是生病了，一定要马上通知我们啊！"

"再会了！一定要平安归来啊！"大家不停地叮嘱着。

众人的声音渐渐远去了，此时阿杉婆对权叔说道："嘿！权叔啊！反正我们都会死在年轻人前边，不如把一切看开些吧！"

"是啊！是啊！"权叔点头答道。

权叔姓渊川，名权六，虽然他现在以打猎为生，但年轻时却是一名征战疆场的武将。他的身体仍然很硬朗，皮肤也像当年一样泛着黝黑的光芒，白发也没有阿杉婆那么多。

本族的儿子又八是自己的亲侄子，作为叔父，这件事他当然不能袖手旁观。

"阿婆！"

"什么事？"

"你早有准备，所以行李都打点好了。可我只穿了一件家常衣服，得找个地方再准备点鞋袜。"

"下了三日月山，有一间茶馆。"

"哦！对了！去三日月茶馆，就能买到草鞋和斗笠了。"

三

如果从这儿下山，再沿着播州的龙野赶往斑鸠就近多了。

虽然暮春的白昼不算短，但此时已是日暮西山。阿杉婆和权叔坐在三日月茶馆休息。

"今天无论如何也赶不到龙野了，晚上只能在新宫附近找个大车店过夜了，真讨厌那儿臭烘烘的棉被。"

一边说着，阿杉婆一边付了茶钱。

"我们走吧！"

权六拿起斗笠，正要起身，突然好像想起了什么，"阿婆！稍等一下！"

"干吗？"

"我去往竹筒里装些清水。"说着，权六绕到茶馆后面，把竹筒放在水管下装水。他装好水正要回去时，突然停下脚，顺着窗口往昏暗的屋里窥视。

"是病人吗？"屋里有个人盖着草席躺在那儿，还能闻到刺鼻的药味。那人的脸被草席遮住了，只看到散乱的长发贴在枕头上。

"权叔啊！还不出来啊？"阿杉婆喊了一声。

"来喽！"他跑了出去。

"你干吗呢？"阿杉婆有些不悦。

"那屋里好像有个病人……"权六边走边解释道。

"病人有什么稀奇！你怎么像个孩子似的磨磨蹭蹭！"阿杉婆训斥了两句。

在本族老人面前，权六觉得抬不起头，只得诺诺称是。

从茶馆通往播州方面的道路，是个非常陡的斜坡。由于往来于银山的车马不断，再加上雨水侵蚀，致使路面坑洼不平。

"阿婆！别摔倒了！"

"你在说什么呢！我还没到老态龙钟的地步！"

两人正说着，从上坡处传来声音："老人家！你们精神可真好哇！"

回头一看，原来是茶馆的老板。

"哦！刚才，多谢你的款待！你要去哪儿啊？"

"龙野！"

"这就去？"

"不去龙野，就找不到医生。即使现在骑马去，回来也得半夜了！"

"病人是您的妻子吗？"

"不是。"老板皱着眉头说道。

"要是我的老婆孩子也倒罢了！是店里的客人，她原本只是在这儿小憩一下，没想到给我带来这么多麻烦！"

"刚才……老实说，我从后院的窗子看了一眼，就是那个客人吧？"

"是个年轻女子，在茶馆里休息的时候，她说全身发冷。我也不能看着不管哪，就把后院的小屋借给她休息，没想到她烧得越来越厉害，看起来病得还很严重。"

听到这儿，阿杉婆停下脚步，问道："那女子是不是十七岁左右，身材很修长？"

"没错……她说是宫本村的人。"

"权叔！"阿杉婆使了个眼色，接着把手探进腰带里说道："糟了！"

"怎么了？"

"念珠！我把它落在茶馆的桌上了！"

"哎呀！我这就回去帮您拿来。"说着，老板就要掉头回去。

"这怎么能行！你要去找医生，还是病人要紧，你快走吧！"阿杉婆阻拦着，而权叔早就一溜烟跑了回去。阿杉婆把茶馆老板打发走后，也紧随其后跑了回来。

准是阿通没错！

两人的呼吸都急促起来。

四

自从那晚，阿通被雨淋过之后，就一直高烧不退。

在山上和武藏分手之前，由于过度紧张她早就忘了这回事。但和他分手不久，阿通就感到力不能支，不得不向三日月茶馆借宿休息。

"大叔……大叔……"阿通口渴不已，梦呓般地呼唤着老板。

茶馆一打烊，老板就去找医生了。临走之前，他特地过来告诉阿通，一定要坚持到医生来。现在，阿通由于高烧而神志不清，已经记不得老板说过的话。

她感到口干舌燥，喉咙里热辣辣的，就像蔷薇的刺在扎着似的。

"给我喝点水……大叔！"阿通好不容易爬起来，伸长脖子望向水管。

她使尽全身力气爬到水桶边，正伸手要拿竹筒子盛水喝，突然"砰！"的一声，不知是店里的哪扇门倒了，山野小屋平时就夜不闭户，所以老板临走前也没锁门。从三日月坡折回来的阿杉婆和权六，摸索着走进茶馆。

"好黑呀！权叔！"

"等一等！"他没脱鞋就进了屋，走到火炉旁，点起一把柴火照亮。

"咦……她不在啊！阿杉婆！"

"嗯？"这时，阿杉婆马上注意到通往水管处的门开着一道缝。

"在外面！"她大叫。

突然，一个装满水的竹水筒向阿杉婆这边飞了过来，原来是阿通。她就像一只风中的小鸟，沿着茶馆前的坡道，朝相反方向跑去，她的衣袖和裙子也被风吹得鼓了起来。

"混蛋！"阿杉婆急忙跑到屋檐下，"权叔！你在干吗？"

"她跑了吗？"

"你还问！都是你笨手笨脚地被她发现了——快！快来帮忙追呀！"

了，真讨厌那儿臭烘烘的棉被。"

一边说着，阿杉婆一边付了茶钱。

"我们走吧！"

权六拿起斗笠，正要起身，突然好像想起了什么，"阿婆！稍等一下！"

"干吗？"

"我去往竹筒里装些清水。"说着，权六绕到茶馆后面，把竹筒放在水管下装水。他装好水正要回去时，突然停下脚，顺着窗口往昏暗的屋里窥视。

"是病人吗？"屋里有个人盖着草席躺在那儿，还能闻到刺鼻的药味。那人的脸被草席遮住了，只看到散乱的长发贴在枕头上。

"权叔啊！还不出来啊？"阿杉婆喊了一声。

"来喽！"他跑了出去。

"你干吗呢？"阿杉婆有些不悦。

"那屋里好像有个病人……"权六边走边解释道。

"病人有什么稀奇！你怎么像个孩子似的磨磨蹭蹭！"阿杉婆训斥了两句。

在本族老人面前，权六觉得抬不起头，只得诺诺称是。

从茶馆通往播州方面的道路，是个非常陡的斜坡。由于往来于银山的车马不断，再加上雨水侵蚀，致使路面坑洼不平。

"阿婆！别摔倒了！"

"你在说什么呢！我还没到老态龙钟的地步！"

两人正说着，从上坡处传来声音："老人家！你们精神可真好哇！"

回头一看，原来是茶馆的老板。

"哦！刚才，多谢你的款待！你要去哪儿啊？"

"龙野！"

"这就去？"

"不去龙野，就找不到医生。即使现在骑马去，回来也得半夜了！"

"病人是您的妻子吗？"

"不是。"老板皱着眉头说道。

"要是我的老婆孩子也倒罢了！是店里的客人，她原本只是在这儿小憩一下，没想到给我带来这么多麻烦！"

"刚才……老实说，我从后院的窗子看了一眼，就是那个客人吧？"

"是个年轻女子，在茶馆里休息的时候，她说全身发冷。我也不能看着不管哪，就把后院的小屋借给她休息，没想到她烧得越来越厉害，看起来病得还很严重。"

听到这儿，阿杉婆停下脚步，问道："那女子是不是十七岁左右，身材很修长？"

"没错……她说是宫本村的人。"

"权叔！"阿杉婆使了个眼色，接着把手探进腰带里说道："糟了！"

"怎么了？"

"念珠！我把它落在茶馆的桌上了！"

"哎呀！我这就回去帮您拿来。"说着，老板就要掉头回去。

"这怎么能行！你要去找医生，还是病人要紧，你快走吧！"阿杉婆阻拦着，而权叔早就一溜烟跑了回去。阿杉婆把茶馆老板打发走后，也紧随其后跑了回来。

准是阿通没错！

两人的呼吸都急促起来。

四

自从那晚，阿通被雨淋过之后，就一直高烧不退。

在山上和武藏分手之前，由于过度紧张她早就忘了这回事。但和他分手不久，阿通就感到力不能支，不得不向三日月茶馆借宿休息。

"大叔……大叔……"阿通口渴不已，梦呓般地呼唤着老板。

茶馆一打烊，老板就去找医生了。临走之前，他特地过来告诉阿通，一定要坚持到医生来。现在，阿通由于高烧而神志不清，已经记不得老板说过的话。

她感到口干舌燥，喉咙里热辣辣的，就像蔷薇的刺在扎着似的。

"给我喝点水……大叔！"阿通好不容易爬起来，伸长脖子望向水管。

她使尽全身力气爬到水桶边，正伸手要拿竹舀子盛水喝，突然"砰！"的一声，不知是店里的哪扇门倒了，山野小屋平时就夜不闭户，所以老板临走前也没锁门。从三日月坡折回来的阿杉婆和权六，摸索着走进茶馆。

"好黑呀！权叔！"

"等一等！"他没脱鞋就进了屋，走到火炉旁，点起一把柴火照亮。

"咦……她不在啊！阿杉婆！"

"嗯？"这时，阿杉婆马上注意到通往水管处的门开着一道缝。

"在外面！"她大叫。

突然，一个装满水的竹水舀向阿杉婆这边飞了过来，原来是阿通。她就像一只风中的小鸟，沿着茶馆前的坡道，朝相反方向跑去，她的衣袖和裙子也被风吹得鼓了起来。

"混蛋！"阿杉婆急忙跑到屋檐下，"权叔！你在干吗？"

"她跑了吗？"

"你还问！都是你笨手笨脚地被她发现了——快！快来帮忙追呀！"

"她在那儿！"阿杉婆看到下坡处有一个人影飞快地跑着，就像一只受惊的小鹿。

"没关系！她是个病人，而且一个女孩子能跑多快？我们肯定能追上。"说着，权六跑出店外，阿杉婆紧紧跟在后面说道："权叔！你可以砍她一刀，不过要让我先发泄完满腔怒火！"

不一会儿，跑在前边的权六回头喊道："糟了！"

"怎么了！"

"前面是竹林山谷！"

"她跳下去了？"

"山谷很浅，但周围光线太暗了！得回到茶馆取个火把才行啊！"权六望着长满孟宗竹的崖边，犹豫不决。

"嘿！你慢吞吞地干什么呢？"说着，阿杉婆用力一推权六。

"啊！"权六顺着落满竹叶的山崖滑落下来，发出一阵嚓嚓的响声。好一会儿，这声音才在远处的黑暗中停止。

"臭老太婆！你在胡闹什么！快点给我下来！"

软弱的武藏

一

昨天出现过，今天又出现了！

在日名仓高原的十国岩旁边，有一团黑色的东西蹲在那儿，一动不动，看起来就像是岩石上掉下来的一块石头。

"那是什么啊？"把守关卡的哨兵，手搭凉棚，望向对面。

真不巧，此时阳光就像彩虹一样耀眼夺目，根本无法看清楚对面。有人随口说了一句："是只兔子吧！"

"比兔子大，应该是只鹿！"另一人答道。

又有人说道："不对！兔子或鹿不会一直静止不动，看来就是块石头。"

有人驳斥道："树木或岩石也不可能一夜之间就出现啊！"

于是，大家开始争论起来。

"岩石一夜之间就出现的例子也有，比如陨石，就是从天上掉下来的哟！"

"管它是什么东西，反正不关我们的事。"有人从中调停。

"什么叫不关我们的事？我们在日名仓设立关卡，就是要对通往但马、因州、作州、播磨这四国的道路严防死守。不能光拿军饷，在这儿晒太阳啊！"

"知道了！知道了！"

"如果那东西不是兔子，也不是石头，而是活人，怎么办？"

"恕我失言，不要再争了！"

有人做和事佬，本以为此事可以到此结束，没想到又有人说："对啊！搞不好真是个人哪！"

"怎么可能？"

"再猜也没用，要不用箭射一下看看？"

于是，有人立刻从岗哨里拿出弓箭，他看起来像个高手，单膀搭弓上箭，拉紧弓弦。

那个黑东西和岗哨之间正好隔着一道深谷，处在对面的缓坡上，由于背光，那目标看起来是漆黑一团。

嗖——

离弦之箭就像一只野鸭，直直地越过山谷。

"太低了！"后面的人说道。

于是，那人又搭上了第二支箭，"不行！不行！"另一个哨兵把弓箭夺了过去，瞄准，射出。结果，那支箭飞到山谷处就掉了下去。

"你们在吵什么？"在岗哨执勤的武士统领走了过来，听了事情的原委之后，说道："好！把弓箭借我！"

这武士接过弓箭，一看那架势，就知道此人身手不凡。

武士统领拉满弓，大家以为箭就要射出的时候，他却收回弓弦说道："这箭不能乱射！"

"为什么？"

"那是一个人——但不知道是位神仙，还是别国的密探，抑或是想要寻死的人。总之，先去把他抓过来。"

"你们看吧！"刚才猜测是人的那位哨兵扬扬得意。

"快去吧！"

"喂！先等一下，抓人可以，可我们要从哪儿爬上那座山呢？"

"如果沿着山谷爬——"

"那根本爬不上去！"

"没办法，还是从中山岭那边绕过去吧！"

武藏抱着双臂蹲在那里，他目不转睛地看着山谷对面的日名仓岗哨的屋顶。

他想，其中一个屋檐下一定关着姐姐阿吟。

然而，他从昨天就一直坐在那里，今天依旧如此，似乎无意起身行动。

二

一个岗哨的士兵不过五十人，最多一百人。

武藏抵达这里之前，心里是这么想的——可是，人算不如天算。

他静静地坐在那儿，那岗哨依险而建，一面是深谷，另一面就是往来入口，并设置了两道栅栏门。

并且，这里是高原地带，四野空旷，连一棵能遮身的树都找不到，更别说有可以利用的地势。

在这种情况下，趁着夜色闯过去是最可取的办法。然而，每到傍晚时分，两道栅栏门就被放置在岗哨前的交通要道上。一旦有突发状况，警报声会立即响起。

不能轻易靠近！

武藏心里明白。

整整两天，他都坐在十国岩下面，思考如何采取行动，但一直苦无良策。

"不行呀！现在连一赌生死的机会都没有啊！奇怪！我为何变得如此瞻前顾后？"

他有点生自己的气——"我以前可不是这么软弱呀！"他自问自答着。

他抱着胳膊，想了半天——到底是怎么了？怕了吗？一定是害怕靠近那个岗哨。

"我竟然会害怕了！的确跟以前不一样了——但是，这到底算不算胆小呢？"

不算！他摇头否定了自己的想法。

产生这种感觉不是由于自己胆小，而是泽庵和尚教会了他使用智慧，使他睁开迷茫的双眼，慢慢看清了事物的本质。

人的勇气和动物的勇气有着天壤之别，真正的勇气和匹夫之勇，更不能相提并论。这些都是泽庵教给他的。

他终于明白了——他终于懂得用心灵的眼睛来审视这个世界的可怖之处，由此他的思想最终得以重生——获得重生的我，绝不是野兽，而是个人！

如果想成为一个真正的人，首先就要珍惜自己的生命，这比任何东西都重要——人生在世，就要接受各种磨炼——在此目标未完成之前，决不能轻易牺牲。

"我懂了！"当他找到真正的自我时，不禁感慨万千。他抬起头仰望苍穹。

"不过，我必须要救出姐姐，尽管我很珍爱生命，很害怕闯关失败，但我必须试一试。"

地之卷

武藏决定入夜后就顺着绝壁攀爬而下，再爬上对面的山崖。多亏这里有此天险，岗哨后面没有栅栏，也许还有漏洞可钻。

——他刚下定决心，突然"嗖！"的一声，原来是支箭落在他脚边不远处。

仔细一看，岗哨后方聚集了一群豆子大小的黑影，看来对方已经发现了自己。

"——他们用箭试试动静！"

武藏故意一动不动。不久，笼罩在中国山脉上的夕阳余晖渐渐暗了下去。

终于熬到天黑了。

武藏起身捡了块小石子，准备把天上飞的"晚饭"打下来。他抬手一掷，便击落了一只小鸟。

他撕下鸟肉，大快朵颐。突然，周围出现了二三十名官兵，他们大叫着把武藏团团包围。

三

是武藏！宫本村的武藏！

官兵们靠近之后，发现是武藏，不禁喊出声来。"哇吼吼！"他们叫喊着，既紧张又兴奋。

"别大意！他很能打！"大家互相提醒着。

面对腾腾杀气，武藏毫无惧色。

"看好了！"他大叫一声，双手高举一块大石头，朝着包围圈的一角扔了过去。

那块石头打倒了一个官兵，武藏敏捷地跳过那个缺口，冲出了包围圈。大家以为他要逃跑，没想到他却朝着岗哨方向跑去。急驰之下，他的头发被风吹得立了起来，他就像一头怒吼的雄狮。

"那家伙要去哪儿？"官兵们被眼前的情景弄糊涂了，他们一个个呆若木鸡。而武藏早已跑得无影无踪。

"他疯了！"有人大叫。

随后，众人叫嚷着往岗哨方向追去。此时，武藏已穿过正面的栅栏门，跑进哨所里。

里面是牢房，是一条死路。然而，武藏根本没注意到兵器架、栅栏以及看守。

"喂！你是谁？"几个看守扑了过来，武藏下意识地挥出拳头，一下就把他们打倒在地。

他摇动着栅栏门的立柱，一下子把它拔了出来，握在手中当武器。对方虽然人多，但武藏毫不在意。山崖上的官兵也不断围拢过来，武藏毫不费力地就把他们打倒在地，无数的刀枪棍棒，散落一地。

"姐姐！"武藏绕到屋后。

"姐姐！"他双眼充血，挨个儿房间寻找着。

"我是武藏呀！姐姐！"

如果有的房门打不开，他就用手上这根五寸粗的棒子把房门打烂。官兵们养的鸡鸭受到惊吓，拼命啼叫，有的还飞上了房顶，整个岗哨仿佛迎来了世界末日。

"姐姐！"武藏的声音沙哑了，几乎喊不出声。他依然不见姐姐阿吟的身影，那阵阵呼唤声也渐渐变得绝望。

此时，他突然发现一个小兵从一间肮脏的小屋里偷偷跑了出来。

"站住！"武藏大喝一声，同时把手上那根沾满血迹的棒子抛到那人的脚边。

武藏跳过去抓住他，那人被吓得哭起来，武藏狠狠揍了那人一拳，问道："我姐姐在哪间牢房？你要是不说，我就杀了你！"

"没……没在这里。前天藩里下命令，把她转送到姬路城了！"

"什么！转到姬路城！"

"是……是的……"

"真的？"

"是真的。"

这时，又有官兵围了上来，武藏抓起那个小兵，朝敌人扔了过去，自己退到那间小屋的暗处。

霎时间，五六支箭一起射了过来，其中一支射中了武藏的衣角。

武藏咬着大拇指，一动不动地看着不断向自己飞来的箭。突然，他冲向栅栏门，像只飞鸟一样跳到了外面。

轰隆！

火枪不断向他射击，谷底传来震耳欲聋的回声。

武藏逃走了！他就像一块从山顶滑落的巨石，以无人可挡之势逃离了险境。

——知其惧而惧之！

——匹夫之勇是幼稚、是无知、是野兽之勇！

——做一个真正的强者！

——生命如珍珠般绚烂！

武藏如疾风般狂奔着，泽庵说过的每一句话都清晰地回荡在他耳边。

光明藏

一

这儿是姬路城城下的郊区。

武藏已经在花田桥上等了阿通好几天了。

"到底出了什么事?"

一直不见阿通的身影——今天已是两人分别的第七天了。阿通明明说过要在这里等自己,哪怕等上一年或是十年!可现在……

武藏是一个言出必行的人,只要说出口,就一定会付诸行动。可是,他现在已等得有些不耐烦了。

对他而言,来姬路城寻找姐姐才是真正的目的,也不知道她被关在哪里?除了花田桥,武藏偶尔也会去城下的街区闲逛,他头戴斗笠,打扮成一个乞丐。

"嘿!终于遇到你了!"突然,有个和尚朝他跑过来。

"武藏!"

"啊?"武藏原以为这身打扮,没人能认得出来他,所以被人一叫,不免吓了一跳。

"快过来!"那和尚抓着他的手,使劲拽着他往前走。原来,此人正是泽庵。

"不会给你添麻烦的!快跟我来!"

武藏不知泽庵要带他去哪里,他无力反抗,只能木然地跟在泽庵身后,心想:"这回是又要把我绑在树上,还是关进藩里的监牢?"

姐姐可能也被关在监牢里,果真如此的话,我们姐弟二人就要共赴黄泉了。如果非要我赔上一条命的话,我宁愿跟姐姐死在一起。

武藏心里暗自祈祷着。

白鹭城的城墙出现在眼前,那雪白的墙体是如此宏伟、壮观。当两人来到城前的唐桥时,泽庵自顾自地先走了过去。

城门打开后,官兵手中长矛发出的耀眼光芒令武藏望而却步。

此时,泽庵向他招手道:"还不快过来!"

于是两人通过了第一道大城门,来到内壕的第二道城门前。

看来这座城池的诸侯还不能乐享太平,旗下的武士们个个枕戈待旦,准备随时应战。

泽庵叫过来一个官差:"喂!我把他带来了!"说着,便把武藏交给了他,并嘱咐了一句"拜托您了!"

"是！"对方答道。

"——不过，你们可要多加谨慎啊！这可是一只牙锋爪利的小狮子，野性难驯哪！一不小心，就会被咬伤的。"说完，他也不用别人带路，就径自朝着太殿城的方向走去了。

可能是因为泽庵的警告，这些官兵连碰都不敢碰武藏一下。只说了一句"请进！"提醒武藏进屋。

武藏默默地跟着他们，来到了一间浴室。看来官兵要让他洗澡，这未免太自作主张了吧！再加上他曾中过阿杉婆的诡计，所以对去浴室洗澡一直心有余悸。

武藏抱着肩，思忖良久。

"我们准备了换洗的衣物，您洗完后，请换上！"

一个小厮走进来，放下黑棉布的小褂和和服裤子就离开了。

仔细一看，怀纸（叠起来放在怀里的备用和纸）、扇子等物虽然有些粗糙，但各种用品倒很齐全。

二

天守阁和太阁城的一个城池位于姬山的后面，此地即为白鹭城的主城。

城主名为池田辉政，他五短身材，微黑的脸上有少许麻子，留着光头。

此时，他正用手托着脸，望向院子。

"泽庵和尚！就是他吗？"

泽庵一直站在他身旁，随即点头答道："是的。"

"果然相貌不凡哪！为帮他，你真是没少费心哪！"

"不敢当！真正能帮到他的是大人您呀！"

"哪里！如果为官者都能像你这样，我们就有更多的可用之才了。可是，这儿的家伙全都认为抓人才是他们的职责。真让人伤脑筋！"

院子在回廊对面，此时武藏正坐在那里。他穿着崭新的黑色小褂，双手抱着膝盖，眼睛直勾勾地盯着地面。

"你叫新免武藏吧？"池田辉政问道。

"是！"武藏毫不犹豫地回答。

"新免家原本是赤松家族的支脉，赤松政则以前就是白鹭城的城主。如今，你被招至此地，看来冥冥之中自有机缘啊！"

武藏低头不语，他觉得自己的所作所为让先祖的名誉蒙羞。虽然他对辉政并无反感，但一种愧疚的情绪却让他抬不起头。

"但是！"辉政突然换了一种口气。

"你的所作所为真是罪大恶极啊！"

"是！"

"必须要严加惩处！"

辉政转头问泽庵："泽庵和尚,听说家臣青木丹左卫门没经我同意,就跟你打赌,若你抓到武藏则交由你处置。这话是否属实?"

"只要您问一下丹左,就可知真伪。"

"问过了!"

"那为何还要问我,莫非我泽庵会说谎?"

"好!看来你们两个人所言不虚。既然丹左是我的家臣,家臣立下的誓约就如同我立下的一样。虽然我是领主,但已无权处置武藏……不过,却也不能这样放过他……如何处置,就交给你了!"

"愚僧也这样认为。"

"那么,你打算怎么做?"

"我要把武藏处死。"

"如何处死呢?"

"听说白鹭城的天守阁里,有一个房间一直锁着门,人们都说里面有妖怪。"

"是有这回事。"

"现在房门依然锁着吧?"

"没人敢打开门,家臣们都很忌讳这件事,所以屋门一直保持原样。"

"德川随一将军旗下最勇猛的胜入斋辉政大人的居所内,居然有一间屋子总是不亮灯,这会使您的威信受损哪!"

"我从没想过这事。"

"但是,您的臣民会根据这件事来评判领主的威信。所以,请在那间房里点上灯吧!"

"嗯!"

"我想向您借天守阁的那间小黑屋来囚禁武藏,直到愚僧饶恕他为止——武藏,你要有心理准备哟!"

"哈哈哈!可以,可以!"辉政听后,大笑着答应下来。

上次在七宝寺里,泽庵对"八字胡"青木丹左说的话完全属实,辉政和泽庵的确是朋友,他们经常在一起品茶论道。

"一会儿,要不要来茶室?"

"您的茶道还没进步吗?"

"胡说!最近,我可是进步神速啊!今天要让你瞧瞧,我辉政精通的不只有武功!等你来哟!"

说完,辉政站起身,朝屋里走去。那不足五尺的短小身影,把白鹭城衬托得更加雄伟。

三

真是一片漆黑——这里就是泽庵口中那间从没打开过的房间,它位于天守阁的最高处。

在这里，时间仿佛都停止了，也听不到任何声音。

屋内，仅有一盏微弱的烛灯，还有武藏那张被烛光映照得苍白而消瘦的脸。

现在正值隆冬时节，黑色的房梁和地板都透出刺骨的寒气。在烛光的映衬下，武藏呼出的气变成了一缕缕白雾。

"孙子曰：地形有通者，有挂者，有支者，有隘者，有险者，有远者。"

《孙子·地形篇》摊开在桌子上。每每读到奥妙之处，武藏便大声朗诵起来。

"故知兵者，动而不迷，举而不穷。故曰：知己知彼，胜乃不殆；知天知地，胜乃可全。"

如果眼睛发酸，武藏就用冷水冲一冲。如果灯油滴落下来，他就用剪刀把灯油剪掉。

桌子旁边，堆了一大摞书，有日文的，也有汉文的，还有佛书和国史。可以说，武藏完全淹没在书的海洋里。

这些书都是从藩里的书库中借来的。泽庵把他带进天守阁的这间小屋之前，特地告诫他："你要博览群书。传说古时的高僧只有进入藏经阁读万卷书，心灵之眼才得以开启。你可以把这间黑漆漆的小屋想象成母亲的子宫，你在此所做的一切都是为了重生为人。普通人以为，这儿只是一间黑暗的房间。但是，你要仔细阅读、认真揣摩，因为这些书籍都是日中圣贤们的光辉思想的结晶。至于你把这里当成黑暗藏，还是光明藏，完全取决于你的心。"

说完，泽庵就飘然离去。

从那以后，不知又迎来几次斗转星移、寒暑更迭。

武藏只能凭借冷暖变化来猜测四季的转换，他完全感觉不到岁月的流逝。但是，当燕子又飞回到天守阁房檐下的鸟巢时，他知道，现在已经是第三年的春天了。

"我已经二十一岁了！"他茫然自语道。

"二十一岁之前，我究竟做过什么呢？"每每想到这儿，他就惭愧不已。他会摩挲着鬓角的头发，直愣愣地坐上一整天。

啾啾、啾啾、啾啾……

天守阁的房檐下，传来燕子的呢喃声。它们飞越重洋来到这里，就是为了迎接春天。

在武藏被幽禁的第三年的某一天，泽庵突然到访。

"武藏！有进步吗？"

"哦……"武藏就像见到了亲人一样激动不已，他上前抓住了泽庵的袍袖。

"我刚刚游学回来，现在正好第三年了，我在想你在'娘胎'里也长得差不多了吧！"

"您的大恩大德，我无以为报！"

"报答……哈哈哈！看来你已经充分掌握了正常人应有的说话方式！来！今天就出去吧！拥抱光明，到尘世中、人群里去吧！"

四

时隔三年，武藏第一次走出天守阁，他被带到了城主池田辉政的面前。

三年前，他是坐在院子的草地上。而今天，他则坐在了太阁城的宽边木椅上。

"怎么样？想不想在此奉职呢？"辉政问他。

武藏首先道了谢，然后答道自己虽为自由之身，但现在却无意跟随主公。他说道："如果我在此奉职，说不定天守阁那间屋子的鬼魅就会真的现形了。"

"为什么这样说？"

"我曾就着烛火，仔细观察过那间屋子的房梁及板窗，发现上面附着很多黑色油漆一样的斑点。仔细一看，才知道那是血迹。说不定，那就是赤松家族在灭亡时留下的最后的血渍。"

"嗯！也许是吧！"

"一想到这儿，我就毛骨悚然，也感到莫名愤怒。想当年，赤松家族称霸中国地区，而今祖先的踪迹已然无处寻觅，他们就像明日黄花一样，难免灭亡的命运。但是，他们的血脉仍然代代相传，子孙的体内依然流动着祖先的血液。而不肖之人，新免武藏就是其中之一。因此，我若住在白鹭城，祖先的亡灵会冲破那间密室而造成大乱。一旦酿成大祸，赤松的子孙会回来争夺这座城池，那么天守阁就又多了一间隐匿亡灵的暗室。如此一来，杀戮只会不停地轮回下去。若真是这样，我如何对得起苦心栽培在下的领主和安享太平的百姓？"

"原来如此！"辉政点头表示赞同。

"这么说，你要返回宫本村，以乡士的身份终其一生了？"

武藏默默地笑了笑，过一会儿才说道："我准备四处漂泊。"

"是吗？"辉政随即转头对泽庵说道，"给他拿些衣服和盘缠。"

"您的大恩大德，我泽庵不胜感谢！"

"你向我道谢？这还是头一回啊！"

"哈哈哈！可能是吧！"

"趁着年轻，多出去走走也不错。但是，无论走到哪里，都不要忘记自己的出身和故乡。以后你的姓就改成宫本吧！就叫'宫本'好了！宫本！"

"是！"武藏跪在地上，平趴着回答道"遵命！"

泽庵在旁边补充道"名字最好也改一下，MUSASHI（武藏）这个读音要比TAKEZOU（武藏）好。今天是你从黑暗藏的胎内，转世投生到光明世界的第一天，所以一切都应该是崭新的！"

"嗯，嗯！"

辉政越发兴奋，"宫本武藏！好名字，我们应该庆祝一下。来人哪！拿酒来！"他吩咐侍者去准备。

随后，三人来到另一个房间，他们一直畅谈到深夜。席间，很多池田的家臣也在两旁作陪。泽庵兴致很高，他还跳起了猿乐舞等愉乐三昧舞（佛教修行所用的舞蹈）。武藏虽有几分醉意，却仍聚精会神地欣赏着泽庵那奇妙的舞姿。

当泽庵和武藏离开白鹭城时，已是翌日清晨。

泽庵向武藏告别，他将再次踏上闲云野鹤般的旅程。武藏也说，今天自己将迈出新的一步，开始重新学习做人、修炼武艺。

"那么，就此分别吧！"两人来到城下，即将挥手告别。

"哎呀！"泽庵突然抓住武藏的衣袖。

"武藏！你一定还想见一个人。"

"谁？"

"阿吟姑娘！"

"啊？难道姐姐还活着？"即使在睡梦中，武藏也从未忘记过姐姐。那句问话一出口，他的视线就模糊了。

 花田桥

一

泽庵告诉武藏，三年前他大闹日名仓哨所的时候，姐姐阿吟就已经不在那里了，所以朝廷也没有继续追究。之后，出于种种原因，阿吟并没有回宫本村，而是住到了佐用乡的亲戚家，目前生活比较安稳。

"你很想见她吧？"泽庵问武藏。

"阿吟姑娘也很想见你。我曾告诉她——就当你弟弟已经死了。不，就当他真的死了。我向她保证，三年之后要还给她一个截然不同的武藏。"

"这么说来，您不但救了我，还救了我姐姐！你的大恩大德，我真是无以为报！"武藏合掌道谢。

"来！我带你去见她。"泽庵催促着。

"不，不用见面了。听了您的一席话就如同见过姐姐一样。"

"为什么？"

"我大难不死，终于获得了新生。现在，我已下定决心要开始真正的修行，什么事情都不会动摇我的意志。"

"哦！我懂了！"

"毋须多说，你一定能了解我的心情。"

"看来，你的心智真是成熟了很多，太好了！那么，就照你的意思做吧！"

"就此向您告别……只要还活着，我们后会有期！"

"嗯！我们就像高山流水一样，一定会再见面的！"泽庵原本就是个性洒脱之人。

两人正要分别之时，泽庵突然想起一件事，"对了，有件事你要格外小心。本位田家的阿杉婆和权叔一直到处找你，他们发誓找不到你和阿通报仇，就绝不回宫本村。也许你在途中会遇到这些麻烦，但不用太介意。还有，"八字胡"青木丹左这个家伙，虽然我没有背后告他的状，但因为没能抓到你，他已经被罢官，现在他游手好闲、四处流浪——总之，人生的道路就是坎坷不平的，所以你一个人闯荡时要特别谨慎！"

"是！"

"我想说的就是这些。那么，再会了！"说完，泽庵便朝着西边走去。

"你要多保重啊！"望着泽庵远去的背影，武藏默默地道别。一直目送到那身影消失不见，他才迈开大步，朝东边走去。

从此，陪伴他的只有腰间那把黑木剑了。

独一无二的宝剑！

武藏紧紧握住剑。

"就凭借它闯出一条路吧！我会把这只剑当作自己的灵魂，经常打磨，努力攀登到人生至高的境界！泽庵以禅为道，我就以剑为道。最终，我一定会超越他。"武藏下定了决心。

如此青春年少，如此风华正茂！一切才刚刚开始。

他的双脚有使不完的力气，眼中闪耀着希望的光芒。有时，他会推起斗笠的帽檐，用全新的视角来审视这个完全陌生的世界，而自己即将投入她的怀抱，开始人生的第一次跋涉。

此时，武藏刚离开姬路城的城下，正要走过花田桥。突然，从桥对面跑来一个女子。

"啊……你不是……"女子抓住了武藏的衣袖。原来她正是阿通。

"呀？"

看着武藏惊讶的表情，阿通说道："武藏哥哥，你没忘记这桥的名字吧？也许你已忘记了那个说要等你一年、等你十年的阿通……"

"这么说来，你已在这儿等了三年？"

"是的。本位田家的阿杉婆到处找我，我差一点就活不成了。还好有惊无险，总算保住一条命。自从跟你在中山岭分手后，我一个人好不容易挨了二十几天，之后就一直在那儿干活，直到现在。"说着，她指了指桥头那家竹器店。

"我一边在店里干活，一边等你。屈指算来，今天已是第九百七十天。现在，你会按照约定，带我一起走吧？"

二

其实，武藏内心也十分渴望见到阿通。就连一直牵肠挂肚的姐姐，自己都能狠心不见，一心只想早日踏上旅途。

"莫非自己下意识中渴望见到她？自己究竟怎么了？"

武藏为自己的想法感到气恼不已。

自己正要开始人生的历练，身边怎么能带个女人？

况且，这女人终归是本位田又八的未婚妻。按照阿杉婆的说法，即使儿子不在家，阿通也是她家的媳妇。

想到这儿，武藏感到痛苦难当。

"你说要我带你走，可去哪儿呢？"他劈头问道。

"你要去的地方！"

"我要去的地方充满艰辛和坎坷，可不是游山玩水。"

"我都懂！我不会妨碍你做大事的，我什么苦都能吃！"

"哪有武士带着女人一起闯荡的？这会被人耻笑！请松开我的袖子！"

"不要！"阿通反而把武藏的袖子抓得更紧。

"看来，是你骗了我！"

"我什么时候骗你了？"

"当初，我们在中山岭不是说好了吗？"

"哦！我当时脑筋不清楚。况且，又不是我先提出来的，我只是一时情急，顺嘴答应了你。"

"不对！不对！你不能这么说！"两人争执不下，阿通逼近武藏，武藏不得不退到花田桥的栏杆上。

"你吊在千年杉树上，我帮你割断绳子的时候，你说过要带我一起逃走。"

"放开！喂！大家看着呢！"

"看就看吧！当时我问你，是否愿意接受我的帮助，你高兴地连声说'把绳子割断！快割断！'这些你都忘了吗？"

尽管阿通说话时据理力争、毫不相让，但那双泪水盈盈的眼睛却发出炽热的光芒。

　　武藏自知理亏，无言以对。阿通的一席话使他的心理斗争异常激烈，他十分矛盾，不知该如何回答。

　　"把手放开！大白天的，来往的路人会怎么看！"

　　阿通温顺地放开了他的袖子，然后伏在桥栏杆上，抽泣起来。

　　"很抱歉，说了一些难听话。之前说过的那些敷衍之词，就请你忘了吧！"

　　"阿通姑娘！"武藏偷偷望了一眼阿通。

　　"其实，在你等我的这段时间里，我一直被关在白鹭城的天守阁，从未出来过。"

　　"我听说了。"

　　"咦？你知道？"

　　"是的，泽庵师父告诉我的。"

　　"这么说来，那个和尚什么都告诉你了？"

　　"当初，阿杉婆他们追赶我，我在三日月茶馆附近的竹林山谷里昏倒了，是泽庵师父救了我。后来，他又介绍我去那家竹器店干活——昨天，他来店里喝茶的时候，说了一句'未来是不可预知的哟！'这句话真令人捉摸不透。可能，他指的就是男女之间的事。"

　　"哦！原来是这样！"武藏回头望向西边的道路，刚刚分别的那个人，今后还能再见面吗？

　　此时，他再次深切地感受到泽庵心中蕴藏的爱是如此博大、如此崇高。他原以为泽庵只对自己有恩，看来是自己心胸太过狭窄。不只是对姐姐、对阿通，对任何需要帮助的人，他都会及时伸出援手。

三

　　"男女之间的事，未来不可预知。"

　　听说泽庵丢下这句话就走了。对这个意料之外的"负担"，武藏毫无心理准备。

　　整整九百天，他都被关在暗无天日的小屋里。陪伴他的只有数不清的日中书籍。但是，并没有哪本书讲到这件人生大事。对于男女之事，泽庵表现得事不关己，总是故意避开这个话题。

　　不知他是否在暗示——男女之事，只能由自己解决。

　　或者，他在试探武藏——如此小事，你自己完全能够处理。

　　武藏陷入了沉思，他凝视着桥下的潺潺流水。

　　于是，阿通悄悄地观察着武藏的表情。

　　"好不好？"她哀求着。

　　"我跟店老板说好了，随时都可以离开。现在，我就去跟他讲明事情的原委,准备一下就来!一定要等我哦!求你!"阿通手扶着桥栏杆,急切地问着武藏。

武藏把手放到她那白皙的小手上,说道:"还是再考虑一下吧!"

"我还考虑什么!"

"刚才我说过,我在暗室里苦读了三年,经过痛苦的挣扎,好不容易才领悟到人生的真谛。现在,我决定要重新踏上人生之旅,我的名字也改成'宫本武藏'。此刻正是我人生中最关键的时候,我一心只想好好磨炼自己。如果你跟我一起走,就是踏上了一条曲折而艰辛的不归路,你是不可能幸福的。"

"你越是这么说,我就越要跟你在一起。我相信,自己已经找到了世间独一无二的男子。"

"无论如何,我就是不能带你走!"

"可是,我会追随你到天涯海角。我不会妨碍你干大事的……这样还不行吗?"

"……"

"我一定不会妨碍你的!"

"……"

"你答应了?如果你不告而别,我会生气的!请在这里等我……我马上回来。"

阿通说完后,就立刻跑回桥头的竹器店去了。

武藏很想利用这个空当转头就走。可是,这个念头一闪即逝,他的脚好像被钉在地上一样,动弹不得。

"——你要是走了,我会生气哟!"阿通回过头对武藏喊着。望着那白净俏丽的脸庞,武藏不由自主地点了点头。看到武藏终于点头同意,阿通才放下心来,闪身走进竹器店。

如果要走,就趁此时!

武藏的内心,这样说着。

然而,他的脑海依然闪现着阿通那张纯真的笑脸,还有那双楚楚可怜的大眼睛。这一切,都让他无法抬脚离去。

多么可爱的姑娘啊!没想到,这世上除了姐姐之外,还有人如此爱慕自己。

并且,他对阿通也毫无反感。

武藏闷闷不乐地抱着桥栏杆,望着天空和流水沉思,不知如何是好。过了不久,他把胳膊和头靠在栏杆上,似乎用剑刻着什么东西。只见白色的木屑从栏杆上纷纷落下,随流水漂远。

阿通换了一身打扮,小腿上绑着浅黄色的绑腿,脚上穿着崭新的草鞋,

头上带着女用的斗笠，红色的斗笠丝带系在下巴处，鲜艳的红色把阿通的脸衬托得更加晶莹剔透。

可是——

武藏已经不在那里了。

"啊！"那声音是如此绝望、哀伤。泪水顿时模糊了她的双眼。

刚才，武藏站过的地方，散落着木屑。阿通看到栏杆上刻着两行小字：

请原谅我！

请原谅我！

水之卷

 吉冈染

一

"今日不知明日事"——织田信长经常这样吟唱。

世上五十年,弹指一挥间,如梦如幻。

无论是读过书的人,还是没读过书的人,都有这样的体验。战乱平息,京都和大阪的街灯再一次闪耀在街头,人们仿佛又回到了室町盛世。

但是,很多人仍不免担心——也许这街灯何时又会熄灭吧?

历经数年的战乱,人们对战争的恐惧已深入骨髓,战争所带来的痛苦记忆也不会被轻易抹去。

庆长十年。

转眼之间,关原大战已过去五年了。

德川家康辞去了将军一职,今春三月,德川秀忠成为了第二任将军。新任将军将要上京拜谢,所以京内呈现出一片欣欣向荣的景象。

然而,没有人相信战后的繁荣就代表着永久的太平。尽管江户城里,第二任将军即将上任,但在大阪城里,丰臣秀赖依然健在——他不只身体健康,他的身边依然围绕着很多诸侯。并且,他还拥有足以容纳天下浪人的城池、雄厚的财力以及他父亲丰臣秀吉的威望。

"不久之后又会开战吧!"

"只是时间问题罢了!"

"战争与战争的间隔,就像街灯的点亮与熄灭一样短暂。谁说人生能有五十年,说不定明天我们就不在了。"

"不喝白不喝!还犹豫什么?"

"没错!要适时作乐!"

此时,很多人都抱着这种想法,过着得过且过的日子。

这些侍卫一边说着,一边从西洞院的街头走过来。在他们身后,有一道长长的白色围墙,旁边还有一扇气派的木门。

门牌上写着:

　　供职于室町家兵法所
　　平安　　吉冈拳法

由于风吹日晒,门牌已变得污黑不堪,上面的字迹也十分模糊,但仍不失庄严之感。

每当街灯亮起之时,很多年轻侍卫就会拥出这扇门,赶回家中。这个地方,似乎没有什么休息日。有的人腰间挎着三把刀,还有的人扛着长矛。一旦开战,他们肯定会争先恐后地奔赴战场。每个人的精力都很旺盛,一副天不怕、地不怕的表情,似乎总想惹是生非。

此时,八九个人正围着一个人喊着:"小师父!小师父!"

"昨晚去的那家,真让我们扫兴!对吧?各位!"

"再也不去了!那家的娘儿们只对小师父一人抛媚眼,对咱们看也不看。"

"今天一定要找一家既不认识小师父,也不认识咱们的地方!"

大家七嘴八舌地讲个不停。这条街道位于加茂河边,街上灯火通明。街道上有一片空地长期荒芜,还残存着战火焚烧的痕迹。不知从何时起,这块地的地价竟然高涨,空地上一下子出现了很多临时搭建的小木屋,门上挂着红的、黄的门帘。这里住的都是一些浓妆艳抹的妓女,屋外经常能听到她们放荡的笑声。另外,大批的歌女也被卖到此地,她们抱着时下流行的三弦琴,唱着市井小曲。

那个被称作小师父的人叫吉冈清十郎,他身材颀长,身穿一件暗棕色的和服,上面绣着三朵耧斗花(毛茛科多年生草本植物,花朵为蓝紫色)。

此时,众人来到花街附近,其中一人说道:

"去买斗笠!"

于是,吉冈回头问:"斗笠——就是那种草编的斗笠吗?"

"没错!"

"干吗要戴斗笠?不戴也没事吧?"

听到这儿,一个叫祇园藤次的弟子回答道:"不!我不喜欢小师父被人议论,说吉冈拳法的长子在这种地方闲逛。"

二

"哈哈哈!总之没有斗笠,我们就无法逛花街呀!之所以这么说,是怕小师父太有女人缘而伤脑筋呀!"

藤次半是揶揄,半是奉承,对同行的一个人吩咐着:"喂!快去买斗笠来。"

在这群醉醺醺、如皮影般晃动的人群里，有一个人穿过花街，跑进斗笠店。

一会儿工夫，他就买回几顶斗笠。

"戴着斗笠，就没人认得出我了！"

清十郎用斗笠遮着脸，旁若无人地走在花街上。

藤次跟在他身后说道，"这回更加帅气了。小师父越发风流倜傥了！"

其他人也帮腔说道："那些烟花女都从窗口看着您哪！"

其实，这些人说的也不完全是奉承话。清十郎身材修长，遍身绫罗绸缎，年约三十，正值壮年。同时，他身上还散发着一种贵公子的气质。

当他们从花街的小木屋旁走过时，很多烟花女都从或黄或红的门帘中探出头来，叽叽喳喳地议论着：

"戴斗笠的美男子！进来坐吧！"

"把斗笠摘下来吧！让我们一睹英姿！"

见此情景，清十郎故意装出一副清高的模样。最近，他是在弟子祇园藤次的怂恿下才来到花街柳巷的，之前他很少出入这种地方。因为父亲吉冈拳法是个名人，从小他就过着衣食无忧的生活，从未品尝过世事的艰辛。由于出身名门，清十郎多少有些虚荣心。此时，弟子们的奉承和妓女们的呼唤，就像甜美毒酒，使他沉醉其中、不能自拔。

此时，从一间茶馆里传来妓女娇滴滴的声音："咦？这不是四条的小师父吗？就算你遮着脸，我也认得出来哦！"

清十郎心里觉得十分得意，却故意装出一副惊讶的表情。

"藤次！那女的怎么知道我是吉冈家的长子？"

说完，他就站在了那间茶馆的门前。

"奇怪！"

藤次看了看茶馆里那张白皙的笑脸，又扭头看了看清十郎，说道："各位！有件事很奇怪哟！"

"什么事？什么事？"大家故意起哄。

藤次为了制造欢乐的气氛，故意开玩笑说："我一直以为小师父是头一次来逛花街，原来他是深藏不露啊——我看他和那个女的已经很熟了。"

说着，藤次指了指那个妓女。那妓女立刻说道："哪有这回事！他胡说！"

清十郎也故作正经地说："你在胡说什么！我根本没来过这家。"

藤次早知道他会辩解，于是又说道："那么，为何您用斗笠遮住脸，那女的还是能认出您？这不奇怪吗？各位！你们说是不是？"

"的确很奇怪！"大家七嘴八舌地附和着。

"不对！不对！"那妓女把涂满脂粉的脸靠在门上说，"喂！你们听我说，如果我连这点小事都猜不到，还怎么做生意呢？"

"哦！你的口气真不小。你说，你是怎么认出来的？"

"暗棕色的羽织（和服外褂，和服的一种，罩在外面的翻领和服短褂），是四条武馆的习武之人最喜欢穿的衣服。这种吉冈染布工艺是很出名的，在这条花街里都很流行呢！"

"可是，穿着吉冈染的人，不一定只有小师父啊！"

"可这件吉冈染上还绣着三朵耧斗花图案哟！"

"哦！看来是这个标志出卖了我！"说着，清十郎低头看着衣服上的家徽。此时，门内的女人伸出白皙的手，一把抓住了清十郎的袖子。

三

"盖住了脸，没盖住家徽！真糟糕！"

藤次对清十郎说："小师父，既然如此，看来我们只能上这家了。"

"随便吧！总之让她快点放开我的袖子！"清十郎一脸为难。

"你这娘儿们！小师父都说了要光顾你家，还不放手？"

"真的？"听到这话，那妓女终于放开了清十郎的衣袖。

于是，大家挑开了这家茶馆的门帘，一拥而入。

这间茶馆也是临时搭建起来的，屋子里杂乱不堪，墙上胡乱贴着一些粗俗的花纸。

但是，除了清十郎和藤次，其他人对这些并不在意。

"快拿酒来！"有人吆喝着。

酒端上来之后，又有人大声喊道："快上菜！"

于是，菜也很快端上了桌。其中，一个人故意摆着架子喊道："快把姑娘叫来！"这人名叫植田良平，他年纪略大，但辈分却跟藤次相当，他是花街的常客。

"啊哈哈哈！"

"快叫姑娘出来吧！植田老头要发威了！"大家一边起哄，一边学着他的口气。

"谁说我是老头？"良平拿着酒杯，斜眼瞥着这些毛头小子。

"虽然我是吉冈门的老前辈，但鬓角的头发依然乌黑发亮哟！"

"跟斋藤实盛一样，是染过的吧？"

"是哪个家伙说的？说话也不分场合——过来！要罚酒一杯！"

"走过去多麻烦呀！把酒杯扔过来吧！"

"我要扔了！"说着，酒杯就飞了过去。

"还给你喽！"对方又把酒杯丢了过来。

"来呀！一起跳舞！"藤次说着。此时，清十郎感觉非常惬意，他对植

田说:"植田,你真是越活越年轻哟!"

"多谢您的夸奖!这么说,我必须要跳支舞喽!"

大家以为他要到走廊的空地上,没想到他拿来侍女的红色围裙,系在头上,还在上面插了几朵梅花,把扫帚扛在肩上。

"嘿哟!各位,我要跳舞了。藤次,帮我伴唱!"

"好啊!大家一起唱吧!"

有人用筷子敲着盘子伴奏,有人用火钳敲着火盆。

  竹篱笆、竹篱笆
  越过竹篱笆
  瞧见了雪白的衣袖
  那飘动的衣袖
  那雪白的衣袖

听到这儿,大家都拍手叫好。妓女们敲打着乐器,继续唱道:

  昨日之人
  今日已无处寻觅
  今日之人
  明日就无影无踪
  我们无须知道明日之事
  只须抓住眼前的爱人

在酒桌上,有人拿着一个大酒碗问道:"你不喝点吗?这等好酒!"

"谢了!"

"不喝酒算什么武士!"

"什么!好吧,我喝,你也要喝哦!"

"没问题!"

于是,这群人斗起酒来,他们抓起酒碗大口喝着,形如牛饮。有的人喝酒时,酒顺着嘴角淌下来,也毫不在意,只顾一个劲儿猛灌。

最后,终于有人忍不住开始呕吐起来,还有人两眼发直,盯着那些喝酒的同伴。坐在清十郎身边的一个人平时就很狂妄,今天乘着酒劲,说话越发张狂。

"除了咱们京八流的吉冈老师,天下还有谁懂得剑?如果真有,在下正想见识一下呢!哈哈哈!"

四

此时,坐在清十郎另一侧的人也是烂醉如泥,他一边打着酒嗝,一边笑着说道:"你这家伙!看小师父在这里,就想拍拍马屁!天下的剑术,不止有京八流一个门派,吉冈门也不是独步天下。比方说,京都这一带的黑谷地区,就有起源于越前净教寺村的富田势源;北野地区有小笠原源信斋;白河地区则有伊藤弥五郎一刀斋,当然他还没有收徒弟。"

"那又怎么样?"

"所以,妄自尊大是不行的!"

"你这家伙……"那人被泼了冷水,脸上有些挂不住,他站起身说道:"哼!你给我出来!"

"我吗?"

"你身为吉冈老师的徒弟,竟然敢诋毁吉冈拳法?"

"我没有诋毁。先师在世时,曾担任室町将军的老师,任职于兵法所,堪称天下第一。但是,现在时代不同了,武林中人才辈出。京都、江户、常陆、越前、近畿,还有其他地区都出现了很多高手。因此,我们不能依仗先师的声望,就自满地认为小师父及门下弟子是天下第一高手,这种想法是错误的!"

"不对!你身为习武之人,却惧怕他人,真是个胆小的家伙!"

"不是惧怕!我是提醒你,不要太张狂!"

"提醒……你有什么资格提醒别人?"说完,那人扬起头,眼神里充满挑衅。

对方也不甘示弱,一掌拍在桌子上吼道:"跟我较劲是吧?"

"就是较劲!怎么样?"

见此情景,身为师兄的祇园、植田两人急忙劝架。

"别冲动嘛!"

"好了!好了!"

"都少说两句!"

他们不停地打圆场,劝此二人继续饮酒作乐。然而,其中一人的吼声更高,而另一人则钩着植田的脖子说道:"我真是为了吉冈门着想,才直言不讳的。如果所有人都只会拍马屁,长此以往,先师的名誉将不保啊……最终会不保啊!"

说完,他竟然呜呜地哭起来。

见此场面,妓女想趁乱逃走,不想慌乱中踢翻了手鼓和酒瓶。

"你们这些娘儿们!臭娘儿们!"他边哭边骂。

哭过一会儿之后,这人想到别的房间休息一会儿,可走到走廊里就体力不支了,他双手撑着地,脸色苍白,同伴们急忙帮他捶着背。

清十郎并没有醉。

藤次很会察言观色，轻声问道："小师父，您一定觉得很无趣吧？"

"这些家伙！非要这样才高兴吗？"

"的确有些扫兴。"

"这酒喝得太无聊！"

"小师父，换一家比较安静的地方怎么样？我陪您去。"

听到这话，清十郎就像得到特赦一般，即刻答应下来。

"我想去昨晚那家店。"

"艾草屋吗？"

"嗯！"

"那里的确是一家像样的茶馆。我早就知道小师父喜欢那家艾草屋，没想到今天这群笨蛋也跟了过来，十分碍手碍脚，所以我故意挑了这间便宜的。"

"藤次，我们偷偷走吧！剩下的事就交给植田。"

"您可以假装上厕所，我随后就来。"

"我在门外等你！"

说完，清十郎离开了酒桌，悄悄地溜了出去。

日之蚀·日之影

一

二月天凉爽的晚风中，飘来阵阵梅花香。一个中年女人，披散着刚洗完的头发，踮起白皙的脚，正要把被风吹灭的灯笼重新挂回原处。那高高举起的手臂，在灯火和黑发的映衬下，显得更加白嫩、细腻。

"阿甲！我来帮你挂吧！"突然有人在身后问道。

"哎呀！是小师父呀！"

"你等一等！"来到阿甲身旁的不是清十郎，而是弟子藤次。

"这样挂上行吗？"

"有劳您了！"

藤次看着写有"艾草屋"三个字的灯笼，觉得有些歪了，便又重新正了正。有些男人，在家里从来不做任何家务。当他们来到花街时，却会变得出奇勤快。清十郎走进屋，自己打开窗子，拿出坐垫。

"还是这里自在！"刚一落座，清十郎就不由得感叹了一句。

"这里安静多了。"

"我把门打开吧！"藤次也显得很勤快。

狭窄的走廊上安着栏杆，高濑河从栏杆下潺潺流过。从三条的小桥往南，依次是瑞泉院的大庭院、昏暗的寺町，还有茅原。当年，杀人犯关白秀次及其妻妾儿女被砍头后，就被葬在了这附近的恶人冢。现在，很多人对这件事仍然记忆犹新。

"如果姑娘还不过来，就显得太冷清了……今晚好像没什么客人嘛！阿甲这娘儿们到底在干什么？连茶都不上一杯！"

藤次的性格比较急躁，他径自走到通往内室的走廊上，想催促阿甲赶快端茶来。

"哎呀！"

迎面走来一个少女，手里端着泥金画的茶盘，和服的袖口上系着铃铛。

"哦！是朱实呀！"

"小心茶盘！"

"先别管茶了！怎么不早点出来，你想见的清十郎师父来了！"

"哎哟！茶水洒出来了！快去拿抹布，都怪你！"

"阿甲呢？"

"在化妆。"

"什么？现在才化妆！"

"白天太忙了嘛！"

"白天？白天有谁来过吗？"

"这和你有关系吗？请让开！"说着，朱实走进了屋子。

"欢迎您光临！"

清十郎正在看窗外的风景，没察觉到有人进来。

"哦，是你呀！昨晚多谢款待！"他显得有些腼腆。

朱实从多宝阁上取下一支陶质的烟管，放到一个类似香盒的容器上。

"老师！您吸烟吗？"

"烟？最近不是在禁烟吗？"

"但是，大家都偷偷地吸哦！"

"好吧！那我就试一试。"

"我帮您点上。"说着，朱实从一个镶着螺钿的精美小盒里取出烟草，然后塞进烟管口。

"请用！"她把烟管递到清十郎面前，烟嘴向内。

清十郎抽烟的动作并不熟练，他刚吸了一口就猛咳起来。

"好呛人！"

"呵呵呵！"

"藤次到哪儿去了？"

"在母亲房间吧。"

"那家伙好像喜欢阿甲，他是不是经常瞒着我上这儿来？"

"对不对？我猜的没错吧！"

"您真讨厌——呵呵呵！"

"有什么好笑的？你母亲对藤次也有意思吧？"

"那种事我可不知道。"

"一定是那样……这不是很好吗？刚好凑成两对，藤次和阿甲、我和你。"

虽然清十郎的表情还很正经，但手却放到了朱实的手上。

"讨厌！"朱实像是害怕被染上瘟疫一样，用力推开他的手。

这么一来，清十郎更加欲火难耐。朱实要起身离去，清十郎顺手就把她抱在怀里。

"要去哪里？"

"不要，不要……放开手！"

"陪陪我嘛！"

"拿酒……我要去拿酒。"

"不拿也没事！"

"母亲会骂我的！"

"阿甲现在正跟藤次说贴心话呢！"

朱实把脸深深埋进衣领下，清十郎的脸随即凑了过来，朱实又羞又气，脸涨得通红，拼命把脸扭向另一侧。

"来人哪！妈妈！妈妈！"朱实大声叫着。

清十郎刚一松手，朱实就像只受惊的小鸟似的跑进里屋去了。耳边传来她的哭声和袖口的铃铛声，而另一个房间里却清楚地传出男女说笑的声音。

"呸！"清十郎有些尴尬，不由得啐了一口。他显得很寂寞，也很无奈，不知如何是好。

"还是回去吧！"他自言自语着，来到走廊上，满脸怒气。

"咦？清师父！"梳妆一新的阿甲见清十郎要走，急忙上前挽住他，并大声地喊着藤次。

"别生气！别生气！"

阿甲好不容易才把清十郎重新拉回屋里，又马上为他斟满一杯酒，然后藤次也把朱实拉了过来。

朱实看到清十郎面带愠色，勉强笑了笑，就低下了头。

"快给老师斟酒！"

"是！"朱实答应一声，就端起了酒壶。

"她太不懂事了！总像个小孩儿似的！"

"这样才好呀！就像含苞待放的樱花。"说着，藤次也在旁边坐了下来。

"可是，她已经二十一岁了！"

"二十一岁？真看不出来！她长得这么娇小——看起来最多十六七

岁。"

听到这儿,朱实故意表现得很天真,她说道:"真的吗?藤次师父,好高兴听你这么说。真想一直是十六岁啊!因为我十六岁时,遇到了一件大好事。"

"什么事?"

"不能告诉任何人,在我十六岁的时候……"她双手抱胸,沉浸在回忆里。

"您知道那时我在哪里吗?就是关原大战那年。"

阿甲突然拉下脸,说道:"别絮絮叨叨地尽说废话,快去拿三弦来!"

朱实也不答应,嘟着嘴起身去拿琴,随后便弹奏起来。苍凉而悠扬的三弦琴声在房间里响起,这首曲子不像为客人而演奏,倒像是朱实特意为自己弹奏的。

　　今宵多美好!
　　不见云遮月
　　相对两无言
　　泪洒明月夜

"藤次师父,您知道这首歌吗?"
"嗯,再唱一首吧!"
"真想唱一晚上呢!"

　　漆黑的夜晚
　　我不曾迷路
　　哎呀呀!却让他迷惑

"这样看来,你的确二十一岁了!"

三

之前,清十郎一直手托着头,沉默不语。此时,他的心情才有所好转,突然举起酒杯对朱实说:"朱实!喝一杯!"

"好!我喝!"朱实丝毫没推辞,一饮而尽,然后把杯子还给了清十郎。

"酒量不错嘛!"清十郎又倒了一杯酒。

"再喝一杯?"

"谢谢!"她又一饮而尽。

朱实的确很有酒量,看样子再喝上几大杯也没有问题。

这个看起来只有十六七岁的女孩，有一双尚未被男人碰过的粉唇，还有一双小鹿般羞涩的明眸。但是，她的酒量为何如此惊人呢？

"你不知道呀！我女儿喝多少也不会醉，还是让她弹琴好了！"阿甲在一旁说道。

"有意思！"清十郎兴致很高，不停地喝酒。

藤次觉得气氛有些不对，不免担心起来。

"您怎么了小师父，今晚您喝得太多了！"

"没关系！"清十郎的确喝了不少，已略带醉意。

"藤次，我今晚可能回不去了。"说完，他又自顾自地继续喝着。

"好啊！您想在这儿住几天都行！对吧？朱实！"

藤次使了个眼色，把阿甲招呼到另一个房间，小声说道："这下麻烦了！你看清十郎那副痴心的样子，这次一定要让朱实答应。她当女儿的还不得听你这个母亲的话。"两人一边低语着，一边商量着价钱。

"这个嘛……"阿甲用手指轻轻敲着那张涂满脂粉的脸，仔细思考着。

"怎么样？"藤次靠过来问道，"这事不赖嘛！他虽然是习武之人，但吉冈家可是家财万贯哪！更何况他父亲还是室町将军的老师，门下弟子的数量也是很多的。并且，清十郎尚未娶妻。总之，这不是一个亏本的生意哟！"

"我也这么想，可是……"

"只要你同意，她就不会反对。那么，今晚我们就都住在这里喽！"

这间屋子没点灯，藤次便毫不客气地搂住阿甲的肩头。这时，隔壁房间突然传出巨大的声响。

"啊？还有别的客人吗？"

阿甲点了点头，然后把湿热的嘴唇凑到藤次耳边轻声说道："一会儿再说……"

于是，这对男女若无其事地走出了房间。另一间屋里，清十郎已烂醉如泥，藤次也在别的房间躺下了。其实，他根本无心睡觉，一心等着阿甲出现。不过令人失望的是，直到天亮，藤次和清十郎的房间依然是静悄悄的，连衣服的摩擦声音也没有。

藤次很晚才起床，满脸的不高兴。清十郎起得比较早，又坐在那间靠河边的屋子里喝起酒来。阿甲和朱实在旁边作陪，一切都和昨晚一样。

"那么，您会带我们去喽？说定了！"他们好像约好了什么事。

原来四条河的岸边正在上演阿国歌舞伎①，他们谈论的正是这件事。

---

①阿国歌舞伎：兴起于日本庆长时代，名为出云大社的巫女在游历京都时表演的一种舞蹈，是日本歌舞伎的起源。

"好,一起去吧!你们先去准备一些酒菜。"

"我们还得先洗个澡!"

"好棒喔!"

今早,阿甲母女显得特别兴奋。

四

最近,出云巫女的阿国舞蹈风靡了整个京都。

很多戏班也在模仿这种舞蹈,他们在四条河岸边搭好戏台,竞相表演、一争高下。其表演的舞蹈有大原木舞、念佛舞、侠客舞等,这些戏班力图将独具匠心之处展示给观众。

最近,很多艺伎都给自己取了男性化的艺名,比如佐渡岛右近、村山左近、北野小太夫、几岛丹后守、杉山主殿等等。她们女扮男装,出入于贵人府邸。

"还没准备好吗?"

不知不觉,时间已过了正午。

因为要去看女歌舞伎表演,阿甲和朱实正在仔细地化妆。清十郎等得有些不耐烦,脸色又阴沉下来。

藤次也在为昨晚的事生气,没过去献殷勤。

"带女人出去就是太麻烦了,还要讲究什么发式啦、腰带啦!男人根本不用讲究这些!"

"真不想去了!"清十郎望着河水发愣。

他看到三条小桥下面,有个女人正在晾衣服,桥上有人骑马缓缓走过。他的脑海中突然浮现出弟子们练武的场景,木刀、长枪的碰撞声也在耳边响起。那些徒弟今天没看到自己,不知会作何感想,弟弟传七郎肯定也会责怪自己。

"藤次!我们回去吧。"

"都这时候了,您才说要回去……"

"可是……"

"既然阿甲和朱实这么开心,就不要扫她们的兴了!我过去催一下吧!"

说着,藤次便走出房间。

他来到阿甲的屋里,见镜子和衣服散落一地。

"咦?她们跑哪儿去了?"

隔壁屋里也没有。

接着,藤次又走到一个光线阴暗的小屋,屋里传出一股棉被发霉的味道,他想都没想就拉开了房门。

突然,有人大吼一声:"谁?"

藤次吓得不由得退后一步,仔细一看,昏暗的房间里破烂不堪,根本无法跟刚才的客厅相比。在破旧而潮湿的榻榻米上，躺着一个人。年约二十二三岁，一身无赖相，刀柄横放在肚皮上，四仰八叉地躺着，又黑又脏的脚底正对着门口。

"啊！在下多有得罪，您是这儿的客人吗？"

藤次话音刚落，那男子就吼道："我不是什么客人！"说话时他眼睛直勾勾地盯着天花板。

一阵酒气从那人身上传来。虽然不知他姓甚名谁，但藤次知道绝对不能惹他。

"恕我失礼！"藤次正要转身离开。

"喂！"对方突然起身，叫住了他。

"把门关上！"

"是！"藤次不得不忍气吞声，很听话地带上了门。在浴室隔壁的小屋里，阿甲帮朱实梳好了头，她自己也打扮得如同贵妇一般。随后，母女二人来到了刚才那间阴暗的小屋。

"亲爱的，您在为什么事生气呀？"阿甲娇嗔地说道。

朱实在身后问道："又八哥哥不去吗？"

"去哪里？"

"去看阿国歌舞伎呀？"

"呸！"本位田又八啐了一口，斜着眼对阿甲说："哪有丈夫跟自己老婆的相好一起出去的？"

五

本来两个女人一番精心打扮，都沉醉在出行的喜悦里，可被又八这样一说，好心情顿时消失无踪。

"你说什么？"阿甲两眼冒火，"我跟藤次师父，有什么越礼之处吗？"

"谁说你们越礼了？"

"刚才不就说了吗？"

"……"

"一个大男人——"阿甲瞪着这个灰头土脸、闷声闷气的男人骂道，"只会吃醋，真让人厌恶！"

她转头对朱实说："朱实！别管这个疯子，我们走！"

又八伸手拉住阿甲的衣服，说道："疯子？你勾引男人，还说我是疯子？"

"你干什么？"阿甲把他的手甩开。

"当丈夫的就该有个当丈夫的样子，你倒做一个给我们瞧瞧呀！你现在吃谁的、住谁的？"

"什么……什么？"

"我们离开江州（现在日本的滋贺县）之后，你就没赚过一文钱！还不是靠着我和朱实过日子——每天就知道喝酒，活得醉生梦死，还有什么资格抱怨？"

"我……我不是说过，为了养家，就是搬石头我也愿意干吗！可你却不愿过那种粗茶淡饭的日子。你不让我干活，自己愿意干这个卖笑的生意——以后别干了！"

"不干什么？"

"这种生意！"

"要是不干了，明天吃什么？"

"就是当苦力我也能养家，只不过养两三个人而已！"

"你要是那么喜欢扛石头、搬木头，你就自己去。你可以一个人过，想干什么就干什么。你骨子里就是作州（现在日本冈山县北部）的乡巴佬儿，干体力活比较适合你。我不会勉强留你在这儿，怎么样？看不惯的话，你可以随时离开。"

说完，阿甲和朱实转身离开了。又八的眼里充满悔恨的泪水，他直愣愣地盯着屋角，直到她们的脚步声完全消失了，他仍然一动不动地站在那里。

他的泪水滴滴答答地落在榻榻米上，但是，现在后悔已然晚了。那时，自己在关原大战中负伤，身体和精神几近崩溃的边缘。伊吹山那座小木屋就成了临时避难所，偶尔的温存使他重获新生。然而，这种温存要比落入敌手更能消磨人的意志。与其沦为这个风流寡妇的玩物，还不如堂堂正正地被敌人抓了去。现在，他失去了男人的尊严，每天醉生梦死，受人欺辱，这难道就是自己当初认为的幸福？阿甲就像吃了长生不老药一样，总是欲壑难填，她虚伪、自私、冷酷，竟然如此轻易地就打发了一个跟她相濡以沫的男人！

"混蛋！"又八气得身体发抖。

"混帐女人！"

悔恨的泪水湿透了他的衣襟，他悲从中来，真想放声大哭一场。

为什么？为什么？为什么那时我不回宫本村？不回到阿通的身边？

真想回到阿通身边啊！她是那么纯真、善良。

宫本村有他的母亲、姐姐和姐夫，还有住在河原的叔叔——大家都是那么亲切、热情。

在阿通所在的七宝寺，今天也会响起钟声吧！英田河的流水依然潺潺不息吧！河原现在正是鸟语花香的季节吧！

"我这个笨蛋！笨蛋！"又八用拳头猛捶自己的头。

"我真是大笨蛋！"

六

昨夜流连忘返的清十郎、藤次和阿甲母女终于浩浩荡荡地出门了。

来到户外,大家都很兴奋。

"啊!已经是春天了!"

"马上就到三月了!"

"听说江户的德川将军三月份要上京,你们又可以趁机大赚一笔了!"

"不行!不行!"

"难道关东武士不喜欢玩乐?"

"他们都很粗暴的。"

"妈妈!你听!是阿国歌舞伎的乐曲声……我听到钟声,还有笛子声。"

"咳——这孩子,就知道说这些,魂儿都飞到戏园子里去喽!"

"可是……"

"你还是帮清十郎师父拿一下斗笠吧!"

"哈哈哈哈!小师父!你们可真是天造地设的一对啊!"

"真讨厌……藤次师父!"

朱实回头骂了一声,阿甲赶紧把手从藤次的袖子里抽出来。

——又八的房间和室外只相隔一层窗户,他能清楚地听到这些人的脚步声和说笑声。

又八从窗口看着他们走远,眼神里充满愤怒。他觉得自己被戴了绿帽子,一股嫉妒之情涌上心头。

"我算个什么东西!"

他再次跌坐回昏暗的角落。

"我像个什么样子?真丢人!这副德行简直没脸见人!"

他在不停地骂着自己——没脑子!自以为是!卑鄙下流——尽情发泄着对自己的不满。

"既然那娘儿们叫我滚出去,我就堂堂正正地离开这里。我为什么要留恋这个家?我才二十出头,正是年轻有为的时候!"

他一个人待在寂静的小屋里,自言自语。

"就这么办!我要离开这儿!"

他虽然嘴上这么说,却没有起身的意思。为什么?这是怎么了?他自己也搞不清楚,只觉得脑子里一片混沌。

又八知道,这几年的颓废生活已经彻底消磨了他的意志。最不能忍受的就是,自己的女人用当年迷惑自己的媚态,去勾引其他男人。晚上,他夜不能寐;白天,他惴惴不安,不愿出屋。只能在这间阳光照不到的小屋里,闷闷不乐、借酒消愁。

这个老女人！

他愤愤不平，要将眼前丑陋的一切一脚踢开，然后实现他的志向。虽说有些迟了，但至少能做到浪子回头。

可是，话虽如此，一到晚上，那种不可思议的魅惑就让他打消了这些念头。她为什么这样吸引人呢？那女人是个魔鬼吗？尽管她叫他滚出去，骂他是讨厌鬼、疯子！但每到深夜，这些话就变成了恋人之间的玩笑，他也变成了女人口中快乐的蜜糖。她虽然年近四十，却依然有着嫣红而温润的双唇，丝毫不输给朱实。

其实还有另一个原因让又八无法离开。

又八害怕离开这里后，被阿甲和朱实看到自己在路边卖苦力的可怜相，他没有这个勇气。这种生活他已过了整整五年，懒惰早已经渗入骨髓。现在的他穿绸裹缎、吃喝不愁，早就不是宫本村那个朴实刚毅、生机勃勃的青年了。特别是不到二十岁，就和年长的女人有染，过着这种畸形的生活。他的青春活力、坚定信念早已不知去向。现在的他，卑躬屈膝、萎靡不振，也是意料中的事。

但是！但是！今天可不一样！

"混蛋！要沉住气！"他给自己打气，毅然决然地站起身来。

七

"我要离开这里！"又八大声说着，家里空荡荡的，没人上前阻止他。

只有一把从不离身的大刀别在他的腰间。终于，他咬紧嘴唇，下定了决心。

"我好歹也是个男子汉！"

他平常习惯从挂着门帘的大门口旁若无人地走出去。可是这会儿，他蹬上破烂不堪的草鞋，却从厨房的门口飞快地走了出去。

可是……

又八的脚却像被钉在地上一样。屋外阳光和煦，春风轻柔地吹拂着又八的脸，他眨眨眼睛又想了想。

可是，我要去哪儿呢？

对他而言，外面的世界就像深不见底的大海一样陌生而可怕。他熟悉的地方只有故乡宫本村，以及关原一带。

"对了！"

又八又像狗一样，溜到厨房，回到屋里。

"我得带点钱走！"他突然意识到这一点。

于是，他来到阿甲的屋子。

小匣子、抽屉、梳妆台，都被他翻了个遍，但是没找到钱。看来，这女人早就留了一手。又八就像泄了气的皮球似的，跌坐在乱七八糟的衣服堆

水之卷

里。

红绢、西阵织、桃山染（均为日本衣料种类），这些衣服上残留着阿甲身上的香气——她现在正跟藤次并肩坐在河岸边的戏园子里，看着阿国歌舞伎的表演吧！又八的眼前又浮现出阿甲撩人的媚态和雪白柔嫩的肌肤。

"这个妖妇！"

那些烙印在脑海里的痛苦回忆，再一次浮上心头。

但是，现在最让又八感到心痛的，就是被他抛弃在故乡的未婚妻——阿通。

他无法忘记阿通。可以说，时间越久，就越能体会到一个乡间女子的朴实与纯真有多么可贵！他真想再见到她，要跪在地上请求她的原谅。

然而，他们之间的缘分早已了断，他没有脸去见她。

"这些都要怪那个娼妇！"

现在，他终于醒悟了，但一切都太迟了。以前，每当他对阿甲提到自己不能辜负阿通，她一直在家乡等着自己，阿甲便露出迷人的微笑，脸上一副无关紧要的表情。其实，她心里也非常嫉妒。终于，他们为这件事大吵了一架。阿甲逼他给阿通写了绝交信，她自己也附上了一封言辞直白的信，并把这两封信寄给了一无所知的阿通。

"唉！她会怎么想呢？阿通……阿通！"

又八神经质似的自言自语。

"她现在怎么样了？"

他充满悔意的眼神里，似乎看到了阿通，看到了她那满怀怨恨的眼神。

故乡宫本村，也快迎来春天了吧！那令人怀念的山山水水、一草一木。

又八突然想大声呼唤，呼唤自己的母亲、亲人，大家是那么的亲切，就连那里的泥土也是暖融融的。

"我再也不能踏上那片土地了——这都要怪那个女人！"

想到这里，又八气愤难当，他打开阿甲的衣柜，把里面的衣服全都撕碎，再用脚使劲踩着。

此时，突然传来敲门声。其实，刚才就有人在敲门，只是他一直没听到。

"打扰了——我是四条吉冈家的用人，小师父和藤次师父来过这里吗？"

"不知道！"

"应该来过才对啊！我知道，来这儿找人有些鲁莽。但是，武馆出了件大事——关系到吉冈家的名声啊！"

"少废话！"

"你帮我转达一声也行……有个来自但马的，叫宫本武藏的游学武者来到武馆，徒弟中没人是他的对手。那人十分顽固，一定要等小师父回来，否则他就不走。请您马上转告小师父，请他快些回去。"

"什么？宫本？"

优昙华①

一

对于吉冈家来说，今天不是个好日子。

自从四条武馆在西洞院的西街路口创立以来，今天是头一次遭受到这样的奇耻大辱，一代武术世家落得颜面扫地。应该记住这一天——很多有心的弟子这样想，他们一脸沉痛，低头不语。平时到了傍晚，弟子们都会急着赶回家。可是今天，所有人都没有离开，有的人默默坐在地板上，也有些人三五成群地聚集在另一个屋里。大家都急切盼望着清十郎早些出现。

每当听到门前有轿子的声音，大家就会争相询问："回来了吧？""是小师父吗？"

纷纷站起身看个究竟。

但是，那个一直等候在武馆门口的柱子旁的人，每次都重重地摇摇头说道："不是！"

沮丧之情溢于言表。

听到这个回答，弟子们又重新陷入失望中。有的人咂舌，有的人大声叹息。昏暗的房间里，随处可见懊恼、愤恨的目光。

"到底怎么回事吗？"

"今天就是找不着人吗？"

"没人知道小师父在哪儿吗？"

"已经派人去找了，也许现在已经找到了，他们正往回赶！"

"嘘——"

一个医生从里面的房间走出来，几个弟子默默地把他送出大门。医生一走，那几个人又退回屋里。

"你们忘记点灯了吧——谁去把灯点上？"

一名弟子满腹怒气地吼着，这是一种对自己所受侮辱无力回击的发泄之声。

武馆正面的神龛里供奉着"八幡大菩萨"的神像，有人点燃了佛龛前的蜡烛。然而，就连烛火也失去了往日的光芒，看起来就像祭祀的烛光，闪耀

①印度人想象中的一种植物，三千年开一次花，形容非常稀有的事物。

着不祥的光晕。

其中，老一辈的弟子开始反省，是不是吉冈门在这几十年里，发展得过于顺利了？

先师——也就是四条武馆的创立者——吉冈拳法，与长子清十郎、次子传七郎有着天壤之别——吉冈拳法原来不过是染房的一个工匠，他从布料染色定型的手法中，悟出了这套刀法，然后又学会了鞍马僧的长刀刀法，还钻研过八流的剑法。最终，创立了吉冈派的小刀刀法，可谓自成一格。由此，他还受到室町将军足利家的重用，晋升为兵法所的一员。

先师真是太了不起了！

现在，很多弟子都十分怀念已故师长那出众的人品和声望。第二代掌门清十郎和弟弟传七郎，不仅从父亲那里继承了独具一格的家传武艺，还继承了吉冈拳法留下的庞大家资和巨大的声望。

这也为今日的祸端埋下了伏笔。有人这样认为。

现在吉冈门的弟子，并不是拜服在清十郎的名望之下，而是拜服在吉冈拳法的名望和吉冈派的盛名之下。只要在吉冈门完成武术学业，就可以在社会上通行无阻，所以吉冈门的弟子数量才会日益增多。

足利将军去世之后，清十郎这一代就失去了朝廷的俸禄。但是，吉冈拳法不喜玩乐，因此积攒下大量的财产。再加上气派的府邸，和门下众多的弟子，吉冈门在京都也算是数一数二的名门。姑且不论实力如何，仅凭外表，吉冈门就足以在崇尚武学的日本占有一席之地。

——然而，就在墙内之人仍沉溺于自夸自大，过着享乐无度的日子时，外面的世界已经发生了翻天覆地的变化。

直到今天，武馆遭受到如此奇耻大辱，才使得这些不可一世的人清醒过来——宫本武藏，一个默默无闻的乡下人用手中的宝剑给他们上了一课。

二

事情的起因是这样的。

今早，门房来通报——作州吉野乡宫本村的浪人宫本武藏前来拜访。在场的弟子便问他是一个什么样的人，门房回答：年纪二十一二岁，身高六尺左右，就像一头从黑夜里跑出来的猛兽一样。他的头发好像一年都没梳理过，乱蓬蓬地绑成一束。衣服也被雨水淋得污秽不堪，看不出衣服是素色的还是花纹的，也分不清衣料是黑色的还是棕色的，还有一股刺鼻的味道。他的背上背着一个包袱，是那种游学武者专用的系着纸绳的布袋子。虽说近来，很多习武的人都是这种打扮，但他显得十分滑稽可笑。

这没什么，也许他只是想来讨口吃的，弟子们这样想着。可是门房却说，那人是来跟掌门吉冈清十郎师父讨教武艺的。听到这儿，弟子们不觉大笑起来。有人说把他撵走，也有人说要问清楚他的门派、师从何处。然后，门房就半开玩笑半认真地问了这些问题。结果,对方的回答更令人叫绝。

他说,年幼时曾跟父亲学过棍术。之后,但凡有练武之人来到村里,他都会跟他们切磋武艺。他十七岁离开故乡,以后的三年里专心攻读各类书籍。去年,他整整一年都躲在山里,以树木和山神为师,钻研剑法。总之,他是无门无派的。将来,他打算吸收鬼一法眼的奥妙,参酌京八流的精髓,效法吉冈拳法师父自成一格,创立宫本派。虽然目前实力不足,但他会一心致力于这个目标。

那人说话时态度诚恳,不失礼数。但他的舌头有些生硬,还带着浓浓的乡音,说起话来结结巴巴的。因此,门房把他说话的样子学给大家看时,弟子们都笑得前仰后合。

敢向天下第一的四条武馆挑战,已经说明他是个糊涂蛋了,竟然还放言要效法拳法老师自创一派,简直就是自不量力。如果事情到此为止,也就不足为奇了。但是,这个自称宫本武藏的人竟然问门房有没有人给他们收尸?他用半开玩笑的语气说:

"万一出现死伤,来不及收尸,可以丢到鸟边山一带,或是扔到加茂河里,跟垃圾一同漂走。总之,决不能让死者死不瞑目。"

这种狂妄的口气,跟他质朴的外表极不相称。

"上!"终于有人忍不住了,先开口喊道。吉冈门的弟子打算把武藏拖到武馆里打个半死,再把他扔到街上。然而,第一个回合下来,变得半死不活的却是武馆的人。第一个上场的人就被打成重伤,他被武藏用木剑打折了手腕。与其说是打折的,不如说是砍断的,那人的腕骨处已完全断裂,只剩下手腕处的皮肤还与胳膊相连。

此后,弟子们一个接一个地上前与武藏较量,结果全被打成重伤,真是一败涂地。尽管武藏用的是木剑,但地板上到处都是血迹,武馆内杀气腾腾。吉冈门的弟子认为,即使他们被杀得片甲不留,也决不能让这个乡巴佬儿活着离开,去跟世人夸耀。

"再这样下去也不是办法,还是快去请掌门人清十郎师父吧!"

当武藏提出这个要求时,他自己也累得站不起来了。门房无可奈何,只得先安排他到另一个房间等候,同时派人去找清十郎。并且,他还找来了医生,为那些受重伤的弟子医治。

那医生走后没多久,里屋就传来好几声呼唤名字的声音。其他人跑过去一看,原来受伤最重的六人当中,已有两人不治身亡。

三

"……没救了吗?"围在死者周围的师兄弟们,个个脸色惨白,呼吸沉重。

此时,一阵急促的脚步声响起,有人经过大门进入了武馆。原来,是吉冈清十郎带着祇园藤次回来了。

两人的神情较为镇定。

"发生什么事了？看你们这副德行！"

藤次不但是吉冈家的管家，也是武馆里的前辈，所以他在任何场合说话都显得盛气凌人。

一个在死者身旁默默流泪的弟子听到这儿，用愤怒的眼神盯着藤次说道："这话应该问你！都是你引诱小师父出去寻欢作乐，胡闹也要有个分寸！"

"你说什么？"

"拳法老师在世时，从没发生过今天这种事情！"

"我们只是去散散心、看看歌舞伎，有什么不对？胆敢在小师父面前用这种语气说话，真是太放肆了！"

"去看歌舞伎，非得提前一晚住在那儿吗？拳法老师泉下有知，连他的牌位都会在后面佛堂里痛哭啊！"

"你这家伙！说话小心点！"

见此情景，大家忙上前把两人分开。弟子们各持己见，一时间争吵不休——接着，从隔壁房间传来声音："吵……吵死人了！不知道受伤的人有多痛苦吗……哎哟……哎哟！"伤者在呻吟着。

"别再争吵不休了，既然小师父回来了，就快点给我们报仇雪耻吧！还有……千万别让那个浪人活着离开这里呀……行吗？拜托了！"另一个伤者躺在地上，用手使劲捶着榻榻米，激动地喊叫着。

其他被武藏打伤的人，虽然伤不至死，但听到这一席话后，都感到无比振奋。

"对！要雪耻！"

在场的人都觉得蒙受了奇耻大辱。当时，武士是独立于农工商之外的阶层，他们最注重的莫过于"耻辱"二字。如果他们受到了侮辱，甚至愿意随时以死雪耻。由于当时战乱不断，掌权者从未颁布过规范国家秩序的相关法令。京都作为一个独立的行政区域，所推行的也是不甚完备的法律条例。当时，武士阶层都把"耻辱"二字看得很重，市井百姓也不自觉地尊崇此种风气，因此给社会治安带来了一定影响。正是由于法令不健全，才促使学武之人用武力来证明自己的社会地位。

说起来，吉冈门的弟子总算还有些羞耻之心，不像末流武士那般厚颜无耻。当他们从狼狈和失败中觉醒过来之后，胸中顿时燃起熊熊的怒火。

"这是吉冈门的耻辱！"

想到这儿，大家都暂时放下私心，齐齐围拢在武馆内。

他们团团围住清十郎。

偏偏在这个时候，清十郎显得毫无斗志。昨夜的疲倦，尚留在眉宇之间。

"那个浪人呢?"清十郎开口问道,同时用皮制的束袖带绑住袖子,从肩膀处绕到后背打了个十字结。然后,他从门房递过的两把木剑中选了一把,提在右手里。

其中,一个弟子指着院子对面的书房旁边的小屋说道:"他说要等您回来,我们只好让他先在那里等着。"

四

"叫他过来!"清十郎干热的嘴唇里蹦出这句话。

他准备见一见来人。于是,他坐上武馆师父的专用椅子,用木剑拄着地。

"是!"三四个弟子答应一声,便要穿上草鞋,跑过去找人。此时,祇园藤次及植田等资深弟子,突然上前阻止道:"等一等!不要贸然行事!"

然后附在他们耳边,低语着什么。由于清十郎离得稍远,所以听不到内容。此时,吉冈门的家人、亲戚,及一些老资格的弟子挤满了整个休息室,他们三个一群、五个一伙地讨论着、争执着。

这时,他们的争论似乎有了结果。其中大部分人认为,把那个无名浪人叫出来跟清十郎过招是为下策。因为现在已有好几个弟子败给了他,还有几个赔上了性命,万一连清十郎也输了,那就会给吉冈门造成致命打击,这么做实在太冒险。这些人很清楚清十郎的实力,同时也是一心要维护吉冈门的声誉。

大家心想,要是清十郎的弟弟传七郎在这儿就好办了。不巧的是,传七郎一大早就出门了。谁都明白,这个弟弟学武的天分要比哥哥高,因为他是次子,不必担负过多的责任,所以一直过得很悠闲。今早,他只说要跟朋友去伊势,也没说哪天回来。

"请您附耳过来!"藤次走到清十郎身边,耳语着什么。

清十郎的脸色渐渐难看起来,好像受到了侮辱一般。

"偷袭?"

藤次用眼神示意清十郎不要声张。

"如果用那么卑鄙的手段,我清十郎的名声岂不扫地?世人会说我竟然惧怕一个无名的乡下武夫,以多欺少而胜。"

"好了,好了……"藤次知道清十郎是故作清高,便打断了他下面的话。

"就交给我们吧!我们来处理。"

"你们这些人,是不是认为我会败给那个叫武藏的家伙?"

"不是这样的。大家都认为,由小师父来对付那样一个无名小辈,实在是小题大做——这也不是什么值得夸耀的事。再说,如果让他活着出去,才是家门的耻辱,也会被世人取笑的。"

藤次跟清十郎说话时，原来聚集在武馆里的人，已经少了一大半。

他们悄悄埋伏到院子及内室各处，还有人偷偷从大门出去绕到后门藏起来。

"啊……不要再犹豫了，小师父！"

说完，藤次呼的一声把灯吹灭。然后解下刀上的丝绦，用袖子盖着刀。

清十郎依然一动不动地坐着，他目睹着这一切，虽然终于松了一口气，但一点也高兴不起来。因为，这只能说明自己的能力被别人轻视了。自从父亲去世后，自己就一直偷懒，一想到这些，他的心情就变得十分沉重。

那么多的弟子、家人都藏到哪里去了？空荡荡的武馆里只剩下他一个人，整个屋子就像井底一样静悄悄的，弥漫着阴冷的气息。

清十郎终于按捺不住，站起身来，从窗口向外窥视。整个武馆里只有武藏所在的房间亮着灯，其他地方全都漆黑一片。

五

拉门里的烛火，闪动着寂静的光芒。

只有这间小屋有微弱的灯影晃动，其他地方一片漆黑。隐藏在屋檐下、走廊上及隔壁书房里的无数双眼睛，慢慢向小屋靠近。

大家屏住呼吸，手持利刃，聚精会神地观察着屋里的动静。

"奇怪了！"

藤次犹豫不前。

其他弟子也都停住了脚步。

——宫本武藏这个人，虽然在京都没什么名气，但他的武功的确非常高强。现在，他为何会按兵不动？无论忍耐力多强的人，只要稍微懂一点兵法，都不会对屋外迫近的危险无动于衷。一个粗心大意的武者，是无法在江湖上行走的，恐怕不到一个月就会赔进自己的性命。

——是不是睡着了？

很多人都这样猜测。

也许他等得太久，感到累了，就坐着睡着了。

话说回来，如果他真是一个世外高手，说不定早就察觉到外面的动静，做好充分的准备。他故意不剪烛花，是为了迷惑敌人，给予他们致命一击。

"可能是这样吧……不，肯定就是这样。"

如此一来，每个人都僵在了原地。刚才，他们身上的那股腾腾杀气先把自己给打败了。因为，每个人都在担心自己会不会成为第一个牺牲品。藤次也意识到这一点，于是他清了清喉咙，故意用轻松的语气对着拉门喊道：

"宫本先生！让您久等了！想请您出来见个面。"

屋内仍然毫无动静。藤次更加肯定，对方一定早有准备。

"别大意！"

他用眼神示意左右的人，然后砰的一声，踢翻了拉门。

结果，本来应该冲进房里的弟子，全都下意识地后退了几步——那扇门断成了两截，倒在离门框两尺多远的地方。"冲呀！"有人大喊一声。这样一来，大家才喊叫着冲进屋里，四面的墙被震得山响。

"咦？"

"他不在呀！"

"他真的不在！"

在昏暗的烛光下，大家说话的声音突然高亢起来。刚才门房来送烛台，他还端坐在房里，坐垫还在，火盆也在，送来的茶水没喝，已经凉了。

"逃走了！"有人来到走廊，告诉那几个埋伏在院子里的人。

如此一来，从院子的背阴处、地板下不断冒出人影。大家跺着脚，直骂看守的人太疏忽大意。

而负责看守的人却异口同声地说，那人绝逃不出去。他们看到，那人曾上过一次厕所，回到房间后就再没出来。他们敢肯定武藏绝不可能离开这个房间，这真让人百思不得其解。

听到看守的辩解，有人嘲笑说："他又不是一阵风……"

有人把头伸进壁橱里，看到地板上有一个大洞，于是惊呼道："啊！在这里。"

"如果是点灯之后才跑的，应该还没跑远。"

"追呀！去教训他！"

大家猜测此人肯定是一个懦夫，于是都变得兴奋起来。他们争先恐后地从小门、后门挤出去，来到了武馆外。

"在那里！"有人大叫一声。

随着声音，人们看到有个黑影从正门矮墙的背阴处跳了下去，穿过大路，消失在对面小路的尽头。

六

那人跑得像兔子一样快，小路尽头有个土堆，他像蝙蝠一样跃了过去，往旁边跑去。

杂乱的脚步声，掺杂着阵阵叫骂声，铺天盖地而来，有人特意绕到了队伍前面。

最后，这群人来到了一片昏暗的城区，街道对面正是空也堂和本能寺烧毁后的遗迹。

"胆小鬼！"

"不知羞耻！"

"竟然敢跑！快给我出来！"

"喂！快出来！"

大家终于捉住了那个逃跑的人，接着就是一阵拳打脚踢，被抓的人不断发出痛苦的呻吟声。突然，这个走投无路的人一下子跳起身来，猛地拽住好几个人的衣领，把他们一下子都摔在了地上。

"啊！"

"这家伙！"

大家想一拥而上，给对方放点血。

此时，有人喊道："等一等，等一等！"

"抓错人了！"

"呀！真抓错了！"

"他不是武藏！"

大家一时无语，都松了一口气。藤次终于也赶了过来，他兴冲冲地问道："抓住了吗？"

"抓是抓住了……"

"咦？是他……"

"您认识他？"

"在一个名叫艾草屋的茶馆里见过他——而且是今早刚见过。"

"哦……"

又八在一旁整理着衣服。大家没再说话，都用怀疑的目光上上下下地打量着他。

"他是茶馆的老板吗？"

"不是，那里的老板娘说他不是老板。大概是他家的亲戚吧！"

"这家伙真奇怪！没事干吗站在人家门口偷看？"

大家议论不休，藤次突然说道："跟这种人纠缠下去，会让武藏跑掉的。快去分头追，至少要知道他住在哪里。"

"对呀！要找到他落脚的地方。"

又八面向本能寺的大水沟，一直低着头沉默不语。听到背后又响起杂乱的脚步声，他突然转身叫住他们。

"喂！喂！等一下！"

"什么事？"队尾的人停下了脚步。

又八跑上前问道："今天来武馆的那个叫武藏的人，看起来有多大年纪？"

"我也不知道他有多大？"

"跟你差不多吧！"

"哦！是这样。"

"他说没说过，他的故乡是作州宫本村？"

"说过。"

"他的名子是不是写作'武藏（TAKEZOU）'？"

"你问这些干吗？你认识他吗？"

"不是，随便问问。"

"没事不要乱跑，否则就会惹来今天这样的麻烦！"

那人丢下这句话后，便去追大部队了。又八沿着黑漆漆的水沟慢慢走着，他时不时抬头望一眼夜空，不知自己该去向何处。

"应该就是他，他改了名字的读音，成了一个游学武者。他一定变了很多。"

又八两手插在腰带上，边走边用脚踢着石头。每块石头上，似乎都映出朋友武藏的脸。

"真不是时候，我现在哪有脸见他呀！我也有自尊心哪！怎么能被那家伙看不起呢……不过，要是他被吉冈门的弟子找到，一定会没命的。他究竟在哪儿呢？真想告诉他一声。"

山坡

一

几间长满苔藓的木板房，歪歪斜斜地排列在堆满石头的坡道上，看起来就像参差不齐的牙齿。

空气中弥漫着烤咸鱼的臭味，正午的阳光异常刺眼。突然，从一间破旧的木板房里传出女人尖厉的叫骂声。

"你放着老婆儿子不管，还有脸回来？你这个死酒鬼！臭老头！"

接着，一个盘子从屋里飞出来，落到了地上碎成一片。然后，一个年约五十岁、工人模样的人跌跌撞撞地从屋里跑出来。

他老婆随后也追了出来，她光着脚，一头乱发，两只巨大的乳房露在外边，她一边大声骂道："你这个死老头！要去哪儿？"一边死死揪住丈夫的胡子，拼命殴打起来。

孩子好像被人用火烧了屁股一样，哇哇地哭个不停，狗也汪汪地叫起来，整个家里乱作一团。见此情景，附近的人赶忙跑过去劝架。

——武藏转过头想看个究竟。

见到这个场面，斗笠下的脸不禁露出了苦笑。刚才，他一直站在隔壁的陶器作坊前，全神贯注地看着滑车和刮刀上下飞舞，那专注的神情就像孩童发现新奇事物一样。

看了刚才那场闹剧后，他的目光又重新落回到作坊里，一心一意地看着陶艺工人工作。不过，正在工作的两位陶艺师傅，并没有抬头，他们的注意

力全部集中在手中的陶土里,他们是如此专心致志、一丝不苟。

武藏在路旁看得出神,也想用黏土试着做一个。他从小就很喜欢陶艺,如果做一个碗之类的东西,应该没问题吧!

他看到一个年近六十的老师傅,用刮刀和指尖对一个几近完成的碗进行定型,那动作是如此娴熟。武藏又觉得,自己的水平不值一提。

"要达到这种水平,需要很高超的技巧。"

最近,武藏开始对这些事物感兴趣。也可以说,他对世人掌握的技巧、艺术及所有优秀的能力都有了一份崇敬之心。

"他发现,自己连效仿这些人的能力都没有。"

他十分清楚这一点。陶器作坊的一角,摆着一块木板,上面放着盘子、花瓶、酒杯、砚水盂(往砚台里加水的器具)等各类日常用品,这些东西的标价十分便宜,以卖给那些来清水寺上香的人——光是做这些便宜货,就需要投入如此多的心血和精力。想到这儿,武藏意识到,要实现自己的剑道理想,还有一段很长的路要走。

——事实上,这二十几天来,他走访了包括吉冈武馆在内的多家著名武馆,得到的结果让他颇感意外。同时,他也清楚地认识到自己目前的水平不但无须自卑,甚至还很值得骄傲。

他一直认为京都是全国重镇、将军故所,也是全国高手云集之地。因此,特意赶来此地与众高手切磋武学。没想到,这里没有一家武馆能让他心悦诚服。

尽管数次较量武藏都是大胜而回,但每次他都是抱着失望的心情走出这一扇扇武术世家的大门。

"究竟是我太强,还是对方太弱?"

他还不能确定。如果之前他拜访过的武学家真是当今数一数二的人物,那么他对社会的真实情况,就要产生怀疑了。

然而——

眼前的陶艺作坊让他领悟到,凡事不能以偏概全。虽然这位老师傅制作的陶器最多只能卖上一百文钱,但他所倾注的精力是如此巨大、技艺是如此高超,这种忘我的创作精神深深震撼了武藏——尽管如此,这些手艺人过的却是有一餐没一餐的生活。看来,人绝不可能轻而易举就在社会上立稳脚跟。

武藏在心里,默默地向那位老师傅鞠了个躬,然后就离开了那个陶器作坊。仰望山坡,通往清水寺的山路清晰可见。

二

"浪人!这位浪人先生!"

武藏正要登上三年坡时,突然有人叫住了他。

"叫我吗？"

武藏转头一看，见一个男人站在面前。他拄着竹棍，光着小腿，腰上缠着布棉袄，脸上长满胡子。

他问道："你是宫本先生吗？"

"是的。"

"您叫武藏吧？"

"嗯。"

"多谢！"说着，那男人便转身往茶碗坡的方向走去。

武藏放眼望去，只见那男人走进了一间像是茶馆的小屋。由于这一带属于背阴地，所以很多轿夫都在此休息，刚才武藏就碰到不少。那么，到底是谁要打听自己呢？

——他这样想着，便站在原地等了一会儿。可是，等了半天也没看到有人走出那间茶馆。

于是，他重新登上那个山坡。

来到清水寺后，武藏在千手堂和悲愿院等处溜达了一圈。他在心里默默地祈祷：请佛祖保佑我那孤苦伶仃的姐姐吧！

同时，他还在心里祈祷着：请用苦难来考验愚钝的武藏吧！要么赐我一死，要么让我成为天下第一剑。

他拜了神佛之后，内心感到无比畅快。他再一次感到，泽庵无言的教诲以及书本上学来的知识有着多么不可思议的力量。

他来到悬崖边上，坐了下来，把斗笠放到了身边。

从这里可以俯瞰整个京都。他抱膝坐在那里，身旁一片问荆草长得十分茂盛。

望着眼前的景致，一种对胜利和成功的强烈渴望占据了武藏的内心。

"真想成为一个了不起的人啊！"

"生而为人，就该如此！"

烂漫的早春时节，来清水寺参拜的游客和香客络绎不绝。与这些人不同，武藏在这里勾画的却是自己遥远而伟大的梦想。

武藏突然想起，自己曾在一本书里读到这样一个故事：在天庆年间，有两个野心家叫作平之将门和藤原纯友，他们非常放荡不羁，曾经约定要在取得成功后，平分日本。当时，他觉得这种狂妄之徒十分可笑。但是，他现在却一点也笑不出来。因为，他也怀有类似的梦想。只有年轻人才有权抱有这种梦想，要开辟出一条属于自己的道路。

"织田信长如此！"

"丰臣秀吉也是如此！"

不过，通过战争来实现梦想是上一代人的做法。当今的时代，人们渴望的是永久和平。正因为德川家康具有惊人的耐力，才得以最终实现这个目标。一想到这些，武藏不禁感叹，拥有正确的梦想的确不是件易事。

不过——

如今已是庆长年间，若是现在开始立志成为信长或是秀吉，都不太现实——尽管如此，任何人都不能阻止武藏拥有自己的梦想。刚才遇见的那位轿夫，一定也有着自己的梦想。

可是——武藏暂且把这些纷乱的思路丢到脑后，重新开始思考起来。

剑——

自己实现梦想之路，就在于此。

信长、秀吉、家康都是如此。在这些人所处的时代，整个社会的文化程度、生活水平都得到了提高。尤其是家康，他所推行的变革把日本社会推向了从未有过的高度。

坐落于东山对面的京都，是如此平静、安详。关原大战前那种风云突变的景象再也不会重演了。

"一切都不同了！当今的时代已不再需要信长、秀吉式的人物。"

武藏模糊地意识到，自己的武学梦想与这把木剑、当今社会和自己今后的人生是紧紧联系在一起的。

他正想得出神，突然看到刚才那个长得像螃蟹似的轿夫又出现在山崖下边。

"啊！他在那里！"那轿夫用竹杖指着武藏。

武藏直视着山崖下。

下面的轿夫七嘴八舌地嚷着："哦！他瞪着我们呢！"

"他起身走了！"

人群一阵骚动。

那些轿夫一个跟着一个爬上山崖，武藏假装不在意，想转身离开。没想到，前面也有他们的同伴，这些人有的双手抱胸、有的拄着竹杖，远远地围成一圈，拦住了去路。

武藏停住了脚步。

他转身一看，那些爬上山崖的轿夫也停住了脚步，咧着嘴说道：

"你看！他讨厌抬头看匾额！"

说完，大家都笑了。

武藏站在本愿堂的石阶前，他仰起头看了看挂在破旧房梁上的匾额。

真倒霉！他很想大骂一声，但是跟这些轿夫计较也没什么意思。如果他们发现认错了人，就会自动离开。所以，武藏忍着没有发作，一直抬头盯着匾额上"本愿"两个字。

突然，轿夫们低头耳语起来。

"啊！他们来了！"

"老婆婆他们过来了！"

武藏仔细一看，此时清水寺西侧的门口已挤满了人。有香客、僧侣，还有摆小摊的商贩，他们脸上都摆出一副等着看好戏的表情。在武藏周围，人越聚越多，简直是里三层外三层，每个人都用好奇的眼神观察着事态的发展。

就在此时——

从三年坡下传来"嘿咻！嘿咻！"的号子声，不一会儿，就看到一个轿夫背着一位年约六旬的老太太出现在道路另一头。然后，紧跟着出现了一个其貌不扬的乡下武士，年龄在五十开外。

"到了！到了！"那坐在轿夫背上的老太太招手示意停下，挥手的姿态很是利落。

轿夫屈膝跪在地上，好让她下来。

"辛苦了！"老太婆道了声谢，嗖地一下就跳下轿子，然后对身后的年长武士说："权叔呀！这次不能再大意了！"

她的声音十分洪亮。

这两个人正是阿杉婆和渊川权六。两个人全副武装，一副要赴汤蹈火的样子。他们连声问道："在哪里？他在哪里？"一面擦拭着刀把上的汗水，一面挤过人群。

轿夫们答道："老人家，他在这里！"

"您不要着急！"

"这个人看起来不太好对付哟！"

"您可要做好准备呀！"

轿夫们都围拢过来，七嘴八舌地说着。对于这两个老人，他们既担心，又同情。

其他看热闹的人也感到十分惊讶，不停地议论着：

"莫非这个老太婆要跟这个年轻人决斗？"

"看起来是这样哦！"

"后面那个帮手也太老了吧！这其中必有缘故。"

"可能是吧！"

"你看！那老太婆好像在骂那个老头，她可真唠叨！"

有个轿夫不知从哪里弄来一舀水递给了阿杉婆，她咕噜一声喝了一大口。然后把竹舀子递给了权叔，说道："你慌什么！他不过是个乳臭未干的小子。虽然他现在学了些剑法，但我很清楚他有几斤几两，你要沉住气！"

接着，阿杉婆迈步走到了本愿堂的台阶前，大家以为她会一屁股坐下来，没想到她却从怀里掏出念珠，在众目睽睽之下大声祷告起来。

四

那个权叔也学着阿杉婆的样子，开始合掌祈祷。

可能是场面太过悲壮，围观的人反而觉得有些滑稽，不禁扑哧一声笑出声来。

一个轿夫冲着发出笑声的方向吼道："谁？是谁在笑？"

另一个轿夫说道："有什么好笑的！现在可不是笑的时候哦！这两位老人家从遥远的作州来到此地，就是为了抓住抢走儿媳妇的家伙，刚才他们还要来清水寺参拜呢——他们一直在茶碗坡等着那个家伙，已经整整五十天了。皇天不负苦心人啊！总算让他们等到了。"

又一个轿夫接着说道："武士的气节的确让人钦佩啊！这么一大把年纪的人，本应在家乡享受天伦之乐，可他们却为了雪耻而踏上漂泊之路，真让人敬佩啊！"

接着，又有轿夫说道："咱们每天都跟老人家领赏钱，受他们照顾，关键时候，怎么能看着不管呢——这么大年纪的人，还要跟年轻浪人决斗，看着都让人于心不忍啊——扶危济困是人之常情，如果老人家输了，我们就替他们报仇，好不好？"

"就这么办！"

"我们不能忍心让老婆婆去决斗！"轿夫们异口同声地说道。

听完这些轿夫的议论，其他围观群众也骚动起来，大家群情激愤。

"打呀！打呀！"有人开始煽动。

"可是话说回来，阿婆的儿子呢？"有人发出疑问。

"她儿子嘛！"轿夫中好像没人知道实情，有人说大概已经死了，还有人十分肯定地说是生死未卜，目前正在寻找。

这时，阿杉婆已经把念珠重新放进怀里，轿夫和围观的人顿时鸦雀无声。

阿杉婆左手握着短刀，大叫一声："武藏！"

刚才，武藏一直沉默着，他站在距离阿杉婆五米左右的地方，一动不动，像个木头人似的。

站在阿杉婆身边的权叔也拉好了架势，大声喊道："喂！"

武藏仍然沉默着，似乎不知该如何应声。

他想起在姬路城下与泽庵分手时，泽庵曾提醒过自己。但是，轿夫刚才的一番话还是让他有些手足无措。

他做梦也没想到，本位田家的人竟然如此痛恨自己。

他知道，这些不过是没见过世面的乡下人一厢情愿的想法，如果本位田又八在这儿，一切就真相大白了。

但是，武藏现在有些不知所措。——他不知道该怎样应付眼前的情况。

面对一个年近古稀的老太婆和一个老掉牙的武士的挑战，他实在不知如何是好。因此，只能一直沉默不语，脸上写满了无奈。

看到武藏这般神情，轿夫们说道："你倒是动手啊！"

"害怕了吧！"

"像个男子汉似的跟老人家决斗呀！"

众人叫骂不止，纷纷声援阿杉婆他们。

此时，阿杉婆好像动了肝火，她眼睛眨个不停，使劲摇了摇头，对那些轿夫说道："啰唆！你们只要安静地待在一旁当个证人就行了。如果我们死了，请把我们的遗骨送回宫本村。只有这件事要拜托你们！除此以外，不要废话！谁也不准插手！"

说完，她抽出短刀，逼视着武藏，一步步走了过去。

五

"武藏！"阿杉婆又叫了一声。

"在村里时，你的本名是新免武藏，我这个老太婆一直叫你恶藏。听说你现在改了名，叫宫本武藏——这名字听起来不错嘛……哈哈哈！"

她一边说着，一边晃动着皱纹堆累的脖子，想在动手前先声夺人。

"你以为改了名字，我们就找不到你了？太天真了！无论你逃到哪里，老天都能帮我把你找出来……来吧！看看是你能砍下我的头，还是我能了结你的性命！我们来一决生死吧！"

权叔也扯着沙哑的嗓子喊道："你被赶出宫本村已经整整五年了。你知道吗，我们为找你花费了多少力气？这次来清水寺参拜能遇到你，真是太好了！别以为我渊川权六老了，我不会输给你小子！你就做好准备吧！"

他一下拔出了刀，刀光一闪。

"阿婆！这儿很危险，躲到我身后吧！"他试图保护阿杉婆。

"你说什么？"阿杉婆反而怒斥权叔。

"你才要多加小心呢！你可是得过中风的人，要留神脚下哟！"

"总之，清水寺的菩萨会保佑我们的！"

"没错！权叔，本位田家的列祖列宗也会助我们一臂之力的！不要怕！"

"武藏！杀呀！"

"杀呀！"

两人一边高喊着，一边杀了过来。然而，武藏仍是一副漠不关心的样子，就像个哑巴似的沉默着。

阿杉婆见状，便问道："武藏！你怕了吗？"

她悄悄绕到武藏身旁，想一刀砍下去，谁知竟被石头绊了一跤，正好摔倒在武藏的脚边，短刀也掉了。

围观的人一阵骚动。

"快去帮她呀!"有人大叫着。

此时,权叔也没了主意,只能直愣愣地盯着武藏。

——然而,这位阿杉婆果然神勇。她骨碌一下爬起身,捡回地上的短刀,迅速跑回到权叔那边。然后,她重新拉好架势,对武藏喊道:"笨蛋!你的刀是用来摆样子的吗?你没胆动手吗?"

一直面无表情的武藏,这时终于开了口。

"没有!"他大声回答,然后大步走了过来。权叔和阿杉婆立刻逃向两边。

"要……要去哪里?武藏——"

"没有!"

"等等!你给我站住!"

"没有!"

武藏三次的回答都是一样的,他目视着前方,用力挤开人群,走了出去。

"嘿!武藏要逃!"阿杉婆慌忙喊道。

"别让他跑了!"

此时,人墙已被冲散,那些轿夫追了过去,想再次堵住武藏的去路。

"咦?"

"怎么回事?"

他们虽然又围成了一圈,却不见武藏的踪影。

在三年坡及茶碗坡上,零零散散地走着一些正要赶回家的人,武藏便混在这些人当中。原来,他挤出围观的人群后,就跳上了西门的矮墙,然后就消失在大家的视野里。人们议论纷纷,都不相信武藏就这样消失了。权叔和阿杉婆更不相信,他们猜测,武藏可能躲到了正殿的地板下,或是逃到了后山。于是,他们开始四处寻找,一直到黄昏,也没再见到武藏。

 河童

一

砰——砰——砰!捣杵捶打麦秆的沉闷声音,回荡在整个细民镇。由于一直下雨,这里的牛棚和造纸工坊,都散发着一股发霉的味道。细民镇和北野都属于京都的郊区,此时虽然已近黄昏,却没有几家的烟囱里飘出暖暖的炊烟。

一家简陋的小旅馆,房檐下挂着一个斗笠,上面写着"木赁(只需付给

做饭的柴钱即可住宿的便宜旅店)"两字。此时,有个人正扒着门框大声叫着:"老爷爷!客栈的老爷爷……没人在吗?"

这人声音很大,似乎不像他这个小个子能发出的声音。原来他是经常来这里的酒馆小伙计,年纪顶多有十一岁。

他的头发沾满了雨水,亮晶晶的,蓬松的发丝盖在耳朵上,活像画里的河童。他穿着一个短褂子,腰间系了根绳子,浑身上下都是泥点。

"是城太郎吗?"客栈的老头在里面问道。

"嗯,是我!"

"今天客人还没有回来,这里不需要酒了。"

"可是他们如果回来,就要喝的。所以我照常拿了一些来。"

"如果客人要喝,我过去拿就是了。"

"老爷爷,您在干什么呢?"

"明天有驮队要去鞍马,我想让他们帮我带封信,正写着呢!可是想不起来要写什么字,累得我肩膀都酸了!真愁人啊,你别烦我了!"

"咦?您老都一大把年纪了,还不知道要写什么字吗?"

"你这小鬼!又耍嘴皮子,小心我揍你!"

"我帮你写吧!"

"别开玩笑!"

"我说真的!哈哈哈!芋头的'芋'哪是这样,您写成了'竿'呀!"

"多嘴!"

"我不是多嘴,是实在看不下去了!老爷爷,你是要送竹竿给鞍马的朋友吗?"

"是送芋头。"

"那就不要死撑了,改成'芋'不就行了!"

"我要是会写,就不会写错了!"

"咦……不行呀!老爷爷,这信除了您之外,没人能读懂啊!"

"好吧!那你来写!"说着,老头把笔递给了他。

"要是我来写,您别挑三拣四呀!"

酒馆的小伙计城太郎,坐在门口的门框上,手里拿着笔。

"小笨蛋!"

"什么?明明是您不会写字,还骂别人是笨蛋!"

"你的鼻涕滴到纸上了。"

"啊!是吗?这个就当小费好了。"

他揉了揉那张纸,擦净了鼻子才把纸扔掉。

"好了!您要写什么?"

他端正身子,握好了笔,把客栈老头说的话一一记录下来,书写的样子很是熟练。

就在这时——

一位没带雨具的客人走进客栈。他是今早离开客栈的，由于下雨道路非常泥泞，他的鞋上沾满了泥巴。他刚一进屋，就把遮雨用的草袋子丢在屋檐下，说道："啊！梅花就快谢了！"

门口有棵红梅，这位客人每天早晨都会欣赏一番。现在，他一边看着梅花，一边拧着湿漉漉的袖子。

这人正是武藏。

他在这间客栈已经住了二十多天，每次回到这里，都有一种回到家的感觉。

武藏一进屋就看到了那个酒馆的小伙计，他经常来这儿跑腿儿。现在，这个少年和老板一起低着头，不知在干什么。武藏想看个究竟，便默不作声，走到他们身后。

"哎呀……你真狡猾！"

城太郎一看到武藏，急忙把纸笔藏到身后。

二

"给我看看！"

武藏故意逗他。

"不行！"城太郎摇着头。

"您身上在滴水呢！"城太郎故意岔开话题。武藏脱下湿答答的裤子，交给老头，笑道："哈哈哈！我可不吃你这一手！"

于是，城太郎反问道："不吃手，那吃脚吧！"

"要吃脚，就吃章鱼的脚！"

城太郎立刻欢呼起来："要吃章鱼就得就酒啊——大叔，用章鱼下酒最好了！我去拿酒来！"

"拿什么？"

"酒啊！"

"哈哈哈！你小子真会耍诈！这下子我又得跟你买酒了！"

"五合（合为日本的容积单位，1升的1/10）。"

"不要那么多！"

"三合？"

"也喝不了。"

"那……那要多少？宫本先生您真小气！"

"碰到你真没办法。老实说，我的钱不够。我就是个贫穷的练武人，不要那样说我嘛！"

"好吧！那我算你便宜点——不过，有个条件，大叔要再说些有趣的故事给我听哦！"

说完，城太郎就一溜烟地跑向了雨中。武藏看着那封写完的信问道："老伯，这是刚才那少年写的吗？"

"没错——没想到这小鬼这么聪明，真吓了我一跳呢！"

"嗯……"

武藏也觉得写得不错，便认真看起来。

"老伯，有没有干衣服？就是睡衣也行啊，借我一下。"武藏看完信问道。

"我就知道您会湿淋淋地回来。衣服早就放在这儿了！"

武藏走到井边，冲洗一番后换上干衣服，坐到了火炉旁。

这时候，火炉上方的钩子已挂上了锅，里面煮着香喷喷的食物，碗盘也都准备好了。

"这个小鬼头，干什么呢？去了这么久？"

"他多大了？"

"好像十一岁了。"

"看起来好像要大一些哦！"

"他七岁左右的时候就开始在酒馆跑腿儿，每天都和马夫、造纸工匠，还有旅馆的人混在一起，所以显得比同龄孩子成熟一些。"

"可是——在那种环境下，如何能练得一手好字呢？"

"有那么好吗？"

"他的字虽然略带稚气，但质朴的笔法中流露出一种天生的神韵……对了！用剑道的说法就是，他的笔法恰如行云流水。也许他将来可能会成大器！"

"您说成大器，是什么意思？"

"就是成为一个了不起的人！"

"哦？"

老头打开锅盖看了一下，嘀咕着："还没来哦！那小家伙是不是又在路上贪玩了！"这时，客栈外的泥地里终于响起了脚步声。

"老爷爷！酒拿来喽！"

"你在干什么呀？客人等着喝酒呢！"

"可是，酒馆里也有客人需要招呼呀——有一个醉汉抓住我，硬是问了我一大堆问题。"

"什么问题？"

"关于宫本先生的事。"

"你是不是又多嘴了！说了些不该说的话。"

"即使我不说，这附近的人也都知道了前天在清水寺发生的事。隔壁的

老板娘，还有前面漆器店家的女儿，那天刚好都去寺里参拜，大家都看到了大叔被一群轿夫团团围住的情景。"

武藏盘腿坐在火炉旁，一直默不作声。此时，他突然用恳求的语气说道："小兄弟！别再提那件事了，好吗？"

城太郎十分机灵，一见武藏脸色不对，立刻岔开了话题。

"大叔！今晚我可不可以留在这儿玩？"

"哦！你不用回店里帮忙吗？"

"嗯。店里没事的。"

"那么，就跟我一起吃晚饭吧！"

"我来温酒，温酒我最在行！"

说着，城太郎便把酒壶埋在火炉中的炭灰里。

"大叔！酒温好了！"

"真不错啊！"

"大叔，您喜欢喝酒吧？"

"喜欢。"

"可是，没钱就喝不了酒，对吧？"

"嗯……"

"很多学武之人都追随有名的将军，从而领取很高的俸禄，对吧？酒馆里的客人告诉过我，以前冢原卜传出巡的时候，要带着七八十名家臣呢！他叫手下准备好几匹换乘的马，每个贴身侍卫还手擎老鹰，场面是相当气派呢！"

"嗯！没错！"

"听说侍奉德川家康的柳生大人，每年在江户领取一万一千五百石的俸禄，是真的吗？"

"是真的。"

"既然大家都那么有钱，为何大叔您却这么穷呢？"

"因为我还在学习嘛！"

"这么说来，大叔何时才能像上泉伊势守和冢原卜传那样，带着众多部下出行呢？"

"这个……我可能无法成为那样了不起的人喔！"

"难道你武功不够高强吗？大叔！"

"那天在清水寺里看到我的人可能都会这么想吧！不管怎样，我当时是逃出来的。"

"附近的人都说，住在客栈里的年轻游学武者不堪一击，我听了很生气！"

"哈哈！还好你没有说！"

"因为我是晚辈啊！大叔，在漆器店的后面，经常会有一些造纸工匠、制桶工人在那儿练习剑术。你去跟他们比比看，一定要赢他们一次！"

"好！好！"

无论城太郎说什么，武藏都点头答应。他喜欢这个少年，因为自己也还是个不谙世事的青年，所以两人很容易打成一片。另一方面，由于武藏没有兄弟，他也不曾体验过兄弟情谊，所以他会不自觉地寻找那种类似的感情，以使孤寂的心灵得到安慰。

"这种事以后别再提了——现在该我问你了，你家乡在哪里？"

"姬路。"

"什么？在播州？"

"听您的口音，大叔是作州人吧？"

"没错！播州和作州离得很近哪——你父亲在姬路是做什么的？"

"武士！他是武士哟！"

"哦……"

原来如此！武藏感到很意外，同时也想起了一些往事。接着，他又问了城太郎父亲的姓名。

"我父亲叫青门丹左卫门，以前是一个领饷五百石的武士喔！可是，在我六岁的时候，他成了浪人，之后又来到了京都。后来，他越来越穷，就把我寄养在酒馆里，他自己去了虚无僧寺。"

城太郎一边回忆，一边娓娓道来。

"所以，我一定要成为一个武士。要成为一个武士，最重要的就是要练好剑法？大叔，求求您！收我当徒弟吧——我愿意为您做任何事。"

武藏当然不会轻易答应他，但少年苦苦哀求，武藏一时间也不知道应不应该答应。他万万没想到，那个"八字胡"——叫青木丹左的人，会是如此下场。他知道，但凡投身武学的人都有思想准备，要么杀人要么被杀，迟早会赔上身家性命。但是，当他亲眼目睹了这样的人生起伏后，却产生了一种落寞的情绪。他的心灵受到了很大冲击，酒也醒了一半。

四

武藏没想到，这小孩如此固执，他一定要拜武藏为师，无论怎么哄都不听。最后，连客栈老头也来帮忙劝，他软硬兼施，结果反而更糟。城太郎抱着武藏的胳膊，拼命哀求，最后竟然哭了起来。武藏实在拗不过他，只好说道：

"好了！好了！我收你为徒！不过，今晚你一定要回去跟你们老板讲清楚，再做决定哟！"

如此一来，城太郎才心满意足地回去了。

第二天一早，武藏对客栈老头说"老伯！这些日子多亏您照顾了！我想

水之卷

到奈良去，请帮我准备些干粮。"

"咦？您要走了？"

事出突然，老头感到十分惊讶。

"是不是因为那小鬼提出的无聊要求，您才突然要走……"

"不是不是！不是因为那小家伙。我老早以前就有这个心愿，听说大和宝藏院的枪法非常有名，我想去见识一下——等一会儿，那小鬼来了，可能会不高兴，您帮我应付一下。"

"小孩子哭闹一会儿，就没事了！"

"还有，酒馆老板那儿，也帮我交代一声。"

说完，武藏就离开了客栈。

泥泞的道路上，散落着红梅花瓣。今早起就一直飘着细雨，湿润的春风轻拂着面颊，细密轻柔的雨丝完全不同于昨日的飘泼之势。

三条河口的水位高涨，河水浑浊不堪。桥下有很多骑马的武士，正对来往行人进行盘查。

武藏询问之下才知道，原来江户的将军即将上京，作为先遣队的各大小诸侯将在今日到达。因此，各家武士加紧盘查，以震慑那些蠢蠢欲动的浪人。

武藏被盘查时，态度很从容，于是得以安然过关。此时，他才突然感到，自己的确是一名无帮无派的浪人，既不属于大阪的丰臣派，也不属于江户的德川派。

——回想起往事，武藏感觉自己太可笑了。

当年，自己仅凭一时冲动，就背着长矛参加了关原大战。

由于他父亲追随的主公隶属于大阪方面，他的故乡也属于丰臣秀吉的势力范围，而他从小听到的都是关于那位英雄的伟大事迹，因此这些早已植根于他的头脑中。

要是现在有人问他：要投靠关东，还是投靠大阪？

他的第一反应肯定是：大阪。

这种思想早已存在于他的血液中。

——然而，关原一战让他领悟了很多道理。当时，他手持长枪，混迹在步兵队伍里，无论自己如何卖力，都不会对结果产生任何影响，更无法实现自己的远大理想。

如果真能做到以死效忠，也就罢了，这样死还算有意义。然而，当时武藏和又八的想法却并非如此。他们一心想的只有功名，说穿了就是寻找一个无须耗费任何资本就能一夜成名的机会。

后来，是泽庵教给他生命的真谛。仔细想过之后他才明白，获得功名并非无须任何资本，而是拿人生最重要的东西去换取一个微不足道的名头——原来自己一直都抱着侥幸心理——想到当时的那份天真，武藏不觉苦笑起来。

"马上就到醍醐城了！"

武藏边想边走，汗水早已打湿了衣襟。他停下脚步，才发现自己来到了一个高山的坡路上。突然，远方传来一阵喊声："大叔——"

过了一会儿，喊声再次传来，"大叔——"

"啊？"

武藏看到那个酷似河童的少年，迎着风飞跑过来。

果然是他！不一会儿，城太郎的身影就出现在道路的另一头。

"骗人！大叔你骗人！"

城太郎一边上气不接下气地跑着，一边埋怨，他一脸委屈，几乎就要哭出声来。

五

——他到底还是追来了。

虽然武藏心里觉得很无奈，但仍露出开朗的笑容，转身等着他。

这小鬼跑得很快！

城太郎一看到武藏，立刻飞奔过来，动作快得就像一只雏鹰。

城太郎来到近前，武藏才看清他一身奇怪的打扮，不禁苦笑起来——他的穿着和昨晚不同，看得出是精心准备的。他的上衣只到腰部的一半，袖子也只有胳膊的一半长，腰带上别着一把比他还高的木刀，背上还背着一把大如雨伞的斗笠。

"大叔！"城太郎叫了一声，便扑到武藏的怀里，紧紧搂住武藏说："大骗子！"同时，哇的一声哭了出来。

"怎么了？小家伙！"

武藏温柔地抱着他。城太郎一看是在荒郊野外，便毫无顾忌地放声大哭。

"这儿有个爱哭鬼哟！"武藏开口逗他。

"不知道！不知道！"

城太郎颤抖着说道："大人怎么能骗小孩儿呢？昨天晚上，您明明说过要收我为徒，今天却丢下我一个人走了……一个大人怎么能这样做呢？"

"是我不好！"

武藏一道歉，城太郎的哭声立刻减弱下来，他抽抽搭搭，小声啜泣。

"好了！别哭了……我不是存心骗你的。因为你有父亲、有老板，如果他们不同意，我是不能带你走的，所以才让你去跟他们商量。"

"那您也应该等我的回音啊！"

"所以我要向你道歉啊——跟你老板说过了吗？"

"嗯……"

城太郎终于安静下来，顺手从身旁的树上揪下两片叶子。武藏纳闷儿他要树叶干吗？原来是用来擦鼻涕的。

"那么，你的老板怎么说？"

"他说'你去吧！'"

"噢！"

"他说，那些有头有脸的武士或武馆，绝不可能收你这样的小鬼为徒。那个住在客栈的人，原本就没什么名气，大家对他的评价也不高。当你的师父，他是再合适不过了。分别时，他还送给我这把木剑。"

"哈哈！你的老板真有趣！"

"后来我去客栈找你，老爷爷不在，我看到屋檐下挂着这个斗笠，就顺手拿来了！"

"那不是客栈的招牌吗？上面还写着'木贽'两个字呢！"

"我管不了那么多了！下雨没斗笠，可就惨了！"

看来，这小鬼无论如何是跟定自己了。武藏也不再规劝，他知道再说什么都是多余的。

一想到他父亲青木丹左的落魄境遇，还有这孩子和自己的宿缘，武藏决定要好好照顾他，直到他长大成人。

"啊！我差点忘了……还有一件事，大叔！"

心愿已满足的城太郎此刻才想起另一件事，急忙把手探进怀里摸了半天。

"有了……就是这个！"

他拿出一封信。

武藏满脸诧异，问道"那是什么？"

"昨晚我回店里给大叔打酒时，不是有个浪人抓着我问了很多关于您的事吗？"

"对！你提过此事。"

"后来我回到店里时，那个浪人又问了我很多关于您的事。当时，他已是烂醉如泥，总共喝了两升哦！最后，他写了这封信，让我交给您，然后就走了。"

武藏歪着头，狐疑地翻看着信封。

六

信封的背面竟然写着——本位田又八。

那字迹十分潦草，每个字都东倒西歪，看来连这些字都醉不可知了。

"啊……是又八写的！"

武藏急忙打开信封，读了起来。他的心情非常复杂，不知是悲是喜。

又八喝了两升酒，字迹乱作一团，几乎无法辨认，语句也极不连贯，要费好大劲才能读懂。

上面写着：

伊吹山下分别以来，一直无法忘怀故乡，更难忘记旧友。不想前日在吉冈武馆，忽闻兄台之名，一时间百感交集。是否应该与兄见面，我再三思量，一直举棋不定。随即便去酒馆买醉。

接下来的就更加潦草了。

与兄分别后，我为女色所困，整日好吃懒做，浑浑噩噩，如此浪费了五年光阴。

今日，君之声名已传遍京都。弟佩服之至！

有人说'武藏剑法天下无敌！'也有人说'武藏胆小，最善于逃跑'。我不管别人怎么说，总之兄之剑法已在京都掀起风浪，对此弟暗喜不已。

想来——君原本天资聪明，理应成为剑道高手，出人头地。

相比之下，弟如今更无颜面见老友。

我自知愚蠢透顶，若与兄相见，无异于蠢才仰望贤能，弟会羞愧难当。

但是，来日方长，人生未来之路仍充满变数。此刻不欲相见，只盼后会有期。

祈愿健康！

武藏看到这儿，本以为信已写完，没想到下面还有补充。看来后面的内容是十分紧急的。内容大概是：

吉冈武馆数千弟子，为前日之事，怀恨在心，现在正大肆搜捕君之踪迹。望君多加留心！君之剑法好不容易才得以崭露头角，君决不可枉送性命。我立志要在出人头地后再与君相见，到时我们促膝长谈、回首往事。你我之间的角逐才刚刚开始！一定要珍重自己，好好活下去——

信的开头写得十分热情洋溢，但那些忠告的文字中，多少流露出偏执的情绪。

武藏读完，不禁黯然神伤，心想他为何不能说一句"哇！好久不见，好想你啊！"之类的话。

"城太郎！你问过这人住哪儿吗？"

"没问过！"

"酒馆的人知道吗？"

"应该不知道吧！"

"他常去酒馆吗？"

"不常去！这是第一次。"

——可惜！武藏心想，如果知道又八住在哪儿，一定立刻回京都去找他，可现在却毫无线索。

武藏十分想见又八，想帮他重新点燃斗志。即使是现在，武藏仍然没有放弃与又八之间的友情，他想帮助又八摆脱那种自暴自弃的生活。

这样做也是为了消除又八母亲阿杉婆对自己的误解。

武藏默默无语地走在前头，这条路通往醍醐城下，六地藏四条街的岔路口已近在眼前。

"城太郎！有件事想请你帮个忙，行吗？"

武藏突然开口问道。

七

"要我做什么？大叔！"

"我想请你帮我跑趟腿儿！"

"去哪里？"

"京都！"

"好不容易才走到这儿，现在又让我回去啊！"

"我想请你帮我带封信给四条的吉冈武馆。"

城太郎没有回答，低头踢着脚边的石头。

"你不愿意？"

武藏看着他的脸。

"不是……"他摇了摇头。

"不是不愿意，大叔！你是不是又想把我甩了？"

看他用怀疑的眼神望着自己，武藏感到一阵羞愧。他不信任自己，也是情有可原哪！

"不会！武士决不说谎！昨天的事，请你原谅我！"

"好！我去！"

两人走进六阿弥陀岔路口的小茶馆，叫来一些饭食和茶水。趁着这个空当，武藏写好了信。大致内容如下：

致吉冈清十郎

听说阁下正派弟子四处寻找在下，现在我正赶往大和市，打算用一年时间游历伊贺及伊势等地。之前到府上拜访阁下，没能一睹尊容，在下深感遗憾。在此跟您约定，明年一月或二月期间，在下必定再次上门叨扰。相信阁下一定会继续修炼武艺，在下也会利用这一年时间卧薪尝胆、苦修剑术，以能再次造访。在下真心祈愿声名远播的拳法老师门下弟子，不要再出现上次的惨败，敬请好自为之！

——字里行间的语气十分郑重，又不乏豪迈之气。

最后，武藏写上了"新免宫本武藏敬上"，又在收信人一栏里写上了"吉冈清十郎阁下及全体弟子"的字样。

武藏写完之后，把信交给了城太郎。

"只要把这个扔进四条武馆的院里，你就完成任务了！"

"不！我一定要亲手交给门房，然后再离开。"

"哦！我知道了！"

"另外还有一件事……可是，这件事对你来说可能会有点难！"

"什么事？"

"昨晚，那个让你给我带信的醉汉叫本位田又八，是我的老朋友。我想请你帮我找到他。"

"那很容易！"

"怎么找呢？"

"可以上每个酒馆去打听！"

"哈哈哈！这也算是个好办法。可是，从那封信上看，他好像认识吉冈门的人。所以，你可以去问问看。"

"问到了之后呢？"

"如果你见到本位田又八，帮我转告他，就说明年的一月一日至七日，我每天早晨都会在五条大桥上等他，让他到时来五条与我会合。"

"这样说就行了吗？"

"嗯——我一定要见他一面。你告诉他是武藏交代的。"

"知道了——可是，我回来之前，大叔要去哪儿等我呢？"

"这样好了！我先去奈良，你赶到那儿后，只要向长枪宝藏院打听一下，就知道我的住所了！"

"一言为定哟！"

"哈哈哈！还在怀疑我哟！如果这回我食言，就砍掉我的脑袋！"

武藏一边说笑着，一边走出茶馆。

随后，武藏将赶往奈良，而城太郎则要赶回京都。

此刻，四条街上满是头戴斗笠的行人，燕子的啁啾声和马儿的嘶鸣声混成一片，好不热闹。城太郎走着走着，突然回过头来，看到武藏依旧站在原地看着他，两人远远地会心一笑，随即挥手道别。

水之卷

春的消息

一

恋恋春风
拂动衣袖
哎！衣袖本已太沉重
哪堪春风
一切如此沉重！

朱实一边哼着从阿国歌舞伎那里学来的小调，一边走出后院，来到高濑河边洗衣服。她用河水反复冲洗着衣服，不时卷起一阵阵小漩涡。

满怀思念
却假装不在乎
就像表面平静的大海
海底却汹涌澎湃

朱实一边哼着歌，一边洗衣服。

这时，河堤上突然有人说话："姊姊！你唱得真好！"

朱实回头问道："谁呀？"

原来，河堤上站着一个小男孩，他个子不高，腰上插着长木刀，身后还背着一顶大斗笠。朱实瞪着他，小男孩转着圆圆的大眼睛，咧嘴笑着，显得十分友好。

"你是哪里来的小子？竟然叫我姊姊！我还没嫁人呢！"

"那——叫你姑娘？"

"呸！你这个小鬼，还没到打情骂俏的年龄呢！看你还流着鼻涕呢！"

"可是，我有事要问你嘛！"

"哎呀！只顾着和你说话，我的衣服都漂走了！"

"我帮你弄回来。"

说着，城太郎便去追那条被河水冲走的布裙。长木刀刚好派上用场，他用木刀一钩就把衣服钩到了。

"谢谢你！你要问我什么事？"

"这附近有没有一间叫艾草屋的茶馆？"

"就在那边，是我家开的。"

"真的？找得我好辛苦啊！"

"你从哪儿来？"

"那边。"

"那边是哪边？"

"我也不知道自己到底从哪儿来！"

"这孩子真奇怪！"

"你说谁奇怪？"

"好了好了！"朱实扑哧一声笑出来，"你找我家有什么事吗？"

"本位田又八是不是住在你家？我问过四条吉冈武馆的人，他们说到这儿问就知道了。"

"他不在！"

"你骗人！"

"真的不在呀——他之前确实住在我家……"

"那他现在住在哪儿？"

"不知道。"

"帮我打听一下嘛！"

"我母亲也不知道——因为他是离家出走的。"

"真伤脑筋啊！"

"谁让你来找他的？"

"我师父。"

"你师父是谁？"

"宫本武藏。"

"捎来信或其他东西了吗？"

"没有！"

城太郎的脸转向一旁，眼神迷茫，呆呆地望着脚边的水流漩涡。

"不知道自己从哪儿来，也没带信，你这小信差真奇怪！"

"我带来了口信！"

"什么口信？也许又八哥哥再也不会回来了。不过，万一他回来，我可以帮你转告他。"

"这样做行吗？"

"跟我商量也无济于事，还是自己决定吧！"

"好！就这么办……是这样的，有一个人无论如何要见又八一面。"

"谁呀？"

"宫本先生——他说明年一月一日到七日的每天早上，都会在五条大桥上等又八，请又八在那段时间去一趟，与他见个面。"

"呵呵呵！呵呵……哎呀！这口信可真长啊！你师父跟你一样奇怪呢！"

哎哟！肚子都笑疼了！"

二

城太郎非常生气，他端着肩膀，噘着嘴骂道："有什么可笑的！大笨蛋！"

朱实吓了一跳，马上止住了笑声。

"哎呀！生气了？"

"当然生气了！人家可是很认真地求你办事呀！"

"对不起、对不起！我不笑了——如果又八哥哥回来，我一定转告他。"

"真的？"

"真的！"

朱实咬着嘴唇点了点头，以免再笑出声。

"你说……他叫什么来着？那个要你带话的人。"

"你真健忘！他叫宫本武藏。"

"'武藏'两字怎么写？"

"'武'是武士的'武'……"

城太郎一边说，一边捡起脚边的树枝，在河边沙地上写给她看。

"就是这么写。"

朱实目不转睛地看着沙地上的字。

"啊……这不是念作TAKEZOU（武藏）吗？"

"是MUSASHI（武藏）哟！"

"但也可以念成TAKEZOU（武藏）呀！"

"你真顽固！"

说着，城太郎把树枝丢进河里，看着它漂走了。

朱实一直盯着沙地上的字，眼睛眨也不眨，沉思了好久。

终于，她把目光从地上移到了城太郎的脸上，重新打量起这个孩子。然后，她叹了口气问道："那个叫武藏的人，老家是不是美作的吉野乡？"

"对呀！我是播州人，师父的老家是宫本村，我们离得很近！"

"他的身材是不是很高大，很有男子气概？另外，他的头发没有剃成月额（日本室町时代之后，男子将额头至头顶中央的头发剃掉），对不对？"

"你知道的真多！"

"他以前告诉过我，小时候头上生过疖疮，留下了疤痕，若是剃成月额，那块疤就会露出来，所以才一直留着头发。"

"你说以前，是什么时候？"

"五年前——就是关原大战那年的秋天。"

"你以前就认识我师父了？"

朱实没有回答。那些美好的回忆一下子又涌上心头，她早已沉醉其中，忘了自己身处何地。

她很想再见到武藏，一想到这儿，她激动得全身都颤抖起来。看到母亲的所作所为——又亲眼目睹了又八的堕落——她越来越确信自己当初认定武藏是多么正确！她暗自庆幸自己仍未出嫁——武藏果然和又八截然不同。

她在茶馆里不知见过多少男人，深知自己的未来不属于他们任何一个。那些装模作样的男人，让她厌恶至极，而武藏的身影却一直埋藏在她心灵深处。有时，她随口哼唱的歌曲，也寄托了对武藏深深的思念。

"——那么，拜托你了！如果看到那个叫又八的，一定要转告他哟！"

城太郎交代好之后，就跑上了河堤，他还要急着赶路。

"喂！等一等！"

朱实追了过去，她抓住城太郎的手，好像有话要说。城太郎看到她脸上泛着红晕，十分艳丽动人。

朱实用急促的语气问道："你……你叫什么名字？"

"城太郎！"

看到朱实突然变得如此兴奋，他不禁感到奇怪。

"这么说来，城太郎弟弟经常跟武藏（TAKEZOU）先生在一起喽？"

"他叫MUSASHI（武藏）！"

"啊！对对！是MUSASHI（武藏）！"

"是的！"

"我很想见他一面，他住在哪儿？"

"你问他家吗？他没有家！"

"咦？怎么会？"

"他是一个游学武者。"

"那他住在哪家旅馆？"

"去奈良的宝藏院打听一下就知道了！"

"唉……我还以为他在京都呢！"

"他明年回来！明年一月份！"

朱实陷入了沉思，神情十分恍惚。突然，从背后的角门窗户里传来阿甲的声音："朱实啊！你在干什么呢？别借故偷懒！跟野孩子有什么好说的！干完活就赶快回来！"

朱实平日里就看不惯母亲的一些做法，这会儿，她立刻反唇相讥："这小孩来找又八哥哥，我正跟他解释呢！你以为我是使唤丫头吗？"

听到这儿，阿甲立刻就皱起了眉头，好像身体不舒服似的。她心想——是谁把你养活这么大？竟敢跟我顶嘴？心里想着，嘴上却没这么说，只是瞪着朱实。

"又八……又八有什么好说的！他已经不是我们家的人了！跟他说不知道。你拉着那野孩子在求他什么事？不要管他了！"

城太郎被阿甲一顿劈头盖脸的数落弄得有些发懵，他嘀咕着："别把人当傻瓜！我可不是野孩子！"

阿甲偷偷观察着朱实和城太郎的表情，说道："朱实！进来！"

"可是……还有很多衣服没洗呢！"

"一会儿叫用人去洗。你去梳洗一下，还得化妆呢！要是清十郎先生突然来访，看见你这副样子会心生反感的！"

"呸……那种人！我巴不得他讨厌我呢！"

——朱实一脸不满，极不情愿地跑回了茶馆。

与此同时，阿甲的脸也消失在窗口——城太郎仰头看了看紧闭的窗口，嘟囔着："哼！明明是老太婆，还擦那么厚的粉！真恶心！"

话音刚落，那扇窗户一下打开了。

"你说什么？看你再敢说一遍！"

"呀！被她听到了。"

城太郎急忙想跑，可是一大锅刷锅水已倾盆而下，他成了落汤鸡。

城太郎却毫不在意，他扔掉领口的菜叶，对阿甲扮着鬼脸，边跑边扯着嗓子唱起歌谣：

　　本能寺的西边小路
　　有个阴森可怕的老巫婆
　　她满脸涂着白粉
　　生了个织布女
　　又生了红毛怪
　　啦里啦里啦
　　啦里啦里啦

不期而遇

一

路上来了一辆牛车，车上堆满了鼓鼓囊囊的麻袋，里面装的稻米或小豆，麻袋中间还插着块木牌，上面写着"赠与兴福寺"。看来，这是一位有钱人的布施品。

一提到奈良，人们就会想到兴福寺。同样，一提到兴福寺，大家也会立刻联想起奈良。连城太郎都知道这座有名的寺院。

"糟了！我的便车要跑远了！"

他飞快地追上去，一下子就跳上了车尾。

他转身坐稳，这个位子刚好合适。更难得的是，那些软绵绵的麻袋正好成了他的靠背。

沿途的优美景色不断映入眼帘，有绿油油的茶园、含苞待放的樱花，还有忙于耕种的百姓，他们一边翻地一边祈祷着麦田不要遭受战事涂炭。河边还能看到洗菜的妇女——大和市城区呈现出一派悠闲、恬静的田园风光。

"这牛车可真舒服啊！"

城太郎心情非常愉快，打算一路睡到奈良。偶尔，车轮压到石块会发出嘎嘎的响声，车身也会剧烈晃动一下，这些都让他兴奋不已。一想到自己坐在会动的东西上——不只会动，还会前进——就足以让少年心花怒放。

（哎呀！哎呀！谁家的鸡在叫啊！老奶奶！老奶奶！黄鼠狼来偷你家的鸡蛋了……谁家的孩子跌到了，在哭个不停呢！对面跑过来一匹马哟！）

各种景象从眼前一一闪过，引起了城太郎极大的兴趣。牛车离开了村子，前方出现了两排树，他顺手揪下一片茶树叶，放在唇边吹起曲儿来。

水之卷

　　同一匹马儿
　　大将军骑上是多么威风凛凛
　　金色的马鞍啊
　　亮闪闪
　　亮闪闪
　　马儿也会陷入泥沼
　　使劲拉呀！使劲拽呀！
　　一年比一年穷啊
　　越来越穷！

赶牛车的车夫听到歌声，便回头看个究竟。结果没看到什么人，他仍继续赶着车。

　　亮闪闪
　　亮闪闪

身后又传来歌声，这次车夫把缰绳丢在车上，绕到车后去看个究竟。

"你这小混蛋！"他照头就给了城太郎一拳。

"哇！好痛！"

"谁让你坐在这儿的？"

"不行吗？"

"当然不行！"

"拉车的又不是老伯您，有什么关系？"

"别耍贫嘴！"

车夫把城太郎扔下了车，他就像个皮球似的一下滚到道边的树根旁。

然后，车夫就赶着牛车走远了，那嘎吱嘎吱的车轮声好像在嘲笑他一样。城太郎一骨碌爬起身，突然脸色大变，他张大眼睛四下寻找起来——似乎是丢失了什么东西。

"咦？不见了！"

他把武藏的信送到吉冈武馆之后，对方交给他一封回信，让他带给武藏。为避免遗失，他特意把信放进竹筒里，还挂在脖子上——可是，现在竹筒却不见了。

"糟了！糟了！"

城太郎慢慢往回走，四处寻找那根竹筒。此时，一个旅客打扮的年轻女子看到他的模样，笑着走上前问道："是不是掉什么东西了？"语气很是友好。

城太郎抬起头，扫了一眼斗笠下的脸，含糊地答道："嗯……"然后继续低头寻找起来。

二

"是丢钱了吗？"

"唔……唔……"

无论女人怎么问，城太郎都回答得支支吾吾。

那赶路的女子面露笑意，说道："你要找的是不是一个长约一尺的竹筒，上面还系着细绳？"

"对！就是它！"

"你刚才路过万福寺的时候，是不是逗弄了马夫拴在路旁的马，结果被他们大骂了一顿？"

"这个……"

"你逃跑的时候，竹筒的细绳断了，掉在了地上。当时，有个武士正跟马夫说话，竹筒好像被他捡走了。你可以回去问问看！"

"真的？"

"嗯，是真的！"

"多谢！"

城太郎正要跑回去，那女子突然大声喊道："啊！喂喂！不用去了！那个武士正朝这边走过来呢！你看，那个穿着粗布和服裤子，笑容可掬的人，就是他！"

城太郎朝对方指的方向看去。

"就是他!"

城太郎瞪大双眼,等他走过来。

那人年约四十,仪表不凡,下巴上留着胡子,肩宽背厚,个子也很高,一看就不是一般的武士。他脚穿皮制的袜子,蹬着草鞋,走起路来落地有声,虎虎生威——城太郎猜想,他可能是哪个诸侯的家臣,一向反应机敏的他,一时间竟不知如何开口。

还好,对方先开了口。

"小鬼!"

"是!"

"你在万福寺掉了这支竹筒吧?"

"嗯,对了对了!"

"什么对了!也不道声谢。"

"对不起!"

"竹筒里装的是重要的回信吧?既然身负使命,还有心逗马、坐牛车玩?要是耽误了大事,怎么向你的主人交代?"

"武士先生,您打开竹筒了?"

"捡到东西,当然应该检查一下再还给失主。不过,我并没有打开信。你可以确认一下。"

城太郎拔掉竹筒盖,看到吉冈武馆的回信还好好地卷在里面,终于松了口气。他立刻把竹筒重新挂在脖子上,自言自语着:"再也不会弄丢了!"

那赶路的女子看到城太郎欣喜若狂的表情,也很高兴,她走上前代城太郎向对方道谢。

"您可帮了他大忙呢!真是太感谢了!"

于是,这个留着山羊胡的武士、赶路女子和城太郎并肩走在了一起。

"姑娘!这小鬼跟你一起的吗?"

"不是,我们根本不认识。"

"哈哈哈!怪不得我怎么看都不像一路的!这小鬼真有趣,斗笠上还写着'木赁'!"

"的确是天真无邪呀!不知他要去哪儿?"

城太郎走在两人中间,这会儿又活蹦乱跳了。

"我吗?我要去奈良的宝藏院。"

说完,他突然看到了女子腰间别着的旧锦囊。

"咦?姑娘,你也带着信筒呢?可千万别弄丢啦!"

"信筒?"

"就是你插在腰带上的!"

"呵呵呵!这不是装信的竹筒,是横笛。"

"笛子——"

城太郎眼中闪过好奇的光芒，毫无顾忌地把脸凑近女子的腰间。然后，他若有所思地把对方仔仔细细地打量了一遍。

三

尽管童心未泯，他也分得出女性的美丑，还能敏锐地感觉到淑女与烟花女的差别。

"真是一位美丽的女子啊！"城太郎再一次感叹着，他用尊敬的目光打量着眼前的女子。一想到能与这么美的女子一路同行，他就兴奋不已，这简直就是飞来横福啊！他有些飘飘然。

"原来是支笛子啊？"

他多了一份钦佩，接着又问道："姊姊！你会吹笛子？"

才一开口，城太郎立刻想起上次称呼艾草屋的女子为"姊姊"，遭到了对方的呵斥，于是他立即开口道："姑娘！请问您的名字叫什么？"

他突然冒出这么个问题，如此不拘小节，那女子被逗得乐个不停。

"哈哈哈！"

她没回答城太郎的问题，只是望着另一侧的山羊胡武士，笑个不停。

那位身材高大的武士，也大笑起来，露出一口洁白而整齐的牙齿。

"看来，你这小不点还真有两下子呢——在问别人姓名之前，先要报上自己的姓名，这样才有礼貌。"

"我叫城太郎！"

"呵呵呵！"

"你们好狡猾呀！只有我报了名字——对了！武士大叔还没说呢！"

"我吗？"

他显得有些为难，说道："我叫庄田。"

"庄田先生——你的名字是？"

"名字恕不奉告。"

"这回该轮到这位姑娘了。两个男的都已报出了名字，你再不说可就失礼了！"

"我叫阿通。"

"阿通姑娘！"

原以为他可以心满意足，没想到城太郎竟然没完没了地问个不停。

"你为什么要带着笛子出门呢？"

"这是我用来糊口的宝贝。"

"那么，阿通姑娘就是演奏笛子的了？"

"嗯……不知道有没有这种职业。但是，就是靠这支笛子，我才能走这么远。看来，我的确是一个吹笛子的。"

"您的笛子是不是吹奏祇园、加茂宫那种祭祀乐曲的长笛？"

"不是。"

"那是不是吹奏舞曲的笛子？"

"也不是。"

"那到底是什么样的笛子？"

"就是普通的横笛。"

这时，庄田武士一眼瞥见城太郎腰间的长木剑。

"城太郎，你腰间插的是什么？"

"武士竟然不认识木剑！"

"我是问你为何要带着这把剑？"

"为了学剑术呗！"

"你有师父吗？"

"有啊！"

"哈哈！就是那封信的收信人吧？"

"没错！"

"能当你师父的人，想必很有能耐吧？"

"也不一定喔！"

"他武功不行吗？"

"嗯，大家都说他不行。"

"拜个武功不行的师父，很伤脑筋吧？"

"我也很笨，所以没关系！"

"也多少学了一些吧？"

"还什么都没学呢！"

"啊？哈哈哈！跟你聊天，走路都不觉得累了……对了！这位姑娘，你要去哪里？"

"我没有什么要去的地方。老实说，多年来我一直都在找一个人。听说近日很多浪人都会赶往奈良，不知是真是假，我想过去看看。"

四

宇治桥出现在眼前。

通元茶馆的屋檐下，一位器宇不凡的老者准备好茶炉，为在此休息的路人奉上清雅茗品。

一看到庄田走过来，卖茶老者就像看到熟人一样，上前打招呼。

"哟！小柳生家的武士大人，请进来休息一下吧！"

"那我们就休息一下吧——给这个小鬼拿些点心来！"

城太郎是无论如何也坐不住的，一拿到点心，他就跑到屋后的小土坡上玩了起来。

阿通一边品着茶，一边问道："这儿离奈良还很远吧？"

"还很远哟！走得快的人，能在天黑之前赶到木津，要是女子就得在多贺或井手住一晚上。"

听到这儿，庄田便接过老者的话。

"这位姑娘多年以来一直在找一个人，因此要到奈良去。最近奈良一带很不安全，一个姑娘只身前往，真让人不放心哪！"

老者一听，立刻瞪大了双眼。

"使不得啊！"

他连忙摆手阻止。

"最好不要去。如果你要找的人的确在奈良，还可以考虑。否则，最好不要到那种鱼龙混杂的地方去。"

老人苦口婆心地举了好多例子，来说明那里有多危险，想打消阿通的念头。

"一提到奈良，人们会立刻联想到古色古香的禅院、精灵活波的小鹿。很多人都以为，仅有这处古都是躲避战乱和饥荒的乐土，但事实却并非如此。"说到这里，茶馆老者也饮了一杯茶。

"这话还要从关原大战说起，当时很多战败的浪人都藏身在奈良至高野山的地区，他们都隶属于西军大阪方面。西军战败后，这些人失去了经济来源，也找不到其他工作。同时，关东德川幕府的势力却日益强大，这些浪人再也没有机会卷土重来，只得仓皇度日。"

"很多人都说，关原战役结束后的这五年时间里，那些四散奔逃的浪人已经有十二三万之多。"

"此次战役后，德川幕府所没收的领土足有六百六十万石。之后，有些诸侯被赦免了，也有些诸侯被允许重振门庭，但其余的八十多家诸侯全被歼灭了。他们拥有的三百八十万石领土也改名易主。而他们麾下的武士也四散奔逃，成了浪人，且数量还不少。假设每百石土地上有三名浪人，再加上这些诸侯的亲属和残党，保守估计其总数也要在十万人以上。"

"尤其是奈良和高野山一带，那里有很多寺院，朝廷很难靠武力介入其中，因此那里成为这些浪人绝佳的栖身之所。屈指算来，九度山有真田左卫门尉幸村、高野山有南部浪人北十左卫门、法隆寺附近有仙石宗也、兴福寺有塙团右卫门，其他的还有御宿万兵卫、小西浪人等等。总之，这些豪杰并不甘心苟且偷生，他们就像久旱盼甘霖一样，期待着天下再度大乱。"

"这些稍有名气的浪人，虽然过着隐居的生活，但好歹还有些权势，也有一定的生活能力。但是，一走进奈良的后街，随处可见一些游手好闲的武士，他们穷得连佩刀都当掉了。这些人自暴自弃、目无法纪，到处惹是生非，一心要扰乱德川治下的社会秩序，盼望大阪方面早日卷土重来。像姑娘这样美貌的女子，只身到那种地方去，无异于飞蛾扑火。"茶馆的老者一心要阻止阿通前往奈良。

五

照老者的说法，去奈良的确是件让人毛骨悚然的事。

阿通沉思不语。

如果奈良真能找到些蛛丝马迹，再怎么危险她也毫不畏惧。

可是目前为止，她没有武藏的任何消息——自从两人在姬路城下的花田桥畔分手以来，这些年她走遍了大江南北，一心要找到武藏。可是，这样的寻找是如此漫无目的。如今，赶去奈良也可能一无所获。

"你叫阿通吧？"

庄田看出阿通十分犹豫，便说道："怎么样？一开始我就说过，与其去奈良，不如跟我一起去小柳生家。"

接着，他说明了自己的身份。

"我叫庄田喜左卫门，是小柳生的家臣。我的主公已年近八旬，最近身体欠佳，整日郁郁寡欢。听说你以吹笛为生，我想笛乐或许能缓解主公的压抑心情。怎么样？你是否愿意跟我走？"

茶馆的老者也表示赞同，他和喜左卫门都希望阿通能前往小柳生家。

"姑娘，你应该跟他去。也许你还不知道，小柳生家的老主公就是柳生宗严大人，现在已经隐退，改名为石舟斋。现在的少主公但马守宗矩大人，从关原战场回来后，就被江户召去担任将军的老师，如今是声名大振。能受到如此名门望族的邀请，简直就是天上掉馅饼。你一定要答应啊！"

当阿通听说庄田是武学大家柳生家的家臣时，就知对方绝非等闲之辈，心里早已同意跟他走。

见阿通迟迟未表态，喜左卫门又追问了一句："还没想好吗？"

"不，这是求之不得的事。但是，我的笛子吹得并不好，怎么敢在大人面前卖弄！"

"如果你认为柳生家跟一般诸侯一样，你就想错了。尤其是主公现在已改名为石舟斋，他早已不问世事，只想安享晚年，跟一般的老人家没什么两样。他甚至不喜欢别人对他毕恭毕敬。"

阿通心想，与其去奈良漫无目的地寻找，不如先去柳生家，那里或许还有一线希望。柳生家是继吉冈拳法之后的第一武术大家，肯定有很多游学武者上门拜访。说不定，记录访客姓名的本子上就能看到他的名字——宫本武藏，这个让自己苦苦寻找的人。若果真如此，就太让人高兴了！

想到这儿，阿通豁然开朗，说道："那我就恭敬不如从命了！"

"真的？你愿意去真是太好了！"

喜左卫门大喜过望。

"但是，如果按我们现在的速度，天黑前肯定无法赶到小柳生家。阿通姑娘！你会骑马吗？"

"嗯。我会骑！"

然后，喜左卫门走出茶馆，向宇治桥的方向招了招手，在那儿歇脚的马夫立刻跑了过来。喜左卫门让阿通骑上马，自己步行。

这时，一直在后山玩耍的城太郎看到了他们，忙喊道：

"要走了吗？"

"哦！要出发喽！"

"等等我！"

他一边喊着，便追上了宇治桥，喜左卫门问他刚才在看什么热闹。他说，很多人聚集在山坡的林子里，不知在玩什么好玩的游戏。

马夫笑着说："小兄弟，那些浪人聚在那儿是在赌博呢——很多没饭吃的浪人还会硬拉路人去赌博，直到他们输得一丝不挂，才让他们走呢！"

六

马上坐着头戴斗笠的佳人，城太郎和庄田喜左卫门走在马的两侧，前面则走着表情一成不变的马夫。

一行人过了宇治桥，便来到木津河的河堤。彩色的云雀翱翔在河内平原上空，周围的风景如诗如画。

"这样啊……原来浪人在赌博啊！"

"光是赌博也就罢了——还有人放高利贷、拐带妇女，简直就是无法无天。"

"领主也坐视不管吗？"

"领主只能抓住那些势单力孤的浪人。如果河内、大和、纪州的浪人联合起来，声势就凌驾于领主之上了。"

"听说甲贺也有浪人。"

"很多筒井的浪人都逃到了那里。看来只有再次开战，才能让这些浪人永远消失。"

城太郎一直在听喜左卫门和马夫谈话，此时他突然开口道："你们一直说什么浪人、浪人的，浪人中也有好人吧？"

"当然有。"

"我师父也是浪人哟！"

"哈哈哈！原来你是在打抱不平啊！真会为师父着想啊——刚才你说要到宝藏院去，你师父在那里吗？"

"只要去那儿就能知道师父在哪里！"

"他的剑法是哪个流派？"

"不知道！"

"弟子竟然不知道师父的流派？"

马夫闻言，便说道："大人哪！现在可是剑术当道的时代，就连阿猫阿狗都开始练武了。我每天在路上至少能看到五个游学武者呢！"

"哦？是吗？"

"这也是浪人太多而造成的！"

"可能是吧！"

"如果剑术出众，各家诸侯会争相纳入门下，从而得到五百石，甚至一千石的俸禄。因此大家才会拼命练武。"

"哼！这是出人头地的捷径嘛！"

"你看！就连那个小毛头都腰插木剑，以为学点功夫就可以扬名立万了，这种想法真令人担忧啊！如果哪一天武士泛滥，别人肯定会说那些人就是出来混口饭吃。"

听到这儿，城太郎很生气。

"拉马的！你说什么？你敢再说一次吗？"

"我说了——你就像跳蚤扛牙签，光说不练！"

"哈哈哈！城太郎，别生气！别生气！要不然，你脖子上的重要物品又要弄丢了！"

"好吧！我不生气。"

"哦，对了！我们已经到了木津河的渡口了，该跟你说再见了——天快黑了，别在路上贪玩，要快些赶路哟！"

"阿通姐姐要去哪里呢？"

"我决定跟庄田先生一起赶往小柳生家——你自己多保重啊！"

"什么！就剩我一个人了！"

"没关系，如果有缘我们一定还会再见——在找到那个人之前，我和你一样，都是四海为家的人。

"你到底在找谁呀？他是什么样的人？"

阿通没有回答，只在马背上嫣然一笑，便与城太郎道别了。城太郎跑向岸边，跳上了渡船。在火红落日的映照下，渡船随即起航，不久就驶到了河心，此时城太郎回头张望，远远望见阿通和喜左卫的身影出现在木津河上游峡谷附近的笠置寺小路上。暮色渐渐升起，那伴随着灯笼微弱光亮的朦胧身影也渐渐远去。

水之卷

茶泡饭

一

尽管现在学武之人多如牛毛,但宝藏院的名声依然非常响亮。如果某个武学者仅把宝藏院当成普通的寺院,别人肯定会认为他不过是个外行而已。

来到奈良更是如此。在奈良,很多人不知道正仓院,但提到宝藏院,大家就会立刻说道:"啊!是不是在油坡的那家寺庙?"

宝藏院位于一大片杉树林的西方,那片树林十分茂密,就算兴福寺的天狗来了,也能在此栖息。这里有很多古迹,其中有让人联想起宁乐盛世的元林院旧址,还有光明皇后兴建的悲田院、施药院旧址,据说皇后当初修建这两处院所的目的是为了洗尽天下苍生的污浊之气。如今,这些地方已是杂草丛生,只有地上的石头还在向人们诉说着过往的繁华。

听说这里就是油坡,武藏环顾四周。

"奇怪!"

他虽然看到了几处寺院,却没看到像样的匾额,更没看到写着"宝藏院"的门牌。

冬去春来,万物复苏,此时的杉树林展现出一年中最浓郁的苍翠之色。透过树梢,可望见山峦叠翠的春日山,那柔和的山脊恰如少女窈窕的曲线。虽然此时已近黄昏,但是对面山坡上依然阳光明媚。

武藏四处寻找着类似寺庙的房屋。终于——

"啊!"

他停下了脚步。

——然而,仔细一看,门上写的却不是"宝藏院",而是字形相近的"奥藏院"。两者仅有第一个字不同。

他从山门向里面窥视,这里看起来像是日莲宗的寺院。之前,武藏从未听说过宝藏院属于日莲宗一派,看来眼前的寺庙肯定不是宝藏院。

他站在山门前,一脸茫然。这时,刚好有个奥藏院的小和尚从外面回来,他不断打量武藏,似乎觉得他很可疑。

武藏摘下斗笠,开口道:"请问——"

"唔!什么事?"

"贵寺是叫做'奥藏院'吗?"

"没错!门上不是清楚地写着嘛!"

"我听说宝藏院也在油坡,请问在哪儿?"

"宝藏院刚好在本寺的后面。你要去那里比武吗?"

"是的!"

"要是那样,请不要去!"

"嗯?"

"身体发肤,受之父母。如果残疾之人来此治病,还说得过去。你又何必特地跑到这儿,变成残疾人呢?"

从外表可以看出,这位和尚并不是普通的日莲宗僧人,他并未把武藏放在眼里。"虽说武学大行其道并非坏事,但最近大批浪人蜂拥赶奔宝藏院,实在让他们不堪其扰。观其字意,宝藏院本应是佛教净土,并非卖弄枪术之地。即便他们以枪法谋生,也不应使佛教的本职工作受到影响。宝藏院的前任住持为觉禅房胤荣,他与小柳生的城主柳生宗严相交甚厚,同时还与宗严的好友上泉伊势守等大臣关系密切。所以,他在不知不觉中对武术萌生了兴趣,并将其作为业余爱好开始学习。后来,他还对枪法进行了研究,不知何人将他自创的枪法称为'宝藏院枪法'。现在,这位酷爱武学的前任住持已经八十四岁高龄,可谓老态龙钟。他从不接见任何人,即便见了面,那早已没有牙齿的嘴巴只能轻微蠕动两下,根本说不出话,就更不用说研究枪法了,他早已忘得一干二净。"

"所以,我才说你去了也是白去!"

小和尚好像存心要赶走武藏,说起话来也越来越不客气。

二

"这些事,我也略有耳闻。"

武藏知道对方在故意戏弄自己。他接着又说道:"可是,听说权律师胤舜继承了宝藏院枪法的精髓,并成为了第二任住持。现在,他依然潜心研究枪术,门下弟子众多,每个来拜师学艺的人,他都会不吝赐教。"

"哦!那个胤舜大师还是敝寺住持的弟子哟!首任住持觉禅房胤荣大师年迈之后,不忍天下驰名的宝藏院枪法后继无人,便将枪法传授给敝寺的住持,后来住持又传给了胤舜,并帮他成为了宝藏院的第二任住持。"

这些话听起来有些强词夺理,总之,这位日莲宗僧人就是要暗示武藏,现在宝藏院的第二任住持为奥藏院住持所推举。并且,日莲寺奥藏院住持的枪法,也要比宝藏院的胤舜更加系统、正宗。

"原来如此!"

武藏点头表示赞同,这使奥藏院和尚感到十分满意。

"不过,你还是想去那儿看看吧?"

"这是我此行的目的。"

"说的也是!"

"您刚才说宝藏院在贵寺的背面,那我沿着山门外的这条路是向右走,还是向左走?"

"不不！如果你真要去，可以从本寺的后院穿过去，这样就近多了。"

武藏道过谢后，按和尚教的路线从厨房旁边穿过前院，走进后院。后院有劈柴棚和储存豆酱的仓库，还有一片五十亩大小的旱田。看来，这个寺院的粮食储备相当充足，不亚于乡下的富庶人家。

"是不是那儿呀？"

在旱田的另一头，又出现一座寺院。武藏登上田埂，脚下的泥土十分肥沃、柔软，他从种满青菜、萝卜、大葱的旱田里穿了过去。

菜田里，一个老僧手持锄头在耕种，他的背有些驼，好像扛了个木鱼似的。他默默地低头锄着地，武藏只能看到两道雪白的眉毛在额角处飘散开来。他每次落下锄头时，都会发出"铿唧"一声，那是金属与石块碰撞的声音，这声音打破了周围的沉寂。

"这个老和尚也是日莲寺的僧人吧！"

武藏本想上前打招呼，但看到老和尚专心致志干活的样子，很怕打扰他，只好轻轻从旁边走过。咦？这是怎么回事？老和尚虽然低着头，但武藏突然感到一道犀利的目光向自己这边投射过来——虽然，对方没有抬头也没有说话，却有一种难以言表的慑人之势，那气势可谓石破惊天、雷霆万钧，非常人所及，武藏不禁被这股气势深深震撼了。

他倒吸一口冷气，在走出十二米远的地方又重新回过头来。武藏感到血脉喷张，似乎好容易才从凌厉的枪法下逃过一劫。然而，那老和尚依然弯腰耕种着，他背对着武藏，金属与石块相碰发出的"铿唧！铿唧！"声，依旧保持着原有的节奏。

"究竟是何方神圣？"

武藏心中纳罕，不一会儿，便来到了宝藏院的大门前。他等着门上人来招呼，心里还在思索刚才发生的事情。

"刚才，那个小和尚明明说宝藏院的第二任住持胤舜正值壮年，而第一任住持胤荣已年近耄耋，老得连枪法都记不得了。可是……"

那位老僧的身影，始终在武藏脑中挥之不去。武藏再次大声叫门，想甩开这难以摆脱的思绪。但是，周围依旧一片死寂，只有风吹树叶发出的沙沙声，在回应着武藏。僻静、幽远的宝藏院内，始终没人答话。

三

武藏仔细一看才发现，原来大门旁立着一面大铜锣。

"啊哈！原来要敲这个！"

武藏一敲响铜锣，里面马上传来了回音。

出来开门的是一个身材高大的和尚，长得十分魁梧，简直就像睿山僧兵的首领。他每天都要接待像武藏这样的访客，早已见怪不怪。所以，他只瞥了武藏一眼。

"你是练武的?"

"是!"

"来此地作甚?"

"来贵寺求教!"

"请进!"

说着,他往右边一指。

原来他是让武藏先去洗脚。右手边有一个水管,下面接着一个水盆,周围散放着十几双扁塌塌的草鞋。

洗完脚后,武藏跟着和尚走进一条漆黑的走廊,然后又走进一个窗口能望见芭蕉叶的房间等候。除了这个负责接待的和尚略显凶恶外,宝藏院各处与普通寺院并无二致,空气中还弥漫着淡淡佛香。

这时,刚才的和尚也走进屋里。

"请在这里写上你游学的地点、武功流派和姓名。"

那语气像是在跟小孩说话一样,同时,他递上了一本册子和笔墨。

武藏接过册子,只见封皮上写着:

登门求教者之名册
宝藏院执事

打开一看,里面密密麻麻地记载着众多游学武者的姓名和到访日期。武藏也按照他们的格式,写好了自己的内容,但"流派"一栏却空着。

"你的武艺是跟谁学的?"

"我是无师自通——说到师父,年幼之时,家父曾教过我棍法,但我没能学成。后来,我立志学武,世间万物、天下前辈,皆为我师!"

"嗯……我知道了。本寺枪法属于宝藏院派,自先师创出以来,该枪法就名满天下。此套枪法招数凶猛,极具杀伤力,一旦中招非死即伤。所以,你最好先看一下名册开头处的警示文字,再做决定。"

武藏刚才并没注意到,经他一提醒,才又重新拿起名册看起来。原来,这儿的确有一段类似誓约书的文字。上面写着:

来本寺求教之人,如果在切磋武艺时受伤致残,或伤重死亡,均与本寺无关。

"我明白了。"

武藏微笑着将名册放回原处。既然踏上了游学习武这条路,这种事他早已司空见惯。

"那么，这边请！"

和尚领着武藏向里面走去。

两人来到一个宽敞的武馆，这里由一个大型讲经堂改建而成。武馆内的圆柱十分粗大，跟寺庙的氛围很不相称。栏杆上很多雕刻的金箔已经脱落，那雕刻上残留的白色胡粉颜料，也不同于其他武馆。

武藏以为只有自己一个人，没想到客座上还坐着十多名游学武者。另外，周围还有十多个身着僧衣的宝藏院弟子，以及众多前来参观的武士。现在，武馆的正中，两个人正在比试枪法。大家屏气凝神地看着——根本没人注意到武藏悄悄坐在了角落里。

虽然武馆的墙上写着"有意者可持真枪比试"，但目前对打的两个人，手上拿的不过是一根硬木棒。尽管如此，木棒打到身上也会很痛。没过一会儿，那两人便分出了高下，其中一方的腿被打伤了，他一瘸一拐地回到了座位上。在场的人仔细一看才发现，他的大腿肿得像个木桶，根本无法坐下身，只得以手肘撑着地，才勉强把一条腿伸直，其状苦不堪言。

"那么，下一位是谁？"

获胜一方是宝藏院的僧人，他身穿僧衣，袖子系在背后，四肢及额头上露出结实的肌肉，手中那杆枪长约过丈。他呼叫着下一个挑战者，语气十分傲慢。

四

"哪一位上来？"

话音刚落，有个人站起身来，看样子也是今天才到宝藏院的游学武者。他用皮制的束袖带将袖子系好，准备上场。

武场中的和尚岿然不动，那武者从墙边的兵器架上挑选出一把短刀，正要过去跟和尚行礼时，那和尚突然大吼一声，抡起戳在地上的长枪，就朝对方头顶猛击过去，那吼声简直像野狗在狂吠。

"下一个！"

他只用了一招就将来人击倒，随即从容地撤回长枪，恢复了原来的站姿。被打倒的男子没有发出任何声音，虽然没被打死，却也无力抬起头。此时，两三个身着僧衣的弟子走过来，抓住他和服的后襟，把他拖回了座位。地板上留下了一道长长的血痕。

"下一个呢？"

如此一来，那和尚显得更加傲慢。武藏本以为他就是宝藏院的第二任住持胤舜，在询问之下才得知，这和尚名叫阿岩，为宝藏院众高徒之一。平日的比试，均由被称作"宝藏院七僧"的七个弟子出面，胤舜从不亲自登场。

"没人上场了？"

和尚把枪横放在身边。刚才接待武藏的和尚，手持名册，一一对照。

"这一位呢?"

他望向其中一个人。

"不不……我还没准备好!"

"旁边那位呢?"

"今天状态不太好。"

看得出,大家都很畏惧那个和尚。问过几个之后,终于轮到了武藏。

"你怎么样?"

武藏低下头,说了一句"请!"

"'请'是什么意思?"

"请多指教!"

说着,武藏站起身,众人的眼光一下落到他身上。此时,桀骜不驯的和尚阿岩已经走下比武场,正和其他和尚说笑着。听到有人出来挑战,他回头看了一眼,表情显得非常不耐烦。

"谁替我出场?"

他一脸不屑。

"哎呀!就剩这一个了嘛!"

听到大家这么说,他只好心不甘情不愿地走了过来,再次拿起那把长枪。这把枪已跟随他多年,使用起来十分得心应手,枪杆和枪尖都散发着乌黑油亮的光芒。他手握长枪,背对着武藏,运着气,时不时发出如怪兽般"呀!呀!呀!"的叫声。突然,他提枪冲向武馆的另一头,朝那儿的木板猛力刺去。

那儿应该是僧人们平日练枪的地方,有一块近两米厚的四方木板。那和尚拿的虽不是真枪,只是普通的木棒,但锋利的枪尖竟然扑哧一声把木板刺穿了。

——哦吼!

阿岩发出一声怪叫,他拔出长枪,一步一跳地向武藏走来,那姿态夸张至极,好像要跳舞似的。他浑身的肌肉结实异常,远远地注视着手提木剑、表情有些呆滞的武藏。

"开始吧!"

凭借刚才一枪刺穿木板的气势,阿岩准备出击。突然,窗外传来一阵笑声。

"笨蛋!阿岩和尚真是个大蠢货!你仔细看看,对手可不是木板哟!"

五

阿岩手持长枪,转头怒斥"——是谁?"

窗边仍然笑声不绝。原来有个白眉老人站在那儿,他的光头油光锃亮,简直就像一盏灯。

"阿岩,不要再比了,你输定了!还是等后天胤舜回来吧!"

老和尚竟然要阻止阿岩比武。

"啊？"

武藏想起来了，这个老人正是刚才在宝藏院后院的旱田里见到的那个耕地老僧。

念头刚一闪过，那老和尚就从窗边消失了。经老僧提醒，阿岩握枪的手稍微松开了一些，可他的视线一跟武藏相碰，就立刻把刚才的话忘得一干二净。

"胡说什么！"

他冲着空荡荡的窗边大声呵斥着，再次握紧了长枪。

出于谨慎，武藏问道："你准备好了吗？"

如此一来，阿岩更加怒火中烧。他左手紧握长枪，在地上来回踱着步。虽然，他全身结实的肌肉犹如铁块般厚重，但步履却十分轻盈，双脚落地之时，就像踩在水面上，没有任何声响，给人一种漂浮感。

阿岩和尚看着武藏，而武藏却稳稳地站在原地。

他除了两手紧握木剑之外，没有摆什么特别的架势。倒是那将近六尺的身高，让武藏显得有些迟钝。而且，他身上的肌肉也没有阿岩那样结实。只有一双如猎鹰般犀利的眼睛，紧盯着对方。武藏的眼珠并不是黑色，而是透明的琥珀色，似乎是血灌瞳仁形成的颜色。

阿岩突然猛甩一下头。

是因为汗水顺着额头流下，他想把汗甩掉吗？还是刚才老僧的话对他起了作用，他想把那些话从脑中驱走吗？总之，他的确显得非常急躁，两眼紧盯着武藏不放，频频更换着自己的站位，不断想引诱纹丝不动的武藏率先出击。

——突然，他出招了，随即便惨叫一声，跌倒在地。而武藏在高举木剑的一瞬间，也向后一跃。

"怎么了？"

同门师兄弟立刻围了过去，阿岩周围黑压压一片。还有人踩到了阿岩丢在地上的长枪，也有人被它绊倒在地，众僧人真是狼狈不堪。

"药！药！快拿汤药来——"

有人站起身大叫，手上、胸口都沾满了血迹。

刚才在窗口出现的老僧，这会儿也从大门走进来，但眼前的情景已不可收拾，他只好苦着脸站在一旁。看到有人急急忙忙跑去拿药，他上前阻止了那人。

"拿药有什么用？药能救得了他吗——笨蛋！"

六

见没人阻拦，武藏觉得无趣，便走到大门，穿上了草鞋。

此时，那驼背老僧追了出来。

"阁下留步！"

他在背后喊道。

武藏随即转过身。

"您是在叫我吗?"

老僧答道:"我想跟你聊一会儿,请回屋来!"

于是,老僧领着武藏穿过武馆,往里面走去。二人来到了一间方方正正的小屋,这间小屋只有门,没有窗,像个储藏室。

老僧坐下身,说道:"本应由本寺的方丈来接待您,可是他昨天去了摄津的御影,要两三天后才能回来,所以只能由我来接待您。"

武藏急忙还礼道:"您太客气了!"

接着说道:"今天我受益良多。但是,对于贵寺的阿岩师父,我感到很遗憾,非常抱歉!"

"不要这样说!"

老僧打断武藏的话,接着说道:"比武就有输赢,他在上场前,就应该有这个思想准备。所以,请不用太自责。"

"那么,他的伤势如何?"

"当场死亡。"

老僧说出这句话时,武藏突然感到一丝寒意迎面袭来。

"他死了?"

今天,又有一个生命在自己的木剑下终止。每当这种时候,武藏都会闭上双眼,默默地诵经祷告。

"阁下!"

"是。"

"您是叫宫本武藏吗?"

"正是。"

"你的剑法师从哪门?"

"我没有师父。年幼时曾跟家父无二斋学过棍术。之后,就开始四处游学,各地高手前辈、名山大川皆为我师。"

"您的确非常用心——不过,你的身体太强悍,太过强悍了!"

武藏以为对方是在夸奖自己,便红着脸说道:"哪里哪里。我的剑术并不精湛,还十分粗浅。"

"不!正因为如此你才必须要收敛强悍之气,你的气势必须要减弱下来。"

"啊?"

"刚才我在菜园锄地的时候,你从我身边经过,对吧?"

"是的。"

"当时,你是从距离我九尺远的地方快步走过去的,对吗?"

"嗯。"

"为什么你故意离我那么远，还显得很慌张？"

"因为，我总感觉您手上的锄头会突然向我脚下横扫过来。而且，您当时虽然在低头劳作，却把我的一举一动看得清清楚楚，还能随时找出我的破绽。"

"哈哈哈！我的感觉和你完全一样哟！"老僧笑着回答。

"当你走到离我二十米远的地方时，我的锄头就已感觉到你所谓的杀气了——你的每一步都充满斗志和霸气。当时，我的神经也绷紧了。如果走过我身边的是一个普通农民，那我就是一个耕田锄地的老头。所谓的杀气，其实是你自身强悍之气的反射。哈哈哈！你被自己的杀气吓到了，才会离我那么远。"

七

这个驼背老僧果然不是泛泛之辈，武藏知道自己没猜错。看来，在两人交谈之前，自己就先输给这个老和尚了。一想到这儿，武藏由衷地钦佩对方。

"非常感谢您的教诲。我想请教一下，您在宝藏院的法号如何称呼？"

"我不是宝藏院的人。我是后面奥藏院的住持，法号日观。"

"哦！你是奥藏院的住持？"

"我跟宝藏院的前任住持胤荣是故交。胤荣练长枪，我也跟着一起练。以前我对枪法略有研究，现在早已不闻不问了。"

"如此说来，宝藏院的第二任住持胤舜是跟您学的枪法？"

"可以这么说。按理说，佛门净地不应舞枪弄棒。但世人对宝藏院的认识，不同于其他寺院。很多人都说宝藏院的枪法如果失传，就太可惜了。所以，我便将枪法传授给胤舜一人。"

"在胤舜大师回来之前，能让我在这儿等他吗？只需给我个落脚的地方就行！"

"你想跟他比试吗？"

"好不容易来到宝藏院，很想一睹当家大师的枪法。"

"最好不要！"

日观摇头阻止。

"没有必要！"

他又重复了一遍，像是在告诫武藏。

"为什么？"

"关于宝藏院的枪术，今天你已从阿岩那儿看出一些端倪了，还有必要再看吗——如果你想进一步了解，那就看我吧！看着我的眼睛！"

日观端起肩膀，把脸靠上前去，跟武藏四目相对。突然，他那凹陷的眼眶中射出一道灵光，武藏回视过去，只见老和尚眼中的灵光不断变换着颜色，一会儿变成琥珀色，一会儿又变成深蓝色。最后，武藏感到眼睛疼痛不已，只好率先把目光移开。

日观大笑不止。这时，有个和尚进来问话。日观点头说道："送到这儿来。"

不一会儿，有人端进来一个高脚饭桌，上面摆满了饭菜。日观给武藏盛了满满一碗饭。

"一碗茶泡饭，略表敬意。对任何一位上门拜访的游学武者，我们都会奉上这些。这是本寺的规矩。那是宝藏院自制的腌黄瓜，腌制时放入了紫苏和辣椒，十分美味，请品尝。"

"那我就不客气了！"

武藏刚一拿起筷子，就又感觉到了日观那犀利的目光。这是对方发出的杀气，还是自己身上的杀气让对方有所警觉？武藏能感觉到，两人的气场在发生着微妙的变化，可谓暗流涌动、蓄势待发。但是，他并不清楚其中原因所在。

他心不在焉地咬着黄瓜，总担心对方像泽庵那样，突然给自己一拳，或是冷不防刺过来一枪。

"怎么样？要不要再来一碗？"

"我吃得很饱了。"

"宝藏院的咸菜味道如何？"

"非常好吃。"

武藏嘴上虽然这么说，但他刚走出宝藏院，就已完全忘了腌黄瓜的味道，只剩下一丝辣椒的味道还留在齿边。

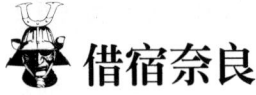 **借宿奈良**

一

"输了！我输了！"

武藏自言自语着，穿过幽暗的杉树林，踏上了归途。有时，能看到一些跃动的影子快速穿过树林，原来是被他吓跑的鹿群。

"就比武而言，我虽然赢了——却抱着沮丧的心情离开了宝藏院——这种表面的胜利恰恰证明了我的失败！"他心有不甘，边走边骂自己鲁莽、不成熟。

"啊！"

武藏突然想起什么事，马上往回走，宝藏院的灯火依旧隐隐可见。他快步跑回那扇大门前。

"我是刚才那个叫宫本的人!"

"哦?"看门和尚探出头来。

"什么事?忘了东西吗?"

"明后天,可能会有人来此打听我的行踪。如果您见到这个人,请转告他我住在猿泽池一带,让他到附近的客栈打听一下。"

"哦!这样啊!"

武藏感觉对方答得心不在焉,便又补充一句:"来找我的人叫城太郎,是个小孩。请您一定代为转告!"

说完,他便大踏步地往回走。

"看来,我确实是输了——光是忘记给城太郎带话的事,就足以证明我彻底败给了那位名叫日观的老僧。"他边走边嘀咕。

怎样才能成为天下第一剑客呢?为实现这个目标,武藏寝食难安、几近疯魔。

明明从宝藏院大胜而回,为何会有这种苦涩、自责的感觉?

他心情沉重、快快不乐,揣测着其中的缘由,不知不觉已走到猿泽池畔。

在猿泽池一带,很多天正年间新建的民居散乱地分布在狭井河的下游。近几年,德川家的小吏大久保长安 在此修造了奈良奉行衙门(日本武士执政时代的官署名)。另外,久负盛名的"宗因馒头店"也在池边开了一家分号,据说店主是日籍华人林和靖的后裔。

望着眼前的点点灯火,武藏停下了脚步。在哪家客栈投宿好呢?他有些举棋不定。这里虽然有很多客栈,但自己的盘缠有限,如果住的地方过于偏僻、寒酸,又担心城太郎找不到自己。

尽管武藏在宝藏院刚吃过茶泡饭,但走到宗因馒头店时,他又觉得有些饿。

于是,他走进店里,要了一盆馒头。馒头上印着"林"的字样。这儿的馒头的确味美醇香,武藏吃得津津有味,不像在宝藏院吃腌黄瓜时那样食不知味。

"客官,您今晚要住在哪里?"

侍女端来茶,顺便询问着。武藏便向她讲明自己犹豫不决的原因,她提出店主的一位亲戚正巧也经营旅馆,并且那儿的环境也不错,要武藏一定去那里住。没等武藏答应,她就急着跑向后院找店主,不一会儿,她领来一位眉如墨画的少妇。

二

这个旅馆位于一个小胡同里,由于店主不经营其他生意,所以环境十分清幽，并且距离馒头店也不远。

那少妇轻轻敲了敲门，听到里面有人应声后，才对武藏低声说："这是我姐姐家，所以不用额外打赏。"

有个小丫头出来开门，跟那少妇一阵耳语后，她终于把武藏带上二楼。少妇说道："那么，请您好好休息！"

说完，人就回去了。

这房间摆设十分豪华，当作客栈未免太过奢侈，武藏反而有些不安。

他已经吃饱了，只需再洗个澡，就能睡觉了。但是，看这户人家的情形应该是吃穿不愁的，为何要做旅馆生意呢？武藏暗自思忖，久久不能入睡。

他也问过那个小丫头，对方只是笑而不答。

第二天，武藏对她说："这几天会有人来找我，所以想在此多住几日。"

"请便！"

说完，小丫头就去楼下禀告此事。不一会儿，这家的女主人终于露面了。她年约三十，皮肤白皙，是个难得的美人。武藏道出了自己的疑惑，那美妇人笑着讲出了事情的原委。

她说自己是能乐（日本传统歌舞剧）家观世某人的遗孀。如今的奈良，那些来历不明的浪人招摇过市，风纪已败坏得无可救药。

为了取悦这些浪人，木街路口出现了很多低等的酒馆茶肆，还能看到很多烟花女穿梭其中。可是，这些无法无天的浪人仍不满足，他们唆使当地的年轻人，打着"看望寡妇"的旗号，每晚去骚扰那些没有男主人的妇人家。

关原一役之后，战火似乎暂时平息了，但年年的会战却使各地浪人数目激增。各诸侯国的城池下，每晚都有恶棍横行，抢劫、勒索之事也时有发生。有人说，这种败坏的风气产生于朝鲜战争之后，并将其归罪于太阁大人。总之，现在全国的风气是每况愈下。再加上关原大战后，无数落魄的浪人蜂拥而至，奈良城新任的官吏根本无法对其进行有效监管。

"哈哈！你们之所以挑我这样的游侠留宿，就是为了防范他们？"

"因为家里没有男丁嘛！"那美妇人笑着回答，武藏也不由得苦笑。

"你既然知道了原因，所以住多久都没关系。"

"我懂了。有我在，您尽可放心。不过，我有个朋友不久就会来找我，能否在门口贴个告示之类的东西？"

"没问题！"

于是，那寡妇在纸片上写好"宫本先生在此住宿"的字样，并贴到了门外。对她而言，这张纸就是驱邪符。

当日，城太郎并没有找上门。第二天，有三个练武的人突然找上门，说是要拜会宫本先生。他们一副不达目的决不罢休的样子，武藏只好出来见他们。原来,他们是到宝藏院见习比武的武者,武藏与阿岩和尚比武时,这三人正好在场。

"哎呀!"

他们一见到武藏,立刻表现得像多年老友似的,亲切地围着武藏坐了下来。

三

"哎呀呀!太让人惊讶了!"

刚一坐下,三个人就开始奉承武藏,极尽吹捧之能事。

"在所有到访宝藏院的人中,从没有一人能一招击倒号称'宝藏院七弟子'的高僧。尤其是那个目中无人的阿岩,他只哼了一声,就吐血死了,真是大快人心哪!"

"在我们的圈子里,您可是广受赞誉哟!当地的浪人也都在谈论您,大家都问'宫本武藏到底是何许人也?'并且宝藏院也因此事而声名扫地呢!"

"阁下真可谓天下无双啊!"

"前途更是不可限量啊!"

"我说这话可能有些失礼,像你这样具备如此实力的人,仅仅当个浪人未免屈才了!"

茶来了,这些人端起来就喝;点心来了,他们拿起就吃,毫不客气。弄得膝盖上到处都是点心渣。

这几个人口沫横飞,竭尽所能地颂扬武藏,有些话简直夸张得可笑。

武藏被弄得哭笑不得,只能等他们说完之后,才开口询问对方的姓名。

"各位是……"

"哦,真是失礼!那位是蒲生大人的家臣,叫山添团八。"

"这位叫大友伴立,专攻卜传派武功,胸怀大志,坚信时势造英雄。"

"而我呢,叫作野洲川安兵卫,父亲曾跟随织田信长大人,他是浪人,所以我也是子承父业。哈哈哈!"

这回总算知道对方的姓名了。武藏心想,必须问清他们为何不惜时间特意登门拜访,否则这几人会一直喋喋不休地说下去。于是,他趁机问道:

"你们到此有何贵干?"

"对了!对了!"

这一问,他们似乎才想起此行的目的。于是,三人立刻靠上前,说此次前来是有事要与武藏商量。

原来,他们在奈良的春日下,经营着一些流行的行当。说到流行,很多人会想到能剧,或是一些娱乐大众的表演。实际上,他们从事的就是比武赌博,美其名曰为帮助民众更好地了解武学。

他们目前的店面很小,但一直很受欢迎。不过,三人感到人手有些不够,万一哪天来个高手,一下子就会赢走他们所有的钱。因此,他们来邀请武藏入伙。如果武藏同意,所有挣到的钱大家平分,而且包吃包住,保证让武藏大赚一笔,存下足够的盘缠钱。

对方滔滔不绝,武藏虽然一直微笑着听完,但最后还是露出了不耐烦的神情。"不!这种事就不必谈了!请回吧!"

武藏断然拒绝,三人感到非常意外。

"为什么?"

他们异口同声地问道。

武藏早已忍无可忍,他表现出年轻人特有的固执,昂首答道:"在下从不赌博。还有,我用筷子吃饭,从不用剑!"

"什么?你说什么?"

"听不懂吗?我宫本即使饿死,也要当个有骨气的剑侠。混蛋!快滚吧!"

四

"哼!哼!"其中一人嘴角现出一抹冷笑,另一人则气得面红耳赤,他们临走时丢下一句:"你给我记着!"

他们心里很清楚,即使三人联手也不是武藏的对手。于是,这些人只能苦着脸,强压心中的怒火走了出去。那故意弄出的沉重的脚步声,像是在威胁武藏——"我们绝不会一走了之"。终于,那阵杂乱的脚步声消失在门外。

这几个晚上,空气都很湿润。由于武藏留宿此地,免去了年轻屋主的后顾之忧,所以她这两天都招待武藏在楼下用饭。今晚吃过饭后,武藏便回到了二楼。由于晚饭时喝了些酒,他心情显得很好,进屋后也没点灯,就直接横躺在地上,随意伸展着四肢。

"真遗憾!"

此刻,他脑中又回响起奥藏院日观老僧的话。

那些败在自己剑下或是被自己打得半死不活的人,就像一个个泡影从武藏脑中消失,只有那些强于自己或是给自己带来压力的人才使他难以忘怀。这些人就如冤魂般无处不在,迫使武藏必须要战胜他们。

"真遗憾!"

他躺在地上,一把揪住自己的头发。要怎样才能胜过日观和尚呢?面对他那诡异的眼神,如何才能做到视而不见呢?

这两天,他一直无法忘怀此事,因此显得闷闷不乐。"真遗憾!"那句感叹,不像在同情别人,倒像是在可怜自己。

有时,武藏不得不对自己的能力产生怀疑。

"是不是我真的难成大器？"

自从遇见日观后，他开始怀疑自己的武功能否达到那种高妙的境界。因为自己的剑法师出无门，所以他并不十分清楚自己究竟处于什么水平。

尤其是日观说过"太过强悍！要减弱气势"的话。对此，武藏仍无法理解。身为学武之人，"强悍"正是绝对优势的体现啊！为什么反而成了弱点？

另外，那驼背老僧到底要阐明什么道理，也不得而知。说不定他看武藏年轻，故意把歪理说得跟真理似的，再在背后嘲笑他一头雾水的傻样。

"真不知道读那么多书是好事还是坏事！"

最近，武藏经常思考这个问题。自从在姬路城的小屋里苦读了三年之后，他早已脱胎换骨，并养成了遇事思考的习惯，只有经过头脑认真思考才能下结论。不只对剑术，他对社会、人群的认识都发生了根本性的变化。

正因为如此，他身上的刚猛之气要比年少时收敛了很多。但是，那个日观竟然说自己还是太过强悍。武藏知道他指的不是力量强弱而是自己天生的那份野性与霸气。

"对学武之人而言，读书似乎显得多此一举。有些武者就因为读过一些书，而对别人的内心变化极为敏感，以致不敢轻易出招。要是自己当时闭目面对日观，猛出一拳，他也许就如泥像般碎成一堆了！"

这时，楼下传来了脚步声，好像有人走上楼来。

五

武藏看到了楼下的小丫头，她身后跟着的竟是城太郎。本来就已黝黑的小脸，在多日的旅途劳顿下，显得脏兮兮的，那河童般的头发也沾满了尘土，变成灰白色。

"噢！你来了！很会找嘛！"

武藏伸开双臂欢迎他，城太郎却一屁股坐到地上，摊开两只脏兮兮的脚丫。

"哎！我快累死了！"

"找了很久吧？"

"当然了！真让我一顿好找！"

"去宝藏院问过吗？"

"去了，可那儿的和尚说不知道。大叔，你是不是忘记留话了？"

"没有忘啊！我还特地拜托他们了啊！好了好了！先不说这些，真是辛苦你了！"

"这是吉冈武馆的回信。"

说着，城太郎从脖子上取下竹筒，拿出回信交给武藏。

"另外，我没见到本位田又八。不过，我已交代他的家人把大叔的话转告给他。"

"辛苦辛苦！快去洗个澡吧，然后到楼下吃饭！"

"这儿是旅馆？"

"嗯，和旅馆差不多。"

城太郎下楼后，武藏打开了吉冈清十郎的回信。内容如下：

> 我很希望再与阁下切磋武艺。如果时至冬季，您仍未到访，就证明您的确胆小如鼠、无脸见人。如此一来，阁下的卑鄙行径就会成为天下人的笑柄。望君三思！

这封信很可能是别人代的笔，文辞拙劣，语气也十分傲慢。武藏看过信后，就把它放在烛火上烧掉了。

那灰烬就像只黑色的蝴蝶，轻轻飘落到软绵绵的榻榻米上，还微微颤动了几下。信上说的虽是比武，其实无异于生死决斗。这个冬天，不知道谁会变成灰烬。

学武之人的生命可谓朝不保夕，这一点武藏早已有思想准备。但是，如果自己的生命真的只能延续到今年冬天，那么他也无法淡然处之。

"我还想做很多事！不但要学习武艺，还要完成人生中的许多大事。"

他要像卜传或是上泉伊势守那样威风，带着众多手下，手持苍鹰、驾乘宝马，巡游天下。

另外，他还要娶一个门当户对的妻子，生养几个孩子。他想当一个好丈夫，以弥补年少时缺失的家庭温暖。

不对！

在人生步入固定的模式之前，他还想多接触一些女性。这几年来，他日日都以武功为念，并未想过其他事，所以至今仍是童子之身。但是，最近一段时间，他走在路上时突然发现京都、奈良的女子是如此美丽。

每当这时，他都会想起阿通。尽管他知道阿通只属于遥远的回忆，但又时常感到两人近在咫尺。武藏只是无意识地想起她，他并没有发觉，在这段孤独的漂泊日子里，正是她抚慰了自己孤寂的心灵。

不知何时，城太郎已回到屋里。他洗了澡，肚子也填饱了，还完成了自己的任务。这回他终于彻底放松下来，倦意顿时排山倒海般袭来。他盘着小腿，两只手放在膝盖中间，就这样舒舒服服地打起盹儿来，嘴角还挂着口水。

六

清晨——

城太郎起了个大早，他一骨碌就爬了起来。武藏也打算早点动身，离开奈良，他已告知了楼下的女主人，此时，师徒二人正在打点行装。

"哎！这么快就要走了？"

这个能乐师家的年轻寡妇，有些不舍，她还抱来了一摞衣服。

"可能有些冒昧了，这是我昨天缝制的便服和羽织，想送给您留个纪念。不知您是否中意，敬请笑纳！"

"这是送我的？"

武藏大瞪两眼。

虽是旅馆的留念赠品，也没理由送这么贵重的衣服啊！

武藏拒绝了，那妇人却说道："不！这并不是什么贵重东西。家里有一大堆戏装和男式便服，放着也没什么用。正巧您是一位正在游学的年轻武者，我想您穿上肯定很精神，就试着改了一下。这是特地按您的尺寸做的，如果您不接受，这衣服就成了废品。所以，请收下吧！"

说完，她没等武藏表态，就走到他身后，亲自帮武藏穿上衣服。

对武藏而言，这些衣服太过奢侈了，他不知道应不应该穿在身上。尤其是那件无袖羽织，像是外国进口的布料，样式十分考究，下摆处镶有金边，里层缝着双层羽毛，系带的做工也很讲究，使用的是紫红色的皮带。

"您穿上很合身嘛！"

那妇人看得入神，城太郎也啧啧称赞，随后他毫不客气地问道："婶婶，你送我什么呢？"

"呵呵！你还是孩子呀！小孩子穿成这样就行了！"

"我才不想要衣服呢！"

"那你想要什么？"

"能把这个送给我吗？"

说着，他便把挂在隔壁房间的面具取了下来。昨晚，他第一眼看到这个面具，就喜欢得不得了。

"这个！给我吧！"

说着，他就把面具戴在了脸上。

武藏没想到，这小鬼的眼光竟然如此独到。其实，他住在这儿的第一晚，就注意到了这个面具。虽然，他不知道面具的作者是谁，但看得出它并不是室町时期的作品，应该创作于镰仓时代之前。这个面具很像能剧中的道具，这张女鬼模样的脸，其雕刻工艺非常精湛。

若仅仅是这些，并不足以打动人心。关键是这个面具不同于普通的戏剧面具，它呈现出一种不可思议的神态。普通的女鬼面具，多用青蓝色绘制而成，有一种诡异的感觉。而这个面具却十分端庄美丽，白色的脸庞显得非常高贵，怎么看都是个美人，而绝非女鬼。

这个面具唯一呈现出女鬼特征的地方，就是那微微上翘的嘴角。月牙形的嘴唇在左脸处陡然上翘，嘴型的线条十分硬朗，雕功极为利落，不知出自哪个名家之手。整个面具有一种无法言表的凄美韵味。看得出，作者一定是照真人创作而成，否则那种狂妄的笑意不会如此栩栩如生。武藏也非常欣赏这个作品。

"哎呀！这可不行！"

看来，这面具对妇人非常重要。她伸手去夺，而城太郎却把面具戴在了头上。

"怎么不行呢！不管怎样，我要定这个了！"

他上蹿下跳、东躲西藏，说什么也不肯还给妇人。

七

小孩子一耍起赖，真是没完没了。武藏察觉到妇人的为难之情，便训斥城太郎道："喂！不可以这样！"

谁知，城太郎不但不听，还把面具藏进怀里。

"好嘛！婶婶，送给我吧！好吧？婶婶！"

说完，他就一溜烟地跑下楼去。

那年轻寡妇不断喊着："不行！不行！"

她知道是小孩胡闹，所以也没生气，只是笑着追了出去。武藏等了一会儿，见城太郎还不回来，便有些纳闷。此时，楼下传来咚咚的脚步声，武藏知道是城太郎。

武藏心想，等他上来后要好好训斥他一顿。于是，他对着楼梯正襟危坐，表情十分严肃。

突然，"哈！"的一声，女鬼面具一下子出现在武藏眼前

武藏吓了一跳，浑身肌肉都紧绷起来，膝盖也微微颤抖了几下。他不知道，自己为何会如此惊恐。过了一会儿，当他定下心神仔细观察手中的面具之后，终于恍然大悟。原来，是那位雕刻大师在面具中注入的灵魂，震撼了自己。那从白皙下颌延伸至左耳部的月牙形嘴唇，散发着一股魅惑的气息。

"大叔！我们出发吧！"

城太郎站在对面说道。

武藏并没起身。

"你还没把面具还给人家呢！不能想要什么就拿什么！"

"可是，婶婶已经答应给我了。"

"她不可能答应。快送到楼下去！"

"才不呢！刚才我要还给她，可婶婶说看我那么喜欢，就送给我了，只要我能好好爱护这个面具。我跟她下了保证，她就真的送给我了。"

"真拿你没办法！"

怎么能平白无故地接受如此贵重的面具和衣服呢？武藏始终无法释怀。

他觉得也应该送对方一些礼物，以表谢意。可是，送钱的话，这家似乎并不缺少；要送其他东西，自己又没随身准备。想了半天，只有亲自下楼，为城太郎的无理取闹向对方道歉，并将面具物归原主。

可是，那妇人却说："不用还了！仔细想想，如果那面具没有了，说不定我反而会感到轻松。再加上，他真的很喜欢，您就不要责怪他了。"

听她一说，武藏确信，那面具的确隐藏着一段不寻常的历史。因此，武藏更加坚持要还给她。此时，城太郎满脸尽是得意之色，他穿好草鞋，早就等在门外了。

比起那面具，年轻妇人似乎对武藏更加依依不舍。她再三叮嘱，下次来奈良时，一定要再来住宿。

"告辞了！"

武藏十分感激对方的好意，道别后便俯下身绑鞋带。

此时，那个宗因馒头店的女老板突然跑进门，她一边喘着粗气，一边说："太好了！客官，您还没走啊！"接着，她对武藏和年轻寡妇也就是她姐姐，说道："不好了！客官，现在您可不能走啊！出大事了！总之，我们到楼上再说。"

不知出了什么大事，她一个劲儿地打颤，似乎危险就在身后。

八

武藏从容不迫地把两只脚的鞋带系好，然后才抬头问道："出了什么大事？"

"宝藏院的和尚得知您今早要动身，他们出动了十几名僧人，手持长枪，往般若坡方向去了。"

"哦！"

"我看到宝藏院的第二任住持也在其中，镇上的人都很惊讶。我那当家的想，一定是出了什么事，便拉住一位长相和善的和尚询问。他说，四五日前，你家亲戚接待的那个叫宫本的人，今天好像要离开奈良，我们要去截杀他。"

馒头店老板娘的一对黛眉不住颤抖，她惊恐万状地告诉武藏，今早离开奈良无异于自投罗网。最好先躲到二楼，等到夜里再设法逃出去。

"哈哈哈！"

武藏听后，不禁大笑。他坐在门槛上，既不准备出门，也不准备回楼上。

"他们是说要在般若坡等在下吗？"

"地点不太确定，反正他们是朝那个方向去的。我那当家的得知后，吓了一大跳，又跑去街上打听。听说，这次不只宝藏院的和尚出动了，各处的街口也挤满了奈良的浪人，他们叫嚷着要抓住叫宫本的男子，然后交给宝藏院处置。

"您是不是说了宝藏院的坏话呀？"

"我不记得有这事。"

"可是，宝藏院的和尚说，您派人在奈良各路口四处张贴打油诗，讽刺宝藏院。因此，他们非常生气。"

"没这回事，他们搞错了吧！"

"所以我说，为这点小事而丧命，太不值得了！"

武藏忘了回话，只是抬起头仰望天空。他想起来了，前两天有三个在春日下开设赌场的浪人登门造访，还邀他入伙。这件事他几乎忘得一干二净。

他记得，其中一人叫山添团八，另外两人好像叫作野洲川安兵卫、大友伴立。

当时，他们被武藏斥责后，一脸忿然地离开，事后肯定会伺机报复。

也许，正是这三人假冒自己到处说宝藏院的坏话，还四处张贴打油诗。武藏可以确定，此事肯定与他们有关。

"走吧！"

武藏站起身，把包袱系在胸前，拿起斗笠，向馒头店老板娘和观世家的妇人再三道谢后，迈步走出了大门。

"您无论如何都要走吗？"

那年轻寡妇眼中含泪，一直送到门外。

"要是我等到天黑，会给您惹来祸端的。谢谢您这几日的款待，给您添了不少麻烦！"

"我不会在意的！"

"不了！我们还是走吧！城太郎，你不过来道谢吗？"

"婶婶……"

他叫了一声，就低下了头。他的心情突然沉重起来，并不是舍不得离开，而是对武藏充满疑虑。在京都的时候，人们都说武藏功夫平平，可这会儿天下数一数二的宝藏院和尚竟然带着刀枪，等着自己的师父送上门，少年的心里掠过一丝不安。那道别的话也显得格外悲壮。

般若原

一

"城太郎！"

武藏停下脚步，回头喊着。

"来了！"

城太郎扬了扬眉毛，追了上来。

奈良的城镇已被抛在身后，东大寺也越来越远。两人走在杉树林立的月濑街，透过树枝可以望见，般若坡已近在眼前。那里地势平缓，春意正浓，视野右侧的三笠山就像乳房般高高耸起，一切似乎触手可及。

"什么事？"

自从两人起程后，已走了近两里地，可城太郎始终默默尾随在武藏身后，从没露出一丝笑容。他觉得，自己正一步步走向死亡。刚才，他们经过阴暗潮湿的东大寺时，一滴露水落到了衣领上，吓得他大叫一声。看到那些黑漆漆的乌鸦竟然不怕人，城太郎也觉得很晦气。他总觉得，武藏的背影总是模模糊糊的。

无论他们要躲到山里还是寺里，都不会被人发现。即便要逃走，也可以顺利地逃出险境。可是，武藏为什么偏要去众僧云集的般若原？城太郎百思不得其解。

"难不成要去道歉？"

他胡思乱想。如果真要去道歉，自己也可以去跟宝藏院和尚说声"对不起"。

现在已无须分清孰是孰非了。

就在此时，武藏停下了脚步，喊了一声"城太郎！"他不由心头一惊。他猜想，自己的脸色一定很难看，所以故意仰头望天，不让武藏看到自己的脸。

武藏也跟着抬起了头。世上再没有人比他们更加孤苦无依了，城太郎强忍着内心的不安。

没想到，武藏却用惯有的语气说道：

"真好啊！我们简直是伴着黄莺的歌声前进啊！"

"咦？您说什么？"

"黄莺的歌声！"

"嗯，也对啊！"

城太郎终于回到了现实。看到少年毫无血色的嘴唇，武藏就明白了。这孩子真可怜，也许这次就要跟他永别了。

"马上就到般若原了吧？"

"嗯。已经过了奈良坡了！"

周围传来黄莺欢快的啼声，但城太郎却觉得，那鸟鸣之声分外凄凉。此时，他满面愁容，茫然地望着武藏。那忧郁的眼神，跟早上抢着要面具时的活泼无邪，简直判若两人。

"我们该在这儿分手了！"

"离开我吧！要不就得跟着倒霉。你没理由为我受伤！"

城太郎一听，眼泪立刻扑簌簌地流下来，在脸上留下一道白色的印记。他不停用手抹着泪水，肩膀一起一伏，身体也微微颤抖起来。

"哭什么！你不是学武之人吗？如果我能杀开一条血路，我们就可以一起逃走。如果我被他们杀了，你就回到京都那个小酒馆继续干活。而我呢，会在远方默默地守护着你。懂了吗？"

二

"为什么哭？"

武藏一问，城太郎便抬起泪水涟涟的小脸，拉着他的袖子说道："大叔！我们逃走吧！"

"武士是不能逃跑的！你不是要成为一名武士吗？"

"我好怕！怕自己死掉！"

城太郎全身战栗，他拽着武藏的袖子，拼命往回拉。

"您也可怜可怜我吧！逃走吧！我们逃走吧！"

"啊！被你这么一说，我都有点想跑了。我从小就失去了骨肉亲情，没想到你小小年纪竟也如此不幸。所以，我真的希望你能逃过此劫。"

"那我们现在就跑吧！"

"我是武士！你不也是武士的儿子吗？"

城太郎再也没力气了，他一屁股坐到地上，不停用手抹着眼泪，小脸被抹得黑一道白一道的。

"不过，你不用担心。我是不会输的！不！应该说我一定会赢。只要赢了，我们就没事了！"

尽管武藏如此安慰他，但城太郎仍然不信。他知道，般若原那里至少埋伏着十几名宝藏院武僧。对于这个武功平平的师父而言，即使一对一也很难取胜。

既然今天将身赴死地，不管是生是死，心里都要有万全的准备。不！应该说自己早就做好了心理准备。尽管武藏对城太郎又怜又爱，但如果自己过于优柔寡断，只会带来更大的麻烦。想到这儿，武藏不禁急躁起来。

他突然一把将城太郎推开，大声呵斥道：

"不行！像你这样，根本当不了武士！快给我回酒馆去！"

少年似乎受到了莫大的侮辱，吓得连哭声都止住了。他满脸惊慌，急忙站起身，而武藏已迈步走远了。

看着武藏的背影，他真想喊一声："大叔！"

可是，他还是忍住了。他紧紧抱着身旁的杉树，把脸埋在臂弯里。

武藏没有回头，城太郎的啜泣声一直萦绕在耳边，那瘦小、孤独的身影也在脑海中挥之不去。这个苦命的少年，今后又将开始无依无靠的生活了。

"我为什么要带他出来啊？"

武藏心中懊悔不已。

仔细想想，就连自己都尚未出师啊！全部家当不过是一把木剑，过着有今天没明天的日子。看来，游学武者的确不该与人同行啊！

"喂——武藏先生！"

不知不觉，他已穿过杉树林，来到一片旷野荒郊。说是旷野，但这里却是地势略有起伏的山脚地带。喊他的那位男子，好像是从三笠山赶来的。

"您要去哪儿呀？"

来人跑了过来，又问了武藏同样的问题。然后，两人并肩往前走。

这个男子就是上次到观世寡妇家拜访武藏的三人中，名叫山添团八的人。

他们终于找来了！

武藏已知道对方心里打的什么主意，但表面依然不动声色。

"哦！前几天我们见过。"

"唉！那天真是失礼了！"

对方连忙道歉，态度异常谦恭。他一边说着，一边偷偷观察武藏脸上的表情。

"上次那件事，请忘了吧！就当作没发生！"

三

上次在宝藏院，山添团八曾亲眼见识过武藏的实力，心里多少有些畏惧。但看到武藏不过是个二十出头的乡下武士，并且涉世不深，所以上次对武藏说的恭维之词并非发自真心。

"武藏先生，你要去哪儿？"

"先到伊贺，再前往伊势路。你呢？"

"我要去月濑办点事。"

"柳生谷是不是在那儿附近？"

"大柳生离这儿有四里地，从那儿再走一里多地就是小柳生。"

"那位颇具名望的柳生大人的城池在哪里？"

"距离笠置寺很近。您也可以去那里看看。如今老城主宗严公[①]已经退隐，住到乡下的别墅去了。他一心钻研茶道，不问世事。他儿子但马守宗矩[②]，被德川家召到江户去了。"

"对于你我这样的普通游学武者，柳生家肯出面指教一二吗？"

[①] 宗严公：生于大永七年（1527），卒于庆长十一年（1606）。即为但马守柳生宗严，号石舟斋，为柳生新阴派武功的鼻祖。

[②] 但马守宗矩：生于元龟二年（1571），卒于正保三年（1646）。为石舟斋宗严之子，右卫门。曾任德川家的武师，向德川秀忠、德川家光传授新阴派武功。

"如果有人推荐，当然更好！对了！我要去月濑拜访的这位打制盔甲的老师傅，他经常出入柳生家。我可以顺便帮你说一声。"

一路上，团八一直刻意走在武藏左侧。沿途中，除了能偶尔见到几棵孤零零的杉树或榛树外，周围视野都非常开阔，一眼能望到几里之外。远处有一些高低起伏的山丘，但山丘之间的坡道较为平缓。

快到般若坡了。远处的一个山丘中，飘出几缕暗褐色的烟，看来有人在那里生火。

武藏停下脚步。

"奇怪！"

"什么事？"

"那边有烟！"

"出什么事了吗？"

团八紧跟在武藏身旁，他紧紧盯着武藏的脸，那表情略显僵硬。

武藏指着对面说道："那烟看起来有一股妖气，你看是不是？"

"您说妖气？"

"就像——"

那指着对面山丘的手指，突然指向了团八的脸。

"藏在你眼中的东西！"

"咦？"

"我会让你看清是怎么回事！"

突然，一声惨叫打破了春日草原的寂静，团八的身体随即飞了出去，而武藏已撤身回到原来的位置。

此时，远处传来"啊！"的一声惊叫。

那声音来自武藏刚才路过的山丘方向，他们的身影依稀可辨，那是两个人。

那惊叫声似乎进一步印证了自己人被对手干掉的事实。于是，那两人扬着手，向别处跑去。

武藏手中握着的木剑，在阳光的映照下闪闪发光。被击倒在地的山添团八已动弹不得。

血沿着剑刃滴落下来，武藏再度踏上征程。他从容自若，步履轻松地朝着冒烟的方向走去，脚边的野花被踩倒一片。

四

和煦的春风如同女人纤细的双手，抚摸着武藏的鬓边。但武藏觉得，自己的头发都快要竖起来了。

一步一步，他全身肌肉紧绷。

他来到山丘上，向下望去。

地势平缓的原野上，有一片宽阔的沼泽地。那缕烟就是从沼泽那儿飘出来的。

"他来了！"

喊话的并不是那群围着火堆的人，而是那两个先尾随武藏，后又被他吓跑的人。

现在，武藏能看清对方的脸，他们就是刚才被武藏一剑斩杀的山添团八的那两个朋友——野洲川安兵卫和大友伴立。

听到他们的呼喊，火堆周围的人问道："啊！他真来了？"并同时跳起身来。那些在不远处晒太阳的人，也一下子围拢过来。

这些人总共有三十余人。

其中，一半是僧侣，一半是浪人。此时，武藏的身影出现在对面的山丘上。他们必须越过山丘，穿过沼泽地，爬上般若坡，才能到达那里。

虽然没有任何声音，但腾腾杀气已然在人群中弥漫开来。

尤其是武藏手中那把沾满鲜血的宝剑，更加激怒了这伙人。但发出挑战的并不是设伏人群，而是主动送上门的武藏。

这时，武藏听到野洲川、大友两人说着："山添，山添他……"看来，他们正将朋友被杀的经过告诉众人，那表情真是极尽夸张。

浪人们各个咬牙切齿，宝藏院的僧侣也大骂"可恶！"他们摆好阵势，盯着武藏。

宝藏院的十多名武僧，各持单镰枪、竹穗枪，黑色的僧衣袖子系在背后。

"今天，我们拼了！"

想到寺院名誉受损、高徒阿岩受辱而亡，这些和尚群情激愤，他们要跟武藏彻底清算这笔旧账。这些和尚一字排开，就像待人受死的地狱鬼卒一般。

另一边，浪人们则自行聚成一团。他们打算包围武藏，不让他跑掉，同时也想顺便看看热闹。其中，还有人不时发出咯咯的笑声。

其实，这些人根本不必如此，他们只需站在原地，自然排成鹤翅阵型就足矣了。因为武藏根本不会逃走，他显得从容不迫、稳如泰山。

武藏依旧向前走着。

他的每一步都像是踩在黏土地上，步伐扎实、铿锵有力。慢慢地，他走过了长满嫩草的山崖。他已做好进攻的准备，就像随时会从天上俯冲而下的秃鹫一样。他一步一步走向人群。更确切地说，是走向死亡。

五

来了！

已经没人再敢开口说话。

单手擎剑的武藏，恐怖得犹如一团蕴藏暴雨的乌云，即将击中敌人的要害。

这是暴风雨前的宁静，在那一瞬间，双方都想到了死亡。武藏的脸色极为苍白，似乎死神正透过他的眼睛，窥视着众人。

"哪个先来？"

如果以众抵寡的话，无论是那些浪人，还是宝藏院和尚，人数上都绝对占优。因此，没有人的脸色像武藏那样苍白。

"终归是我们赢！"

这种想法过于乐观了。他们只是用眼神互相提醒着，要盯紧武藏那死神一般的目光。

突然——

一名手持长枪，站在僧侣队伍一端的和尚一声令下，十几名黑衣僧人同时挥舞长枪，叫喊着并排向武藏右侧攻来。

"武藏！"那僧侣开口叫道。

"听说你趁胤舜不在寺里之时，凭借一些粗浅武功击败了门下弟子阿岩。而且，你还到处造谣污蔑宝藏院，在街口张贴打油诗来讥讽我们。有无此事？"

"没有！"

武藏的回答非常明确。

"你们这些和尚只知道用耳朵听，为什么不用眼睛好好看看、用脑袋仔细想想？"

"你说什么？"

武藏的话无异于火上浇油。

除了胤舜，其他和尚都喊着："不用和他废话！"

堵在武藏左侧，与僧侣形成夹击之势的浪人也大喊着"没错！"、"废话少说！"

浪人们骂声不断，他们挥舞着手里的兵器，试图煽动宝藏院和尚先动手。

武藏知道，这些动口不动手的浪人，只不过是乌合之众。

"好！不用废话。你们谁先上？"

当武藏的目光落到这群浪人身上时，他们不由得向后退缩，仅有两三个不知深浅的人大吼着"我上！"便冲到了前面。他们手举大刀，摆好架势。突然，武藏向其中一人猛扑过去，犹如饿虎扑食一般。

扑哧——耳边传来一声犹如瓶塞迸飞的声音，与此同时鲜血四溅。叫喊声就像是生命之间的碰撞，不是单纯的呐喊，也听不出任何词语，是人类从喉咙里发出的最诡异的叫声。更准确地说，是一种言语无法形容的最接近原

始野兽的吼叫。

刷刷！随着武藏每次出剑，他的心脏都剧烈跳动着。因为，他每一剑都砍在了对方的骨头上。一剑下去，刀口处都会喷出鲜血，然后脑浆迸裂，断臂横飞，那断臂就像白萝卜似的，散落在草丛里，

六

刚开始，浪人们感觉很轻松，他们根本没把这次围击当回事。他们心想：主角是宝藏院的和尚，我们不过是来看热闹的。

武藏早看出这些浪人不堪一击，因此才突然先向他们发动进攻，正所谓出其不意、攻其不备。

这些浪人原以为，有宝藏院僧人在此严阵以待，武藏肯定难逃一死，所以他们有恃无恐。

谁知——

双方一交手，就有两个浪人倒地。现在五六个浪人正与武藏交手，而宝藏院和尚却袖手旁观，并没有人上前偷袭武藏。

"混蛋！混蛋！"

"快点干掉他啊！"

"哇——！"

"打呀！打呀！"

"你这混蛋！"

"干掉他！"

刀光剑影中夹杂着喊叫声。浪人们虽然对宝藏院和尚置身事外的态度气愤不平，但还是向他们发出了求救的喊声。然而，长枪阵依然岿然不动，和尚们各个面沉似水，连助阵呐喊的人都没有。

这些浪人心想：武藏明明是你们的敌人，我们只是来帮忙的，如此一来不是本末倒置吗？

他们很想上前指责宝藏院和尚背信弃义，可是自己手忙脚乱、狼狈不堪，根本无暇开口。

遍地鲜血让他们失去了理智，这些浪人就像喝醉酒的泥鳅鱼似的乱作一团。他们看不清谁是朋友、谁是敌人，只知道挥刀乱砍一气，最后把自己人都砍成了重伤。

另一方面，武藏也是下意识地挥舞大刀进攻，对于下一步如何行动，他全无打算。他能做的就是瞬间激发出自己身上的全部能量，将其凝聚在不足三尺的刀身上。自幼接受的严格训练、关原大战的实战经验、独居山林时的顿悟，还有遍访诸国武馆的经历，总之，武藏之前所经受的一切磨炼、积累的各种实战经验都自然而然地从体内迸发而出。并且，他已和脚下的土地合为一体，完全摆脱了人类躯壳的束缚。

生亦何欢，死亦何惧！

他从没想过生死之事。

这就是身陷刀光剑影，仍无所畏惧的武藏！

"被他砍到就糟了！"

"我不想死！"

浪人们虽然硬着头皮应战，却各自心怀杂念。如此一来，他们不但伤不了武藏，自己人反而还频频倒地。更为讽刺的是，越是怕死的人，死得就越快。

手持长枪的宝藏院僧人一直在观战，他们以呼吸的次数来计算着双方打斗的时间。仅仅过了十五秒，最多二十秒，战斗就结束了。

武藏遍身血迹。

剩余的十多个浪人，也是浑身血迹斑斑。附近的土地、草木都被染成了红色，空气中弥漫着刺鼻的血腥味，简直令人作呕。这些坚持到最后的浪人，已不再奢望和尚们能出手相救。

"哇——"

他们大叫一声，便四散奔逃。

此时，严阵以待的宝藏院长枪阵，终于要行动了。

七

"神哪！"

城太郎双手合十，仰天膜拜。

"神哪！请保佑我师父吧。他正在那片沼泽地里，单枪匹马地作战。我师父虽然武功平平，但他可不是坏人哪！"

城太郎虽然被武藏赶走了，但他并没有转身离开，而是一直远远地跟着武藏。现在，他正跪在般若原沼泽地上方的山丘上。

他把面具和斗笠放在身旁。

"八幡大神！金毗罗大神！春日宫诸神！我师父正慢慢走向敌人。他没有疯，他太可怜了！他平时很懦弱，但今早有些奇怪，要不然他怎么敢一个人去对付那么多人呢？各位神灵！请助他一臂之力吧！"

城太郎一拜再拜，几乎失去了理智。最后，他大声喊着："这个世界到底有没有神仙啊？如果那些下流的坏蛋取胜，而好人被杀，那么其他人就会学坏人的做法，杀害更多的好人。如此一来，我就再也不相信那些传说了。不！要真是这样，我就要对你们这些神仙吐口水了！"

尽管话语很幼稚，但城太郎情真意切，眼中布满了血丝。这种孩子气的语言要比大人们那些深奥的语句更令天地动容。

不仅如此，城太郎还向神仙们描述着武藏以寡敌众的情景：他身处刀山枪林，远远看去就像一片即将被旋风卷走的小草。"

"畜生！"

他越说越激动，挥舞着双拳。

"真卑鄙！"他大叫着。

"哼哼！如果我是大人……"他急得用脚跺着地，哭出了声。

"混蛋！混蛋！"他不停地在原地转着圈。

终于，他不再去管那些神灵，大叫起来："大叔！大叔！我在这儿呢！"

"你们这群野兽，要是杀了我师父，我绝不会原谅你们！"

他使尽全身力气，大声叫喊。

远处，打斗的人群形成一片黑压压的漩涡。扑哧——扑哧——鲜血横飞，一个人倒下了，紧接着又有一个人倒下了，田野上遍布着横躺竖卧的尸体。

"啊！大叔砍得好！我师父厉害得很哟！"城太郎兴奋地叫着。

少年从未见过如此血腥的厮杀，这种近乎于野兽的狂舞。

不知不觉，城太郎也陷入到漩涡中。他想象着自己全身染血、手持利刃战斗的样子，不禁陶醉其中。这种异样的兴奋，深深震撼了少年。

"活该！怎么样？你们这些无赖，现在知道我师父的厉害了吧！宝藏院的臭乌鸦，真活该！你们这些只会排枪阵，不会出招的笨蛋！"

可是，远处的形势陡然一变。原本在一旁观战的宝藏院众僧，突然一齐举枪，发动了进攻。

"啊！不好了！他们要发起总攻了！"

武藏有危险！连城太郎都知道，已到了最后决战的时刻。对敌人的满腔怒火让他顾不得自己的安危，从山丘上疾驰而下，就像一块滚落的岩石。

八

宝藏院枪法的第二任继承人胤舜，可谓声名远播。

之前，他一直手握长枪静观其变。眼看武藏把那些浪人杀得片甲不留，他终于向十几个蓄势待发的弟子厉声下令"出击！"

话音刚落，嗖的一声，无数白光向四外轰然散开，和尚们的光头带有一种另类的刚毅和野蛮。

长枪、单镰枪、竹穗枪、十字枪，他们各自手持惯用的兵器，那锋利的枪尖和僧人的光头同时闪耀着嗜血的光芒。

"啊呀——"

"嘿吼——"

叫喊声一起，几柄枪的枪尖处已溅上了血迹。今天就像是一场绝无仅有的实战演习。

武藏被这股突如其来的声势所震慑住了，不觉连连退后。

"死也要死得漂亮！"

他那早已疲惫不堪的脑海里，突然闪现出这个念头。武藏双手紧握血迹斑斑的大刀，努力睁大早已被血水、汗水浸润的双眼。可是，竟然没有一杆枪是朝自己刺来的。

"咦？"

接下来的事情更让人无法置信，他茫然地看着周围发生的一切。

那些手持长枪的和尚竟然朝着那几个逃跑的浪人追去。他们不是一伙的吗？为何和尚会像恶狗扑食似的对他们穷追不舍？

那几个浪人好不容易从武藏的刀下逃生，刚要喘口气，背后就传来和尚们的喊声："等一等！"

这几个人心知不妙，也不得不停下脚步。

"你们这些蛆虫！"和尚们厉声骂道。

他们趁对方不备，用枪尖穿透了那几个浪人的衣服，把他们甩出老远。

那几个人连滚带爬，大声叫道："喂！喂！你们干什么？笨和尚，你们疯了？你们看看清楚，别打错人！"

和尚们仍不停手，有人用枪去扎这几个浪人的屁股，有人对他们拳打脚踢，还有人用枪尖横着穿透了他们面颊，让他们嘴里永远叼着长枪。

"去死吧！"

最终，那几个浪人就像鱼干似的，被和尚用长枪穿在了一起。

一阵恐怖的屠杀之后，整个荒野上笼罩着一层诡异的气氛。就连太阳也不忍目睹如此惨状，躲到了乌云里。

全杀光了！和尚竟然将浪人全部赶尽杀绝，没放一个活口走出般若原的沼泽。

武藏不敢相信自己的眼睛，尽管心里一片茫然，但紧握大刀的双手却不敢有一丝懈怠。

"为何他们要互相残杀？"

他完全不懂。尽管武藏刚才屠杀浪人时，近乎于杀神附体，但眼前的屠杀，还是让他瞠目结舌。

正是他人的杀戮，促使他恢复了人性。

此时，他突然发现城太郎正趴在地上，紧紧抓着自己僵硬的双手号啕大哭。

九

"你是宫本先生吧？初次见面，久仰久仰！"

一个身材高大、面庞白净的僧人走了过来，态度彬彬有礼。

"哦……"

武藏终于恢复了意识，他垂下刀刃。

"我早就想认识您了，在下是宝藏院的胤舜。"

"哦，你就是……"

"前几日你特意来敝寺拜访，刚好我不在，真是遗憾。当时，弟子阿岩言行无礼，身为师父的我深感羞愧。"

怎么回事？

武藏有些怀疑自己的耳朵，沉默了片刻。

面前这个人的言辞和不卑不亢的态度，武藏不得不以礼相待。但是，他必须先整理一下混乱的思路，再开口问话。

首先，宝藏院僧人为何突然掉转枪尖，杀向自己的友军？为何非要把那几个逃跑的浪人赶尽杀绝？

武藏无法理解，这结果太过意外。他没有想到，自己竟然还活着。

"请清洗一下身上的血迹吧！来这边休息一下！这边请！"

胤舜走在前，把武藏带到火堆旁。

城太郎跟武藏寸步不离。

和尚们撕开早已备好的奈良白布，擦拭着长枪。他们看到胤舜和武藏在火堆旁促膝而坐，并没表现出丝毫的惊讶。他们三个一群、两个一伙地开始闲聊起来。

"你看！这么多乌鸦！"

有人手指天空说道。

"乌鸦已嗅到血腥味，看到这儿尸横遍野，正打算大快朵颐呢！"

"它们不敢飞下来吧！"

"等我们一走，它们就会争先恐后地飞向尸体。"

和尚们竟然聊得如此轻松。看来，武藏如果不主动发问，就没人会告诉他这其中的缘由。

于是，他问胤舜："之前，我一直认为只有阁下才是我的劲敌，所以今天我准备以死相拼。然而，你们不但把我当成自己人，还对我礼让有加，这让我十分不解。"

胤舜听完，笑着答道："不！我们并未把你当成自己人。我们只是对奈良进行了大扫除，虽然手法有些粗劣。"

"大扫除？"

此时，胤舜指着远处说道："其实，这件事应该由日观大师亲自告诉你，他对你的了解远胜过我。你看！田野那边有一群人马正朝这儿赶来，那就是日观师父他们。"

十

"老师父！您走得真快！"

"是你们太慢了！"

"您走得比马还快呢！"

"那是自然！"

那驼背老僧日观，不屑骑马，自己步行而来。

在他身边还有五个骑马的官差，马蹄落在石头上发出嗒嗒的声音。

这一行人朝着飘烟的方向赶去。

待他们走近，火堆旁的和尚们小声嘀咕着："老师！是老师！"

于是，和尚们立刻起身后退，排成一排。他们态度恭谦，迎接着日观和那些骑马的官差。

日观来到近前，第一句话就是："都解决了吗？"

胤舜对老师行完礼后，恭敬地答道："是，完全遵照您的指示。"

然后，他又对那些官差说道："有劳各位前来验尸。"

官差们一个个从马上跳下来，说道："没什么！各位高僧才真正辛苦了呢！我们只是例行公事。"

接着，他们开始查看那十几具横躺竖卧的尸体，略做记录后，又对胤舜说道："善后工作就交给官府吧。其他的事，你们不必管了，可以先回去！"

交代完后，这些官差又骑上马，沿着来时的方向疾驰而去。

"你们也回去！"

日观一声令下，那些手持长枪的和尚便悄无声息地离开了。胤舜跟老师和武藏打过招呼后，也走了。

人群一散，周围立刻响起乌鸦嘎嘎的叫声。

它们急不可待地飞到尸体上，面对如此美味佳肴，这些乌鸦兴奋得不断拍打着翅膀。

"吵死人了！这些乌鸦！"

日观一边嘀咕着，一边神态自若地来到武藏身边。

"上次真是失礼了！"

"啊！哪里哪里！"

武藏立刻俯身下拜，他发自内心地尊敬这位老僧。

"不必多礼！在这荒郊野外，这样反而有些奇怪。"

"是！"

"怎么样？今天多少也学到一些东西吧？"

"您能否告诉我，为什么出此计策？"

"一切本该如此啊！"

接着，日观娓娓道来。

"刚才那几个官差是奈良奉行大人大久保长安的手下。因为大人刚到任，所以对当地情况不甚了解。这些游手好闲的浪人便趁机浑水摸鱼，他们

水之卷

放高利贷、聚众赌博、敲诈勒索、拐卖妇女、骚扰寡妇,简直是无恶不作。对此,奉行大人也是头疼不已。以山添团八、野洲川安兵卫等人为首的这十四五个浪人,就是奈良城里所有为非作歹的浪人的代表。"

"原来如此。"

"山添、野洲川等人一直对你怀恨在心,因为他们了解你的实力,所以就想借宝藏院的手来报仇。这些人真是错打了如意算盘!他们四处给宝藏院造谣、张贴打油诗,然后再跟我们说一切都是那个叫宫本的人干的。真把我们当成傻子了!"

听到这儿,武藏不觉露出笑意。

"于是,我想趁此机会,给奈良来个大扫除。因此,吩咐胤舜要将计就计。如此一来,不仅门下弟子高兴,就连奈良奉行所的官差也拍手称快。现在,这野地里的乌鸦也很高兴呢!哈哈!"

十一

其实,除了那些乌鸦之外,还有一个人非常高兴,那就是一直在旁边听两人说话的城太郎。现在,他的疑惑和不安一扫而光,少年兴奋地张开双臂,在草地上奔跑、跳跃。

"大扫除!大扫除!"他扯开嗓子大声喊着。

武藏和日观回头望向城太郎,他头戴面具、手拿木剑,对着那些尸体和尸体上成群的乌鸦,一顿拳打脚踢。

"喂!小乌鸦,
不仅是奈良,
很多地方都要经常大扫除啊!
这是自然的规律,
万物因此而欣欣向荣,
冬去春来生生不息。
焚烧落叶,
清理荒野,
时不时来场大雪,
时不时来个大扫除!
喂!小乌鸦,
你们也可以饱餐一顿,
眼球当高汤,
血液当美酒,
千万别撑得飞不动喽!"

"喂！孩子！"

听到日观叫他，城太郎立刻停止了欢呼雀跃，回头问道："什么事？"

"别像个小疯子似的乱蹦乱跳，快去捡些石头来！"

"这样的石头行吗？"

"再多捡一些来。"

"好的，好的！"

城太郎捡来了很多石头，日观在每一颗石头上都写上了"南无妙法莲华经"（日莲宗信徒的念诵之词）几个字，然后说道："来！把这些石头撒在尸体上。"

城太郎拿过石头，投掷在荒野各处的尸体旁。

他投放石头的同时，日观合掌诵经。

"好了！一切都完事了。你们可以上路了，我也要回奈良了。"

说完，他随即转身离去。那驼背的身影就像一阵风，飘向了荒原的另一头。

武藏还没来得及道谢，也没来得及订下次见面的时间，日观和尚就这样飘然远去了。看着那越来越远的背影，武藏似乎想起了什么，快步追了上去。

"老前辈！您忘了一件事。"说着，武藏拍了拍刀柄。

日观停下脚步问道："忘了什么事？"

"我们能相遇实属难得，还请您给武藏一些指导！"

听到这儿，日观那早已没牙的嘴里，发出一阵呵呵的干笑声。

"你还不明白吗？我要告诉你的只有一句话，就是你太过强悍了。如果你仍以强悍自居，那你肯定活不过三十岁。就像今天，你差点就没了命！总之，你的命运是掌握在自己手中的。"

"今天这场屠戮原本不该发生。你现在还年轻，一切都还好说。但是，如果你认为武功就是以强取胜，那就大错特错了。就这一点而言，我也没有资格随便发表意见了。对了！你可以参照我的前辈柳生石舟斋先生，还有上泉伊势守大人的人生轨迹，自己亲身经历一次就会明白了。"

武藏一直俯首聆听，当他意识到日观的声音已经消失时，抬头一看，那驼背老僧早已了无踪影。

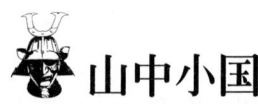

山中小国

一

这个诸侯国位于笠置山中，但人们并不叫它笠置村，而是称为神户庄柳生谷。

柳生谷虽为小山村，却是山清水秀、人杰地灵、民风淳朴。这里住户并不多，丝毫不见浮华之气，就像中国蜀地附近的山中小城，富饶而美丽。

这座小山城的中心地带，有一所较大的宅邸，当地人称之为"御馆"。这处古色古香的石质建筑，是当地的文化政治中心，更是当地百姓的精神寄托。早在一千多年前，此地就已有百姓定居，而领主开始在此地执政则要追溯到平将门作乱的时代。历代领主皆为豪绅，他们不但善于教化百姓，也十分酷爱武学。

这儿的领主和子民认为，邻近的四个村庄是祖先留下的财富，也是自己赖以生存的故土，他们由衷地热爱这片土地。因此，无论外边发生怎样的战事，这儿的人从未流离失所。

关原大战后，大批浪人拥入邻近的奈良，奢靡之风盛行，就连大小寺院也不能幸免。然而，从柳生谷到笠置这一带，却看不到任何不法之徒。

仅此一例，就可知当地制度严谨。他们绝不容许违法乱纪之人进入此地。

除了领主贤明、民风淳朴之外，这里的景色也十分秀美。笠置山风光旖旎，山泉水甘甜可口，月濑附近梅花姹紫嫣红。尤其是黄莺那清脆婉转的歌声，从冰雪初融的季节一直到雷雨多发期，始终不绝于耳。那动听的音色，比此处的山水更加明媚、动人。

曾有诗人云——英雄出处山水秀。如果这样的土地孕育不出一位伟人，那诗人就是信口胡诌。除了风光秀美，这儿的每一寸土地还涌动着一股顽强的朝气，因此这里英才辈出。领主柳生家就是最具代表性的一族，这位出身乡野的英雄，在多次战争中屡立大功，最终成为将军麾下有名的家臣。可以说，正是柳生谷的青山秀水和黄莺那动听的歌声才能造就出这样的盖世英雄。

现在，隐居在"石墙御馆"的柳生新左卫门尉宗严已改名为"石舟斋"，住在城内的小山庄里。这位老城主早已不问世事，不再关心谁来执掌政务，也不在乎谁来继任城主。反正石舟斋有很多优秀的子孙，家臣们也忠心可靠。所以，柳生谷的万物与他执政时没什么两样。

在般若原事件发生后的十天左右，武藏来到了这里。他先走访了笠置寺、净琉璃寺等建武时期的遗迹，然后就找个地方住了下来，打算好好休养一下。此时，他走出旅馆，想到处看一看，城太郎就像小跟屁虫一样寸步不离。

一路上，他们看到了当地百姓的生活风貌、农田里的作物，而最吸引武藏的就是当地淳朴的民风。他一边看，一边情不自禁地感叹道："不可思议！"

"大叔！什么事不可思议呀？"

城太郎觉得，武藏如此不停地自言自语，才真有点不可思议呢！

二

"我一路途经摄津、河内、和泉等诸侯国，就是没见过这样的小国，所以才觉得不可思议。"

"大叔！这里跟其他地方有什么不同吗？"

"这儿的山上树多。"

听了武藏的回答，城太郎不禁扑哧笑出声。

"树还不是到处都有吗？"

"这儿的树不一样。柳生谷周围山上的树，树龄都不小。由此可知，此处从未遭受战火涂炭。也可以说明，这里的领主和百姓从未流离失所。"

"然后呢？"

"田园青翠，农作物长势大好，每户人家都传出纺车转动的声音，农民看到衣着华丽的路人，毫无羡慕之情，继续低头耕种。"

"只有这些？"

"还有田里有很多年轻姑娘在劳作，这一点完全不同于别处。能在田里看到这么多系着红腰带的姑娘，恰恰证明了她们没有流失到外地。因此该地区的经济一定很发达，才能实现幼有所养、老有所依，年轻男女不会因向往别国的浮华生活而出走。看来，这里的领主十分懂得内治优于外治的道理。可以想见，城主兵器库里的各种刀矛器械也一定是光亮无比。"

"什么呀！我以为您被什么事感动了呢，原来是这些无聊的东西啊！"

"你当然不会懂！"

"可是，大叔！你来这儿不是为了跟柳生家的人比武吗？"

"作为游学武者，不能只知道四处找人比试。像那种求得温饱后，就扛着木刀到处寻衅滋事的人，不能称作真正的游学武者，充其量就是个流浪汉。对于真正的游学武者而言，内在修养要比外在的武功更重要。另外，还要掌握各国的地理特点、水利分布等情况，了解各处的风土人情，观察各地领主的执政之道，洞悉城内外生活的细微变化。总之，要脚踏实地、四海为家、善于观察、勤于思考，这才是真正的游学武者。"

虽然武藏知道，小孩子很难理解这些话，但对于这个少年，他无法随便找个理由就搪塞过去。

对于城太郎的幼稚问题，他没表现出一丝一毫的不耐烦，总是耐心地给予回答，两人就这样边走边聊。此时，他们背后传来一阵马蹄声，慢慢由远而近。骑在马上的是一个年约四十的武士，威风凛凛。他大声叫着："让开！让开！"便从两人身边疾驰而过。

城太郎抬头一看，不觉脱口而出："啊！庄田先生！"

这个武士满脸络腮胡子，远看就像一只大熊，城太郎绝不会忘记他。在通往宇治桥的大和路上，就是他捡到了城太郎丢落的信筒。听到城太郎的叫声，马上的庄田喜左卫门回头一看。

"啊！小毛头！是你啊！"

他微微一笑，并没下马，不一会儿就不见踪影了。

三

"城太郎！刚才在马上冲你笑的人是谁？"

"庄田先生。他说是柳生大人的家臣。"

"你怎么认识他的？"

"我去奈良找你的途中，得到他不少照顾。"

"哦！"

"我还遇见了一个女子，叫什么来着？我们三个一路同行，直到木津川渡口才分的手。"

武藏将小柳生城的外观，及柳生谷的地理、地势全都查看了一遍，才说道："回去吧！"

于是，师徒二人顺原路返回。

他们栖身的客栈位于伊贺大街上，虽然是独栋建筑，但是房间很宽敞。来往于净琉璃寺和笠置寺的人们都会在此歇脚。每到傍晚时分，客栈门口的树旁及房檐下都会看到十几匹驮满货物的马车。由于客栈要为客人准备大量的米饭，连门前的水沟都被淘米水染白了。

"客官！您去哪儿溜达了？"

两人刚进屋，就有人迎了上来。此人上身穿蓝色短褂，下身是和服裙裤，腰间系着的红腰带表明这是个女孩儿。她站在屋里招呼着："快去洗个澡吧！"

城太郎看她跟自己年龄差不多，就想交个朋友。

"你叫什么名字？"

"不知道！"

"笨蛋！连自己的名字都不知道。"

"我叫小茶。"

"好奇怪的名字呀！"

"要你管！"

说着，小茶打了城太郎一下。

"你敢打我！"

武藏在走廊上回头问道："喂！小茶，澡堂在哪儿？"

"前面右转。"

"好的，知道了！"

浴室外的架子上，已搭着三个人的衣服，加上武藏，里面共有四人。他打开浴室门，热腾腾的水蒸气里那三人正聊得兴高采烈，一见到武藏全裸的魁梧身体，他们就像见到怪物似的，立刻闭口不言。

"呼——"

武藏那高大的身躯进入浴池后，水一下子溢了出来，那三个正在池子外擦洗的人，差点被水冲走。

其中一人回头看了看，见武藏头靠在池子边上，闭目养神。

三个人放下心来，继续刚才的话题。

"刚才那个柳生家的管家叫什么来着？"

"好像叫庄田喜左卫门。"

"是吗？柳生竟然公开拒绝比武，看来他们是名不副实啊！"

"就像那个管家说的，柳生家早已对外宣布石舟斋隐居多年、不问世事，但马守仪去江户任职，所以谢绝一切比武。"

"不对吧！他们大概听说对手是吉冈家的次子，出于慎重，才敬而远之的吧！"

"柳生家还特意让管家拿来点心，说是以慰旅途劳顿，他们办事真是圆滑啊！"

这几个人肤色较白，肌肉松弛，一看就是城里人。他们简短的对话中，不乏理智、戏谑，还有细腻的感情流露。

听到"吉冈"二字，武藏不觉侧耳细听起来。

四

吉冈门的次子，那就是清十郎的弟弟传七郎喽！

"是不是为了那件事？"

武藏想起来了。

自己造访四条武馆之时，门人曾说过，小师父的弟弟传七郎跟朋友去了伊势神宫参拜。如果他们返回时路过这里，那眼前这三人很可能是传七郎的朋友。

"我和澡堂真是犯冲啊！"

武藏心里想着，暗自戒备起来。之前在宫本村时，自己遭到又八母亲阿杉婆的暗算，被敌人围困在浴室里。现在，自己又要与积怨已久的吉冈拳法次子传七郎在浴室里不期而遇。

他虽然出门在外，但对京都四条武馆发生的一切，必定也有耳闻。要是他知道自己就是宫本，肯定会拔刀拼命。

武藏默默想着心事，那三人并未察觉到什么，他们得意扬扬，说得兴高采烈。内容似乎是他们一到此地，就去柳生家下了战书。武藏知道，自足利公方的时代起，吉冈家就是武术名门。柳生宗严在未改名为石舟斋之前，与吉冈拳法肯定多有往来。现在，柳生家仍不忘故人，特意派管家庄田喜左卫门来客栈看望吉冈家的人。

柳生家的礼节可谓十分周到，然而这几个年轻的城里人却嗤之以鼻，还说什么"圆滑"、"心生畏惧、敬而远之"、"名不副实"等等。他们简直就是自鸣得意、自以为是。

自从武藏踏上这片土地之后，已对小柳生城内外的状况及当地风土人情有了充分的认识。在他看来，这几个不知天高地厚的家伙，实在可笑至极。

这些身居大都市的毛头小子，每天都能接触到新鲜事物，可自己却像井底之蛙一样，眼界狭小，丝毫认识不到石舟斋这个上等武士所具有的涵养是如此深厚。很多和柳生家一样的优秀武者远离了中央集权和浮华的生活，隐居在深山里，他们甘于寂寞，历经数十年磨炼终于修成正果。就在外界还把他们当成一般的乡下武士时，武学大家石舟斋横空出世。如今，他的儿子但马守宗矩，备受德川家康的重用；兄长五郎左卫门、严胜更是以骁勇善战著称；他的孙子中，也有一位青年才俊兵库利严，如今受到加藤清正的赏识，也是爵禄丰厚。由此可以看出，这些山野中的英豪已经开始在日本社会中崭露头角。

仅就武学家的声望而言，吉冈门远超过柳生家。但是，所谓的声望只属于过去。然而，传七郎及其随从到现在都还没意识到这个事实。

武藏觉得他们的得意既可笑又可悲。

想到这儿，他不由得苦笑起来。为了远离那三人的谈话，他只好走到浴室角落的水管处洗头。他解开发结，用一块黏土轻轻蹭着发根，他已经好久没有这样痛快地洗过头了。

此时，又听到那三人说道：

"啊！真舒服！"

"旅途劳顿，泡澡最能解乏了。"

"要是晚上再有女人陪着喝两杯……"

"那就更棒了！"

他们边说，边擦干身子，走了出去。

五

武藏用毛巾把湿漉漉的头发绑好，穿上衣服，回到了房间。他看到那个假小子小茶正蹲在墙角哭泣，于是他问道："怎么了？"

"客官！那个小孩打我。"

"她说谎！"躲在对面墙角的城太郎，噘着嘴辩解道。

"为什么要打小女孩？"武藏厉声呵斥。

"可是，那个臭丫头竟敢说大叔软弱无能。"

"胡说！胡说！"

"你没说吗?"

"我从没说过客官软弱无能。是你吹牛皮,说你师父是日本第一武术家,在般若原杀死了几十个浪人。我说除了这里的领主,没人敢称日本第一剑术大师,你就打了我耳光,不是吗?"

武藏笑道:"原来是这样。是他不好,一会儿我好好骂他。小茶,原谅他吧!"

城太郎一脸不服气。

"城太郎!"

"干吗?"

"去洗个澡!"

"我不喜欢洗热水澡。"

"跟我一样哦!不过,一身臭汗,很不舒服哟!"

"明天,我去河里游个泳不就得了。"

时间久了,这个少年渐渐显露出倔强的本性。

不过,武藏就是喜欢他这一点。

吃饭时,城太郎又噘起嘴。

小茶端来饭菜,却没开口招呼,两个孩子怒目而视。

这些天,武藏一直若有所思。他在思考一件事,就是如何成为一个独行侠。这愿望似乎有些不切实际,但并非完全不可能。所以,他才会在这间客栈逗留这么久。

他很想见到柳生家的开山祖师——石舟斋宗严。

武藏心想:

"好汉自然要斗劲敌。这是一场以生命做赌注的决斗,一边的筹码是柳生家的名望,另一边的筹码是自己用剑创出的声名。只要能见柳生宗严一面,跟他过上一招,自己就死而无憾了。"

他是多么年轻无畏、充满斗志。

如果有人听到他的想法,肯定会嘲笑他有勇无谋。武藏也十分清楚这种想法很幼稚。

虽然城池很小,但柳生宗严毕竟贵为一城之主,他的儿子还是江户幕府的武学老师。柳生家族是典型的武学世家,在新旧时代更迭之际,这一家族更显示出无人能及的兴旺与昌盛。

"要胜过对方决非易事。"

武藏一直暗暗盘算此事,就连吃饭时也显得心不在焉。

芍药使者

一

这是一位仙风道骨的老人，虽已年近八旬，却依然耳聪目明，牙齿也保养得很好。他的人生修为日益深厚，品德修养也非常人所及。

他经常会说："我能活到一百岁哟！"

石舟斋坚信"柳生家历来以长寿著称，那些二三十岁就去世的人，都是战死沙场的。我们的祖先中，很少出现五六十岁就老死田园的人。"

不！即使没有这样的血统，以石舟斋的处世态度，以及退隐多年的修为，能活到百岁并不稀奇。

他经历过享禄、天文、弘治、永禄、元龟、天正、文禄、庆长等乱世，尤其在四十七岁之前，还亲身经历了三好党乱、足利家族的没落、松永家族及织田家族的兴衰变迁。即使现在身处这片乐土，也不能完全做到刀枪入库、马放南山，他自己也常说："能活到现在真是奇迹。"

四十七岁之后，他突然心生退意。无论是足利义昭将军重金礼聘，还是织田信长的"三顾茅庐"，他都不为所动。甚至连称霸四海的丰臣秀吉都无法让他出山。其实，柳生谷距离大阪、京都仅有咫尺之遥，他要出仕简直易如反掌。但是，他却一再表示：我又聋又哑，早已成了废人。

自此，他便开始在这里韬光养晦，像只冬眠的熊一样，看守着附近三千石的土地。安享晚年，不问世事。

后来，石舟斋还经常对别人提起："这座小山城历经如此频繁的朝代更迭，至今仍能安然无恙，简直是战国时期的奇迹。"

确实如此。

听到此话的人，无不佩服石舟斋的远见。如果当初他跟随足利义昭，一定会招致织田信长的讨伐；如果他跟随了织田信长，又会得罪丰臣秀吉。同样的道理，如果他接受了丰臣秀吉的恩惠，在后来的关原大战中，德川家康一定不会放过他。

在这变幻莫测、跌宕起伏的时代洪流中，既要巧妙躲避各种危机，又要保全家族的平安和名誉，实属不易。乱世之中，人情变化无常。很多人今天还是朋友，可能明天就变成了敌人。人们都丧失了道德底线，背信弃义之事多有发生。甚至连同族亲戚之间，也会拔刀相向、互相仇杀。除了武士道精神之外，石舟斋还秉承着坚定的个人信念，所以他才会有今天这样的成就。

然而，这位武学大家却十分谦虚。

他常说："我并没做过什么。"

他的卧室墙上挂着一幅字，这是他写在怀纸上的一首诗。

　　世事多变
　　只有隐于市的武学者
　　才能历久不衰

然而，这位老子式的人物，在家康的重礼召见下，也不禁动了凡心。他自叹：诚心之至，焉能置之不理？

然后，他终于走出隐居几十年的草庐，前往京都紫竹村的鹰峰军营，拜谒德川家康。

当时，石舟斋的五儿子右卫门宗矩和孙子新次郎利严与他一同前往。宗矩时年二十四岁，而利严未满十六岁。

他带着两个英姿勃发的青年，去觐见家康，然后领受了三千石土地的封赏。家康邀请石舟斋到德川家的兵法所任职，而他却推荐了自己的儿子宗矩。

然后，石舟斋又重新回到柳生谷的山庄里。当儿子右卫门宗矩要前往江户出任将军家的武术指导时，这位老者传授给他的不是刀法、剑术，而是治世之道。

二

其实，他的"治世之道"也是他的"修身之道"。

石舟斋常说："这一切都承蒙恩师的栽培。"

由此可知，这位武学大家从未忘记过老师上泉伊势守信纲的教诲。

他经常说："伊势守大人才是柳生家的守护神。"

他卧室的架子上，供奉着伊势守赠予他的新阴派印可（师父授予弟子的合格证书），以及四卷古书。每逢伊势守的忌日，他都不忘敬献贡品。

这四卷古书，又名绘图古书，是上泉伊势守亲笔绘制的新阴派刀法秘籍。

即使到了晚年，石舟斋也经常翻阅此书，借以悼念先师。书上的图画让他爱不释手，他经常一边看，一边感叹着："老师的画真是惟妙惟肖啊！"每次看到这些天文时代的人物、景物，以及各种灵动的刀法，他就有一种身处仙境、扶摇直上的感觉。

伊势守造访小柳生的时候，石舟斋三十七八岁，正是野心勃勃、血气方刚的年龄。

当时，上泉伊势守带着外甥疋田文五郎，以及弟弟铃木意伯，遍访武学大家。偶然间，经由"伊势总大臣"北畠具教①的介绍，来到宝藏院求教。宝

―――――
①北畠具教：生于享禄元年（1528），卒于天正四年（1576）。曾担任中纳言、伊势国司等职。

藏院的觉禅房胤荣，经常出入小柳生城，所以就把这件事告诉了柳生宗严。那时，他还未改名为石舟斋。

他们相识，也是机缘巧合。

伊势守和宗严一连比试了三天。

第一天比武之前，伊势守先是大喊一声："要开始喽！"

然后再告知自己将要攻击的部位，并依次击中。

第二天，宗严仍旧败北，这使他的自尊心严重受挫。

于是，第三天比武之时，他屏气凝神，改变了自己招式。

见此，伊势守说道："这招并不好，我可以这样攻击你。"接着，他仍按前两日的方式逐次攻击了预定的部位。

最终，宗严终于弃刀认输。他坦言："有生以来第一次见识真正的刀法。"

之后，他恳求伊势守在小柳生城住了半年，并虚心向其求教。

后来，伊势守离开之时，曾对宗严说道："我的武功尚未练成。你还年轻，可以继续我未完成的事业。"

同时，还留给宗严一道难题。那就是如何练成无刀的刀法？

在以后的几年里，宗严一直废寝忘食、刻苦钻研无刀之刀法。

当伊势守再次登门时，他已成竹在胸。

"练得如何？"

在询问之后，两人开始过招。

仅过了一招，伊势守即道："嗯！你已领悟到其中的奥妙，无需使用大刀了。"

说完，他留下印可和四卷古书后，便飘然远去。

自此，柳生派武功应运而生。此外，石舟斋宗严从武功中还领悟到极高的处世哲学。所以，他在晚年时决定退出江湖，归隐山林。

三

现在，他所居住的山庄位于小柳生城中。四周的石质建筑，与他淡然的心境并不吻合。所以，他另建了一所茅屋，出入口也不与城门相通。他就像一个隐居山林的老者一样，过着安静而恬淡的晚年生活。

"阿通！怎么样？我插的花是不是很生动呀？"

石舟斋把一支芍药放入伊势瓶中，十分满意地看着自己的作品。

"真的呀！"

身后的阿通也非常欣赏这个作品。

"大人一定花了不少心思来学习茶道和花艺吧？"

"我又不是王侯，哪有机会学习插花和香道（从香木中提炼焚香的一种技巧）呢？"

"但您看起来好像拜师学过似的。"

"我是依照剑道之理来插花的。"

"咦？"

阿通感到十分不可思议。

"可以用剑道之理来插花吗？"

"当然可以。插花也需要用气。无论是弯折花茎，还是掐损花朵，都会造成伤害。只有维持它野生的原貌，以原始之气放入水中——就像这样，它就可以欣欣向荣了。"

阿通觉得，自从自己侍奉在这个人身边之后，学到了很多东西。

当时，她在途中与柳生家的家臣庄田喜左卫门萍水相逢。对方希望她能够为主公石舟斋演奏笛子以排遣寂寞，所以她来到了这里。

石舟斋非常喜欢她的笛声，并且山庄里也的确缺少这样一位年轻、温柔的女子。每当天色渐晚，阿通想要告辞的时候，他都会说"请再多留一会儿。"有时还会说："我来教你泡茶。"或是提议，"我们来吟诵几首诗歌吧。我很想试着吟诵一些不同风格的诗歌。《万叶集》不错，但像我这种隐居于茅屋的人，还是比较适合《山家集》那种淡泊、高远的风格。"

总之，他就是不希望阿通离开。

对于石舟斋的知遇之恩，阿通也予以回报。

有时，她会亲手缝制一条头巾送与石舟斋。而这些，恰恰是那些刚猛有余、细致不足的武士所做不到的。

"哦！太好了。"

石舟斋戴上头巾后，十分满意，对阿通也就更加疼爱了。

每当到了月光皎洁的夜晚，小柳生的城里就会飘出悠扬的笛声。

对此，庄田喜左卫门也是常常感叹："真是从天而降的福气呀！"

此时，喜左卫门刚从城外回来，他穿过古城墙后的树林，来到了石舟斋所在的幽静山庄。

"阿通姑娘！"

"来了！"阿通打开了木门。

"噢！是您啊，快请进！"

"主公呢？"

"正在看书。"

"麻烦你通报一声，说喜左卫门回来复命。"

四

"呵呵！庄田先生，您怎么反倒对我客气起来了？"

"怎么？"

"我只不过是您找来的吹笛女，您才是柳生家的家臣啊！"

"说的也是。"

喜左卫门也觉得自己刚才的话有些可笑。不过,他还是说:"这儿是主公的独居之所,你又受到主公的特别礼遇。所以,还是先帮我通报一声吧!"

"好的。"说完,阿通便向里屋走去。

不一会儿,阿通就回来了。

"请进!"

她把喜左卫门让进石舟斋的房间。

石舟斋正坐在茶室里,头上戴着阿通缝制的头巾。

"你回来了?"

"遵照您的意思,一切都办好了。我带去了您的话,也送了点心以表心意。"

"他们已经走了吗?"

"还没。我回到城里时,他们又差客栈的人送信过来,说是既然路过这里,就一定要拜访小柳生城的武馆。明天,他们会进城来拜见主公。"

"这小子!真是难缠!"石舟斋一脸不悦。

"你有没有告诉他们,宗矩在江户,利严在熊本,其他人也都不在。"

"我说了。"

"我特地派家臣去当面回绝,他们竟然还是一意孤行,这些不知好歹的东西!"

"他们的确很不识相。"

"听说吉冈门那伙人,武功不怎么样。"

"我是在客栈见到他们的。当时,传七郎刚好从伊势参拜回来。我看他人品不怎么样。"

"是吗?吉冈门的创始人吉冈拳法是一个非常优秀的人,当年他跟随伊势守大人上京的时候,我们曾见过几面,还一起喝过酒。最近几年,吉冈门家道中落。我是顾念当年情分,不忍让拳法之子难堪,才没把他们赶出柳生谷。柳生家从没理会过这种狂妄小辈的挑战。"

"传七郎这个人,看来是自信满满哟!如果他一意孤行,我就给他一点教训!"

"这样可不行。名门之子都是死要面子的,如果这次他们折戟而归,必定会怀恨在心,事情就会没完没了。为了宗矩和利严,我们要用一种超然的态度来应付他们。"

"那该怎么办?"

"还是要以柔克刚。我们可以用对待名家子弟的礼节,哄他们回去。对了,派男使者较容易起冲突。"

说着，石舟斋望向阿通说道："派她去比较合适，还是女使者比较好。"

"好的，我可以前往。"阿通回答。

"不急，不用现在动身，明早去就行。"

说完，石舟斋大笔一挥，写了一封简明扼要的回信，并把它系在了刚才那支芍药上。他对阿通交代道：

"你拿这个去见他们。就说石舟斋偶感风寒、身体不适，由你代为传话，并对他们的问候表示感谢。"

五

在石舟斋的授意下，阿通决定在第二天早晨出发。

清早，她跟石舟斋问过安后，说了一句"那我去了"，就披上斗篷，离开了山庄。

她来到城外的马厩。

"能不能借我一匹马？"

正在打扫马厩的小厮说道："咦？阿通姑娘！你要去哪儿？"

"我奉主公之命，要去城外的绵屋客栈。"

"那我陪你一起去吧！"

"不必！"

"你一个人行吗？"

"我喜欢骑马。以前在乡下时，我还经常骑野马呢！"

随后，阿通就骑上马出发了。浅红色的斗篷，在马背上轻轻摇摆着。

在大城市里，斗篷早已成为落伍的服饰，上层社会的人已不再穿着。但在一些地方，它仍受到很多中下层女性的青睐。

阿通手上拿着一枝初绽的白芍药，石舟斋的信就系在上面。阿通单手握着马缰，缓缓前行。田里劳作的人看到她，都纷纷抬起头，低声议论几句。

"是阿通姑娘哟！"

"那个就是阿通姑娘啊！"

阿通刚到此地不久，名字就已尽人皆知。连农民们都知道，主公身边出现了一位美人儿，经常为主公吹奏笛子，并侍奉在左右。由此可以看出，农民们与石舟斋的关系十分亲近，并不像一般的百姓和领主那样疏远。

阿通走了半里地之后，向一位农家妇女问路："请问，绵屋客栈在哪儿？"

那女人正在河边刷锅，背上还背了个小孩。

"你要去绵屋客栈吗，我带你去吧？"

女人放下手上的活，要亲自给阿通带路。这让阿通觉得很过意不去。

"您不用特意领我去，只要告诉我怎么走就行了。"

"没关系！那客栈离这儿很近。"

说是很近，两人还是走了近二里地。

"这就是了！"

"谢谢！"

阿通道过谢后，从马上下来，把马栓在房前的树上。

"欢迎光临！您要住宿吗？"小茶一边招呼，一边迎了出来。

"不是。我来这里是想拜会吉冈传七郎先生。是石舟斋大人派我来的。"

小茶跑进去送话，过了一会儿，她跑回来说道："请进！"

门口有一些已退房的客人，肩上扛着行李，正在穿草鞋。他们看到小茶身后跟着一位眉清目秀、气质高雅的女子，都不由得注目观看。

"这是谁家的姑娘？"

"是谁的客人呀？"

昨晚，传七郎和他的朋友喝得酩酊大醉，现在才刚起床。听说小柳生城的使者求见，以为又是那个虎背熊腰的大胡子。没想到出现在眼前的，是一个手持白芍药的美女使者。

"唉！真不好意思，屋里太乱了！"

他们的神情有些慌乱，不仅是因为凌乱的房间很煞风景，还因为自己的衣着也太过随便。

见到阿通走进来，他们立刻整理好衣冠，正身坐好。

"请！请这边坐！"

六

"我奉小柳生主公之命，前来送信。"

说着，阿通便把芍药花放到传七郎面前。

"请过目！"

"哦！是一封信。"

"好的，我看一下。"传七郎打开信。

这张信纸不足一尺，字迹的墨色较浅，带着一种茶道的韵味。

内容如下：

    阁下屡致问候之意，老朽愧不敢当。由于前几日偶感风寒，至今仍无法待客。与其以病容相见，不如送上一枝芍药，盼其清雅之气聊慰诸君旅途劳苦。花期有限，望君珍惜。谨此聊表歉意。

    老朽已多年不问世事，恕不再见外人。

    敬请包涵。

    石舟斋

"哼……"

传七郎读完信，觉得很无趣，用鼻子哼了一声，然后卷好信问道："只有这个吗？"

"还有，主公说，本应邀您去家中做客，即使粗茶淡饭也可以聊表寸心。但家中的练武之人中，没有一人有资格与您交手，不巧儿子宗矩正在江户任职。如果我们草率接待各位，唯恐招致京都诸君耻笑。所以，请各位下次途经柳生谷再光临敝舍。"

"哈哈——"

传七郎一脸不悦。

"看来石舟斋大人以为我们是来讨茶喝的。我们这些武门后生不懂什么茶道，只想亲自拜见景仰已久的石舟斋大人。顺便请他指教一二。"

"这一点，主公十分了解。但是，他已远离尘世，只想安享晚年。现在他只对茶道、花艺感兴趣，喜欢以茶道的方式来对待一切事情。"

"真没办法！"传七郎颇不情愿地说道。

"既然如此，请你转告他，下次路过这里时，我一定前去拜访。"

说完，传七郎要把芍药花还给阿通。

"啊！主公说过，这枝花送给您，以慰旅途辛劳。如果您乘轿子，就把它插在轿子前面；如果您骑马，就把它别在马鞍上。"

"什么，把这个当礼物？"

传七郎瞥了一眼，似乎感觉受了侮辱，表情很愤怒。

"混帐！你告诉他，京都也有芍药花。"

既然被拒绝，阿通也不好再勉强，便说道："那我这就去回禀主公。"

她小心翼翼地拿起芍药，轻声告辞后，就走出了房间。

看得出对方的确很生气，竟然没派人出来送一下。阿通一想到房里那些人的尴尬的表情，不觉暗暗发笑。

武藏就住在这条走廊的另一个房间，与传七郎的房间仅相隔几间屋，他来此地已有十几天了。阿通从传七郎的房里出来后，瞥了一眼油黑光亮的地板，便向另一头走去。突然，有人从武藏的房间跑了出来。

七

阿通听到背后传来脚步声，回头一看，原来是刚才那个引路的小孩。

"您要回去了吗？"

"是啊！我的事情已经办完了。"

"这么快！"

打过招呼后，小茶目不转睛地看着阿通手里的花。

"这枝芍药开的是白花吗?"

"是的。这是柳生城里的白芍药。如果喜欢就送给你。"

"请给我吧!"说着,小茶伸出手。

阿通把芍药递给她。

"再见!"

阿通披上斗篷,来到客栈外,骑上马走了。

"欢迎下次光临!"

小茶目送她离开后,便把芍药花拿给客栈里的伙计们看,但是没有人称赞花儿美丽。她很失望,便拿着花走进武藏的房间。

"客官,您喜欢花吗?"

"花?"

武藏手托着脸,正望着小柳生城的方向出神。

"怎样才能接近那个大人物?怎样才能见到石舟斋?如何才能破解这位剑圣的武功?"

他一直在思考这些问题。

"哦,这花真美!"

"您喜欢吗?"

"喜欢。"

"这是芍药花,白色的芍药花。"

"太好了,那里刚好有个瓶子,可以插在里面。"

"我不会插花,还是您来插吧!"

"不,你来插比较好。随意之作,反而有趣!"

"那我去盛些水。"

小茶拿着花瓶出去了。

武藏突然注意到这枝芍药枝杈上的切口,他歪着头看了一会儿。后来,索性拿起来仔细观察。他没有看花,而是反复看着枝杈处的切口。

"哎呀,哎呀!"

小茶捧着花瓶走回来,里面的水溅了一路。进屋后,她把花瓶放到了地中间,很随意地将芍药花插进瓶里。

"不行呀!客官!"

虽然还是个孩子,她也能感觉到自己插的花不够自然。

"你看!是花枝太长了。拿过来,我帮你切短一些。"

小茶把花取出来,武藏对她说:"切短之后,把花直接插进瓶里,就像它当初长在土里的样子。你站着拿好了哟!"

小茶按武藏说的,站着拿好花。突然,她被什么东西吓得大叫一声,连手里的芍药花都扔了。

这也难怪。

原来武藏以迅雷不及掩耳的速度,用腰间的短刀切断了枝杈。小茶只看到武藏的手刚碰到腰间的短刀,突然一道白光从自己两手之间穿过。随着她一声惊叫,短刀应声入鞘。想不到,这位客官竟会用如此粗暴的方式,来切断这枝娇美的芍药。

小茶被吓得大哭起来,可武藏并没过去哄她。他只顾着拿起两个花枝,仔细比较着新旧两处切口。

八

过了好一会儿,武藏才回过神来。

"啊?对不起!"他急忙过去安慰小茶。

小茶哭得眼泪汪汪,武藏摸摸她的头,忙着赔礼道歉。

"你知不知道这花是谁送来的?"

"是别人给我的。"

"谁给的?"

"城里的人。"

"是小柳生城的家臣吗?"

"不,是个女的。"

"噢,这么说来,这是城里种的花喽!"

"可能是吧!"

"刚才真抱歉!一会儿大叔给你买点心吃。现在长短刚合适,插在瓶里看看。"

"这样可以吗?"

"不错!这样很好!"

小茶一直以为武藏是个很有趣的叔叔,这次见到武藏拔刀削花枝,突然觉得他很可怕。所以,武藏刚吩咐完,她就一溜烟地跑走了。

比起那朵含笑不语的芍药花,地上这段七寸长的断枝,更吸引武藏的注意。

原来的切口,既不像剪刀剪断的,也不像小刀划断的。尽管芍药的枝干很柔软,但这个切口应该是被腰刀之类的大型刀具切断的。

并且,此人切断花枝的方式也非比寻常。从那个细小的切口就可以知道,此人身手不凡。

武藏也仿效那人的方式,用腰刀来切断花枝。但仔细比较后发现,两处刀口还是不同。虽然他也说不清究竟是哪里不同,但他不得不承认自己的刀法实在差得太远。这就好比雕刻一座佛像,即便雕刻大师与石刻工匠用的是同一把刻刀,但从刻痕上就可以清晰分辨出两者之间的差别。

"奇怪!"

水之卷

武藏独自沉思。

"连柳生家的武士都如此身手，看来他们比人们传说的还要厉害。"

一想到这儿，武藏不禁有些灰心。

"我完全想错了！自己还是远不如他们。"

可是,他突然又振作起来。

"作为对手，这样的人不是正合适吗？要是自己败了，就心甘情愿地臣服在他脚下。既然抱定必死的决心，又有什么可怕的？"

想到这儿，他不禁热血沸腾。年轻人那种不怕牺牲、不畏艰险的精神，使他斗志昂扬。

问题是，自己怎样才能见到他呢？

石舟斋大人一定不会轻易接见游学武者，客栈的老板也说过，什么人介绍都没用，他是不会见任何人的。

宗矩不在，孙子兵库利严也远在他乡。要在这片土地上打败柳生家，目标只有石舟斋了。

"有没有什么好办法呢？"

他的思绪又回到这个问题上。好一会儿，他身体中的狂放不羁的野性和旺盛的求胜欲才逐渐平复，他的目光落在瓶中那朵清纯的白芍药上。

看着看着，他突然想起一个人，那人身上所具有的清新脱俗的气质就好像这白芍药一样。

——阿通！

好久没想起她了。这一阵，武藏一心想着比武之事，可以说心无旁骛。此刻，阿通那温柔的面容，却再次浮现在他的脑海里。

九

阿通骑马返回小柳生城的途中，突然听到有人叫她。

"喂——"

那声音从杂草丛生的山崖下传来，听起来是个孩子。

本地的小孩看到年轻女子，根本不敢这样大喊大叫。她勒住马，想看个究竟。

"吹笛子的姐姐，你还在这里啊？"

原来是个全身光溜溜的小男孩，他头发湿漉漉的，衣服夹在腋下。他光着身子，毫不在意地就从山崖下跑上来。

他用一种略带嫉妒的眼神望着阿通。

"哟！"

阿通也吃了一惊。

"我以为是谁呢！你不是那个在大和路上，哭天抹泪的城太郎吗？"

"什么哭天抹泪！你胡说！我那时才没哭呢！"

"不提那件事了。你什么时候来这儿的？"

"前几天。"

"跟谁来的？"

"我师父。"

"哦，对了！你说过你有一个师父的。那今天是怎么了，怎么光着身子？"

"我在这儿下面的河里游泳来着。"

"哎！水还很凉吧？你这样游泳，别人看到了会笑话的。"

"我是在洗澡。我师父说我一身臭汗，我讨厌去澡堂，所以来这里游泳。"

"呵呵，你住哪个客栈？"

"绵屋。"

"绵屋？我刚从那里回来。"

"是吗？早知道就请你去我那儿玩了，要不要跟我一起回去？"

"我是来办事的。"

"哦，那就再见了！"

阿通走出几步，回头说了一句："城太郎！有时间请到城里来玩。"

"可以吗？"

本来阿通只是客套几句，没想到他竟然当真了，这使她有些为难。

"可以是可以，但你不能这个样子去啊！"

"真讨厌！我才不去那种拘束的地方呢！"

听他这么一说，阿通才松了一口气，她对城太郎笑了笑，就骑着马进城去了。

她回到城里之后，先把马还给了马厩的小厮。然后回到草庵，向石舟斋禀报此行的经过。

"这样啊！他生气了。"石舟斋听了阿通的描述之后，笑着说道。

"这样最好！他虽然生气了，但是不会再对我纠缠不休了，这样很好。"

过了一会儿，他好像想起了什么事，问道："芍药呢？你丢掉了吗？"

阿通回答，送给了客栈的小女佣，石舟斋也同意她的做法。

"不过，吉冈家的那个叫传七郎的小子，可曾拿起芍药仔细看过？"

"是的，他在打开信时，看过那花。"

"然后呢？"

"然后就还给我了。"

"他看没看过花枝上的切口？"

"没有。"

"他看过花后，什么都没说吗？"

"什么也没说。"

听到这儿，石舟斋对着墙壁喃喃自语："没见他是对的！这个人根本不值得我一见，吉冈门只有拳法一代堪称大家呀！"

四高徒

一

这座武馆非常庄严、雄伟，位于柳生城的外城区。武馆的天花板和地板，都用巨大的木料修建而成。据说，石舟斋四十岁的时候，对这里进行了改建。武馆内外透出一种历经世事的沧桑感，一草一木都在诉说着历代武者的辉煌与功绩。这里面积很大，遇到战事时，足以容纳下柳生家的全部武士。

"太轻了！不是用刀尖，是用刀腹！"

庄田喜左卫门上身穿着一件汗衫、下身穿着和服裤子，坐在高出一阶的地板上，呵斥着那些练武的人。

"重来！不像话！"

被庄田训斥的人，也是柳生家的家臣，他们都已汗如雨下。

听到庄田的命令，他们甩了甩脸上的汗，重新对练起来。

"喝！"

"嘎！"

两人立刻又打得难解难分，好像两团火球一样。

在这里，初学者拿的并不是木剑，而是一种叫作"剑套"的东西，就是将竹子放入皮制的长筒形套子里，这是上泉伊势守的发明。其实，这种"剑套"就是一个没有护手板的皮棒子。

要是打得激烈，它也能把耳朵打飞，或是把鼻子打肿。这里并没有什么对打的规则，总之就是要把对方打倒在地，即使在对方倒地后再补上一两棒，也不算违规。

"不行！不行！你们在搞什么？"

在这里练武的人，都得练到筋疲力尽才能停手。柳生武馆对初学者的要求更为严格，经常能听到严厉的训斥之声。因此，很多人都说，不是每个人就能去柳生家任职的。新来的人很少能坚持到最后，只有那些经过层层筛选的人，才能成为柳生家的家臣。

无论是足轻还是马童，只要是柳生家的人，都略懂一些刀法。庄田喜左卫门虽然只是个用人，但他很早就掌握了新阴派刀法，对石舟斋苦心钻研

"不提那件事了。你什么时候来这儿的?"

"前几天。"

"跟谁来的?"

"我师父。"

"哦,对了!你说过你有一个师父的。那今天是怎么了,怎么光着身子?"

"我在这儿下面的河里游泳来着。"

"哎!水还很凉吧?你这样游泳,别人看到了会笑话的。"

"我是在洗澡。我师父说我一身臭汗,我讨厌去澡堂,所以来这里游泳。"

"呵呵,你住哪个客栈?"

"绵屋。"

"绵屋?我刚从那里回来。"

"是吗?早知道就请你去我那儿玩了,要不要跟我一起回去?"

"我是来办事的。"

"哦,那就再见了!"

阿通走出几步,回头说了一句:"城太郎!有时间请到城里来玩。"

"可以吗?"

本来阿通只是客套几句,没想到他竟然当真了,这使她有些为难。

"可以是可以,但你不能这个样子去啊!"

"真讨厌!我才不去那种拘束的地方呢!"

听他这么一说,阿通才松了一口气,她对城太郎笑了笑,就骑着马进城去了。

她回到城里之后,先把马还给了马厩的小厮。然后回到草庵,向石舟斋禀报此行的经过。

"这样啊!他生气了。"石舟斋听了阿通的描述之后,笑着说道。

"这样最好!他虽然生气了,但是不会再对我纠缠不休了,这样很好。"

过了一会儿,他好像想起了什么事,问道:"芍药呢?你丢掉了吗?"

阿通回答,送给了客栈的小女佣,石舟斋也同意她的做法。

"不过,吉冈家的那个叫传七郎的小子,可曾拿起芍药仔细看过?"

"是的,他在打开信时,看过那花。"

"然后呢?"

"然后就还给我了。"

"他看没看过花枝上的切口?"

"没有。"

"他看过花后,什么都没说吗?"

"什么也没说。"

听到这儿,石舟斋对着墙壁喃喃自语:"没见他是对的!这个人根本不值得我一见,吉冈门只有拳法一代堪称大家呀!"

四高徒

一

这座武馆非常庄严、雄伟,位于柳生城的外城区。武馆的天花板和地板,都用巨大的木料修建而成。据说,石舟斋四十岁的时候,对这里进行了改建。武馆内外透出一种历经世事的沧桑感,一草一木都在诉说着历代武者的辉煌与功绩。这里面积很大,遇到战事时,足以容纳下柳生家的全部武士。

"太轻了!不是用刀尖,是用刀腹!"

庄田喜左卫门上身穿着一件汗衫、下身穿着和服裤子,坐在高出一阶的地板上,呵斥着那些练武的人。

"重来!不像话!"

被庄田训斥的人,也是柳生家的家臣,他们都已汗如雨下。

听到庄田的命令,他们甩了甩脸上的汗,重新对练起来。

"喝!"

"嘎!"

两人立刻又打得难解难分,好像两团火球一样。

在这里,初学者拿的并不是木剑,而是一种叫作"剑套"的东西,就是将竹子放入皮制的长筒形套子里,这是上泉伊势守的发明。其实,这种"剑套"就是一个没有护手板的皮棒子。

要是打得激烈,它也能把耳朵打飞,或是把鼻子打肿。这里并没有什么对打的规则,总之就是要把对方打倒在地,即使在对方倒地后再补上一两棒,也不算违规。

"不行!不行!你们在搞什么?"

在这里练武的人,都得练到筋疲力尽才能停手。柳生武馆对初学者的要求更为严格,经常能听到严厉的训斥之声。因此,很多人都说,不是每个人就能去柳生家任职的。新来的人很少能坚持到最后,只有那些经过层层筛选的人,才能成为柳生家的家臣。

无论是足轻还是马童,只要是柳生家的人,都略懂一些刀法。庄田喜左卫门虽然只是个用人,但他很早就掌握了新阴派刀法,对石舟斋苦心钻研

的柳生派刀法也颇有心得。并且,他还结合自己的特点,创出了一套新的刀法,自称为"庄田真派"。

柳生家中,一个叫木村助九郎的人虽然只是一个牵马武士,刀法却十分出众;另一个叫村田与三的人虽然是个看仓库的,但刀法运用足以跟柳生家的嫡孙兵库利严匹敌;还有一个叫出渊孙兵卫的人,虽然只是个小用人,但因自小在柳生家长大,也练就了高强的剑术。

越前侯曾邀请出渊去藩里任职,而纪州家也再三邀请过村田与三。

一旦柳生家传出有人学成的风声,各地诸侯就纷纷前来纳贤,就像来招女婿入赘一样。对柳生家而言,这既是殊荣,也是烦恼。

如果柳生家提出拒绝,对方就会说:"你们还会培养出更多的人才。"

这座古老的城池不断孕育出杰出的武学之士,柳生家也因此更加繁荣、兴旺。在此任职的武士,想要出人头地,就得经受皮剑套和木剑的磨炼,这也是柳生家亘古不变的家规。

"那是什么?卫兵!"

突然,庄田站起身,冲着窗外的人影喊道。

原来是城太郎站在卫兵的身后。

庄田瞪大双眼问道:"怎么是你?"

二

"大叔!您好!"

"啊!你怎么进城的?"

"是看城门的人带我进来的。"

城太郎回答得慢条斯理。

"原来如此。"

庄田喜左卫门问看城门的士兵:"这小孩是怎么回事?"

"他说要见您。"

"怎么可以仅凭这小孩的一句话,就随便带他进来?小家伙!"

"是!"

"这里可不是你玩的地方,快回去!"

"我不是来玩的,是来替师父送信的。"

"你师父?啊哈!对了,你的主人是一个游学武者。"

"信在这儿,请过目。"

"不看也罢!"

"大叔!您不识字吗?"

"什么!"庄田苦笑着。

"胡说八道!"

"那么,看一下又有什么关系呢?"

"你这小子，真是伶牙俐齿。我的意思是说，不用看也大概知道信的内容。"

"即使您知道，也要看一下嘛！这样才显得礼貌。"

"来此求教的游学武者多如牛毛，请恕我不能一一以礼相待。如果来到柳生家的每个游学武者，我们都要逐个接见，那每天就不用干别的事了。虽然你专程跑来，这样对你未免有些刻薄。但是，信的内容我已猜到八九。上面大概说无论如何都希望拜见凤城的武馆，即使只能见到将军武师的刀影，也心满意足。作为同样有志于武学的晚辈，恳请不吝赐教。对不对？大概就是这些内容吧？"

听到这儿，城太郎不由得瞪大了两眼。

"大叔！您好像在照着信读一样哟！"

"所以，我说不看也罢。不过，柳生家并非冷漠无情，我们不会把那些上门求教的人拒之门外。"

庄田向他解释道："可以让这个士兵带你去。你们穿过大门后，会在中门的右边看到一栋房子，上面的匾额写着'新阴堂'三个字。只要跟门房说一声，你和你师父就可以进去随便休息，甚至还可以住上一两天。另外，在你们动身离开的时候，我们还会赠送一笔路费，尽管钱数不多，但也表示了柳生家对后辈武者的鼓励。所以，你把这封信交给新阴堂就可以了。"

随后，庄田又补问了一句："你明白了吗？"

城太郎答道："不懂。"

接着，他又摇摇头，耸了耸肩说道："喂！大叔！"

"什么事？"

"您说话也要先看看对象吧！我可不是乞丐的弟子哟！"

"呦。你的嘴巴真厉害。"

"您最好打开信看看，万一信上写的和您说的不一样，怎么办？"

"嗯！"

"要是不一样，您能把头砍下来给我吗？"

"等等！"

喜左卫门咧开嘴，笑了起来。浓密的胡子中，露出雪白的牙齿，好像熟透的栗子裂开了皮一样。

三

"头不能给你！"

"那么，您就得看信。"

"小家伙！"

"什么事？"

"你真是不负师命啊！"

"这是应该的呀!您作为柳生家的家臣,不也要认真做好分内之事吗?"

"你真是巧舌如簧。如果剑法也达到这种地步,可就不得了了!"

喜左卫门边说边拆开信封,然后低头读完了武藏的信。看完之后,他的脸色略显惊恐。

"城太郎,除了这封信,你还带来了什么东西?"

"啊!差点忘了,还有这个。"

说着,他从怀里拿出一个七寸长的芍药断枝,从容不迫地交给了对方。

喜左卫门仔细比较着两端的切口,歪着头沉吟不语,似乎没有完全理解武藏信中的用意。

那封信提到:

> 在下自客栈小女佣处得到一枝芍药花,听说是城里种的花。后来,发现花枝的切口决非出自一般武者之手。在下插花之时,能感受其神韵,同时也非常想知道这花枝究竟为何人所切断。此不情之请,万望告知。回信可由传话的小童带回。

这封信里根本没提到自己是游学武者,也没说希望比武之类的事情,而仅仅提出这么一个要求。

"他的要求的确很奇怪呀!"

喜左卫门这样想着,又仔细看了看两处的切口。但是,他仍旧没看出来哪一个是旧切口、哪一个是新切口。

"村田!"

他喊了一声,便拿着信和断枝走进武馆。

"你看看这个。"说着,便把东西交给他。

"你能不能辨认一下这两端的切口,哪一个是高手所切?哪一个是泛泛之辈所切?"

村田与三翻来覆去看了好几遍,终于不得不承认:"我看不出来。"那样子就像泄了气的皮球。

"拿给木村看看!"

于是,他们来到公事房里,把断枝拿给木村助九郎看,而他也无法辨认。

此时,站在一旁的出渊孙兵卫说道:"这花枝是前天主公亲手切断的。庄田大人,当时您不也在场吗?"

"哦,我只看到他在插花。"

"这是当时插剩下的一枝。后来,主公把信系在这枝花上,吩咐阿通交给吉冈传七郎。"

"哦！原来是那件事。"

听到这儿，喜左卫门又把武藏的信从头到尾看了一遍。这回他神情愕然，不禁瞪大了两眼。

"两位大人，这封信的署名是新免武藏。前一阵，与宝藏院僧人联手在般若原斩杀众多无赖的人，叫宫本武藏，他们是不是同一个人呢？"

四

这个新免武藏，肯定就是那个宫本武藏。

出渊孙兵卫和村田与三都这么认为。那封信在他们手中传来传去，每个人都重新看了一次。

"字里行间流露出一种凛然正气。"

"很有大家风范哪！"

他们一边看信，一边赞叹着。

庄田喜左卫门说道："如果这个人真如信上所说，一看到芍药枝的切口就察觉出它的与众不同，那他的武功一定在你我之上。因为这是主公亲手切断的，俗话说慧眼识英雄啊！"

"嗯。"众人都同意庄田的说法。

出渊突然说道："真想会他一会。一来可以探探他的虚实，二来可以问问他般若原事件的经过。"

喜左卫门突然想起，城太郎还等在门外。

"来送信的小孩儿还等着呢！要不要叫他过来？"

"怎么办呢？"

出渊孙兵卫和木村助九郎商量了一会儿，助九郎说道："武馆现在不接受任何游学武者来此学习，所以不能在武馆里接见他。但是，中门那里的新阴堂池畔，正值燕子花盛开，山杜鹃也是姹紫嫣红。我们可以找一晚，在那里摆下酒宴，邀他前来谈武论剑，想必他一定会欣然应邀。如此一来，即使主公知道了，也不会怪罪我们。"

喜左卫门听了，不禁拍掌称快。

"真是个好办法！"

村田与三也说："我们有兴趣跟他谈一谈，就这样回复他吧！"

多时的商量，终于有了结果。

一直等在屋外的城太郎有些不耐烦，他伸着懒腰说道："哎哟，怎么这么慢哪！"

此时，一只黑色的大狗走了过来，来到城太郎身边左闻闻、右闻闻。城太郎一见，以为来了个玩伴，就抓着狗耳朵，把它拉过来。

"我们来玩摔跤吧！"

城太郎抱住大狗，把它翻倒在地。

因为摔跤太容易，城太郎便开始逗弄着大狗玩儿。他把狗举起来抛出老远，还用手扳开它的上下颌。

"叫汪汪！"

可是玩着玩着，城太郎不知道怎么惹怒了它，那只狗开始撒野，它突然咬住城太郎的衣角，呜呜低吼，就像一个小牛犊。

"好家伙！你以为我好惹吗？"

他手握木刀，想要跟狗拼命。而那只大狗却张开血盆大口，狂吠不止，就像小柳生城的将士一样毫无惧色。

咚——的一声，木剑打在了狗的头上，没想到它的头十分坚硬，木剑打上去就像敲在石头上一样。这下子，狗可发怒了，它咬住城太郎后背的腰带，把他整个人甩了出去。

"你这只大坏狗！"

城太郎刚要爬起身，但狗的速度更快，只听见一声惨叫，城太郎双手捂着脸，拔腿就跑。

汪汪汪！汪汪汪！

大狗的叫声，回荡在整个后山。城太郎捂脸的手指缝中，流出了鲜血。他连滚带爬，边跑边哭。

"哇——"

哭喊声之响亮，绝不亚于那只狗。

团坐宴

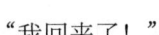

"我回来了！"

一回到房间，城太郎装作若无其事，来到武藏面前。

看到他的脸，武藏不由得吓了一跳。城太郎的脸上布满抓痕，横一道、竖一道的，活像棋盘上的纹路。鼻子上也满是血迹，就像掉进沙地里的草莓。

武藏知道他一定遇到了倒霉事，身上的伤口一定很疼。但是，城太郎却对此只字不提，武藏也就没多问。

"回信在这儿！"

城太郎把庄田喜左卫门的回信交给了武藏，然后简单叙述了一下事情经过。说话时，他脸上的血滴滴答答地流下来。

"就是这样。您还有其他事吗？"

"没有了。你辛苦了。"

武藏的目光刚一落到那封回信上，城太郎就双手捂脸，跑了出去。

小茶跟在他身后，担心地看着他的脸。

"怎么了？城太郎！"

"被狗咬了。"

"咦？哪里的狗？"

"城里的。"

"啊！是那只黑色的纪州犬。那只狗呀，就算好几个城太郎绑在一起，也打不过它。有一次，一个别国的奸细潜入城中，就是被它咬死的。"

小茶虽然总被城太郎欺负，但现在十分关心他的伤势。她带城太郎到后院洗脸，又拿来药帮他敷上。今天，城太郎格外懂礼貌，不停地道谢。

可是，他却一直低着头。

"城太郎！男子汉大丈夫，怎么能总低着头呢？"

"可是……"

"我们虽然经常吵架，其实我很喜欢你的。"

"我也是。"

"真的？"

城太郎脸上没被药膏遮住的地方，涨得通红。小茶的脸也是一阵滚烫，她赶紧用手捂住了脸。

周围并没有人。

地上干燥的马粪，被太阳晒得冒着白烟。灿烂的天空中，绯红的桃花翩然落下。

"可是，城太郎的师父马上就要离开这儿了吧？"

"好像还要待上一阵子。"

"要是能住个一两年，就太好了。"

两人手拉手躺在饲料仓库外的干草堆上。城太郎感到心中有一种情绪蠢蠢欲动，他突然发疯般咬住小茶的手指。

"啊！好疼！"

"咬疼你了？对不起！"

"不！没关系，你再咬一下！"

"真的吗？"

"嗯，你再使劲咬一下！"

他们就像两只玩耍的小狗一样，抱在了一起，还用稻草蒙住了头。没有其他原因，他们就这样静静地抱着。这时，小茶的爷爷过来找她，见此情景吓得目瞪口呆。他板着脸骂道："你这混蛋！到处捣乱，在这儿干什么？"

说着，他揪起两个人的衣领，把他们拖了出来。末了，还在小茶的屁股上狠狠地打了两下。

二

在接到回信的这两天里,武藏一直在思考着什么,他双手抱胸,一言不发。

看到武藏面沉似水、眉头紧锁的样子,城太郎有些害怕。他心想,搞不好师父已经知道自己和小茶在仓库玩的事情了。

有时,城太郎半夜醒来偷眼观察武藏,只见他躺在被窝里,大瞪着两眼,死死盯着天花板,那阴沉的表情着实吓人。

第二天的傍晚,武藏吩咐道:"城太郎!去把账房叫来,我们要结账。"

于是,城太郎匆匆跑了出去。不一会儿,客栈的伙计就进来了。又等了一会儿,账单也送来了。武藏利用这段时间,打点好了行装。

"要不要用晚饭?"客栈的伙计问道。

"不用了!"他回答。

小茶茫然地站在房间一角,终于忍不住开口问道:"客官!您今晚就不回来了吗?"

"嗯。这段时间,多谢小茶的照顾了!"

听到这儿,小茶双手掩面,哭了起来。

"再见了!"

"请多保重!"

客栈的掌柜和女佣们都站在门口,向武藏道别,他们不知道这位客人为何执意要在黄昏时离开。

武藏离开客栈后走了一会儿,回头一看,城太郎竟然没跟过来。于是,他又折回去找城太郎。

原来,在客栈的仓库旁边,城太郎正跟小茶难舍难分。一看到武藏走过来,两人立即分开。

"再见了!"

"再见!"

城太郎跑回到武藏身边,尽管他很害怕师父的目光,但还是忍不住频频回头。

柳生谷山城的灯火很快就被抛在两人身后。武藏仍旧默不作声地赶路,而城太郎再回头望去,已不见小茶的身影,他只好悄悄跟在武藏身后。

此时,武藏终于开了口。

"还没到吗?"

"到哪儿?"

"小柳生城的大门。"

"您要进城?"

"嗯。"

"今晚，我们住在城里吗？"

"还不知道。"

"已经到了，大门就在那边。"

"是这里吗？"

武藏停下了脚步。

这是一座年代久远的城门，石墙和栅栏门上都长满了苔藓，周围的参天古树发出阵阵林涛之声。透过多口形的石墙，隐约看到城内的方形窗户中有灯火闪动。

他们大声叫了叫门，立刻有守卫走出来。武藏拿出庄田喜左卫门的信递给看门人。

"我是应邀前来的宫本。请帮我通报一声！"

那守卫早已知道今夜有客人，所以没去通报，立即说道："我们已恭候多时，请进！"

说完，他带着武藏他们向外城区的新阴堂走去。

三

其实新阴堂就是一座书院，城里的子弟在此接受儒学方面的教育。同时，这里也是藩里的书库，在走廊两侧及房间里，都摆满了书架。

"柳生家的武功天下闻名，现在看起来，他们所精通的不只是武学啊！"

亲身踏入柳生城之后，武藏对柳生家有了更深一层的认识。柳生家文化底蕴之深厚、历史传统之悠久，都远远超过武藏的想象。

"的确名不虚传啊！"

每走到一处，他都不禁点头赞叹。

从大门到新阴堂那段干净整洁的道路、看守不卑不亢的应对、城内森严庄重的气氛，以及屋内透出的柔和灯光，这一切的一切都显示出了这座城池的与众不同。

这就好比要去别人家做客一样，只要你在门口脱下鞋子，就能立刻感受到这户人家的家风。武藏一路走来，颇有感触，最后他来到一个宽敞的房间，在地板上坐了下来。

新阴堂所有的房间都没铺榻榻米，这间也是木头地板。不一会儿，小厮送来了麦秆编成的圆坐垫。

"请用坐垫！"

"谢谢！"

武藏也没客气，拿过来就坐在了上面。跟班的城太郎当然没资格走进这间屋，侍者让他在休息室等候。

不一会儿，小厮又来了。

"欢迎您今晚光临寒舍。木村大人、出渊大人、村田大人都已恭候多时，只有庄田大人不巧有公务在身，他会迟一点到。请您稍候片刻。"

"我只是过来闲谈一会儿，请不必介意！"

武藏把坐垫放到角落的柱子旁，背靠着柱子休息。

微弱的烛光投射到院子里。空气中飘来淡淡的甜香味道，原来是紫藤、白藤的花瓣随晚风飘落下来。远处还传来阵阵蛙鸣之声，今年武藏还是头一次听到这种声音。

这附近似乎还有潺潺的流水声，听起来就像有溪水自地板下面流过。没想到自己心情平稳下来之后，连坐垫下面的流水声都能听得到。不一会儿，武藏突然觉得墙壁、天棚、还有那盏微弱的烛火，都发出了这种流水的声音，他被一种彻骨的寒气所笼罩着。

可是尽管身处寂寞之地，武藏内心却涌起一股难以抑制的情绪，他全身的血液都在沸腾着。

坐在这个圆形的坐垫上，他陡然生出一种傲视群雄的气概。

"柳生算什么？"

"他是剑侠，我也是剑侠，就这一点而言，我们是势均力敌的。"

"不！今晚我就要冲破这种关系，要让柳生甘拜下风！"

他下定了决心。

"不好意思！让您久等了。"

这时，门外传来庄田喜左卫门的声音，另外三人也同行而来。

"欢迎光临！"

打过招呼后，三人依次报上自己的姓名。

"我是柳生家的牵马武士，木村助九郎。"

"在下是仓库看守，村田与三。"

"我是出渊孙兵卫。"

四

不一会儿，酒菜就端上来了。

古朴的酒杯里，装着自制的清酒，味道十分醇香。各种小菜分别盛在木制的盘子里，摆放在每个人的面前。

"这位贵客！此处乃穷乡僻壤，没什么美味佳肴，请您不要客气！"

"请用吧！不要客气！"

"我们随便坐吧！"

四位主人对武藏表现得极为客气，他们故意显得很轻松。

武藏不善饮酒，并不是讨厌喝酒，而是尚未尝过真正的酒味。

可是今晚，他却主动举起酒杯说道："先干为敬！"然后就一饮而尽。

这酒虽然不难喝，却也没有特别的感觉。

"看起来，您很能喝嘛！"

木村助九郎又给武藏满上了酒。因为他就坐在武藏旁边，所以有一句没一句地跟武藏闲聊。

"您前几天提到的芍药枝，其实是我家主公亲手切断的。"

"怪不得如此高明！"武藏不由得拍了一下膝盖。

"可是……"助九郎又往前凑了凑。

"为何阁下一看到那个枝条上的切口，就知道此人身手不凡呢？对于这一点，我们感到非常好奇。"

武藏似乎不知该如何回答，他歪着头想了一会儿，反问道："果真如此吗？"

"当然是真的。"

庄田、出渊、村田三人异口同声地说道："我们都没能看出来。的确是慧眼才能识英雄啊！关于这一点，能否给我们这些凡夫俗子讲解一下？"

听到这儿，武藏又干了一杯。

"愧不敢当！"

"不！您太谦虚了。"

"不是谦虚。老实说，我只是凭着一种感觉而已。"

"什么样的感觉？"

柳生家的四大弟子刨根问底，想要一探武藏的虚实。他们第一眼见到武藏时，就惊叹于他的年轻。那魁伟的身材、机敏的眼神、落落大方的举止，也让他们心生敬佩。

但是，武藏几杯酒下肚后，拿酒杯和筷子的姿势就变得粗野起来。

（哈哈！到底还是个粗人。）

于是，这三人把武藏当成了还未出师的学徒，态度中带出几分轻慢。

武藏只喝了三四杯酒，脸就像火烧一样，他觉得有些不好意思，时不时用手拍拍脸。

看到他羞涩的举止，四位弟子不禁大笑起来。

"能不能谈一下你所谓的感觉到底是什么东西？当年，上泉伊势守老师住在柳生城时，这座新阴堂就是特别为他建造的，所以说这里跟武学颇有渊源。能在这里恭听武藏阁下阐述剑道，最合适不过。"

"可我不知道该怎么说。"

武藏只能这样回答。

"感觉就是感觉，只可意会、不能言传。如果你们非要我说清楚，只有先跟我过上几招，之后自然就明白了。"

五

武藏一心想接近石舟斋，还想跟他比武，他要让一代武学大师臣服在自己的剑下。

他要在自己的头上，点缀上这颗最为耀眼的珍珠。

也要让这里的人知道，武藏曾来过这里。

对胜利的热切渴望使他全身血脉喷涌，但表面上他依然不动声色。在这静谧的夜晚，客人沉默不语，灯架上的烛光不时冒出一阵淡黑的烟，像乌贼在吐着墨。晚风徐徐，远处偶尔传来一两声蛙鸣。

听到武藏说出这句话，庄田和出渊相视而笑。他们知道，这句貌似闲谈的话，其实就是一种挑衅。在四大弟子中，出渊和庄田的年纪较大，所以他们很快就察觉到了武藏身上的霸气。

"小子，你的口气真不小！"

对于武藏的幼稚，他们只能暗自苦笑。

这几个人天南地北地聊个不停，他们论剑、讲禅、谈各国趣事，尤其讲到关原大战时，更是兴致盎然。出渊、庄田、村田三人都曾跟随主公出征，当时他们隶属于东军，而武藏的部队则隶属于西军，谈到这里，每个人都滔滔不绝。不仅庄田等人聊得起劲，就连武藏也是谈兴很浓。

不经意间，又过了很长时间。

"如果错过今晚，就再也没机会接近石舟斋了！"

武藏一直纠结于这个问题。

这时，对方开口道："您用些麦饭（在米饭中掺裸麦煮成的饭）吧！"

同时，酒杯被撤下，换上了麦饭和汤品。

武藏一边吃，一边想着如何才能见到石舟斋。

他心中只有这个念头。想来想去，他终于得出结论：用寻常方法肯定无法接近他，就这么办！

最后，他只能采取一种连自己都十分不屑的方法，那就是激怒对方，诱使他们出战。但是，自己在冷静的状态下，是很难激怒对方的。于是，武藏开始故意大放厥词、举止无礼。对此，庄田喜左卫门和出渊仅是一笑置之，毫不在意。由此可以看出，这四位高徒绝不是心浮气躁的浅薄之辈。

此时，武藏反而流露出焦躁的情绪。他不甘心就这样无功而返，同时也担心对方看透了自己的心思。

"过来放松一下吧！"

饭后用茶之时，四人随意地坐在圆垫上，有的抱膝、有的盘腿。

武藏还是靠着柱子坐着，默不作声、怏怏不乐。尽管他知道，与石舟斋比武自己不一定会赢，也许还会被杀死，但如果没和他交手就离开柳生城，自己肯定会抱憾终身。

"咦？"

村田与三突然起身，走到房檐下，看着暗处嘀咕着："太郎叫个不停，而且叫声很不寻常，是不是出了什么事？"

原来那只大黑狗名叫太郎。此时，从二道城墙那里传来凄厉的狗叫声，那叫声简直不像狗发出的声音，其恐怖程度足以震慑周围群山的鬼魅。

太郎

一

犬吠之声久久没有平息，一定是出了大事。

"不知发生了什么事？武藏阁下，真抱歉，我要去看看。您稍坐片刻！"

出渊孙兵卫一走，村田与三和木村助九郎也紧接着说："抱歉！请在此稍候。"

随后，他们紧跟着出渊走了出去。

远处的黑暗里，那狗叫声越发急促，好像要告诉主人什么事情。

三人离席之后，那狗叫声更加凄厉，在摇曳烛火的映衬下，屋中平添了几分阴森之气。

城里的巡逻犬发出如此异样的叫声，表明城里一定有突发情况。虽然，现在各诸侯国能够和平相处，但对别国的警惕却从未放松过。不知何时，又会有枭雄崛起，引起新的战事。因此一些国家的奸细也瞄准那些毫无戒备的城池，伺机潜入。

"奇怪！"

唯一留在房中的庄田喜左卫门也非常不安，他感到烛台上跳动的火焰闪动着一种不祥的光芒，回荡在四周的犬吠声显得分外可怖。

忽然，又传来一声凄厉的犬吠声。那是一声怪异的哀嚎，声音延续了几秒钟。

"啊！"

庄田喜左卫门望向武藏，武藏也轻呼了一声，同时拍了一下腿。

"狗死了！"

庄田喜左卫门几乎与武藏同时说道："太郎被杀死了！"

两人直觉一致，他终于按捺不住了。

"出事了！"说着，立刻站起身。

武藏好像突然想起什么事情，连忙找来新阴堂的小厮询问道："跟我一起来的童仆城太郎，还在外屋等我吗？"

小厮出去找了一阵,过来回话:"没看到您的童仆。"

武藏心里一惊,对喜左卫门说道:"我有些不放心,想到出事地点看一看,能否请您带路?"

"没问题!"

庄田喜左卫门在前面带路,两人急匆匆地向二道城墙赶去。

出事地点是位于距武馆一百多米远的地方,因为那里已聚集了四五盏火把,所以他们很快就找到了。此时,村田、木村和出渊也在那里,闻声随后赶来的足轻、卫兵、看守等人围成了一大圈,不时发出阵阵骚动。

"啊!"

武藏站在人墙后,就着火把的光亮向里面窥视,结果吓了他一大跳。

原来,站在那儿的真是城太郎,他全身血污,像个小魔鬼。

他手提木剑,紧咬牙关,喘着粗气,瞪着那些包围他的藩兵。

那只黑毛纪州犬太郎,就倒在他脚下。那只狗龇牙咧嘴,死相惨不忍睹。

好一会儿,大家都没出声。那只狗虽然面对火把方向圆睁两眼,但显然已经口吐鲜血、暴毙而亡了。

二

每个人都目瞪口呆,沉寂了片刻之后,终于有人哀叹道:"哦!那是大人的爱犬太郎。"

"你这小子!"

突然,一名家臣走到面无表情的城太郎旁边。

"是你杀死太郎的吗?"

他抡起巴掌就朝城太郎脸上挥去,城太郎敏捷地扭头避开。

"是我又怎么样?"他仰起头喊道。

"为什么要杀它?"

"我当然有杀它的理由!"

"什么理由?"

"我要报仇!"

"什么?"

听到这个回答,在场所有人都深感惊讶。

"为谁报仇?"

"为我自己报仇。前天我来送信,那只狗把我的脸咬成这副样子,今晚我决定把它杀死。我找了一圈,发现它在地板下睡觉,为求公平,我还特意把它叫醒。结果我们正式决斗后,是我赢了。"

城太郎的小脸红扑扑的,他极力表示自己绝没用卑鄙的手段赢得胜利。

但是,站在他面前的家臣,还有在场这些表情严肃的人,关心的根本不是这场人狗大战的胜负。他们中有的人忧心忡忡，有的人满脸怒气，那是因为这只叫太郎的巡逻犬，是任职于江户的但马宗矩的爱犬。并且，这只狗还是纪州赖宣公的爱犬"雷鼓"所生，宗矩将它带回来时还附有血统证明书。现在，这只名犬被人杀死了，必须要追究相关责任，更何况还有两个武士专门负责照看它呢！

现在，城太郎面前这位面无血色、青筋暴露的武士，可能就是照看狗的人。

"闭嘴！"

他举起拳头又向城太郎打来。

这次，城太郎没有躲开，那记拳头正打在他的耳边。城太郎用一只手捂着脸，那河童一样的头发几乎全都立了起来。

"你干什么？"

"既然你杀死了那只狗，我就要'以其人之道还治其人之身'！"

"我是为了报前天被咬之仇。如果这样冤冤相报，不就没完没了吗？你们大人连这点道理都不懂吗？"

城太郎是抱着必死的决心来跟狗决斗的，他要别人明白，自己的自尊心不容忽视，而武士最大的耻辱就是颜面受损。他甚至还想过，自己的行为可能会受到别人的称赞。

因此，不论那位家臣如何暴怒，他都不在乎。对于他们的无理责骂，城太郎愤愤不平，还极力反驳。

"啰唆！就算你是个小孩，也应该知道人和狗不同。怎么能向狗报复？我一定要用你杀狗的方式杀了你！"

他一把揪住城太郎的衣领，望向围观的人，来争得大家的同意。同时，也在向众人宣告，这是自己职责所在，必须要如此。

藩兵们都默默点了点头，四位高徒虽然面有难色，也没吭声。

武藏也一直沉默着。

三

"快学狗叫！小鬼！"

这武士拽着城太郎的领子，拎着他转了好几圈，趁他头昏眼花之时，一下子把他推倒在地。

随后，这个家臣手拿木棒，朝他打了过去。

"喂！小鬼，我要像你杀死狗一样，把你打死！起来，快学狗叫！敢过来咬我吗？"

城太郎无法一下子爬起来，他咬紧牙关，单手撑着地。随后，拄着木剑，慢慢站了起来。尽管还是个孩子，但他那凶狠的眼神和狰狞的表情，都让人不寒而栗。

他真的像狗一样，怒吼了一声。

这可不是虚张声势。

他坚信，他做得没有错！

大人生气时，还懂得控制情绪。可小孩一旦生起气来，恐怕只有母亲才能安抚得住。尤其看到对方手持木棒，更让城太郎怒不可遏，他简直就像一个被怒火点燃的火球。

"杀呀！你杀我看看！"

他全身散发的杀气，让人想象不到那仅是一个十一岁的小孩。他略带哭腔地喊着："去死吧！"

木棒再次呼啸而来。

如果这一击命中，城太郎准没命——突然，"铿！"的一声巨响，所有人都一惊。

武藏的表情一直很冷淡，直到此刻，他还是双手抱胸，默默旁观。

嗖——城太郎的木剑飞向空中，他是在无意识中接了对方这一棒，结果当然是木剑被磕飞。

"你这畜生！"

城太郎喊着，扑过去咬住了对方的腰带。

他用嘴咬、用手挠，拼命地攻击对方的要害。因此，对方的木棒没能再次命中。那名武士早已忘了自己是在欺负一个小孩，而城太郎的表情也可怖至极，他张牙舞爪跟敌人以死相拼。

"臭小子！"

城太郎的身后，又出现了一个木棒，正要对着他的腰狠砸下去。此时，武藏终于放下胳膊，迅速穿过人群，动作快得简直难以形容。

"卑鄙！"

大家还没来得及看清来人是谁，只见两根木棒和手持木棒的人，在空中打了个滚儿，就像个皮球似的骨碌到十二尺开外的地方。

"你们这些卑鄙小人！"武藏一边大声骂着，一边抓住城太郎的腰带，把他高高举过头顶。

那两个摔出去的家臣，重新捡起木棒。武藏对他们说道："一切经过我都看在眼里，你们有没有问过，他是谁的徒弟？你们是要向这个小孩问罪，还是向我这个师父问罪？"

那个家臣声嘶力竭地吼道："当然要向你们两个问罪！"

"好！那我们师徒二人就跟你们拼了！接住！"

话音刚落，他抓着城太郎的身体朝对方身上掷了过去。

四

"啊！"

刚才，周围的人就一直纳闷。他是不是疯了，把自己的徒弟举得那么高，到底要干什么？

大家目不转睛地看着武藏，揣测着他下一步的举动。

谁知，武藏竟然双手举着城太郎朝对方扔了过去。

"啊！"

附近人群立刻闪开，向后退去。

原来是以人打人。看到这种毫无章法的打法，让每个人都倒吸一口冷气。

被武藏掷出去的城太郎，宛如从天而降的雷震子，手脚紧缩成一团，往那两个躲闪不及的武士怀里撞去。

"哇！"

其中一人被撞个正着，下巴好像脱了臼。

"嘎！"

他发出一声怪叫。由于承受不了城太郎的重量，他就像一根被锯断的树干一样，直挺挺地向后栽倒。

不知是倒地时后脑撞到了地面，还是被城太郎砸断了肋骨，总之那位最先出手的家臣一声惨叫之后，就口喷鲜血。而城太郎则从他胸前滚到了三米开外的地方。

"你竟然敢动手？"

"哪儿来的浪人？"

如此一来，不仅是那两个挨打的家臣，站在周围的柳生家的家臣全都忍不住骂出声。大家不知道，面前这个浪人就是四位高徒请来的客人。所以，看到武藏动手伤人，他们自然怒不可遏，时刻准备出手还击。

"我说——"

武藏重新面向围观人群。

"各位！"

他到底要说什么？

武藏表情冷峻，捡起城太郎掉在地上的木剑，拿在右手。

"徒弟犯错，自然由师父承担责任，我会接受一切处罚。但是，你们应该把城太郎当成一个光明磊落的武士，和他决斗岂能像打狗一样使用木棒？我要说的是，在下将代替他跟你们一较高下。"

这并不是认错的态度，明显是在挑衅。

如果武藏代替城太郎道歉，再努力安抚一下藩兵们的情绪，事情也许就到此为止了。并且，一直旁观的四位高徒也会主动出来给双方讲和。

但是，武藏却背道而驰，他巴不得事情闹得越大越好。见此情景，庄田、木村、出渊等四人都皱着眉头，暗自思忖。

奇怪了!

他们退到一边,紧盯着武藏下一步的行动。

五

武藏的狂放之言,不仅触怒了四位高徒,更让其他人气愤不已。

其他家臣并不知道武藏的底细,更猜不透他的心思。决斗已是一触即发,而武藏那几句话,无异于火上浇油。

"你说什么?"

他们对着武藏骂道:"不知好歹的东西!"

"哪儿来的奸细,把他抓起来!"

"不!应该把他处死。"

还有人说:"别让他跑了。"

武藏把城太郎紧紧护在身边,叫嚣的人群把他们团团围住,眼看着这师徒二人就要被无数刀剑吞噬了。

"喂!等一等!"

庄田喜左卫门终于开了口。

紧接着,村田与三和出渊孙兵卫也说道:"危险!不可妄动!"

四位高徒终于出面了。

"让开!让开!"他们对众人说道。

"这里交给我们!"

"每个人都回到各自的岗位上去。"

随后,他们又说道:"这男子似乎早有预谋,如果你们一不留神上了当,造成死伤,我们如何向主公交代?太郎的事固然重要,但是人命更为宝贵。这件事由我们四个承担责任,绝不会给诸位添麻烦,请大家安心离去吧!"

过了一会儿,众人逐渐散去,这里仅剩下武藏、城太郎和四位高徒。刚才在新阴堂对坐的宾主双方,此刻相视而立。

很显然,双方已由宾主关系变成了罪犯和审判者的对立关系。

"武藏!很不幸,你的计划泡汤了。据我们观察,你一定是受某人之命来到小柳生城的。要么是来刺探虚实,要么是来捣乱,对不对?"

四双眼睛紧紧逼视着武藏,这四人都堪称武术高手。武藏把城太郎护在腋下,一动不动地站在原地,仿佛脚底生根一般。现在,他即使想跑,也跑不掉了。就算生出双翅,也很难从四人的眼皮底下逃脱。

接着,出渊孙兵卫喊道:"喂!武藏!"

他手握刀柄,拉开了架势。

"事情败露,就应该自我了断,这才是武士应有的品格。你虽然居心叵测,但是敢带着一名小童,大大方方地走进小柳生城,也算勇气可嘉。再加上我们好歹也相识一场，所以……切腹吧！我们会给你时间准备，也让我们看看你的武士道精神！"

四个人以为这样就可以使事情得到解决。

他们在没搞清楚对方底细的情况下，私自邀请武藏。为避免事情被石舟斋知道，所以现在急于将此事遮掩过去。

武藏当然不肯。

"什么？要我切腹？我才不干那种傻事呢！"

他仰头一阵大笑。

六

武藏想方设法激怒对方，以掀起另一场较量。

最终，喜怒不行于色的四位高徒，也开始皱起了眉头。

"好！"

尽管言语简短，但语气却十分果断。

"如果你不接受我们的好意，那我们就无须客气了！"

出渊语毕，木村助九郎又说道："多说无益！"

他来到武藏身后，用力推了武藏一下。

"走！"

"去哪儿？"

"牢房！"

武藏点了点头，迈步向前。

然而，他却朝着主城的方向走去。

"你要去哪儿？"

助九郎立刻堵住武藏的去路，伸手拦挡。

"牢房不在这边，你退回去！"

"不退！"

然后，武藏对着紧紧跟在身边的城太郎说："到对面松树下等我！"

在城门附近，到处是枝叶繁茂的松树，地上的沙子像筛过一般细腻，闪耀着点点光芒。

城太郎听到武藏的话后，立即从他胳膊底下飞奔而出，躲到了其中一棵松树后面。

"看吧！我师父会给你们好看的！"

他不禁回想起武藏在般若原的英姿。城太郎浑身的肌肉也紧绷着，就像一只遇到敌人的小刺猬。

霎时间，庄田喜左卫门和出渊孙兵卫就各自包抄到武藏的两侧，他们架起武藏的双臂，说道："回去！"

"不回去！"

双方又重复了一次同样的对话。

"说什么也不回去吗?"

"嗯!一步也不退!"

"哼!"

站在武藏身前的木村助九郎终于按捺不住,他拍着刀柄,蠢蠢欲动。见此情景,较为年长的庄田和出渊二人,连忙示意他先不要动。

"不回去也可以。但是,你要去哪里?"

"我要去见贵城的城主石舟斋。"

"什么?"

这个回答大大出乎四位高徒的预料。他们知道这个青年人一定有什么目的,可谁也没料到他的目的竟是接近石舟斋。

庄田问道:"你为什么要见我们主公?"

"作为学武的晚辈,我非常想向柳生派的宗师求教。"

"按规矩,你应该先跟我们说。"

"我听说老剑客已不见任何人,更不会接见游学武者。"

"没错!"

"所以,除了跟你们比武之外,我别无他法。然而,简单的比武是很难请他出山的。所以,在下想向全城武士提出挑战,以会战的方式决一胜负。"

"什么?会战?"

四人目瞪口呆,同时反问武藏。他们注视着武藏的眼神,怀疑他是不是疯了。

武藏的胳膊一直被对方架着,他仰头望向天空,夜空中传来啪嗒啪嗒翅膀扇动的声音。

四人也举头望向天空,只见一只秃鹫穿过繁星点点的夜空,从笠置山方向飞来,落在了城内粮仓的屋顶上。

怒火

一

尽管"会战"这个字眼听起来十分豪气,但仍不足以表达武藏视死如归的决心。

这次比试绝不是点到为止,武藏不想要那种不痛不痒的结果。

其实,他所说的会战就是比武。既然已决定要赌上自己的全部来迎接命运的挑战,无论是一对一,还是一对多,对他而言没什么不同。唯一的差别就在于，对方需要调动军队，而自己需要调动起全部的智慧与体能。

这是一个人对整座城池的宣战。武藏稳稳地站在四人面前，毫无惧色，"会战"这个词很自然地就脱口而出。但是，四位高徒却在想，这家伙是不是疯了？

他们甚至怀疑武藏不具备基本的常识，所以再一次重新打量着他。其实，这四人的怀疑也不无道理。

"好！有意思！"

木村助九郎欣然同意，他甩掉草鞋，撩起和服底襟塞进腰带。

"会战很有意思！虽然没有击鼓鸣钟，但我们也要全力以赴应战。庄田、出渊！把那小子推过来！"

战争终于爆发了。第一个上场的木村助九郎早就想把武藏解决掉。

庄田和出渊对视了一眼。

"好！交给你了！"

两人同时放开了武藏的手臂，用力在他背后一推。

咚、咚、咚——

武藏的脚落在地上发出一阵巨响，那高大的身躯踉跄着往助九郎面前撞去。

尽管助九郎早有准备，还是不由得后退了一步，那距离刚好可以伸手就碰到武藏。

"咔！"

助九郎咬紧牙关，举起右手肘，对着跌过来的武藏，直打过去。

沙、沙、沙！

是挥剑的声音，助九郎的刀犹如神灵乍现，发出铿锵有力的金属回声。

此时，只听到"哇！"的一声，那不是武藏的声音，而是躲在松树后的城太郎大叫着扑了过来。他随手丢过来一把沙土，正好打在助九郎的刀上，所以助九郎挥刀时才会发出沙沙声。

此时，一把沙子显然没有什么杀伤力。武藏被对方推出去的一瞬间，就已算好了自己和助九郎之间的距离，他在冲力的作用下又加上自己的力道，对着助九郎的胸口猛冲过去。

被人施以重力的速度，要远远快于自身产生的速度。

因此，助九郎后退的距离，和向前攻击的距离都有了误差，这样一来，他第一招就扑了空。

二

两人各自退开，间隔十二三尺远。助九郎高举大刀，武藏正欲拔刀。两个人一动不动地对视着，恐怖的气氛似乎要将黑暗吞没。

"喂！他可不好对付哟！"

庄田喜左卫门脱口而出。听到此言，一旁观战的出渊和村田二人不由得打起精神，他们各自找好合适的位置，拉开了架势。

"这家伙绝非泛泛之辈。"

他们屏气凝神，注视着武藏的一举一动。

一阵彻骨的寒气袭来。助九郎的刀尖，一直停在自己胸口下方的黑影里，一动不动。武藏也是稳如泰山，一直用右侧身体对着敌人，他高举右肘，全部注意力都集中在尚未出鞘的宝剑上。

周围一片死静，静得几乎能听到两人的呼吸声。远远看去，武藏那隐藏在黑暗之中的双眼熠熠生辉，就像是两个雪白的围棋子。

精力的消耗超乎想象。双方虽然只隔了一尺远，但是被黑暗包围的助九郎似乎有些微微颤动。很明显，他的呼吸要比武藏急促、慌乱。

"哎呀！"

见此情景，出渊孙兵卫不觉嘀咕出声。很显然他们是弄巧成拙了，想必庄田和村田也有同感。

"此人绝非等闲之辈。"

助九郎和武藏的胜负，三人早已了然于胸。为了避免事情闹大以及造成无谓的伤亡，他们决定要联手击败这个不知底细的闯入者。尽管他们知道，这样做有损武士的颜面。

庄田等三人，互相用眼神传达着围攻之意。事不宜迟，三人立刻行动，逼近武藏。突然，武藏的手腕好似切断的琴弦一般，猛然向后挥去。

"呀！"

一阵凄厉的叫声，响彻夜空。

这叫声不像是从武藏口中喊出来的，更像是他整个身体迸发出的回响，划破了四周的寂静。

"啐！"

对方啐了一口，四人抡起四把大刀，排出车轮阵，包围了武藏。武藏看起来，就像荷花中的露珠一样渺小、无力。

此刻，武藏的感觉很奇妙，他全身的毛孔像喷着火一样灼热，但内心却冷似寒冰。

也许佛家所说的红莲地狱，就是这种感觉。极致的炎热就是极致的寒冷，一半是海水，一半是火焰。武藏全身就处于这种状态中。

三

刚才飞来的沙土，没有再出现，城太郎也突然不见了踪影。

飒飒的夜风自笠置山方向吹来，好像要磨亮那些岿然不动的刀刃。夜色中，四柄刀光好像鬼火一样，闪动着不祥的光芒。

四个对一个。但是，武藏并不觉得自己是孤军奋战。

"这算什么！"

他只感觉到自己血脉贲张。

以往决斗时，他常常想到慷慨赴死。但奇怪的是，今晚他甚至没想过要战胜对方。

他觉得，笠置山的落山风一直吹进了他的身体里，使他从头到脚都透着寒意。尤其是他那双闪闪发光的眼睛，在黑夜中显得格外恐怖。

他的前后左右都是敌人。

武藏身上不断渗出汗水，皮肤湿漉漉的，额头也因油汗而泛亮，生来就异于常人的巨大心脏剧烈地跳动着。外表岿然不动，体内却燃烧到极点。

"沙、沙——"

左侧敌人略微移动了一下脚步。武藏的刀尖，就像蟋蟀的触须一样敏锐，早已识破对方的动向。同时，敌人也察觉出武藏的反应，但并未进攻。

现在，依旧是一对四。

武藏知道，这种对峙对自己非常不利。他心中盘算，应该设法将敌人的合围之势变成单线进攻，如此一来就可以逐一砍倒对方。但是，对方并非乌合之众，全都是武术高手，不可能任由武藏摆布。他们严守着自己的位置，纹丝不动。

只要对方不动，武藏绝不会先发招。他知道，只有一对一较量，自己才有获胜的机会。他等待着四人中的一人率先发招，这样他就可以趁对方行动迟缓之机，发出攻势。

"真是棘手！"

此刻，四位高徒再次领教了武藏的过人之处，他们没有仗着人多而有所疏忽。如果他们因为人数占优而轻敌，武藏的大刀肯定会毫不留情地砍杀过来。

正所谓人外有人，天外有天。

就连深谙柳生派武功精髓、自创庄田一派的庄田喜左卫门也暗自惊讶。

"此人的确深藏不露啊！"

他只能根据剑尖来揣测武藏的动向，不敢向前逼近一尺。

利刃、武士、大地、天空似乎就要被这股肃杀之气凝结成冰了。谁都没有料到，就在此刻，远处突然传来一阵笛声，武藏的耳膜猛然震动了一下。

是谁在吹笛子？那悠扬而清冷的笛声穿过城中的树林，随晚风飘来。

四

笛声，这悠扬的笛声——到底是谁在吹笛？

一直处于物我两忘、人剑合一状态下的武藏，被突然进入耳中的奇妙乐声所惊醒，他又恢复到肉欲与杂念并存的自我。

那笛声如此深刻地烙印在脑海里，是他无法抹去的记忆。

那是在故乡美作国，高照峰附近，就在他夜夜被人追捕，饥寒交迫、走投无路之时，也是这样的天籁之音突然袭入耳中。

当时——

那笛声好像在说：出来吧！出来吧！因此自己后来才会被泽庵所擒。可以说，正是这笛声促成了自己与泽庵相识的机缘。

即便武藏早已忘记此事，但那笛声带给他的强烈震撼是他终生无法忘怀的。

此时的笛声不正是高照峰时的笛声吗？

不但笛子的音质一样，就连曲调也完全相同。啊！他的思维开始混乱起来，仅存的清醒意识在呼唤着一个名字——阿通！

当脑海中闪过这个名字后，武藏就像被人抽去了筋骨一样，全身软弱无力。

四位高徒终于发现了武藏的破绽，他们当然不会错过这个绝佳的机会。

"杀！"

随着一声大喝，武藏看到木村助九郎的手肘好像瞬间长了七尺，那刀尖已直逼到眼前。

"喝！"

武藏的注意力又重新回到刀锋上。

他感到全身仿佛被点燃一样，肌肉紧绷，血液似乎要从身体中喷涌而出。

中招了！

武藏觉得左袖子被割破了一个大洞，手腕露了出来，看来自己左臂也受伤了。

"八幡神！"

他除了对自己坚信不疑，还相信这个武者的神灵。所以，当他看到自己的伤口时，不由得迸发出雷鸣般的吼声。

他一转身，换了个位置，看到刚才砍伤自己的助九郎背对着自己。

"武藏！"

出渊孙兵卫大叫一声。

村田和庄田也包抄到武藏两侧。

"看来，你也不过如此！"

武藏不理他们的叫骂，他脚底一使劲，跳到了一棵低矮的松树上，然后左一跃，右一纵，头也不回地向暗处跑去。

"胆小鬼！"

"武藏！"

"无耻之徒！"

城外悬崖下的一条壕沟里，传出树枝被踩断的声音。而那袅袅的笛音，仍旧在半空中回荡。

黄莺

一

那是一条深达三十多尺的壕沟，黑洞洞的沟底积了一些雨水。

武藏顺着悬崖附近的灌木林，轻巧地滑下来。半途中，他看到沟底有水，便扔了块石头试试深浅，紧跟着跳了下去。

他仰头看了看夜空，感觉自己好像处在井底一样，星星看起来那样遥不可及。咚的一声，武藏仰面倒在沟底的杂草丛中。足足有一刻钟，他动也没动。

他的胸口剧烈地起伏着。

过了好一会儿，心跳才慢慢恢复正常。

"阿通。她不可能在小柳生城呀！可是……"

汗退了，呼吸也渐渐平顺，但他的心情还是久久不能平静。

"一定是自己听错了！可能就是错觉！"他这样想着。

"不对！所谓山不转水转，也许阿通真的在那儿。"

此刻，武藏在夜空中描画着阿通那清澈的双眸。

不！她的一颦一笑早已深埋于心，根本无须描画。

恍惚间，武藏陷入一种甜蜜的幻想中。

她曾在边境的山顶说过："除了你之外，我不会再喜欢别的男人！你才是真正的男子汉，如果没有你，我就无法活下去。"

在花田桥畔，她曾说过："我已经在这儿等了你九百多天了。"

那时，她还说过："如果你不来，我就在桥边一直等下去，哪怕等上十年、二十年，哪怕等到双鬓斑白。带我走吧！我不怕吃苦！"

想到这些，武藏心中隐隐作痛。

迫于无奈，他毅然决然地抛下阿通独自离开，辜负了她的一片深情。

也许她已恨透了自己，觉得自己是个不可理喻的男人。

"原谅我！"

武藏不觉脱口而出，这正是当年他刻在花田桥栏杆上的话。此时，两行热泪顺着他的眼角流下。

突然，从悬崖上传来说话声。

"没在这儿！"

武藏看到，三四盏火把在林间晃了几下，就消失了。

他意识到自己在流泪，便恨恨地说道："女人算什么？"同时，抬手抹去泪水。

他甩掉脑中那些不切实际的幻想，跳起身来，再次望向小柳生城的方向。

"我可不是什么胆小鬼、无耻之徒！我武藏没有投降。兵法有云：退兵不等于逃兵。"

他在沟底走来走去，但始终没能离开这个壕沟。

"我还没出手呢！四高徒根本不是我的对手，我一定要见到柳生石舟斋。等着看吧！会战才刚刚开始。"

他捡起地上的枯枝，顶在膝盖上折断，发出啪啪的声音。然后，他把那些短枝塞进岩石缝隙里，踩着它们向上攀援。不一会儿，他就爬出了壕沟。

二

不知何时，笛声已然消失。

也不知城太郎躲到哪儿了。但是，武藏并没有太在意这些。

他心中只有旺盛的求胜欲，那连自己都无法抑制的强烈的求胜欲。此刻，他眼中燃烧着熊熊的生命之火，一心想为这种求胜欲找到一个发泄的出口。

"师父！"

远处的黑暗中，似乎传来一阵呼唤。但凝神一听，那声音又听不见了。

"是城太郎吗？"

武藏突然想到他，不过转念又一想，他应该不会有危险的。

虽然刚才悬崖上出现过火把，但不一会儿就消失了，而且再没出现。由此看出，城里人并不想赶尽杀绝。

"要趁此时，去找石舟斋。"

武藏走在深山的树林、山谷之间，他有些辨不清方向，甚至怀疑自己已经出了城。但是，当他看到周围出现的石墙、护城壕沟，还有那些貌似粮仓的房屋时，又再次确定自己仍在城中。要怎样才能找到石舟斋的草庵呢？

他曾听绵屋客栈的人说过，石舟斋不住在主城，也不住在外城，而是住在城中某个角落的一个茅屋里。武藏决定要找到那个茅屋，然后直接叩门而入。就算拼上性命不要，也一定要见到石舟斋。

"到底在哪儿啊？"

他心急如焚，几乎要大喊出声。

最后，武藏走到笠置山的绝壁附近，看到了后城门，才不得不折了回来。

"出来！你究竟是不是我武藏的对手？"

哪怕是妖怪变幻成人形也好，总之，他希望石舟斋立刻出现在面前。

那充斥着四肢百骸的斗志，驱使他在黑夜中疯狂地游走，看起来就像一个恶魔。

"啊！好像在这里哟！"

他来到城东南方向的一处斜坡，那一带的树木都经过仔细的修剪，应该是有人居住。

这里有门！

那是一扇利休（日本安土桃山时代的茶人）风格的茅草门，杂草的枝蔓爬至门栓处，围墙里面是一片茂密的竹林。

"哦！就是这里。"

他向院内窥视着，里面好似禅院古刹一般，竹林中一条小径沿着坡道蜿蜒而上。武藏准备翻墙而入，突然又觉得这样十分不妥。

这里门前打扫得非常干净，随风飘落的白色栀子花，显示出主人高雅的品格。眼前的清幽景致，抚平了武藏冲动的心绪，他突然意识到自己的头发、衣着都凌乱不堪。

"不必这么急。"

同时，他也意识到自己早已十分疲惫。他觉得，在见到石舟斋之前，应该先整理一下衣装和精神状态。

"明早肯定有人来开门，我就一直等到那时吧！如果他还是拒绝接见游学武者，我再想下步的对策。"

这样想着，武藏便来到门旁，靠着柱子坐下来，呼呼大睡。

夜空静谧，那白色的栀子花，在晚风中轻轻摇曳。

三

一滴冰凉的露水落在武藏的颈上，他睁开眼睛。不知何时，天已大亮。晨风是如此清冷，那流转于耳畔的黄莺之声是如此动听，武藏的精神为之一振，他觉得自己犹如脱胎换骨一般，所有的疲劳一扫而空。

他揉揉眼睛，抬头一看，火红的朝阳正踏着伊贺、大和连峰的山脊，慢慢升起。

武藏猛然站起身，经过一夜的充分休息，他的斗志又被这绚烂的朝阳重新点燃，他感觉浑身上下都充满了力量。

"唔、唔——"

他伸了个懒腰，然后活动了一下手脚。

"成败就在此一举了！"

他喃喃自语着。

突然，他感到腹中一阵饥饿，随后不由得想起了城太郎。

"不知他现在怎么样？"

武藏有些担心。

对这个十一岁的少年而言，昨晚的事的确有些残酷，但武藏坚信这对城太郎的成长是有好处的。武藏知道，无论自己闯下多大的祸，城太郎都不会有危险。

此时，耳边传来淙淙的流水之声。

只见一道清泉自门内的高山上飞流而下，然后沿墙下流过竹林，流向城下。武藏就着山泉洗了把脸，又喝了几口泉水。

"好甜！"

甘甜的山泉直沁肺腑。

看来，石舟斋是看中了这里的名泉，才将草庐建于此地的。

武藏不懂茶道，也不会品茶，他只是凭口感来判断水的好坏。

"好甜！"

他几乎要大声赞美，这是他第一次品尝到如此甘甜、可口的山泉。

他从怀里掏出一块脏手帕，在泉水中洗了洗，那手帕立刻变得洁白如新。

他用手帕擦了擦脸和脖子，连指甲也变得干干净净。最后，他取下刀形发簪，用手将头发梳理整齐。

不管怎样，武藏今早要见的是柳生派的武学宗师，他可是为数不多的能代表当下日本文化水平的伟人之一。拿武藏跟石舟斋相比，就好像星辰与月亮、草芥与大树。

为了以示尊重，他整理好衣服和头发。

"好！"

他稳了稳心神，从容不迫地走上前，敲了敲门。

但是，草庵远在山上，敲门声根本传不到那里。于是，他想起要找一找门铃，便在大门周围寻找起来。结果，在两侧的门柱上看到一副对联。这是一副刻在石柱上的对联，青蓝色的字体已有些褪色。仔细一读，原来是一首诗。

上联写道：

  休怪吏事君，好闭山城门。

下联写道：

  此山无长物，唯有清莺鸣。

此刻，黄莺甜美的歌声，飘荡在整个山林。武藏凝视着诗句，陷入了沉思。

四

谁都知道，这副对联道出了山庄主人的心境。

"休怪吏事君，好闭山城门。此山无长物，唯有清莺鸣。"

武藏默念了好几遍。

今早，彬彬有礼、心绪澄明的他对眼前的诗句，竟然一下子就理解了。他立刻就领悟了石舟斋的心境、人品及生活方式。

"我还是太年轻了！"

武藏不由得低下了头。

他领悟到，被石舟斋拒之门外的绝对不只是那些游学武者，一切功名利禄、私欲物欲都被他摒弃于门外。

同时，他还希望世人不要责怪他消极、避世的态度。石舟斋这种高洁的品格，令武藏联想到当空皓月。

"差远了！我真是望尘莫及呀！"

他再也提不起勇气去敲门了。想到昨夜自己竟然要翻墙而入，都觉得后怕。不！简直是羞愧难当！

看来，唯有花鸟风月才能进入这扇门。现在的石舟斋，既不是傲视天下的武学大家，也不是一国的藩主。他只是一个回归自然、畅游于山野间的隐士。

闯入如此幽静的草庵，实为不明智之举。打败了一个无心名利的人，对自己又有何益？说到底，这根本无助于自己成名！

"啊！要是没看到这副对联，也许我现在就成了石舟斋的笑柄！"

此时，太阳已高高升起，而黄莺的歌声似乎也不如清晨时嘹亮。

突然，从门内的山路上传来一阵急促的脚步声，近处的小鸟被惊得四散飞走，不停扇动的翅膀在阳光的映照下，形成一个个美丽的光圈。

"啊？"

透过围墙的缝隙，武藏看清了来人，陡然间，他脸色大变。只见从山路上跑来一个年轻的女子。

"是阿通！"

武藏想起昨夜的笛声，不由得心乱如麻。

"见她？不见她？"

他犹豫不决。

他很想见阿通，但又一想，现在还不能见她。

武藏的内心掀起轩然大波，其实，他还只是个情窦初开的大男孩，并不善于处理男女之间的问题。

"怎么办？"

他还是拿不定主意。此时，从山庄跑下来的阿通，马上就要来到近前了。

"奇怪！"

她突然停下脚步，回头向后看去。

此时的阿通，眼中闪耀着喜悦之色，不断向四周张望。

"我还以为他跟着过来了呢？"

她好像在找人，然后又用双手围住嘴巴，对着山上大喊："城太郎！城太郎！"

听到她的喊声，又看到那近在咫尺的身影，武藏不觉红了脸，悄悄躲到了树荫下。

五

"城太郎！"

隔了一会儿，阿通又喊了一声，这次有了回音。

"哦咦！"

竹林上方，传来一声含糊的回答。

"喂！我在这儿呢！从那边走容易迷路，对对！快点下来！"

听到阿通的提醒，城太郎灵巧地穿过孟宗竹林，跑到阿通身边。

"什么呀！原来你在这儿啊！"

"你看吧！我说过你要跟紧我，你就是不听话！"

"刚才我看到野鸡，就追了过去嘛！"

"你还有心抓野鸡？你不是说，天亮之后就要找到那个重要的人吗？"

"别担心！我师父没那么容易被打败。"

"你昨晚跑来见我时，可不是这么说的。你说你师父危在旦夕，要我向主公求情，阻止他们互相残杀。当时，你急得都快哭了。"

"我当时真的被吓坏了！"

"我才被你吓了一跳呢！当听到你师父就是宫本武藏时，我几乎连话都说不出来了。"

"阿通姐姐，你是怎么认识我师父的？"

"我们是同乡。"

"只是这样？"

"对！"

"奇怪了！如果只是同乡，那你昨晚干吗哭得那么伤心？"

"我真的哭得那么伤心吗？"

"你只记得别人的事，自己的事却忘个精光。当时，我看情形不妙，对方有四个人哪！要是普通人也就罢了，可他们全都是高手啊！要是我只顾逃命，师父可能就被他们杀了。为了帮忙，我抓起一把沙子，向那四个人丢过去。那时，正巧听到阿通姐姐在附近吹笛子，是不是？"

"对！我在为石舟斋大人吹奏笛子。"

"我一听到笛声，就突然想到，可以拜托阿通姐姐向主公道歉。"

"这么说来，武藏哥哥也听到我的笛声了。那他一定能了解我当时的心情，因为我吹笛时，心里正想着他呢！"

"那种事我没想过，重要的是我听到了笛声，才想起要去找阿通姐姐。然后我就拼命地向笛声的方向跑，还大喊大叫了一阵。"

"你大声喊着'会战！会战！'石舟斋大人听到了，也吃了一惊呢！"

"那位爷爷人真好。听说我杀了那只狗，也没像那几个武士那样生气。"

一跟少年聊起天来，阿通完全忘记了更重要的事情。

"哎呀！我们还有要紧的事呢！"

她打断滔滔不绝的城太郎，走到山门内侧。

"这些以后再聊吧！重要的是今早一定要找到武藏哥哥。石舟斋大人也说要破例见见他，现在正等着我们的回音。"

门内响起了门栓转动的声音，古朴的柴门向两侧打开了。

六

今早的阿通，显得十分艳丽动人，不只是因为终于能见到期盼已久的人，也是年轻女性所焕发出的一种自然的光彩。

初夏的阳光，给她的脸颊镀上一层淡金色，她显得如此健康而富有朝气。微风送爽，阵阵青草的芬芳直沁心脾。

武藏一直躲在树荫下，后背已被露水打湿，看到阿通时，他立刻注意到——

啊！她看起来是多么富有活力！

想起那个独坐在七宝寺廊檐下的孤苦少女，眼中经常流露出寂寞、无助的神色，那时的阿通绝没有现在这样充满朝气。

那时，阿通还未恋爱，有的只是一种懵懂的情怀。因为自己是一个孤儿，她会经常感伤、哀叹。

但是，自从认识武藏之后，她终于懂得了什么是真正的男子汉。她第一次体会到真正的爱情，也发现了生命的真谛。尤其是为了追寻武藏，开始浪迹天涯之后，她的身心都得到了磨炼，变得更加坚强、成熟。

武藏躲在暗处，看到焕然一新的阿通，感到非常惊讶。

她简直判若两人！

武藏心里一阵冲动，突然很想对阿通诉说衷肠，他要告诉她自己的烦恼，以及自己坚强外表下的脆弱。还有，那刻在花田桥栏杆上的绝情之语，并非自己的本意。

有时，男人也可以向女人示弱，只要不被别人看到。为了回报阿通的一片深情,他要表白自己炽热的情怀。真想紧紧地抱住她,轻抚她的脸颊,为她拭去泪水。

武藏反复想着,但一切也只是想想而已。阿通对他说过的话,此刻又在耳边响起。他不得不承认,自己当初辜负了她一片深情,的确非常残忍——他心如刀绞。

尽管如此,武藏仍没有吭声,他紧咬双唇,忍受着心灵的折磨。此时,武藏的内心有两个自己在说话。

一个想走上前喊一声:"阿通!"

另一个则骂着自己:"傻瓜!"

他无法分清,哪一个是原来的自己,哪一个是现在的自己?他一直躲在树后,混沌的头脑渐渐清醒过来,似乎知道了自己该何去何从。

阿通对这一切毫不知情,她走出山门约十几步时,回头看见城太郎蹲在门边的草丛里。

"城太郎!你捡什么东西呢?快出来吧!"

"等一等,阿通姐姐!"

"哎呀!你干吗要捡那么脏的手帕?"

七

那条手帕掉落在门旁,好像刚刚被拧干。城太郎走出门时,正好踩到了,这才捡起来。

"这是师父的手帕啊!"

阿通走了过来。

"咦?你说这是武藏哥哥的?"

城太郎把手帕摊开,说道:"没错!这是奈良的一位寡妇送的。手帕上染有红叶,还印着宗因馒头店的'林'字。"

"这么说,武藏哥哥来过这里?"

阿通立刻四处张望,突然,城太郎在身后大叫了一声。

"师父!"

附近的树林中,露珠纷纷从树上落下,还响起一阵类似动物跳跃的声音。

阿通猛然回头。

"啊?"

她撇下城太郎,径自追了过去。

城太郎在后面跑得上气不接下气。

"阿通姐姐!阿通姐姐!你要去哪儿?"

"武藏哥哥跑走了!"

"哦!在哪里?"

"那边！"

"看不到啊！"

"在那片林子里呢！"

武藏的身影一闪即逝，让她又喜又悲。以一个女子的脚力想要追上跑远的人，必须要全力以赴，所以她不能多说。

"不对吧！是不是看错了？"

虽然城太郎也跟着跑，但有些怀疑。

"师父看到我们，不可能会跑掉的！是你看错人了吧？"

"可是，你看那边！"

"哪里啊？"

"那里——"

接着，阿通发狂似的大喊起来。

"武藏哥哥！"

突然，她不小心撞到树上了，摔在地上，城太郎赶紧扶她起来。

"你怎么不叫呢？城太郎！快、快点喊他！"

看着阿通的脸，城太郎心头一惊，怎么会如此相似呢？那炽热的眼神、清秀的眉宇、精致的鼻子和下巴——像极了！她的脸跟奈良观世寡妇送给他的狂女面具，简直一模一样。

城太郎一个踉跄，松开了手。阿通看他还在发呆，便怒喝道："不快点追就来不及了！武藏哥哥再也不会回来了。快点喊他！我也一起喊！"

城太郎并不认为这样做有用，但看到阿通认真的表情，不忍心泼她冷水，于是他拼命大喊，跟着阿通追了过去。

两人穿过树林，来到低矮的山丘。这条山中小路连接着月濑、伊贺两地。

"啊！真的是他！"

站在山丘上，城太郎清楚地看到了武藏的身影。由于离得太远，他根本听不到这边的喊声。那身影头也不回，越跑越远。

八

"啊！在那里！"

两人边跑边喊。

他们不顾一切地狂奔着，那撕心裂肺的喊声响彻山谷，连树木山石都为之动容。

可是，武藏的身影却越来越小，转眼间就消失在山林中。

白云悠悠，流水潺潺，城太郎像被抢走母乳的婴儿一样，号啕大哭起来。

"你这个浑蛋师父！竟然把我丢在这荒郊野外。哼！混帐！你跑到哪儿去了?"

阿通则靠在一棵胡桃树上,大口喘着气,眼泪扑簌簌地落下来。

自己决心为他奉献一生,可他竟然不肯停下脚步!这多么让人心痛啊!

当年在花田桥畔时,她就了解了武藏的志向,也知道他为什么总躲着自己。但是,仅仅见个面怎么会妨碍他成就事业呢?

"说不定那些只是借口,也许他真的讨厌我?"

阿通胡思乱想着。

她曾在七宝寺的千年杉下观察过武藏好几天,很清楚他是什么样的男人。她相信武藏不会对女人撒谎,要是讨厌自己,他一定会当面言明。记得当初他曾在花田桥畔说过:"我绝对不是讨厌你!"

一想到这儿,阿通不禁心怀怨恨。

自己该如何是好?身为孤儿的她,性格中有几分冷漠和执拗,她不会轻信别人,可一旦认准了就会坚信不疑。又八的背叛让她对男人有了更为深刻的认识,她知道武藏是世间少有的诚实男子,所以决定终身追随他。无论结果如何,她都不会后悔。

"可是,他为何连一句话都不跟我说呢?"

身旁的胡桃树,随着她的哭声微微颤抖着,连草木都被这份深情打动了。

"太过分了。"

恨有多深,爱就有多浓。也许这就是命中注定吧!如果无法走入他的生活,那自己的生命也就失去了意义,她是无法承受这种痛苦的,精神的折磨要比肉体的摧残更为残酷。

站在一旁,一直怒不可遏的城太郎嘀咕了一句:"哦!来了个和尚!"

阿通没有理会,还是紧紧贴着胡桃树。

伊贺群山洋溢着初夏的气息,正午时分,碧空如洗。

一位云游四海的和尚,慢慢从山上走下来。他好似下凡的神仙一样洒脱、飘逸。

和尚走过胡桃树时,回头看了看靠在树上的阿通。

"咦?"

阿通闻声抬起头,霎时间,那双哭肿的眼睛瞪得又圆又大。

"啊——泽庵师父?"

泽庵来得正是时候。对阿通而言,宗彭泽庵就像一盏指路明灯。可是,泽庵为什么会突然出现在这里?实在是太巧了!阿通甚至怀疑自己在做梦。

九

虽然阿通感到很意外,但泽庵早就料到会在此地遇到她。然后,他带着城太郎和阿通一起向柳生谷石舟斋的草庵方向走去。

其实这一切并非巧合。

宗彭泽庵与柳生家早有往来。很久以前,泽庵在大德寺的三玄院做帮工,每天都在厨房里和豆酱、抹布打交道。

那时,三玄院隶属于大德寺北派,一些武功、学识都非常出众的武士或武学大家经常出入此地。

所以,当时有传言说"三玄院有人蓄意造反"。

在那些经常造访三玄院的人中,有上泉伊势守的弟弟铃木意伯、柳生五郎左卫门以及他的弟弟宗矩。

那时,宗矩尚未成为但马守,与泽庵交情深厚。他经常邀请泽庵来小柳生城,所以泽庵跟宗矩的父亲石舟斋也情同父子。

泽庵十分尊敬石舟斋,称他为"能谈心事的父亲"。

石舟斋也非常欣赏泽庵,他曾说"这个和尚将来必成大器!"

此次云游,泽庵遍访九州各地。前一段日子,他在泉州的南宗寺落脚时,曾给久未谋面的柳生父子写过一封信。事后,石舟斋回了一封长信,言辞颇为诚恳。

内容如下:

近日,我过得颇为惬意。去江户上任的但马守宗矩专心奉公;孙儿兵库已辞去加藤家的职务,现在周游各地,苦修武艺。看来,他将来会有所成就。最近,我身旁来了一位眉清目秀的佳人。她擅吹横笛,朝夕陪伴在侧,茶道、花艺、和歌(日本文学具有代表性的诗歌形式之一),我们无所不谈。正因为她的到来,了无生趣的草庵也多了几分朝气。这位女子生长在美作的七宝寺,是你的半个同乡,你们会很投缘。因此特邀你前来,聆听佳人吹笛,共品美酒佳肴。月朗星稀之夜,茶香与莺鸣为伴,肯定别有韵味。君来此地之时,务必拨冗来与老叟一聚。

看到这封信时,泽庵再也待不下去了。信中提到的眉清目秀的吹笛女子,很可能就是他时时挂念的阿通。

因此,泽庵才会来到此地。在柳生谷附近的山林里见到阿通,他一点也不觉得意外。但是,当他听阿通说起武藏刚才经过这里,此时已跑往伊势方向时,不觉连声叹息:"太遗憾了!"

女人的抉择

一

阿通带着城太郎，和泽庵一起返回石舟斋的山庄。一路上，泽庵问了很多事，阿通便将自己浪迹天涯、来到柳生谷的种种经历和盘托出。在泽庵面前，她不用刻意隐瞒什么。

泽庵好像在倾听妹妹的哭诉，他非常耐心，频频点头，没有丝毫不耐烦。

"哦！原来如此。有时，女人能做出连男人都望尘莫及的事情！现在，阿通姑娘正处在两难境地，你是不是想问我，应该选择哪条路？"

"不是。"

"哦？"

"现在，我已经不为此事烦恼了！"

她无力地垂着头，脸上毫无血色，像个濒死之人。可是，刚才那句话却隐含着一种强大的力量，泽庵不得不重新审视起她来。

"要是我还在犹豫不决，当初就不会离开七宝寺了。我很清楚自己今后的人生方向。只是，我还不能确定这样是否对武藏有帮助。如果我不能给他带来幸福，那我只有另做打算。"

"另做打算？"

"现在还不能说。"

"阿通姑娘！你要小心哪！"

"小心什么？"

"死神会在太阳底下，拔光你的头发哟！"

"我才不在乎！"

"是吗？死神正向你逼近哟！不过，你不会傻到因为单恋无果，就去寻死吧！哈哈！"

泽庵一副事不关己的态度，令阿通非常生气。没有恋爱过的人，是无法体会这种心情的。这就好比泽庵跟傻瓜谈论禅理一样，都是对牛弹琴。如果禅理能诠释人生真谛，那爱情中必然也有生死大义。至少对女人而言，爱情要比听这个和尚的唠叨及论禅讲道重要得多。

"不跟他说了！"

阿通下定决心，紧咬嘴唇，默不作声。见此情景，泽庵认真地说道："阿通姑娘！如果你生为男儿，一定是一个意志无比坚定的男子，肯定能为国建功立业。"

"坚强的女子就不可以吗？我会对武藏哥哥不利吗？"

"别生气！我不是这个意思。但是，不管你多么爱慕武藏，他还是跑掉了！就算你追得上他，也无法抓住他呀！"

"我心甘情愿，并不以为苦。"

"几天不见，你也学会世间女子那些歪理了。"

"可是……好了！不谈此事了。泽庵师父这样的得道高僧，当然不会理解普通女人的心思。"

"女人的心思，我的确弄不明白，不知怎么回答你。"

此时，阿通转回身喊了一声："城太郎！快过来！"

他们打算沿着另一条路走，却把泽庵留在了原地。

二

泽庵站在原地没动，他皱了皱眉，叹了一口气，好像拿阿通也没办法。

"阿通姑娘！你不去跟石舟斋大人道别就离开吗？"

"是的，我已在心中默默跟他道别了。本来我也没打算一直住在草庵里受他照顾。"

"你不再考虑一下吗？"

"考虑什么？"

"七宝寺周围的美作群山，景色优美。这个柳生庄也很不错，民风淳朴。像阿通姑娘这样的佳人，不应投身于血雨腥风的尘世，而应居于山水之间，就像自由歌唱的黄莺一样。"

"呵呵呵！谢谢您，泽庵师父！"

"看来，我的话还是没用啊！"

泽庵叹了一口气。他知道，对于这个深陷情网的少女而言，任何说教都起不了什么作用。

"但是，阿通姑娘！你选择的可能是一条无明之路哟！"

"无明？"

"你从小在寺里长大，应该很清楚无明（佛教语，愚昧之意）烦恼有多么深重，多么可悲，多么难以挽救！"

"可是，我生来就缺乏有明之路。"

"不，你有！"

泽庵仍不放弃说服阿通，他怀着一丝希望，走到阿通身边，握着她的手。

"我去拜托石舟斋，请他安排你的将来。你可以在柳生城安居下来，结婚生子，尽女子应尽之责。这不但可以为这片土地增添人丁，你也会活得很幸福。"

"我很了解您的好意，可是……"

"就这么办!"

说着,他抓起阿通的手就要走,又回头对城太郎说道:"小鬼!你也一起来!"

城太郎摇摇头。

"不!我要去追随我师父。"

"就是要去,也得回山庄一趟,跟石舟斋大人道别。"

"对了!我还有一个重要的面具落在城里了。我去取来!"

说完,城太郎就跑了回去。那匆匆的脚步既非有明、也非无明。

可是,阿通却依旧站在岔路口,一动不动。泽庵又从朋友的角度竭力劝说她,告诉她选择这样的人生是非常危险的,而女性获得幸福并非只有选择那一条路。但是,这些都无法动摇阿通的决心。

"找到了!找到了!"

城太郎带着面具,从山路上跑了回来。泽庵看到那个狂女面具,突然感到一阵战栗。他好像看到若干年后,挣扎于无明世界的阿通。

"泽庵师父,就此告别了!"

阿通后退了一步。

城太郎拽着她的袖子,说道:"走吧!我们快走!"

泽庵仰望着白云,似乎在叹息着自己的无能为力。

"真没办法!释尊也说过女人难救。"

"再见了!石舟斋大人那里,我就不回去道别了,请泽庵师父代为转达。请多保重!"

水之卷

"哎呀!我这个和尚简直就是个傻瓜嘛!一路走来,尽是看到一些行将踏入地狱之人,却无法阻止他们。阿通姑娘!如果将来你陷入苦海难以解脱,请记得呼喊我的名字,一定要大声呼唤我的名字呀!好吧!你尽管去你想去的地方吧!"

火之卷

 西瓜

一

环绕伏见桃山城的淀水河,绵延数里地,下游一直延伸至浪华江边大阪城的城边。因此,京都政局的些许震动,都会在大阪城里引起连锁反应。同时,大阪城里将卒们的一言一行,也逃不过伏见城的耳目。

现在——

以这条贯穿摄津、山城两国的大河为中心,日本文化正发生翻天覆地的变化。太阁(丰臣秀吉)亡故以后,丰臣家族的影响力每况愈下,然而大阪城中的秀赖与淀君却不遗余力地向世人炫耀自己的权力。自关原大战之后,德川家康为加快时代发展进程,于伏见城亲自制定了一系列的治国方略,他要从根本上改变丰臣时代遗留下的旧有的文化格局。

来往于河流两岸的船只、当地百姓的风俗、流行歌曲,以及那些寻找生计的浪人的表情,都体现出两种文化相互交融、相互影响的特点。

"将来会怎样呢?"

很多人都对这个话题感兴趣。

"什么会怎么样?"

"当然是世道喽!"

"当然还会变!这是一定的。哪有一成不变的社会啊?自从藤原道长以来,世道每天都在变。尤其是源家、平家这些武官掌权之后,更加速了这种变化。"

"那就是说,还会开战?"

"当然喽!尽管当权者希望天下太平,可是他们力不从心哪!"

"大阪方面好像一直与各地浪人暗中勾结。"

"是吧!我听说,德川大人要跟洋人买枪械弹药呢!"

"可是，我却听说，将军的孙女千姬要嫁给秀赖呢！这是怎么回事？"

"身为诸侯者，肯定深悟圣贤之道，我们这些凡夫俗子当然无法理解了！"

虽然已经立秋，但"秋老虎"的威力不亚于夏季，石头被晒得滚烫，河水也快要沸腾了。

淀河京桥口的柳树枝条低垂，显得无精打采。一只被热昏了头的油蝉飞过河面，撞入了街区的商铺中。这些商铺的窗户积满了灰尘，所以透出的灯光显得昏昏沉沉。淀河的上下游停满了运石头的船，河里、陆地上到处都是石头。

这里的每块石头都有两个榻榻米那么厚。此时正值午饭后，工人们随意倒在石头上休息，他们丝毫不在意上面炽热的温度，尽情享受着片刻的轻松。驮运木材的牛车停在一边，老牛留着口水在打盹儿，牛背上落满了苍蝇。

这是伏见城的施工现场。

修建伏见城是德川家康所制订的战后策略中的一项，并不是他本人要在此居住。

修建此城，一来是提醒嫡系家臣（关原大战之前就追随德川家康的家臣）不要盲目自满，二来可以使外系家臣（关原大战后臣服于德川家康的诸侯）的财力得以消耗。

同时，百姓的收入也会有所增加，他们会为德川家康歌功颂德，因此各地都在大兴土木。

现在，全国都在加紧修筑城池，规模之大史无前例。其中包括江户城、名古屋城、骏府城、越后高田城、彦根城、龟山城、大津城等等，数不胜数。

二

修筑伏见城，动用了近千名工人，他们的主要工作就是修建外城墙。由此一来，很多妓女、车夫、商人也争相拥入伏见城。

"这里真繁华呀！"

很多人都在称道德川家康的德政。

同时——

他们也担心，会不会又要开战？商人喜欢投机取巧，都会暗自盘算。他们对当今形势进行仔细分析后得出结论：这里铁定能赚大钱！

无形之中，商品的买卖日趋活跃。当然，这里的大部分都是军需品生意。

普通百姓已渐渐淡忘了太阁时代的文化，目前，他们一心想的就是将军的新政。只要自己能衣食无忧，谁来掌权都无所谓。

德川家康正是利用了凡夫俗子的这种心理做顺水人情，就像把糖果撒给那些不谙世事的孩童一样，一切都在他的掌控中。但是，他不会使用德川家族的财富造福平民，而是通过对财力雄厚的外系家臣征收苛税的方式来筹集经费。这样一来，即可赢得民心，又可削弱那些诸侯的势力。

除了改造城市之外，大将军的施政方针里还包括一系列的惠农政策。他要杜绝随意征缴课税的行为，坚决不允许各诸侯国任意妄为。如此一来，德川式的封建统治慢慢由城市延伸到农村。

之前，丰臣秀吉主张：平民无须了解政治，只须奉行政策。

如今，德川家康主张：施予农民的最大慈悲即是，勿使其挨饿，勿使其放纵无度。

由此可以看出，德川时代的整体施政方针有了根本性的变化，其目的就是要让人民永远服从于他的统治。

该项政策不仅对当时的各国诸侯和百姓产生了影响，后来还演变成影响子孙后代的一项封建制度。当然，当时不会有人考虑得那么远。不！应该说这些修筑城墙的工人，连明天的事都不会操心。

只要一吃过午饭，他们就会暗自祷告：天快点黑吧！

他们担心的事只有这些。

有时，他们也会热烈地谈论起时局。

"会不会再打仗呢？"

"如果会打，是什么时候？"

其实，他们内心的想法是："即使打仗也没关系！我们的生活也不会比现在更坏！"所以，时局的好坏以及哪位人物掌权，全都与他们无关。

"要不要吃块西瓜呀？"

一位乡下姑娘经常在午休时间，提着西瓜篓子前来叫卖。那些窝在石墙阴影下赌钱的工人，向她买了两个西瓜。

"各位大哥！要不要西瓜呀？买个西瓜吧！"

姑娘走向一堆又一堆的人群，不停地叫卖着。

"哎呀！我们哪有钱买呀？"

"嘿！要是不要钱，我们就帮你吃掉！"

一圈下来，姑娘听到的几乎全是这样的回答。

这时，一位脸色苍白、抱膝靠在石头堆里休息的年轻工人，抬起无神的眼睛问道："是卖西瓜吗？"

这个人身材消瘦，双眼深陷，皮肤晒得黝黑。若不仔细看，几乎都认不出来他就是本位田又八。

三

又八拿出沾满泥土的铜钱，在手上数着，然后递给了那个卖西瓜的姑娘。他买了一个西瓜，抱在怀里，有气无力地靠在石头上。

"呕……呕……"

他突然呕吐起来,单手撑着地,吐出一摊胃液。西瓜也从膝盖上滚落下来,他连捡回来的力气都没有。看来,他买这个西瓜并不是为了自己吃。

他目光呆滞,望着那个西瓜,眼神中毫无希望与斗志,整个肩膀随着呼吸剧烈地起伏着。

"浑蛋!"

他脑海里浮现出那些他想要诅咒的人,有阿甲白皙的面孔,还有武藏的身影。每当他回想起自己的落魄经历,就会认为如果没有武藏,自己就不会遇到阿甲,更不会沦落至此。

自己一开始就不应该跑到关原去参战,以致后来被阿甲迷惑,如果没发生这两件事,自己现在早就成了本位田家的当家人,而且还娶了漂亮的新娘,享受着村里人羡慕的眼光。

"好!我也做得到!"

他戒了酒,改掉懒惰的毛病,准备迎接全新的生活。

"我要做给阿甲看看!你们等着瞧吧!"

但是,他一直没能找到合适的工作。之前的五年,他一直被那个老女人供养,已和这个社会脱节太久,他自己也非常清楚,一切都已太迟了。

"阿通一定还在埋怨我吧!不晓得她现在怎么样了?"

现在,只有对阿通的思念才能使他的精神得到片刻安慰。自从他清楚了阿甲的为人之后,就一心想着阿通。尽管他们还同居在一起,那也不过是同床异梦罢了。之后,他被阿甲赶出了"义阜屋",对阿通的思念更是与日俱增。

后来,他从京都的一些武士口中听到了一位新的游学武者——宫本武藏,原来那人就是自己的老朋友新免武藏。此事给又八的内心造成了巨大的冲击。

"不!还不晚!我才二十二岁,可以做任何事情!"

任何人都会有这种重整旗鼓的冲动。又八抱着孤注一掷的决心,来到伏见城当搬运工。他从夏天一直干到初秋,工作卖力,连自己都觉得很满意。

"我也要成为一个顶天立地的男子汉,如果武藏能做得到,我也能!不!总有一天我要超过他,让大家刮目相看。到时,我还要出其不意地报复阿甲。你们等着瞧吧!只要再给我十年时间。"

突然,他又想到一件事。十年之后,阿通该有多大了?

她比自己和武藏小一岁,这么算来,再过十年她就三十一岁了。

"她能守身不嫁,一直等着我吗?"

自从关原大战之后,又八再也没有故乡的消息。一想到这些,他便觉得十年还是太久了,自己最多只有五六年的时间。他要在这段时间内功成名就、衣锦还乡,还要向阿通道歉,把她娶进门。

那望着西瓜的双眼,终于放出光芒。这时,坐在石头另一侧的同伴,用胳膊肘拄着地,探头问道:"喂!又八,你在那儿嘟嘟囔囔地说什么呀?哎呀!你的脸色好差,怎么有气无力的?是不是吃了烂西瓜拉肚子了?"

"对了!就这么办!我一定要在五六年之内闯出一片天地!"

四

听对方这么一说,又八稍微有了一点精神,他勉强笑了笑,但突然又感到一阵头昏眼花,很想呕吐。他强压下胃里的酸水,摇着头说道:"没什么大不了,大概是中暑了。我休息一会儿就好。让你挂心了!"

"你这小子还挺能逞强!"

那强壮的同伴嘲弄了他一句,语气中透着一丝怜悯。

"那个西瓜怎么回事?你买了为啥不吃呀?"

"我总给大家添麻烦!所以想请大家吃西瓜。"

"你这家伙还挺会做人的嘛!喂!今天又八请大家吃西瓜,快过来呀!"

那男子拿着西瓜,坐到墙角。聚在那里的工人们立刻蜂拥而上,大家切开西瓜,狼吞虎咽地啃着甘甜的瓜肉。

"好了!要开工了!"

领班站在石头上大声喊着,负责监工的武士也从遮阳棚里走出来,手上拿着皮鞭。不多一会儿,咸臭的汗味又在这片工地上弥漫开来,连牛背身上的马蝇也恢复了恼人的嗡鸣。

工人们把巨石放在撬棍或滚棒上,用一条粗大的绳索拽着,缓慢前行。乍一看,好似一座山在移动。

由于全国各地纷纷开始修建城池,一种被称为"拉石歌"的小曲也逐渐流行起来。现在,这些工人一边拉着石头,一边哼着这些曲子。阿波城的城主蜂须贺至镇是该项工程的总负责人,在他写给朝廷的信中有这样一段:

昨晚,我听到了一首歌,据说是名古屋的"拉石歌",谨抄录于此。

> 我们这些人
>
> 对藤五郎大人而言
>
> 要重于栗田入口
>
> 因为我们必须要拉石头
>
> 嘿咻!嘿咻!
>
> 咔嚓!咔嚓!
>
> 一听到这拉石头的声音
>
> 我们就四肢发软

有时还会

赔上性命

无论男女老少，大家都会唱这首歌，歌词中蕴含着说不尽的尘世沧桑。

谁都没想到，普通的劳动号子竟然演变成了高雅音乐，连蜂须贺至镇这样的诸侯在闲暇之时，都会唱上两句。

室町将军时代的歌曲多是一些颓废的宫廷音乐，就连童谣都显得病恹恹的。进入太阁盛世以来，出现了很多曲调欢快、富有朝气的歌谣，并逐渐走进市井百姓的生活，很多人都喜欢在太阳下一边挥汗如雨地干活，一边哼唱这些歌谣。

关原大战之后，德川家康对整个社会文化的影响力日益彰显，就连歌谣的风格也受了影响，一些豪放的曲风逐渐变得柔和。在太阁时代，涌现了大批民间歌曲，但自从进入德川时代以来，很多歌曲都是由将军府中的专职人员创作的，然后再提供给百姓。

"啊！好累呀！"

又八用手抱着头，感觉头就像被火烧一样。同伴们齐声唱着拉石歌，仿佛一群苍蝇在耳边嗡嗡怪叫，让他不胜其烦。

"五年、五年，唉！我干了五年活会变成什么样呢？这种话是干一天就挣一天的饭钱，只要休息一天就要饿一天肚子。"

想到这儿，他开始反胃，青白色的脸俯向地面。

不知何时，不远处走来了一个年轻人，他身材高大，戴着草秆编的斗笠，斗笠檐儿压得很低。这个人背着游学武者的包袱，用铁扇（日本古代武士用的扇子）遮着阳光，饶有兴致地看着伏见城周围的景致和嘈杂的工地。

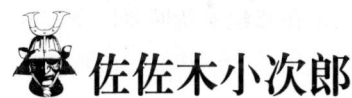 佐佐木小次郎

一

这个游学武者在近处的石头上坐下来，脸上一副若有所思的表情。他身前一块石板的高度刚好跟桌子差不多，可以把手肘放在上面。

"噗！噗！"

他对着石板吹了吹气，把那些烤焦的沙子吹干净，上面的小蚂蚁也被吹飞了。

他把胳膊放在石板上，用斗笠撑着脸。石板反射着太阳炙热的气息，草地里蒸腾的热气吹拂着他的面颊。尽管酷暑难耐，他却动也不动，只是聚精会神地看着远处的工地。

这个人根本没注意到，又八就在离他不远的地方，而又八也没对这个武士多加注意，觉得反正这个人跟自己没有关系。这会儿，他的脑袋和胸口仍然很难受，总想要呕吐。所以，他只好停下手，背对着那人坐了下来。

那个人似乎听到了又八痛苦的呻吟声，他摘下斗笠。

"拉石头的？"他主动搭讪。

"你怎么了？"

"我好像中暑了。"

"很难受吧？"

"现在好一点了，可是，还是想吐。"

"我这儿有药。"

说着，他打开药盒，拿出一颗黑色的药丸放入又八口中。

"马上就会没事的！"

"太感谢您了！"

"苦吗？"

"不太苦。"

"你还要在这儿坐一会儿吗？"

"是的。"

"如果有人过来，麻烦你叫我一声，或是朝这边丢个石子，拜托你了！"

说完，游学武者又坐回那个石板前，拿出一张纸铺在石板上，又取出笔开始低头画起来。

他透过斗笠檐儿，仔细地观察着这座城池，同时将城内外布局、周围的地势、河流分布及天守阁的位置全都画了下来。

关原大战前夕，这座城池被西军的浮田军和岛津军攻陷，城内的增田区、大藏区以及大小工事、战壕全部损失殆尽。正在修建的新城要比之前的更为坚固、壮观，岿然藐视着一江之隔的大阪城。

又八偷偷看了一眼武者画下的草图，他曾经在城后的大龟谷和伏见山上鸟瞰过这座城池，所以他能断定这幅图画得精确至极。

"啊！"

又八叫了一声，因为他看到一个武士正站在那个游学武者的身后，这个武士上身穿着甲胄，大刀用皮带系在身后，脚上穿着草鞋。不知道他是这里的监工，还是伏见城的官吏。那个游学武者一心绘图，对身边的危险浑然不觉。

又八觉得非常对不起这个人，现在无论是扔石子还是大声喊，都来不及了。

此时，刚好有只马蝇飞到了年轻武者的脖子上，他急忙伸手驱赶。

"啊!"

他一抬头,吓了一跳,惊恐地瞪大了双眼。

那个监工武士也瞪着他,同时想要伸手取走石板上的草图。

二

在这炎炎夏日中,年轻的游学武者忍受着酷暑的煎熬,好不容易才绘好伏见城的草图,可现在竟有人要一声不吭地夺走它,这令年轻人火冒三丈。

"你要干什么?"他怒吼了一声,一把抓住对方的手腕。由于他无法抢回草图,两人就这样僵持着。

"给我看看!"

"你真霸道!"

"这是我的工作!"

"你是干什么的?"

"我不能看吗?"

"不行!你以为你能看得懂吗?"

"总之,我没收了!"

"不行!"

两人争执不下,结果那张图被撕成了两半,分别握在双方手中。

"你要是再不老实,我就把你抓回去!"

"抓到哪儿?"

"衙门!"

"你是官差?"

"当然!"

"你隶属于哪里?是谁的手下?"

"这个,你没必要知道。总之,我是这里的监工。如果你不信,可以去查一查。我倒觉得你很可疑哦!是谁允许你来这儿画城池布局图的?"

"我是个游学武者,为了学习知识游历各国,参观各处的山川及城池构造,有什么不妥吗?"

"那些多如牛毛的间谍,全是类似的借口。总之,我是不会把图还给你的,还要把你带走,快把另一半交出来!"

"带我去哪里?"

"负责修筑城池的衙门。"

"你把我当成犯人吗?"

"少啰唆!"

"喂!你们这些当官的,别以为耍耍威风就可以吓唬老百姓!"

"走不走?"

"你有本事让我走吗?"

他摆出一副软硬不吃的架势，监工武士青筋暴突，把那半张图撕个粉碎，还扔在地上用脚乱踩，然后从腰间抽出一把两尺多长的捕棍。

监工寻思，如果对方拔刀还击，自己就用捕棍猛击他的手肘。他拉开架势，打算动手，而对方却没有出手的意思。于是，监工又问了一次。

"再不走，我就用捕棍抽你了！"

话音未落，那个游学武者一个箭步窜上去，大喝一声，一只手掐住对方的脖子，另一只手抓住对方的腰带，把他举起来向一块巨石的尖角扔了过去。

"你这个寄生虫！"

霎时间，监工武士的脑袋就像刚才工友们切碎的西瓜一样，被砸得稀烂。

"啊！"

那如同红色酱料的血块飞溅过来，又八急忙捂住脸。然而，游学武者却依旧神态自若。不知是早已习惯了杀人，还是盛怒已消。总之，他并未急于脱身，而是弯腰捡起被监工踩烂的半张图纸的碎片，又从容地找回刚才扔向对方的斗笠。

又八被眼前的情景惊呆了，那年轻武者身上的杀气让他毛骨悚然。这个游学武者不到三十岁，黝黑的脸上有一些暗斑，耳朵下方至下巴处的脸颊好像少了一大块，可能是被人用刀砍伤后，皮肉萎缩而形成。他耳后有一道黑色的刀疤，左手手背上也有刀伤。可以想见，他身上一定还有多处刀伤。单看外表，这个武者就足以让人心生畏惧。

三

当他捡回斗笠，重新遮住那张怪异的脸后，就像疾风一样快步离去了。当然，这一切仅发生在短短的几秒钟之内。周围数百个如蝼蚁般拉石头的工人，和那些挥舞皮鞭和捕棍不停呵斥的监工，根本没注意到发生的一切。

但是，还有很多双眼睛从高处注视着工地。这些人都属于上层官吏，他们站在圆木建造的塔楼上，负责架梁和分派工作。听到远处传来一声巨响，那些在楼下茶水间烧水的足轻吓了一大跳。

"什么声音？"

"出什么事了？"

"是不是有人打架？"

大家七嘴八舌，议论纷纷。

此时，在工地和城区边界的竹栅栏门附近，已经围了黑压压的一群人，他们大呼小叫，四周弥漫着黄色的烟尘。

"一定是大阪方面的奸细！"

"真是没记性，竟然还敢来！"

"杀了他！"

所有的拉石工、挖土工，还有工地的负责人员全都围拢过来，叫嚷着要抓住那个凶手。

没过多久，那个半边脸的游学武者就被抓住了。原来，他一直躲在一辆将要驶出工地的牛车后面，当他要溜出栅栏门时，被附近的工人发现，用钢叉将他绊倒在地。

见此情景，塔楼上有人喊道："抓住那个戴斗笠的人！"

听到命令，工人们一窝蜂地扑了过来。那游学武者神色大变，如困兽般疯狂反击。

他一手夺下钢叉，用它钩住对方的头发，如此制伏了四五个人。只见白光一闪，原来他腰间还有一把一人多高的大刀，这把刀平常使用略显笨重，此时正好派上用场。他抡起刀就向对方砍去。

"你们这些混蛋！"他怒目圆睁。

身陷重围的游学武者决心杀出一条血路，那些包围他的人怕受伤，呼啦一下散开了。突然，又有很多小石头向他投过来。

"杀了他！"

"杀死他！"

对于那些真正的武士，这些人并不敢冒犯。但是，他们却非常瞧不起游学武者，他们认为大多数的游学武者都是一些游手好闲的人，喜欢向世人炫耀自己一知半解的武学知识。因此，这些靠力气吃饭的工人，对游学武者极为反感。

"杀了他！"

"打死他！"

大家叫嚷不停，无数的石块向他抛来。

"你们这些愚民！"

游学武者一冲向工人们，他们就一哄而散。此时，游学武者已失去了理智，他的眼睛已分不清谁是敌人、谁是朋友。

四

很多工人受了伤，还有几个没了命，但不久之后，他们又回到了各自的工作岗位上，拉石头的拉石头、挖土的挖土、打石头的打石头。整个工地好像什么事也没发生过似的。

夏日午后，烈日炎炎。铁钎凿在石头上发出的噪音和马匹狂暴的嘶鸣之声不断冲击着耳膜，令人感到烦躁。从伏见城上空绵延至淀河尽头的白云，似乎粘在了空中，很久不动一下。

"这人只剩一口气了，在大人来之前，先把他放在这儿。你在这儿看着他，要是死了就不用管了！"

又八听着工头和监工武士的吩咐，脑袋里还在想着刚才发生的一切。刚才宛如一场噩梦，他久久回不过神，以至于耳朵、眼睛接收的信息还无法传入大脑。

"啊！做人真没意思！刚才，那人还在画城防图，可现在却……"

又八目光呆滞，一直盯着那个离自己十几步远的物体，思绪陷入一片混沌。

"他好像已经断气了。还不到三十岁吧！"

又八胡思乱想。

那个剩下半边下巴的游学武者，被粗大的麻绳紧紧捆着，仰面倒在地上。那张因绝望而扭曲的脸上，沾满了血污。

绳子的另一端系在一块巨石上。又八心想，对于一个快断气的人，大可不必如此费周章。可以想象他曾遭受过何种毒打，那条从破裤子中露出的脚踝已经皮开肉绽，白骨隐隐可见。他的头发上沾满血迹，嗜血的蚊蝇闻惺而来，那人手脚上更是爬满了蚂蚁。

"此人踏上游学之路时，一定也是胸怀大志吧！不知他家乡在哪儿？双亲是否健在？"

想到这些，又八内心一阵酸楚。不知道是为这个游学武者难过，还是在担心自己的未来。

"要出人头地，应该也有捷径吧！"他喃喃自语。

多变的时代激发了年轻人的野心。"年轻人，要有梦想！""年轻人，要奋发向上！"这些都是一些有志青年的自勉之词。就连又八也受到了这种社会风潮的影响，想要成为人上之人。

为此，很多年轻人离乡背井，抛却了骨肉亲情。他们中的绝大部分选择了游学武者这条路，因为只要踏上游学之路，走到哪儿都不会为吃穿发愁。在日本，就连普通的布衣百姓都十分热爱武术，寺庙也乐意为他们提供住处。如果运气好，还有可能成为地方豪绅的座上客。更有甚者，还会成为那些佣兵一方的诸侯的家臣，从而得到优厚的待遇。

但是，在数不胜数的游学武者中，这样的幸运儿仅是凤毛麟角。尽管如此，很多年轻人为了功成名就，仍然前仆后继地踏上了这条没有尽头的游学之路。

"真是愚不可及啊！"

对于同样身为游学武者的武藏，他突然心生怜悯。虽然自己下定决心要干出一番事业，但绝不会选择那样一条毫无希望的道路。他看着那个少了半边下巴的尸体，凝神沉思。

"咦？"

又八突然后退了几步，他睁大眼睛。原来，那个全身爬满蚂蚁的游学武者的手突然动了一下,他全身上下被绳子紧紧捆着,只能靠露在外面的手脚蹭着地前行,看起来就像一只乌龟。终于,他用力撑起上身,抬起头,向前爬了一尺左右。

五

又八咽了咽口水,又后退了几步,心底升起一种强烈的恐惧,连声音都发不出来。他只能大瞪两眼,茫然地看着这一幕。

"哦……哦……"

年轻的游学武者张着嘴,好像要说什么。看来,这个被当作尸体的武者,仍然还活着。

"唔……唔……"

他的喉咙里发出断断续续的呼吸声,那干裂乌黑的嘴唇里,根本无法吐出只言片语。但是,他拼命想挤出一句话,那呼吸声犹如破损的笛音。

让又八感到震惊的是,这个人不仅仍然活着,而且他居然能用被紧捆在胸前的两只手爬了过来。并且,那系在绳子另一端的巨石也被他拽动了。这个濒死之人用尽全力,一点一点地爬了过来。

这简直是一种不可思议的神力。在那些工友中,自认为能以一当十的大力士也无法和他相比。

更何况,这个游学武者的生命已在弥留之际。也许,身处死地之人能发挥出常人所不及的能量。此时,那游学武者暴突的双眼死死盯着又八,这让又八毛骨悚然。

"唔……唔……拜……拜托你……"

那人口中发出含混不清的声音,又八听不懂他要说什么。唯一能读懂的就是对方的眼神——他自知死期将至,那眼睛里布满血丝,还有泪光闪动。

"拜……拜……拜托你……"

突然,他的头往前一耷拉,这次真的断气了。又八仔细一看,那人脖子处的皮肤已变得青黑,草丛里的蚂蚁爬上他乱蓬蓬的头发里,还有一只蚂蚁钻进了满是血迹的鼻孔。

又八不知道他要拜托自己什么事,但这个力大无穷的游学武者的临终遗愿,就像魔咒一样箍住了他的心,他总觉得自己背负了一个无法违背的使命。刚才,这个人看到自己患病,好心赠药。而自己却因一时走神,未能将危险及时告知,以致他遭到毒手。仔细想来,这一切似乎都是冥冥中的缘分。

"拉石歌"的歌声渐渐远去,不知不觉已来到黄昏,伏见城笼罩在一片暮霭之中,城里的街市早早就亮起了灯火。

"对了!他身上也许藏有什么东西!"

又八伸手摸到了系在那人腰间的游学武者的包袱。这里面一定能找到证

明他身份的东西。

"他一定想让我把遗物送回故乡。"

又八这样认为。

他从那人身上取下包袱和小药盒，揣进自己怀里。他突然想到，应该从死者头上剪下一缕头发，但一看到那张可怖的面孔，他就吓得不敢动手。

这时，传来一阵脚步声。

又八躲在石头后面偷看，原来是奉行大人手下的武士。又八想到自己擅自拿走死人身上的东西，一定会受到惩罚，便想要偷偷溜走。他弯着腰，悄无声息地从石头后面跑掉了，就像一只小田鼠。

六

金秋送爽，晚风怡人，小院里的架子上结满圆滚滚的丝瓜。糕饼店的老板娘正在架子下烧洗澡水，听到屋内传出声音，便从木门后面探出头问道："谁呀？是又八吗？"

最近一段时间，又八一直寄宿在这里。

他急急忙忙跑回来，在屋里翻箱倒柜，找出一件上衣和一把腰刀。换好衣服后，他用一块大毛巾包住双颊，穿好了草鞋。

"又八，里面很暗吧？"

"什么？啊！没事的！"

"我马上去把灯点上。"

"不用了，我这就要出门。"

"要不要洗个澡？"

"不用了！"

"擦一擦身上的汗再走吧！"

"不用了！"

说完，他就从后门飞奔而出。屋后是一片空旷的草原，既没遮挡也没人家。他前脚刚离开，就看到几个人穿过草丛，走进糕饼店。其中，还有工地上负责监工的武士。

"这里太危险了！"他喃喃自语。

他们一定是发现了有人从那个少了半边下巴的游学武者身上取走了包袱和药盒。当时，只有自己在场，自己一定难脱干系。

"但是，我可不是小偷哟！我是受人之托，帮他保管这些东西。"

又八没有丝毫愧疚，他一直把东西放在怀里，并认为自己只是代为保管。

"我再也不用去搬石头了！"

对于即将开始的流浪生活，他毫无准备。如果没有这个机会，自己可能还得继续搬十几年的石头！一想到这儿，他反而觉得前途一片光明。

齐肩高的茅草上沾满露水，只要躲进草丛，远处那些人就不会发现自己，所以很利于逃走。只是，要逃到哪儿呢？反正他现在孑然一身，想去哪儿就去哪儿。他知道，自己现在所选之路必将决定自己今后的人生。尽管他不相信命由天定的说法，但现在也只能走一步看一步了。

他想过去大阪、名古屋、江户，但这些地方都没有熟人，也可以说就连赌一赌的资本都没有。赌博没有必然性，而又八的未来也充满各种可能。又八心想，可以先往前走走看，也许会有所发现。

然而，伏见草原渺无人烟，似乎不会遇到什么事，有的只是虫鸣和露水。被露水打湿的衣摆紧贴在身上，小腿也被茅草扎得奇痒无比。

此时，又八已经忘记了白天的病痛，取而代之的是饥饿，他的胃早已空空如也。现在已不必担心有追兵，但饥饿和困倦却让他举步维艰。

"唉！真想找个地方睡上一大觉啊！"

他心里这么想着，不知不觉便走到草原边上的一栋房子前。走近一看，房子周围的外墙和大门已经破败不堪，好像被暴风雨吹垮之后，再无人修缮，屋顶也缺了一大块。不过，通过外观可以看出这房子曾经非常豪华，也许是专供那些城里贵妇使用的乡间度假别墅。又八穿过那扇破损的大门，走进院里，正屋和厢房前杂草丛生，一片荒凉之感。眼前的景象，使他想起《玉叶集》里《西行》一诗：

  有缘与君相识
  闻君居于伏见
  几欲访君不见君
  只见庭草深深
  空闻虫鸣声声
  衣袖徒留露痕

他想起这首诗，不觉一阵寒意袭上心头。本以为此处无人居住，但屋内隐约可见微红的火光，不多时又传出一阵箫声。

七

原来，吹箫之人是一个行脚僧，正在此处歇脚。炉火熊熊燃烧，他映在墙上的身影显得异常高大。他一个人吹着箫，既非娱乐别人也非孤芳自赏。在这孤寂的秋夜，他完全沉浸在一个人的世界里。

一曲终了。

"啊——"

他叹了一口气。虽然身处荒郊野外的废屋之中，行脚僧却显得很自在。只听他一个人自言自语："常言道四十不惑，可我都已经四十七岁了，竟然还会犯错，连累独生儿子离家出走、浪迹他乡。想来真是惭愧啊！我真是无颜见亡妻和儿子啊！看来，只有圣人才能做到四十不惑吧！四十岁是我们这些凡人的一道坎儿呀！绝不能掉以轻心，尤其不能在女人的问题上犯错啊！"

他拿着箫，盘腿而坐，用两手盖住了吹口。

"我在二三十岁时，也曾受女色迷惑，而一败涂地。但年轻人犯错，别人总会原谅，也不至于影响前途。可是，人过中年依然贪恋女色，就会受到众人耻笑。尤其发生了阿通一事，我就更难被世人所容，最终身败名裂、家破人亡，连亲生儿子也远奔他乡。如果年轻时犯错，还有改正的机会，可四十多岁的人犯错，就再也无法翻身了。"

他低着头，旁若无人地自语着。

又八悄悄走进房间，借着火光，他看清了僧人那苍白消瘦的脸、单薄的双肩，还有满头干枯的头发。对方不停地自言自语，仿佛中邪一般，令人毛骨悚然。因此，又八怎么也鼓不起勇气上前搭讪。

"啊！为什么……为什么我会犯下如此大错？"

行脚僧仰天长叹，又八看见他的鼻孔就像骷髅上的两个大洞。他一身浪人打扮，衣服早已破烂不堪，外披一件黑色的袈裟，看来是普化禅师的弟子。地上铺着的席子是他仅有的行李，也是露宿时的铺盖。

"过去的一切已经无可挽回，男人一旦步入四十岁就应该步步为营、谨慎从事。我却自以为通晓人情世故，仗着一点势力，就沉溺于女色。结果终于尝到了失败的苦果。这是老天对我的惩罚啊！真让我羞愧至极啊！"

行脚僧好像赎罪一般，低垂着头。

"我已经无所谓了。只要能在大自然的怀抱中忏悔过去，我就感到莫大的安慰了。"

突然，他热泪盈眶。

"可是，我最对不起的就是我儿子。所谓恶有恶报，如今我所犯下的错都报应在城太郎的身上了！如果我还是姬路城池田大人手下的家臣，那我儿子也是一个年饷千石的武士之子。可现在，他却远离生父，流落他乡。要是城太郎长大之后知道，他父亲是因为贪图女色而被逐出藩城的话，他会怎么想呢？我实在没脸见他啊！"

他双手掩面坐了好一会儿。突然，他从炉旁站起来。

"不要再瞎想了！我怎么又犯起傻来？啊！月亮出来了，去外面走走吧！先把这些烦心事全抛到脑后。"

他拿起箫，向屋外走去。

八

真是一个奇怪的和尚。又八躲在暗处，看着他走了出去。那人瘦削的鼻梁下，依稀留着两撇胡子，看起来年纪并不大，可为何走起路来却显得老态龙钟呢？

他出去之后，就没再回来。是不是精神有些不正常呢？又八这样一想，不禁心里发毛，同时也对那个僧人心生怜悯。此时，炉子里残存的火星，又被晚风重新吹燃，越燃越旺的柴火已将地板烧焦，发出噼噼啪啪的声响。

"糟糕！危险！"

又八急忙跑过去，用陶罐里的水把火浇灭。幸亏这只是荒野中的一座废墟，要是飞鸟或者镰仓时代的古迹，可就糟了！

"就是因为这些粗心的人，奈良和高野才经常发生火灾。"

又八坐在那个行脚僧刚才坐过的位子上，心头突然涌起一股责任感。

这些浪人不但无亲无故，对社会也缺乏责任感，他们完全不顾及火灾的严重后果，经常在寺庙的大殿里生火取暖，以使那具早已失去灵魂的躯壳得到片刻温暖。

"不过，话说回来，这些事也不能全怪到浪人身上。"

又八意识到，自己也是个浪人。从来没有一个时代，出现过这么多的浪人。这就是战争的后遗症，虽然很多人借助战争而升官发财，但更多的人却如同草芥一样被时代抛弃，而他们又逐渐演变成社会发展的阻力，这就是自然界的因果循环、相生相克。虽然很多国宝级的宝塔、寺庙因这些浪人而遭到毁坏，但这些远远比不上战火对高野、睿山皇城的涂炭。

"哦！那里有很多宝贝呀！"又八望向一边，自言自语道。

他发现，这间屋子以前可能是个茶室，火炉和地板显得十分雅致。突然，角落架子上的一件东西引起了他的注意。

那并不是什么高价花瓶或香炉，而是一个没有瓶口的酒壶和一口黑色的锅。锅里还有一些吃剩的菜粥，酒壶里也还有一些酒，飘出淡淡的香气。

"谢天谢地！"

一个饥肠辘辘的人看到食物，不会考虑应不应该吃。又八一口气喝光了瓶里的酒，那些剩菜粥也被他一扫而光。

"啊！吃饱了！"

他躺在地上，头枕着手。

昏昏欲睡的炉火逐渐暗淡下去，屋外的虫鸣如同暴雨之声分外清晰。不只是屋外，就连房间的墙壁、天棚、榻榻米上都传来此起彼伏的虫鸣。

"对了！"

他突然想起什么，猛地坐起身，从怀里掏出那个游学武者临终托付给他的小包袱。又八心想，可以趁现在看看里面有什么东西。

他打开了包袱，这是一条苏芳染的包袱皮，已经污秽不堪。包袱里有件干净的汗衫，还有一些出门必备用品。其中，一件衣服里有一个用油纸包的严严实实的包裹。"当！"的一声，什么东西掉了出来。

九

那是一个紫色的皮制钱袋，里面装着数量可观的金银。又八数了一下，突然感到一阵不安。

"这可是别人的财物啊！"他嘀咕着。

接着，他又打开了那个油纸包裹，里面竟是一个卷轴。这是一个古色古香的卷轴，轴料是花梨木，纸张用金线装裱，整个卷轴透着一种神秘高贵的气息，让人禁不住要打开一看究竟。

"究竟写着什么呢？"

又八把卷轴放在地上慢慢摊开，只见上面写道：

印可（师父向弟子授予的合格证书）
中条派刀法
外家功：电光刀、车轮刀、元流刀、浮船刀
内家功：金刚功、高上功、无极功
右路七剑：神文之上，口传授受之事
月日
越前宇坂之庄净教寺村
富田入道势源门派
后学钟卷自斋

佐佐木小次郎 阁下

卷轴背面贴着一张纸，上面写着"跋"，左边题着一首饶有趣味的诗：

井不掘
水不存
月无影
光无形
唯有自汲方安宁

"啊哈！这是秘传刀法的认证文书嘛！"又八马上意识到这一点。但对于"钟卷自斋"这个人，他却一无所知。

如果提到伊藤弥五郎景久，又八会立刻想到是一刀派的创始人，号称一刀斋的武林高手。

他不知道的是，这位钟卷自斋正是伊藤一刀斋的授业老师，他还有一个名字叫外他通家。他继承了富田入道势源的武学思想，晚年时隐居于乡野，是一位品格高洁的武士。

"佐佐木小次郎阁下？这么说来，今天惨死在伏见城工地的那个游学武者就是佐佐木小次郎喽！"又八点头自语道。

"他的武功应该十分高强才对呀！从那卷轴来看，他获得了中条派的承认，可是却英年早逝了。真可惜呀！想起他临死前奋力挣扎的样子，想必是心有不甘、余愿未了吧。他一定是想拜托我把遗物送回他的故乡。"

想到这儿，又八为死去的佐佐木小次郎默念起经文，并决心要帮他把遗物送回故乡。

又八一直横躺在地上，渐渐觉得有些冷，便向炉里扔了一些木柴。不一会儿，炉火就烧旺了，他很快就睡着了。

此时，远处的荒野中又传来箫声，大概是那位行脚僧所吹奏的。

那箫声如泣如诉、哀婉忧伤，似乎要尽情抒发出那道不尽的悔恨与痛苦——此时已是夜深人静，但他依然忘我地吹奏着。而又八早已疲惫不堪，箫声和虫鸣都从他的世界里渐渐远去，他沉沉地进入了梦乡。

狐狸足印

一

灰色的云层笼罩着原野，初秋微凉的清晨，到处都是露水。

厨房的门被风吹倒了，地上残留着狐狸的爪印。虽然天已大亮，栗鼠仍然爬来爬去。

"啊！好冷啊！"

天快亮时，行脚僧才回来，由于已经筋疲力尽，他拿着箫就睡着了。

因为一整晚都在荒野上游荡，他那件又薄又脏的袈裟沾满了露水和杂草，他就像一个受到狐狸精魅惑的男人。今天气温有所下降，他似乎受了风寒，不停地擦鼻子，还时不时打个喷嚏。

鼻涕挂在胡子上，他也毫不在意。

"对了！昨晚的酒应该还有一些。"

他自言自语着站起身，走过满是狐狸爪印的走廊，来到里面那间有炉子的房间。

这间屋子在白天显得更加空荡荡，必须费点神才能找到酒瓶，酒瓶当然不会不翼而飞。

咦？

他睡眼惺忪，四下找寻。昨晚明明把酒瓶放在那里，今天竟然不见了！紧接着，他发现了倒在火炉旁的空酒瓶，还有一个呼呼大睡的陌生男人，那人枕着胳膊睡得正香，嘴角还挂着口水。

"这人是谁呀？"

行脚僧低头端详着对方的脸。

地上的人正在熟睡，鼾声大作，估计打他一拳他都不会醒。酒一定是被他喝光的！想到这儿，行脚僧不禁火冒三丈。

还有，昨天留在锅里的预备当早餐的菜粥也被吃得精光。

行脚僧忍无可忍，吃饭的事情可不是小事。

"喂！"

他用脚踢了踢地上的人。

"嗯……嗯……"又八伸着懒腰，正要抬头。

"喂！"行脚僧又补上一脚，这回可把他踢醒了。

"你干什么？"又八睡眼惺忪，铁青着脸，猛然跳起身。

"你干吗用脚踢我？"

"踢你又怎么样？是不是你喝光了我的菜粥和酒？"

"那是你的呀？"

"当然！"

"非常对不住！"

"道歉有用吗？"

"我向你道歉。"

"光是道歉可不够！"

"那怎么办？"

"还给我！"

"怎么还呀？东西已经进肚了，靠那些食物，我今天才有力气赶路呀！"

"没有吃的我也会饿死啊！我每天沿街吹箫，千辛万苦才讨来那些吃的。我只有那些吃的，如今却被你都吃光了！还给我，快还给我！"

苦行僧咆哮着，蓄着八字胡的脸因饥饿而变得铁青。

二

"不要这样小气嘛！"

又八有些轻蔑地说道："只不过是些剩饭冷酒，何必发这么大脾气呢！"

行脚僧怒不可遏。

"你说什么？即便是剩饭冷酒，那也是我一天的粮食呀！你还给我，要是不还的话……"

"你想怎么样？"

"哼！"

他抓住又八的手腕说道："我不会放过你！"

"你别欺人太甚！"又八甩开他的手，反手揪住行脚僧的衣领，想要摔倒他。可是，那僧人瘦如野猫的身体却力大无比，他一手掐住又八的脖子。

"你这个臭小子！"

又八使足了劲想要摔倒他，可是对方就是纹丝不动。

反倒是又八被对方箍住了喉咙。

"唔……"他嗓子里发出含糊不清的声音。

又八被对方连拖带拽地弄到了另一个房间，他本想抵抗，可行脚僧却顺势把他朝墙扔了过去。

房屋的梁柱、墙体早已损坏，根本经不起又八这一撞。这一下子，整面墙都倒了，又八整个被埋在废墟里。

"呸！呸！"

他吐着嘴里的脏土，挣扎着爬起来。又八怒火中烧，拔出大刀就冲了过去。行脚僧人一边举箫应战，一边大口喘着粗气。看来，终归是年轻的又八略占上风。

"给你点颜色！"

又八一顿穷追猛打，僧人只有招架之功，没有还手之力。他脸色惨白，还差点被又八踢倒。最后，行脚僧不得不大声呼救、四处躲闪，以免被大刀砍伤。

可是，这场战争的失败者却是又八，原因在于他过于轻敌。那行脚僧像猫一样跳到了院子里，又八随后追了出去。突然，咔嚓一声，原来又八的脚陷进了走廊的地板里。那地板年久失修，木料早已腐朽，他一脚踏进去，正好被地板卡住。行脚僧见状，立刻展开反击。

"喝！喝！喝！"

他抓住又八的前襟，没头没脸地一顿猛打。

又八的脚动弹不得，无力招架，眼看就要被打得鼻青脸肿。这时，几枚铜钱从又八怀里散落出来，他每挨一拳就能听到一声铜钱碰撞的清脆声。

"咦？"

行脚僧闻声松开了手。

又八终于脱离了魔爪。

那僧人在暴怒之下出手很重，连自己的手都打疼了。现在，他疲惫不堪、气喘吁吁，眼见满地铜钱，不禁目瞪口呆。

"喂！你这个混蛋！"

又八揉着红肿的脸，颤声骂道："你这算什么！我不过吃了你点剩饭，你就把我打成这样。你看！我有的是钱，你这个饿鬼别没完没了的！如果你那么想让我还饭钱，这些钱你都拿走！来吧！还给你饭钱、酒钱，再加上利息！你刚才打我的也要一并还给你！把头伸过来，现在该我揍你了！"

三

又八大声叫骂，可那个行脚僧却一声不吭，他渐渐平静下来，突然靠着门板哭了起来。

"你这混蛋！看到钱还装模作样！"

又八恶语相向。而行脚僧却像泄了气的皮球，有气无力地说道："真没用！啊！我真没用啊！为什么还要干傻事呢！"

他并不是对又八说话，而是在自怨自艾。僧人的自省能力到底要强于凡人。

"我真是混蛋！一把年纪落魄至此，竟然还执迷不悟！真是恶性难改！"

说着，他用头猛撞向身旁的黑柱子，一边哭一边撞着头。

"你为什么要吹箫？不就是想借箫声发泄自己的愚昧、迷惘、偏执、烦恼吗？你到底在争什么？为了一点残杯冷炙，就和别人打得你死我活，对方只不过是个毛头小子！"

这人真奇怪！又八起初以为，他说着说着就会号啕大哭，可是他却一直不停用头撞柱子，仿佛一定要撞得头破血流才罢休。

他在自我惩罚，撞头的次数比又八挨的打还要多，又八完全呆住了。看到行脚僧的额头青紫，已经渗出血迹，他连忙上前阻止。

"哎呀！不要再撞了！别再伤害自己了！"

"不要管我。"

"不！我怎么看都觉得你有些奇怪。"

"哪里奇怪？"

"行脚僧，你说话时带着中部地区的口音。"

"我家乡在姬路。"

"哦，我家乡在美作。"

"作州？"行脚僧瞪大眼睛，又问道："是作州哪里？"

"吉野乡。"

"哦。一提到吉野乡，我就无限怀念啊！当年我在日名仓哨所工作时，曾被派到那里公干，那一带我很熟悉。"

"这么说来，你以前是姬路藩的武士？"

"没错！我也是学武之人，名叫青木……"

他刚想说出自己的名字，但一想到目前的落魄模样，便觉得无地自容。

"骗人的，我刚才说的都是谎话。我们去镇里洗个澡吧，怎么样？"

行脚僧突然站起身，向外走去。

幻术

一

又八很在意那些掉在地上的钱，因为那些钱不属于自己，所以他更加在意。他心想着不该动用，但又想到先挪用一些也不算为过。

"那个人托付我将遗物带回故乡，所以我从里面拿出一些做盘缠也没关系。"

又八自言自语，渐渐安下心来。他从那笔钱里拿出了一小部分。

不过，除了钱财之外，他还留有一个"中条派印可"的卷轴。这个佐佐木小次郎的故乡究竟在哪里呢？

又八猜测那位死去的游学武者很可能就是佐佐木小次郎，但他到底是浪人，还是家臣，又有着怎样的经历，这一切又八无从得知。

唯一的线索就是那位将"印可卷轴"传授给佐佐木小次郎的师父——钟卷自斋。只要找到这个人，小次郎的一切便能真相大白。为了寻找此人，又八在伏见城到大阪的一路上，每遇到茶馆、饭馆、客栈，就会问一句："您知道剑术高手钟卷自斋吗？"

"没听说过。"每个人的回答都一样。

"他是继承富田势源思想，自创中条派武功的大师。"又八试着详加解释。

"没听过！"几乎没人知道这个人。

终于，他在路上遇到一位对武学颇有研究的武士。对方告诉他："那位钟卷自斋即使在世，也已至耄耋之年。他以前去过关东地区，晚年隐居在上州地区的深山里，早已不问世事。你若想打听他的消息，只要去大阪城询问一位叫富田主水正的人，就能知道了。"

然后，又八又向对方打听富田主水正为何许人物。武士告诉他，此人是丰臣秀赖手下的一位武师，曾在越前宇坂庄的净教寺学武，属于富田入道势源一族。

虽然又八听得有些稀里糊涂，但好歹是有了一些线索。于是，他一到大阪就住进了一家小客栈，并向客栈里的人打听富田主水正住在哪里。

"有这个人。听说他是富田势源大人的孙子，但并不是秀赖大人的武师，而是在城里教授百姓武功。不过，那都是很久以前的事了，几年前他就回越前去了。"

客栈里的人只告诉他这些事情。由于这家客栈位于大阪城里，那几个人又经常帮城里人跑腿办事。所以他们的话应该比那位武士的话更可信。

其中一个人这样建议又八："即使你到越前去找主水正大人，也未必能找到。与其盲目地奔赴越前，还不如去找伊藤弥五郎大人，他以前曾跟随钟卷自斋学习中条派武功，后来自创出一刀派。"

这的确是个好办法。

当他打听伊藤弥五郎的住址时，别人告诉他：前几年弥五郎一直住在京都城外的白河，但最近却很少在京都、大阪一带看到他，估计可能外出游学去了。

"唉！真是件麻烦事啊！"

又八放弃了这条线索。"真是欲速则不达呀！"他一个人自语着。

二

来到大阪之后，又八那沉睡已久的年轻活力，又被重新唤醒了。

他发现，此地在招揽各种人才。

在伏见城，各项新政和军规已非常完备，但大阪却在大张旗鼓地招募人才、组织浪人军队。起初，这些事情都是非公开的。

"后藤右兵卫大人、真田幸村大人、明石扫部大人，还有长曾我部盛大人，都受到秀赖大人的资助呢！"

城里人议论纷纷，比起其他城池，这里的浪人更受尊敬。大阪城边的小镇正是浪人的最佳聚集之所。

长曾我部盛就借住在城外的小巷里，他虽然很年轻，却已剃光了头，并改名为一梦斋。

虽然他向世人昭示，自己寄情于山水与风月，可是一旦重新开战，他会为了报答秀赖的恩典而立刻参战。

据说，长曾我部盛手下的浪人足有七八百人之多，他们生活的各种开销均由秀赖供给。

又八在大阪待了两个多月，所见所闻让他产生一种直觉。

"就是这里！这里就是我出人头地的地方！"

他满怀希望。

当年，他仅凭一腔热血，赤脚扛着一支长矛，跟宫本村的武藏来到关原战场。昔日的豪情壮志，已被遗忘太久。最近他重新恢复了朝气，往昔的豪情在心中慢慢苏醒。

又八口袋里的钱越来越少，但他却觉得自己就要走运了。因此，他每天都精神百倍，即便不小心被石头绊倒，也会觉得运气就要从天而降。

他首先想到要打扮一下自己。因为已经是深秋，天气渐渐冷了，他买了几件小褂和羽织。

由于长期住客栈比较浪费，所以他借宿在顺庆堀附近的一位马具师父家中。他整日东游西逛，居无定所，日子过得惬意又逍遥。他结识了很多朋友,也学会了一些谋生的技巧。

他之所以生活得如此顺利,是因为他在时时提醒自己要改头换面、重新做人。

"看啊!那个大阪城京桥口的长官,以前是顺庆堀河边搬沙子的苦力。如今,他出门肩扛长枪,有人牵马,身后还跟着二十几个随从。"

在城里经常能听到类似的议论,这也是又八最感兴趣的事情。

可是,人世宛如一座密不透风的城墙,石头与石头都严丝合缝地垒在一起,根本无孔可钻。

他开始有些厌倦了。可是转念一想,这些算什么?我只是还没找到合适的机会,只要能冲破眼前的阻碍,就可以出人头地!现在虽然很难,但总有办法的。

他不断鼓励自己,并央求借宿处的马具师父帮自己找工作。

"这位客官啊!你这么年轻,还略懂武功。如果进城找工作,一定能马上找到。"

马具师傅说得很轻松,他实在是高看又八了。转眼就到隆冬时节,可又八依然没找到工作,口袋里的钱只剩下一半了。

三

冬日清晨,繁华城镇中的一片草地上,结满白霜。随着阳光渐强,冰雪慢慢消融,道路也变得泥泞不堪。此时,空地上传出一阵敲锣打鼓的声音。

每到寒冬时节,人们就显得很忙碌。冬日暖阳之下,聚集着一些贩卖物品的商人。他们用简陋的栅栏围起一个简易卖场,里面六七个摊位上竖着花花绿绿的纸旗和大小长矛。这些商贩大声吆喝着,招揽顾客,构成了一幅活生生的百姓谋生图。

人群中混杂着劣质酱油的味道,几个男人挽起裤脚,露出长长的腿毛,一边说笑着一边吃着串烧。每到夜晚,街上就会出现一群浓妆艳抹的女人,宛如刚出笼的母羊一样拥到街上,拿着豆子边走边吃。在一个露天酒摊旁,有两个人打了起来,只见其中一人浑身血迹,慌慌张张地向城区方向跑去。

"非常谢谢你!客官,幸亏你在这儿,我们的东西才没有被打坏。"

酒家再三跟又八道谢。

为了表示感谢,酒家又说道:"现在给您温的酒,温度正合适。"

说完,又送来几个下酒小菜。

又八的心情不错。刚才遇到城里人在此滋事,他心想要是谁敢砸毁这个小酒摊,他就出手摆平。所幸,一切平安无事,酒家和又八都深感庆幸。

"老板,今天人真多呀!"

"天气太冷,大家都来去匆匆,很少有人愿意停下脚呀!"

"天要是一直这么晴朗就好了!"

这时，有一只海鸟从人群中飞过，嘴里似乎叼着什么东西，直冲向云霄。又八喝得满脸通红，突然想起一件事。

"对了！我在伏见城搬石头时，曾发过誓不再喝酒，怎么又忘了？"

他就像在思考别人的事一样。

"唉！算了吧！人生一回不喝点酒也太可惜了！"

他试图为自己找借口。

"老板，再来一杯！"

他回头喊了一声。

老板立刻又送来一杯酒，这时一个浪人模样的男人走了过来，坐到又八对面。此人上身只穿了件夹和服，没有穿羽织，衣服领口肮脏不堪。他身上背着一把让人望而生畏的长刀。

"喂！喂！老板，快给我一合酒，要温热哟！"

那人一只脚盘在凳子上，不停地打量着又八。

"嘿！"对方礼貌地一笑。

"嘿！"又八也报以微笑。

"我的酒还没送来，能先请我喝一杯吗？可能有些失礼。"

"这个……"又八犹豫不决。

对方竟自己伸手来拿。

"爱喝酒的人，一看到酒就很难控制自己。老实说，刚才我看你在喝酒，闻到阵阵酒香，就有些忍不住，所以过来和你喝一杯。"

那人喝得很起劲，动作也十分利落、爽快，又八注视着他的一举一动。

四

此人的确好酒量。

又八只喝了一合，而他已经喝了五合多，并且神智仍很清醒。

又八问他："能喝多少？"

他答道："大概十合左右，要是心情好喝多少都不会醉。"

接着，他们又谈到了时局，那男子显得非常激动。

"家康有什么了不起！除了秀赖大人，那些将军都是傻瓜。要是没有本多正纯那些朝中老臣，那个老头子根本什么事也办不成！他只是比一般武士更有心机、更冷血、更狡猾罢了。原本石田三成是可以成大事的，只可惜这个人对诸侯的驾驭能力太差，还爱斤斤计较，另外他的身份也不够显赫。"

又八以为他会一直喋喋不休地说下去，可对方话锋一转问道："阁下，如果现在关东和关西各立政权，你会投靠哪一边？"

又八不假思索地回答："我会投靠大阪。"

"哟！"那人拿起酒杯，站起身说道："真是英雄所见略同！再敬你一杯，请问阁下在哪儿高就？"

"噢！对不起，我应该先做自我介绍。我是蒲生（位于日本滋贺县南部）浪人，名叫赤壁八十马。你知道塙田右卫门这个人吗？他和我是生死之交，我们都希望有朝一日能出人头地。还有一位名为薄田兼相的人，是大阪城里众所周知的将军，我们曾一起周游列国。另外，我与大野修理亮也有过几面之识，他是个城府颇深的人，要比兼相更有势力。"

男人发现自己说的有些多，便话锋一转问道："请问阁下是？"

他再次询问又八。

虽然又八觉得对方的话并不完全可信，但自己的气势似乎被他压倒了，为了摆脱自卑的情绪，他决定吹嘘一番。

"你知不知道越前宇坂庄净教寺村的富田入道势源先生，他是富田派的开山鼻祖。"

"我只听过他的名字。"

"一位名为钟卷自斋的高洁隐士继承了他的武学思想，自创中流派武功，他就是我的恩师。"

听到又八的话，对方竟然毫不惊讶，只是举起酒杯说："那么，阁下一定对武学颇有研究喽！"

"是的。"

又八的谎话张口就来。

他似乎陶醉在自己编织的谎言中，每一句谎话都成了佐酒小菜。

"说真的，就连外行人都看得出，你是个武林高手。经常锻炼的人就是不一样啊！看你多么强壮呀！既然你自称是钟卷自斋的门下，那敢问你尊姓大名呢？"

"我叫佐佐木小次郎，伊藤弥五郎一刀斋是我的师兄。"

"哇！"

对方惊叫了一声，连又八也吓了一跳，想赶紧告诉他自己在开玩笑。

可是，赤壁八十马已经跪在地上磕起头来。这样一来，就更难解释清楚了。

五

"我真是有眼无珠。"

八十马一再致歉。

"久闻佐佐木小次郎阁下的大名，刚才有眼不识泰山，还望恕罪！"

又八松了一口气，要是对方认识佐佐木小次郎，自己的谎言就会被当场拆穿，这会儿早被骂得无地自容了。

"哎呀！请您站起来。你这个样子，我有些不知所措呀！"

"不、不！我刚才有些大言不惭，让您见笑了。"

"哪里哪里。我也尚未谋得一官半职，我们都是不谙世事的晚辈嘛。"

"但是,您的剑术相当高明。我经常听别人说起,就属佐佐木小次郎最厉害。"

八十马喃喃自语,他醉眼惺忪,含糊不清地说道:"你这么了不起竟然还没求得一官半职,真是可惜!"

"我一心苦练剑术,只是还没遇到伯乐而已。"

"哦!原来如此。这么说来您是胸怀大志啊!"

"的确如此。不管怎样,我一定要找到值得效忠的主公才会投靠。"

"这不是什么难事。只要你有实力一切都没问题。不过,仅有实力还不够,还要懂得自我宣传。就像刚才,我也是听到您的大名之后才惊讶万分的!"

八十马添油加醋地说着。

"我来帮你引荐如何?"

"其实,我已经投靠了朋友薄田兼相。目前,大阪正在招兵买马,如果我向他推荐您这样的人物,他一定会立刻将您招入麾下。这事就包在我身上了!"

赤壁八十马非常热心,又八也想找一份工作。但是,他一想到自己盗用了佐佐木小次郎这个名字,就十分不安,可又不好当面拒绝。

如果一开始据实相告,说自己是美作乡的本位田又八,对方肯定不会如此热情,说不定还会瞧不起自己。看来,佐佐木小次郎这个名字还是很好用的。

又八心里暗自盘算。也许不用担心,因为那个佐佐木小次郎已经死在伏见城的工地里了,而且只有自己知道他的身份。

那个"印可卷轴"是唯一能证明他身份的东西,对方在临终前托付给了自己,别人自然无从查证。更何况,他只是一个因擅入禁地而被打死的人,根本不会有人细究此事。

"别人不会知道此事!"

又八的脑海里闪过这个大胆而狡滑的念头。他一下子来了精神,决定从此假扮佐佐木小次郎。

"老板,算账!"

他付完酒钱,正要转身离去。一旁的赤壁八十马急忙问道:"刚才的事怎么样?"

他也跟着站起身。

"请你尽力帮忙。但在路边不方便谈这些,我们还是另找个地方好好聊一聊吧!"

"啊!说的也是。"

八十马点点头,看着又八替他结了账,脸上一副理所当然的表情。

六

随后,二人来到了气氛暧昧、脂粉飘香的后街。又八想找间高档酒楼,八十马却说:"去那种地方只是浪费金钱罢了。我知道一个更有趣的地方。"

又八平时也经常来后街游玩,现在被八十马领来这里,他觉得非常舒心。

这条街叫作比丘尼小巷,街上一间挨着一间的都是妓院。此处极为繁华热闹,据说这里每晚要烧掉一百石灯油。

在这附近,有一条潮汐形成的暗沟,在灯笼的映照下可以看到里面爬满了海蛆和河蟹,就像无数只毒虫一样,令人作呕。脸上涂满白粉的妓女随处可见,但很少能看见姿色过人的。其中,还有几个妓女已经年老色衰,她们头戴比丘尼头巾,在严寒中招揽着客人。由于她们装扮得十分妖艳,也颇能吸引一些人的注意。

"没有像样的呀!"

又八不由得叹了口气。

"应该能找到。这里的女子比廉价的茶屋女和歌妓强多了。虽然称她们为妓女不太合适,但在寒冬之夜,她们的温言软语确实能带来安慰。当你听她们讲述自己的身世遭遇,就会觉得这些人并不是生来就要当妓女的。"

街上人来人往,摩肩擦踵。看得出,八十马对这一带很熟悉。他继续说道:"听说有些比丘尼还服侍过室町将军,还有很多妓女自称是武田大臣的女儿或松永久秀的亲戚。平氏家族没落后,她们也沦落至此。如今,朝代的更迭比天文、永禄时期还要频繁,从盛到衰只是一眨眼的事。所以,才会有这么多的女子沦落于烟花之地。"

接着,他们来到一家妓院。又八看得出,八十马对吃喝玩乐十分精通,他喝酒和应酬妓女的方式都很老练。他说的没错,这个后街的确很有趣。

于是,两人在妓院里过了一夜。第二天上午,八十马依然余兴未尽,又八也是如此。多年以来,他一直因为寄宿在阿甲的"艾草屋"而觉得颜面扫地,现在这种郁闷情绪终于一扫而空。

"好了!好了!别再喝了!"

又八不得不甘拜下风。

"该走了!"

"陪我喝到晚上吧!"八十马并不打算离开。

"晚上有什么事吗?"

"今晚,我要去薄田兼相府上拜访,现在动身太早了。对了!我还没问您希望得到多少俸禄?事先说清楚才便于和大人详谈。"

"一见面就谈钱,不太合适吧!"

"话不能这样说。你不能太低估自己。如果你持有中条派武功的印可,却对官职、俸禄要求甚低,别人会轻视你的。所以你要更加自信,可以提出五百石俸禄这样的要求。只有自信满满,才能得到更好的待遇。你可不能委屈自己哟!"

七

这一带地区天黑得很快,在夕阳的余晖中,大阪城巨大的影子斜映在山谷的石壁上。

"这就是薄田大人的府邸。"

他们来到了护城河边,虽然白天喝了不少酒,但凛冽的寒风依然让二人不住地哆嗦。

"是那扇木门里面吗?"

"不!是旁边那幢四方形的宅邸。"

"哇——那房子可真气派呀!"

"他可算是功成名就了!薄田兼相在三十多岁时,还是个无名小辈。谁知才短短几年,他就发迹了。"

对于赤壁八十马的话,又八并不在意,倒不是因为他有所怀疑,相反而是他太过相信八十马,所以对方的每句话他都没有仔细琢磨。望着城中大大小小的豪府深宅,又八心想:"我也要出人头地!"

作为一个血气方刚的青年,他正是踌躇满志之时。

"今晚我就会去拜见兼相大人,会帮你多加美言的!"

"可是,觐见之礼……"他催促了一句。

"对了!对了!"又八从怀里掏出钱袋。每次他都觉得少用一点没关系,可不知不觉中,钱袋里的钱只剩下三分之一了。他掂量着钱袋问道:"我只有这些钱了,你看够吗?"

"没关系!已经足够了。"

"是不是应该包一下?"

"不用了!每个人求官时,都会送点觐见礼物,或是礼金。不只薄田如此,很多人还公开收受礼金。你不要有所顾忌。那么,我先替你保管了。"

又八把身上所有的钱都交给了他,然后又觉得有些不安,便追到八十马身后补充了一句:"那就拜托你了!"

"没问题的!如果你总是苦着一张脸,恐怕钱没送出去就被人赶出来了。现在大阪的有权有势之人不是只有兼相,大野、后藤那里我也有门路。"

"何时能有回音?"

"这个嘛!你可以在这儿等我,不过这里不仅寒风刺骨,还容易让人怀疑。不如我们明天再见面吧!"

"明天在哪儿？"

"就在那片热闹的广场吧！"

"好的。"

"就约在我们第一次见面的那个小酒摊。"

两人约好见面的时间、地点，然后赤壁八十马就大摇大摆地向城门里走去。看着他那从容自若、长驱直入的架势，又八心想：看来他真是薄田兼相的患难之交。

尽管暂时放下心来，但当晚又八却难以成眠。好不容易挨到天亮，他按约好的时间，来到了广场。草地上的霜雪，刚刚开始消融。

今天的天气依旧很冷，广场上聚集了很多人。

八

不知何故，赤壁八十马一整天都没有出现。

第二天也是如此。

"他可能有事耽搁了。"

又八为对方设想着各种理由。此时，他就坐在那个露天酒摊旁。

"今天应该会出现吧！"

他一直注视着广场上的人群，可是直到天黑，也不见八十马出现。

第三天，他又来到了这个酒摊，有些不好意思地说道："老板，我又来了。"

跟老板打完招呼后，他就坐在了桌前。这几天，酒摊老板一直暗中观察着又八的一举一动，觉得他很是奇怪，于是便问他到底在等谁？又八将事情的原委一五一十地告诉了老板，说自己在等一个名叫赤壁的浪人朋友。

"咦？就是那天一起喝酒的人？"

老板的语气显得十分惊讶。

"那他是不是说，可以帮您求得一官半职，还收了您的钱？"

"钱不是他收了，而是我拜托他转交给薄田大人的觐见礼金。由于我急于知道回音，所以才每天在这儿等他。"

"哎呀！你也太老实了！"

老板同情地看着他说道："即使你等上一百年，他也不会出现了。"

"为……为什么？"

"那是个恶名昭著的家伙，这个广场上有很多像他一样专靠行骗为生的寄生虫，只要看到老实人就会伺机下手。本来我想提醒你，但又怕惹上麻烦。我还以为你看到他那副德性，就会提高警惕呢，谁知你还是被他骗了。现在，说什么都晚了。"

老板觉得又八很可怜，也很无知，语气中流露出了怜悯。然而，又八却丝毫不以为耻，他只想到自己损失了一大笔钱，当官的美梦也破灭了。如此

大的双重打击让他怒不可遏，一时间不知该怎么办，只是愣愣地望着广场上的人群。

"你白白损失了一大笔钱，太可惜了！你可以去变魔术的小摊那边打听一下，那些吸血鬼经常聚众在那儿赌钱，也许那家伙会在那儿出现。"

"是吗？"

又八急忙起身问道："你说的魔术摊在哪儿？"

他顺着老板指的方向望去，只见广场中有一大片用竹篱笆围起来的场子。看来最近魔术很流行，很多人都聚集在篱笆门口。又八走近一看，门口的旗子上写着一些有名魔术师的名字。例如"呼呼乔平"、"变兵童子"、"果心居士之大弟子"等等。

那个用帷幕和草帘围起来的场子里，传出阵阵诡异的乐声，还掺杂着魔术师的叫喊声和观众的喝彩声。

九

又八绕到场子后面，发现那里还有一个不供观众出入的后门，他走近细看。

"你要去赌场吗？"看门的男人问他。

又八点点头，那男子示意他可以进去，于是他走了进去。在场子里的一块蓝色天花板下，二十几个流浪汉正围在一起赌钱。

又八走过去，那些人抬起头瞪了他一眼，其中一人给他让了个座位。此时，又八急忙开口问道："这儿有没有一个叫赤壁八十马的人？"

于是，立刻有人回答："你说赤壁八十马吗？好一阵子没看到他了，不知出了什么事？"

"他会来这儿吗？"

"我们哪知道啊！快点下注吧！"

"我不是来赌钱的，是来找赤壁八十马的！"

"喂！你别胡闹，不赌钱你进来干吗？"

"对不起！"

"小心我打断你的腿！"

"对不起！"

又八狼狈地跳了出来，一个无赖追了出来。

"臭小子！等一等，这里可不是一句对不起就能了事的地方。你这个家伙真不识相，即使不赌钱也要付进场费！"

"我没有钱。"

"没钱还敢来赌？喔！你是不是想趁机偷钱呢？你这个小偷！"

"你胡说！"

又八亮出了刀柄，这下可有趣了，对方却一脸满不在乎。

"你这个笨蛋！要是怕人威胁，我们早就没法在大阪一带混了。来吧！有种你就砍！"

"我……我要砍了！"

"砍吧！我绝不阻止！"

"你知道我是谁吗？"

"我哪知道！"

"越前宇坂庄净教寺村的武学宗师富田五郎左卫门的高徒——佐佐木小次郎就是我！"

又八想用这句话将对方吓跑，谁知那人却扑哧一笑，转头对着赌场里的人说："喂！你们快过来，这个人刚才竟然自报名号，显然是瞧不起我们嘛！大家快来看看他有什么能耐吧！"

话音刚落，只听那男子"哎哟"一声惨叫。原来又八趁他不注意，用刀猛刺了他屁股一下。

"你这个畜生！"

又八骂了一句。听到身后传来众人叫骂声，便急忙拎着刀，逃进人群里。

为避免对方发现，他尽量往人多的地方去。他慌里慌张、提心吊胆，仿佛那些无赖随时会从人群中冒出来。

他正走着，突然一抬头，看到一个画有猛虎的帷幕，旁边的木门上立着一些长矛，还插着几根蛇纹状的旗子。有个城里人站在空箱子上大声吆喝着："老虎！老虎！不远千里自朝鲜运米的老虎！加藤清正大人亲手捕获的老虎！"

这人用尽浑身解数卖力吆喝，以招揽人群。

又八付了进场费，便一头钻了进去。此时，他稍稍放下心来，开始四处寻找老虎的踪迹。结果，却看见台前并排放着的几张门板上摆着一张虎皮，那虎皮就像洗完晾好的衣服一样，软塌塌地贴在门板上。

虽然只是张虎皮，众人也看得津津有味。并没有谁因为不是活的老虎，而表示不满。

"哇！这就是老虎呀！"

"可真大呀！"

观众一边赞叹着，一边走向出口。

又八想尽量拖延时间，便一直在虎皮前徘徊。这时，一对旅客打扮的老夫妇突然出现在他面前。

"权叔啊！那只老虎不是已经死了吗？"老太婆问道。

那年老的武士伸手摸了摸虎皮上的毛，说道："这本来就是一张虎皮呀！"

"可是，刚才那个门口的人明明说是活老虎！"

"这大概也是一种戏法吧！"老武士苦笑着，阿婆却撇着干瘪的嘴说道："这也太不值了！要是变戏法就应该在宣传板上写清楚，看死老虎和看图画有什么区别？你去门口把钱要回来！"

"阿婆！别人会笑话的，这种事何必大呼小叫的！"

"有什么不好意思的？你不去，我去！"

说完，阿杉婆分开人群就往回走。啊！一个身影突然从人群中一闪而过。

权叔大喊一声："啊！是又八！"

阿杉婆瞪大眼睛问道："什么？你说什么？权叔？"

"你没看到吗？刚才又八就站在你身后啊！"

"咦？真的吗？"

"他跑了。"

"跑到哪儿去了？"

二人跌跌撞撞地跑出木门。

外边已是夜幕低垂，广场上人群嘈杂。又八不顾一切地向前跑着，一连撞到了好几个人，也来不及道歉，头也不回地向城区方向跑去。

"等一等！孩子！"

又八回头看到母亲发疯似的追了过来。

权叔也不停挥手喊道："傻瓜！为什么要跑呀？又八！又八！"

可是，又八仍未停下脚步，于是阿杉婆扯着嗓子拼命喊道："小偷！小偷！快来抓小偷啊！"

又八就像过街老鼠一样，被手持竹竿、木棒的人摁倒在地。

很多路人也围过来看热闹。

"抓到了。"

"你这个臭小子！"

"怎么处置他？"

"杀了他！"

众人一顿拳打脚踢，还有人对着又八吐口水。

权叔气喘吁吁地追过来，阿杉婆也紧随其后，她看到这个情景，立即推开人群，咬牙切齿地骂道："嘿！你们这些人为啥要打他？"

那些起哄的人急忙说道："阿婆，他是小偷哟！"

"他不是小偷，是我儿子。"

"咦？是您儿子？"

"是的！你们这些人竟敢踢他，城里人竟然敢踢武士的儿子，我老太婆不会轻饶你们！我看谁还敢动手！"

"这可不能开玩笑！那刚才是谁在喊抓小偷？"

"是我喊的！但我并没叫你们用脚踢他呀！我喊抓小偷是为了不让我儿子跑掉。做母亲的一片苦心，你们怎会知道！竟然还对他拳打脚踢，太过分了！"

 宿敌

一

此地正是闹市区，四周灯火通明，人流如潮。

"你给我过来！"

阿杉婆揪住又八的衣领，把他拽到一处僻静的角落。

刚才起哄的那些人，都被阿杉婆的气势震慑住了，不敢尾随过来。权叔走在后面，他在神社的牌坊下张望了一阵，便走过来说："阿婆！不要再骂他了，又八也不是小孩子了。"

权叔想让阿杉婆松手。

"你说什么？"阿杉婆用手肘撞开权叔。

"我教训我儿子，你不要插嘴！好你个不孝子！又八！"

母子重逢本应是温馨感人的，但此时，阿杉婆却怒不可遏，她抓住儿子的衣领，把他推倒在地。

人一上了年纪，就会变得思维简单、容易冲动。此刻，阿杉婆心里如同打翻了五味瓶，不知是悲是喜。

"看到自己的母亲，竟然拔腿就跑，这算什么？难道你是从石头里蹦出来的？你不认我这个亲娘了？你……你这个畜牲！"

说着，阿杉婆就像教训年幼的儿子一样，噼噼啪啪地打着又八的屁股。

"我们还都以为你早就死了，没想到你好端端地在大阪城闲逛。实在太可气了！可恶！你这可恶的家伙！为什么不回家？不回来祭拜祖先？也不回来看看你这个老娘？为了找你，家里上上下下都伤透了脑筋，快给我们一个交代！"

"母……母亲，请您原谅我！请原谅我！"

又八像小孩似的跪在母亲面前哭诉。

"我知道自己错了，所以没脸回家。今天意外遇到你们，我吓了一跳，不是存心要逃跑，而是不自觉地想避开，我真是没脸见你们哪！没脸见母亲和权叔！"

他捂着脸，呜呜地哭了起来。

阿杉婆鼻子一酸，也跟着哭起来。但是，生性倔强的她又在心里责备自己的软弱。

"你既然知道自己的所作所为有辱先祖名誉，为什么不找个正经差事呢？"

权叔实在看不下去了，上前说道："好了，好了！阿婆，你就别再骂他了，他已经够难受的了。"

"你又插嘴！明明是个男人，却比我还要心软。又八父亲早逝，我这个做母亲的必须身兼父职，现在我就要好好教训他。刚才教训得还不够，又八！你给我坐好！"

说着，她自己也坐了下来。

"是！"

又八答应一声，端正身子，规规矩矩地坐好。

二

又八十分敬畏自己的母亲。尽管她有时会比世上任何一位母亲更溺爱孩子，可一旦发起脾气来可是惊天动地。现在，她连祖宗八代都搬出来了，骂得又八抬不起头。

"如果你敢有丝毫隐瞒，我就不听你解释了！我问你，从去关原参战到现在，你都做了什么？你要原原本本地告诉我。"

"我说……"又八据实以告。

他讲到了自己和好友武藏一起上战场，战败后躲在伊吹山，后来迷恋上比自己年长的女人阿甲，并跟她同居数年，吃了不少苦头，现在懊悔不已。又八一五一十地说出了全部经过，此时他仿佛将胃里的秽物全都吐净一般，顿觉轻松。

"嗯。"权叔一边听一边点头。

"真是个傻儿子！"阿杉婆不停咂舌叹息着。

"那你现在干什么呢？看你穿得有模有样的，是不是已谋得了一官半职，多少也有些收入？"

"是的。"又八一不留神，又顺口胡说。他怕母亲识破，赶紧改口道："不，我还没谋得官位。"

"那你以何为生？"

"剑术——我教人练剑。"

"噢！"阿杉婆脸上第一次绽开笑容，她兴奋地说："你在教别人剑术啊？历经挫折还能苦修剑术，真不愧为我的儿子。是不是，权叔？到底是我阿杉婆的儿子呀！"

站在一旁的权叔也想讨阿杉婆高兴，便重重地点了点头。

"因为他身上流着我们祖先的血啊！就算一时潦倒，他仍未丧失这种高贵的品格。"

"我说又八呀!"

"是!"

"你跟谁学的剑术呢?"

"我师从于钟卷自斋老师。"

"唔……就是那个钟卷老师呀!"阿杉婆喜不自胜。

为使母亲更开心,又八从怀里取出那个印可卷轴。他就着长明灯,展开卷轴,并故意用手遮住最后一行"佐佐木小次郎阁下"的部分。

"您看!这是我的印可。"

"哪个?哪个?"阿杉婆想拿过来看看,可又八没给她。

"母亲大人,请您放心!"

"原来如此。"阿杉婆频频点头。

"权叔,你看到了吧!我儿子真是了不起呀!从他小时候起,我就认为他比武藏更聪明、更有前途。"阿杉婆扬扬自得,笑得合不拢嘴。

又八想把卷轴收起来,可是不小心手一松,卷轴竟全部展开。于是,阿杉婆看到了最后一行字。

"等等!这里写着的佐佐木小次郎是谁呀?"

"啊……这个嘛……是我的化名。"

"化名?为什么要用化名?本位田又八这个名字不是很好吗?"

"可是,原名会让我想起不堪回首的往事,也有辱祖先声名。"

"原来是这样。你的确很有志气——自从你离开故乡后,又发生了很多事情。"

阿杉婆为了鼓励儿子,详述了宫本村发生的种种变故,以及自己和权叔为维护本位田家的声誉,这些年背井离乡、四处漂泊寻找阿通和武藏的经过。她虽无意夸张,但仍忍不住老泪纵横。

三

又八一直垂首聆听母亲压抑多年的不满,此刻,他的确是一个善良、体贴的好儿子。

但是,阿杉婆翻来覆去说的都是家族的名誉、武士道精神什么的,这些根本无法打动又八。直到他听到这样一句——"阿通变心了!"

他乍一听,简直如五雷轰顶。

"母亲,这是真的吗?"

阿杉婆看他脸色都变了,更坚信自己的话起了作用,于是便想进一步激发他的斗志。

"如果你不信,可以问权叔。阿通心里根本没有你,她和武藏私奔了——不,也许是武藏知道你不会再回去,便将阿通拐跑了——对不对,权

叔？"

"没错！本来武藏被泽庵和尚绑在七宝寺的千年杉上，没想到阿通竟然偷偷放了他，然后两人一起私奔了，估计他们现在已经双宿双飞了！"

听到这些话，又八真想立刻死掉，他恨不得将武藏碎尸万段。

看此情景，阿杉婆又火上浇油地说道："又八，这下你全明白了吧？我们两个老家伙之所以离乡背井、四处漂泊，就是要找到拐走本位田家媳妇的武藏，和那个让家族颜面扫地的阿通——要是不杀了他们，我有何颜面面对列祖列宗、家乡父老？"

"我懂了……全懂了。"

"现在，就连你也没法厚着脸皮回去呀！"

"我不回去。绝不回去！"

"那你能打败他们吗？那两个仇敌。"

"嗯。"

"你怎么回答得有气无力的，是不是打不过武藏呀？"

"没这回事。"

权叔也在一旁打气道："又八，不要担心！我会陪你去的。"

"我老太婆也会陪着你。"

"又八，就把阿通和武藏二人的首级当作你返乡的礼物吧！然后，再讨房好媳妇，把本位田家的香火传承下去。这样一来，不但保住了武士的颜面，还会受到乡亲们的尊敬。在此之前，我们本位田家还没在吉野乡栽过跟头呢！"

"喂！你下决心没有？又八！"

"是的。"

"真是乖儿子！权叔，你也夸他两句吧！他已经发誓一定要找武藏和阿通算账……"

阿杉婆终于放下心来。由于她一直坐在冰凉的地上，所以想要动动身子。

"啊……好痛啊！"

"阿婆，你怎么了？"

"可能是地上太凉了，我一起身肚子就疼得受不了。"

"这可不得了，是不是又要生病了？"

又八转过身，背对着阿杉婆说道："母亲，我背您吧！"

"什么？你要背我……要背我？"她声音颤抖，抱住了儿子的肩头。

"权叔呀！又八已经很多年没背过我了。"她竟然喜极而泣。

母亲温热的泪水滴在又八肩上，他心里暖融融的。

"权叔，这附近有没有客栈？"

"我正要去找,哪里都行,我们走走看吧!"

"我也这么想。"

又八背着母亲一边走,一边说:"母亲,你真轻啊——太轻了,比石头轻多了。"

美少年

一

船上的大部分货物是蓝色的燃料和纸张,而船底则藏有违禁品——烟草。虽然他们做的秘而不宣,但浓浓的烟草味却出卖了一切。

这是一艘往返于阿波国和大阪之间的货船,每个月都要来回好几趟,这艘船除了载货也搭乘客人,其中绝大部分乘客是常年往来于两地的商人。

"怎么样?又大赚了一笔吧?"

"没赚到什么钱。大家都说边境很繁荣,但钱真是不好赚哪!"

"听说现在连打造枪械的工人都不好找呢!军火生意也不景气了。"

另一个商人说:"我一直做军需品生意,卖一些旗子、鞋子等物品。但最近生意可大不如前了。"

"可不是嘛!"

"这些武士的算盘打得越来越精了。"

"哈哈哈!"

"以前那些流浪武士把抢来的武器卖给我们,我们经过整修、加工以后又可以再转卖出去。如果再开战,那些流浪武士还会四处掠夺武器,我们稍加翻新就可以出售,只要花费少量手工费就行了。"

商人之间谈论的多是这一类的话题。

另一个人说道:"内地几乎没什么钱赚了,现在必须像吕宋助左卫门和茶屋助次郎一样,开拓海外市场啊!"他望着广阔无垠的大海,滔滔不绝地说着异邦的富裕繁华。也有人说道:"即便如此,我们这些生意人还是让那些武士非常羡慕的。那些人根本就是一群依附在将军旗下的寄生虫,表面看起来很风光,一旦开战他们就得披挂上阵,弄不好还会丢了性命。为了维护武士的尊严,平时得事事小心,根本无法自由自在地生活,太可悲了。"

"就算形势不好,我们商人也不会受到影响。"

"即使有影响,我们还是照样舒舒服服地过日子。"

"只要善于看人眼色,就能平安无事——至于心中的委屈,完全可以用金钱来弥补嘛!"

"所以要尽情享受人生啊!"

"我真想问问那些武士：'你们究竟为了什么而活着呀？'"

可以看出，这几个商人都属于中上层的富商，他们铺着进口毛毯，以显示自己与众不同的身份。

仔细观察可以发现，自丰臣秀吉去世后，桃山时代的奢靡之风已渐渐从武者身上，转移到商人身上。他们所携带的酒具、旅行用品、服装等物都非常昂贵，可以说，一个年饷千石的武士还比不上一个吝啬的商人。

"哎呀！真无聊呀！"

"太没意思了，我们开始玩儿吧？"

"走吧，我们去里面。"

于是，这几个商人走进一个幕布围起来的格子里，他们叫侍女送来酒，玩起了一种外国传来的游戏——"纸牌"。

他们每次的赌注就是一把金子，这些钱足以拯救一整村的饥民，可是这些人却毫不在意、挥金似土。

在全船的商人中，这样的有钱人仅占百分之十左右。其他的乘客还有僧侣、浪人、儒学者、武者等等。在商人眼中，这些人不过是一群不知生命意义的庸人。

此刻，这些人坐在货物下面，面无表情地望着冬日的海面。

二

在这群神色木然的人中，有一个少年。

"嘿！坐着别动。"

他背靠着货物包，面朝大海，把一个毛茸茸、圆滚滚的东西放在膝上。

"哇！好可爱的小猴子！"旁边的人一眼看见。

"好像很听话哟！"

"嗯。"

"你是不是养了很长时间了？"

"不是，前些日子我从土佐赶往阿波时，在山里抓到的。"

"你能抓到猴子呀！"

"为了抓它，我被猴群追得狼狈不堪呢！"

交谈中，少年并未抬头，他把小猴放在膝盖当中，帮它抓跳蚤。

少年额前的头发系着紫色的飘带，身穿华丽的窄袖便服，外罩是亮红色的长款羽织，他看起来像个少年，却又猜不出他的实际年龄。

就连他身上佩戴的烟袋也透出丰臣时代的格调，如此华丽的打扮，曾经流行一时，完全是桃山时期的遗风。那时，很多男子过了二十岁还不穿元服（日本古时男子成人礼时穿的服装），二十五六岁还梳着童髻、系着金丝发带，甚至还会经常摆出一副不谙世事的天真表情。看来，这种风气遗留至今。

因此，仅凭打扮不能判断他是否还是少年。此男子身形健硕、仪表堂堂，并且肤色白皙、唇红齿白，浓眉向眼角处微微扬起，一脸严肃的表情。

看得出，他仍然童心未泯——

"嘿！你还动。"

他拍了一下小猴的脑袋，仍旧专心帮它抓虱子，真是一身孩子气。虽然看不出他具体年龄有多大，折中看来可能有十九、二十岁的样子。

另外，这个美少年的身份也令人猜不透。他虽然脚穿皮袜、外套草鞋，可怎么看也不像个武士，从年纪上看也不应是藩臣。如果猜得没错，他很可能是一个浪人。在他周围坐的都是一些僧侣、木偶剧演员和形同乞丐的落魄武士，然而在这充满汗臭的人群中，他却显得怡然自得。

如果真是浪人，他身上背的那件东西未免太过扎眼。那是一把用皮绳斜背在身后的大型战刀。这把刀没有护手牌，刀身足有一根竹竿长。

因为身背一把长刀，再加上考究的打扮，所以少年格外引人注目。很多乘客都被那把高出他肩膀的刀柄所吸引。

"真是一把好刀！"

离少年不远处，祇园藤次也出神地望着他，心想："真是一把京城里都少见的宝刀！"

仅凭这把刀就可以想象出，它的主人曾经非常风光。

于是，祇园藤次想找机会和少年搭讪几句。

冬日的午后笼罩着一层薄雾，阳光普照的淡路岛渐行渐远。

伴随着阵阵海浪声，乘客头顶的巨大风帆也发出啪嗒啪嗒的声音。

三

藤次显得有些疲倦。

他打了几个哈欠。

祇园藤次早已厌倦了这样的长途旅行，以至于周围任何人都无法引起他的兴趣，因为他已在船上待了十四天。

"——不知信差把信送到没有……要是她收到信，一定会来大阪码头接我吧！"

他借着对阿甲的思念，来排解旅途中的无聊。

自从吉冈家供职于室町将军的兵法所之后，可谓名利双收。可到了清十郎这一代，却放纵无度，以致倾家荡产，现在连四条武馆都被抵押了。搞不好年底左右，武馆就会被那些商人收走。

年关将至，各处的债主纷纷登门，因为清十郎无力偿还债务，只得将父亲吉冈拳法的遗产变卖一空。如今，吉冈门已是家徒四壁，连一块立足之地都没有了。

清十郎来找藤次商量。吉冈家破产，除了因为自己挥霍无度之外，藤次这个师兄也负有一半责任。

"交给我吧！我一定会办妥的，等我的好消息吧！"

他嘴上这么说，心里也不是很有把握。经过一番冥思苦想，他终于想到一个办法，就是在西洞院西边的空地上修建一座"吉冈派振武阁"。——纵观当今形势，武术仍然非常盛行，各地诸侯不断四处招揽武士。吉冈门可以趁此良机大力培植新人，以使原先的武馆规模得以扩大。这样一来可以保住先师的基业，二来可以将吉冈派武功发扬光大。"——这些都是我们这些后辈门生的应尽之责。"

然后，他叫清十郎将建造"振武阁"的重要意义写下来，并亲自分送给九州、四国等地的吉冈派门人。其实，他的目的就是要筹集建筑经费。

先师吉冈拳法所培养出的弟子任职于各个藩国，而且大都身居要职。虽然祇园拿着清十郎的亲笔信函四处游说，但捐款的情况并没有他想的那么乐观。

大多的回答是："我们会给您回信，或是稍后上京时再谈。"

现在，藤次所带回的经费都不及他当初预想的百分之一。

因为这笔钱的多少对自己没有什么影响，所以他索性不再去想清十郎的事，而是努力回想着久未谋面的阿甲。可是，想的时间长了，也会觉得无聊，所以他一路都在打哈欠。

现在，他看到那个一直帮猴子抓跳蚤的美少年，心里很是羡慕。因为对方找到一个消磨时间的好差事。于是，藤次走近少年，开始攀谈起来。

"年轻人，要去大阪吗？"

少年摸了摸小猴的头，抬头看了藤次一眼。

"是的，要去大阪。"

"你家住在大阪？"

"不是。"

"那是在阿波国吗？"

"也不是。"

那少年不易亲近，他回答完又接着低下头帮小猴子抓跳蚤。

四

双方的对话似乎无法继续下去。

藤次沉默了一会儿，又开口道："真是把好刀！"

他夸奖了少年那把战刀，这次对方终于露出了喜色。少年一下子转向藤次说道："是吗？这是家传之物。这把刀原是战刀，这次我想去大阪请一位有经验的兵器师父把它改成佩刀。"

"就是改成佩刀，好像也太长了。"

"是呀，它足有三尺长呢！"

"真是个长家伙!"

"我想让他改成这么长——"

少年的语气很是自信,说话时露出浅浅的酒窝。

"要把它改短些也不是不可能,无论是三尺长还是四尺长都可以改,只要你使用时能完全发挥出刀的威力。"

藤次想进一步试探对方的虚实,便接着说道:"背着这样一把长刀的确很威风,但要是背着它逃跑,可就贻笑大方了——能否请教一下你的武功流派?"

一谈到武艺,藤次不自觉地开始轻视这个乳臭未干的小子。

美少年扫了一眼对方那副狂妄的表情,说道:"我师从富田派。"

"富田派用的应是小刀呀?"

"没错!是小刀——但并没有谁规定学了富田派刀法,就只用小刀。我不喜欢效仿别人,所以就别出心裁练习长刀,结果惹怒了师父,被他老人家逐出了师门。"

"嗯,年轻人就应该标新立异。然后呢?"

"我离开了越前净教寺村。因为我身为富田派门人,所以又去拜访了中条派的鼻祖钟卷自斋老师。他很同情我的遭遇,便收我为徒,我在那里学了四年。后来,老师也认为我学得差不多了。"

"听说,那些久居深山的武师总是很轻易就颁发剑谱和印可。"

"可是,自斋老师却从不轻易颁发印可。听说他只给一个人颁发过印可,就是我的师兄伊藤弥五郎一刀斋。为了能得到老师的印可,我可谓卧薪尝胆、日夜苦练。可是,由于故乡的母亲病故,我不得不暂时返乡。"

"你家乡在哪儿?"

"周防岩国(日本山口县东端)。回乡后,我不敢有丝毫懈怠,经常去锦带桥畔以燕子、柳枝为练习对象,苦练剑术。母亲临终前,将这把祖传宝刀——长光刀交给了我,并要我好好爱护。"

"哦!原来是长光!"

"刀上并未刻有铭文,是口口相传而知。在我的故乡,它还有一个名字——'晾衣竿'。"

本以为这个少年不善言辞,没想到一谈到喜欢的话题,他竟然滔滔不绝、口若悬河,完全不在意对方的反应。

从这一点,以及刚才他提到的种种经历来看,他有着与外表并不相称的强烈个性。

五

少年稍微停顿了一下,抬头望了望天空,那清澈如水的眼眸中露出淡淡的忧伤。他不无伤感地接着说道:"——可是,钟卷老师已在去年因病去世了。"

"当时我在周防，同门的草雉天鬼师兄将这个噩耗告诉我时，我悲痛不已——草雉天鬼师兄比我入师门早得多，而且一直侍奉在师父的病榻前。他虽然和自斋老师是甥舅关系，但也未能获得印可。师父一直惦念着远在他乡的我，听师兄说他在生前就写好了印可及剑谱，打算亲自颁发给我。"少年自顾自地说着。

此时，他的眼泪夺眶而出。

祇园藤次一直在听这个多愁善感的美少年讲述自己的经历，对于年轻人的伤感，他却很不以为然。

他想的是，有人聊天总比一个人待着好些。

所以，藤次只是应付性地说着："哦！原来如此啊！"

他故意装出一副很关心的样子，由此，美少年心中的伤感更加一发不可收拾。

少年接着又说："当时，我要是立刻回去看望他老人家就好了。然而我人在周防，师父却远在上州的深山，两地相隔有几百里。尤其不凑巧的是，我母亲也在那段时间去世了，所以我赶不及见师父最后一面。"

——此时，船身轻轻晃动了一下。冬日的云层遮住了阳光，海面立刻变成一片灰白。时时冲上甲板的浪花，更增添了几分寒意。

美少年似乎要一吐为快，语气十分哀伤。——他又说起自己变卖了祖产，因与师兄草雉天鬼相约于某处见面，所以踏上了旅途。

"自斋师父几乎没什么亲戚，他将微薄的遗产留给了天鬼，另外还让师兄将一部分钱和中条派的印可及剑谱交给远在他乡的我。目前，天鬼正四处游学，我们信上约好要在明年春分时去三河的凤来寺山见面。这座山正好位于上州至周防的中间。到时，师兄会将师父的遗物转交给我。在此之前，我想去近畿一带四处看看，多长些见识。"

他终于把要说的话全部讲完了。接着，美少年再次转向一直在旁聆听的藤次。

"阁下是大阪人吧？"

"不，我是京都人。"

简短对话之后，两人沉默了一阵。耳中不断传来阵阵涛声，藤次漫不经心地问了一句："这么说来，你也是以武立于世喽！"

打从一开始，藤次就没瞧得起这个少年，现在更觉得无趣。最近总有很多这样的小白脸，打着学武的旗号，动不动就用印可四处炫耀。对他而言，这些只不过是些雕虫小技。

难道当今世上的高手已经多如牛毛了？就连自己也是在吉冈门熬了近二十年才爬到今天的位置——藤次暗自比较着。

"若果真如此，那我们将来还怎么混饭吃！"

藤次心里想着，双手抱膝，凝视着灰黑色的海面。

"——京都？"

美少年自语着，又瞥了藤次一眼。

"听说京都有一个叫吉冈清十郎的人，是吉冈拳法的长子。不知他现在是否还在当武师。"

六

听到这儿，藤次心想，你这个乳臭未干的小子，口气还不小！

他又一想，对方一直不知道自己就是吉冈门的高徒——祇园藤次，因此才会口无遮拦。如果他知道，一定会羞愧难当。

可能是太过无聊，藤次便想捉弄一下这个少年。

于是，他说："——是呀，那个清十郎开办的四条吉冈武馆规模可不小哟！你去拜访过吗？"

"如果有机会去京都，我一定会登门拜访。我一直想跟吉冈清十郎切磋一下武艺，但苦于没有机会。"

"噗……"

藤次很想笑，他歪着头，脸上尽是轻蔑之色。

"你敢担保自己不会缺胳膊少腿吗？"

"你说什么？"

少年立刻反唇相讥。他心想，你的话才可笑至极呢！

"吉冈门属于武学大家，在社会上有一定影响力，尤其是创始人吉冈拳法，可谓武功盖世。可是，现在的掌门清十郎和他弟弟传七郎的武功可就不怎么样了。"

"可是，你不去比试一下，又怎么知道呢？"

"我从其他练武的人那里听到一些传言，那些话也未必全都可信，但很多人都说京都的吉冈门已经走向没落了。"

听到这里，藤次很想报出名讳，并警告对方说话要小心。目前为止，自己不但没能捉弄对方，反而被对方大大奚落了一回。此时，船距大阪还有一大段路程。

于是，藤次接着说："原来如此。最近，总有一些自以为是的人对吉冈门妄加评论。话说回来，你刚才说你回乡期间，每天都到锦带桥练习剑术，还经常用刀砍下燕子，对吧？"

"是的，我说过。"

"这船上也有海鸟飞过，你也可以用那把长刀将它们砍下来喽？"

"……"

此时，少年终于意识到对方的言语充满挑衅。他注视着藤次那灰紫色的嘴唇，好一会儿，才开口道："即使我能做到，也不想表演给大家看。你这是激将法！"

"可是，既然你那么自信，全然不把吉冈门放在眼里，就应该露两手哇！"

"看来，你很不愿意听到别人批评吉冈门，难道你跟吉冈门有什么关系，或是他们的弟子？"

"什么都不是。只是因为同为京都人，所以听到有人贬损吉冈门，我很不高兴。"

"哈哈哈！这些都是传言，又不是我说的！"

"年轻人。"

"什么？"

"有一句谚语说'一瓶子不满，半瓶子晃荡'，你听过吗？为了你今后的成长，我要给你一点忠告。要是你把这世界看得太简单，那你就永远无法出人头地。像你说的什么获得中条派的印可啦、刀斩飞燕啦、身手不凡等等的大话，完全是把别人当成了傻子。你听好！即使吹牛也要分清楚对象！"

七

"你的意思是我在吹牛？"美少年追问了一句。

"我是这么想的，怎么样？"藤次反驳道，还故意挺了挺胸。

"我是为你的将来考虑，才这样说的。虽然年轻人可以偶尔说些大话，但牛皮吹得太大，就很难收场了。"

"……"

"你是不是看我一直在旁边认真听，就有些得意忘形？实话跟你说吧！我就是吉冈清十郎的高徒祇园藤次。要是再让我听到你诋毁吉冈门，决不轻饶！"

周围看热闹的乘客越聚越多，藤次更想在人前显示自己的身份和威严。于是，他接着又说："现在的年轻人，不能总是自以为是！"

一边嘟囔着，他一边向船尾走去。

——那个美少年也默不作声地跟了过去。

很多人都预感到，这场争执不会就此打住。于是，大家都伸长脖子，观察着不远处的动静。

其实，藤次也不想惹是生非。因为阿甲可能会来码头接他，如果在此之前和小孩子起冲突，不但观之不雅，也会给自己惹来麻烦。

于是，他摆出一副若无其事的表情，将手肘倚在船舷的栏杆上，望着船舵卷起的青黑色的浪花。

"喂！"

美少年轻轻敲了敲他的后背。看来，这位少年很执拗，但他的语气却十分平静,看不出丝毫的激动。

"喂——藤次先生。"

这次不能装听不见了,藤次回头问道:"什么事?"

"刚才,你当着众人面说我吹牛,让我很没面子。所以,我不得不表演一下你要看的功夫。请你站过来!"

"我要看什么功夫?"

"没这么快就忘了吧!我说我在锦带桥畔用大刀斩飞燕,你不信,还叫我在船上斩飞鸟给你看,不是吗?"

"我是说过。"

"如果你亲眼看到我斩落飞鸟,是不是就可以证明我没有吹牛?"

"可以这么说。"

"好!我做给你看。"

"哦?"藤次冷笑着,"要是勉强而为,惹来笑话,可就不好看喽!"

"不,我做给你看。"

"我可不会阻止你。"

"所以我才让你过来。"

"好!我看着就是了。"

藤次瞪大了眼睛,准备看好戏。美少年站在船尾中央,那儿足有二十张榻榻米大小。他脚踏船板,双手紧握着那把"晒衣竿"长刀的刀柄。

"藤次先生!藤次先生!"他喊了两声。

藤次斜眼看了看少年,问他什么事。

接着,少年一本正经地说:"很不好意思,能否请你把海鸟叫到我面前来。这样无论多少,我都会给你斩落下来。"

八

美少年巧用一休和尚的机智,教训了藤次。

显然,藤次被愚弄了。捉弄人也要有个限度,这下他怒火中烧。

"你给我闭嘴!要是我能叫来空中的飞鸟,那任何人都可以砍落几只!"

听到这儿,美少年说道:"海面有千里万里,而我的剑仅有三尺长,如果它飞不到身边,那我自然无法砍落呀!"

藤次默不作声,又向前迈了两三步。

"别给自己找借口!不行就说不行,快跟我道歉!"

"不!如果我要道歉,就不会摆出架势了。没有海鸟,我可以刀斩别的东西给你看看!"

"什么东西?"

"藤次先生,能否请您再向前走五步?"

"干什么?"

"借用一下你的头,就是刚才讥笑我的那颗脑袋。与其斩杀无辜的飞鸟,不如砍你的头更合适些。"

"你……你说什么?"

藤次不自觉地缩了一下头。——突然,美少年的手肘就像崩断的琴弦一样弹开,他抽出长刀,"唰"的一声,刀锋划破长空。少年的动作之快,使得三尺长刀的刀光仅像细针一样闪动了一下。

"你……你要干什么?"

藤次叫嚷着,不自觉把手伸向脖子。

头还在,其他部位也没有异常。

"您明白了吗?"

说完,少年便向货堆走去。

藤次面如土色,一切发生得太快,他根本来不及阻止对方。而此时,他尚未察觉到身上某处中招。

此时,冬日暗淡的阳光照耀着海面,藤次突然看到船板上有一样奇怪的东西,那是一束短如刷毛的头发。

"啊!"他这才意识到,立刻伸手去摸自己的头发。原来头顶的发髻被砍掉了。

"呀!哎呀……"

他面露惊恐,手摸着头顶。结果发结一松,头发整个披散下来。

"可恶!你这个毛头小子!"

藤次犹如当胸挨了一记闷棍,怒不可遏。但他心里明白,美少年没有说谎,更没有说大话。他的确拥有超乎年龄的精湛武艺。他不得不承认,年轻人之中也有高手。

虽然感到惊叹,但胸中怒火仍无法平息。藤次看到美少年又回到刚才的座位,四下张望,像是在找什么东西。于是,他想趁此机会偷袭少年。他往刀柄上吐了两口吐沫,双手握紧大刀,缩着身子一步步靠向少年。这次,他也要砍断对方的束发。

——但是,他并没有十足把握能一下子得手。索性就朝对方的脑袋砍下去,反正杀了他也没什么了不起。

他全身血流加速,神经紧绷,呼吸急促——就在他要出手的一刹那,离他一尺远的幕布格子里,那些阿波国、堺国和大阪一带的商人们正在玩纸牌赌钱。

"纸牌张数不对!"

"跑哪儿去了?"

"去那边找找看!"

"这里也没有。"

他们翻箱倒柜,四下寻找。其中一人突然望向天空说道:"哎呀!那只小猴子怎么爬到那儿去了?"

那人指着桅杆,大声叫嚷。

九

桅杆的最高处果真有一只猴子。

那桅杆足有三丈多高。

很多旅客早已厌倦了枯燥的旅行,见此情景,人们很快围拢过来,仰头向上望去。

"你看!它好像在咬什么东西呢!"

"是扑克牌吧!"

"啊哈!原来是这只猴子拿走了那些有钱人的纸牌。"

"快看哪!那只小猴在桅杆上学人打牌呢!"

正说着,一张纸牌啪啦啪啦地飘落下来,落在人群里。

"畜生!"

一个堺国商人慌忙捡起那张纸牌。

"张数还是不对,那只猴子还拿着三四张呢!"

其他商人也七嘴八舌地议论着。

"谁去把纸牌从猴子那里抢回来!不然没法继续玩啊!"

"那么高,怎么爬上去呀?"

"叫船长来吧!"

"他能爬上去吗?"

"我们可以出钱,让他设法把纸牌拿回来。"

接下来,船长收了他们的钱,并答应取回纸牌。在海上出行时,船长具有至高无上的决定权。现在,他决定要彻查此事。

"各位乘客——"船长站在货物堆上,一脸严肃地说道。

"那只小猴子的主人是谁?请您到前面来!"

然而,并没有人走上前承认。其实大家都知道谁是猴子的主人,于是众人的目光一下子集中在美少年身上。

船长当然也知道是美少年,他十分生气,又提高了嗓门:"既然没有主人,这只猴子就由我全权处理,过一会儿可别找后账!"

小猴并非没有主人。此刻,美少年靠在货物旁一语不发,像是在想事情。

"……真是胆小鬼!"有人低声议论着,船长也瞟了一眼少年。那些有钱人因为赌局被搅,满腹怨气,不停叫骂着——什么"厚脸皮"、"装聋作哑的笨蛋"等等,简直不堪入耳。

火之卷

然而，美少年依旧没有动，只是稍微正了正坐姿，对这些污言秽语充耳不闻。

"海上不可能突然出现一只猴子，如果没有主人，那就由我们收拾它好了——各位！船长已经再三询问了，但还没人站出来承认。所以请大家做个人证，以免那个人过会儿说自己没听到。"其中一位商人说道。

"没问题！我们可以做证。"其他商人大声应和着。

于是，船长顺着梯子下到了舱底。不长时间，他就从舱底爬了上来，手上拿着燃着的火绳和一把土枪。

看来，船长真的生气了！

这时，很多人都回头去看美少年的反应，猜想他会不会出来认领。

十

此时，桅杆上的小猴子却是轻松自在。

那只小猴迎着海风，摆弄着纸牌，像在有意嘲弄下面的人。

突然，小猴张开嘴，吱吱大叫起来，在帆柱的横木上跑来跑去，一会又跳到桅杆的最高处，显得十分焦躁不安。

原来是船长在用火绳熏它，同时，土枪也对准了小猴。

"等着瞧吧！这回轮到你倒霉了！"其中一个喝得醉醺醺的商人，大声叫嚷着。

"嘘……"另两个堺国商人拉了拉那人的衣袖。因为此时，刚才一直沉默不语的美少年突然站起了身。

"船长！"他大声喊了一句。

现在，船长也佯装听不见，他用火绳引燃了土枪的引信——正在千钧一发之时。

突然，有人大叫了一声，子弹出膛的声音响彻云霄。原来，土枪已被美少年夺去了，乘客们吓得都趴在了地上，还用手捂住了耳朵。——子弹从人们头顶飞过，"扑通"一声落在海里。

"你……你干什么？"

船长气急败坏，立刻跳到美少年面前。

尽管常年航海练就了他强健的体魄，可是一站到少年面前，他还是显得相形见绌。他要比少年矮一些，身体也没有对方魁梧。

"我还想问你呢！为什么要用枪打那只无辜的猴子？"

"怎么了？"

"这太残忍了！"

"你说什么——我已经事先声明了。"

"声明什么？"

"你是瞎子？还是聋子？"

"闭嘴！即便我是眼盲耳聋，也是船上的乘客。身为船长竟然欺负到乘客头上，一味地大呼小叫。作为武士，我才不屑理你呢！"

"少说废话！刚才我多次声明过了。至于你喜不喜欢我说话的方式，那是你的问题。况且，你的猴子骚扰那些客人，而你却置之不理、装聋作哑！"

"你说的客人，不就是那些在幕布里赌博的商人吗？"

"你说话要有分寸！那些客人可是付了三倍的船资。"

"他们目无法纪，公然聚众赌博，还肆意侵占休息场所。这些人为所欲为、招摇过市，这些我全看在眼里呢！我并没让小猴子去偷他们的纸牌，是它自己模仿那些人的不良行为。因此，不应由我出面道歉。"

说到一半，美少年转头看了看那些商人，红润的面颊上露出一丝轻蔑的冷笑。

 忘忧贝①

一

黄昏的海面，依稀可见木津河沿岸的点点灯火。

空气中传来阵阵鱼腥味儿，终于快要靠岸了。看着船慢慢地靠向码头，船上、岸上的人们不禁欢呼起来。

扑通一声，水手将铁锚抛进海里，海面立刻溅起白色的浪花。然后，他们又将缆绳扔上码头，并架好渡桥。

码头上人声鼎沸，吆喝声、询问声此起彼伏。

"有人要去饭馆吗？"

"住吉神社家的儿子，在不在船上啊？"

"邮差下来没有？"

"老爷！我在这儿！"

岸上的人手提灯笼，那微弱的灯火所形成的光带慢慢向船身靠近。

那位美少年也夹杂在人群中走下船，其中几个旅馆的拉客人看到他肩上蹲着的猴子，便说道："这位客官，请来我们旅馆住宿，猴子可以免费！"

"我们客栈就在住吉神社前面，不但环境好，房间也非常舒适！"

然而，美少年根本没看他们一眼。因为没人来接站，他带着小猴子很快就消失在人群中。

---

①帘蛤科双壳贝，分布于日本房总半岛以南。

见此情景，那些正忙着整理行李的商人说道："这家伙真拽呀！仗着自己会一点功夫，就目中无人！"

"可不是吗？这小子一捣乱，害得我们后来的旅程全无乐趣。"

"如果我们不是做生意的，绝不会轻易放过他！"

"好了好了！任凭那些武士去耀武扬威吧！他们的能耐不过就是招摇过市！我们根本不屑和他们一般见识，就把那些不愉快抛在脑后吧！"

这些商人背好大包小裹的行李，慢慢走下船来。码头上来接船的人很多，他们手提灯笼，还准备了车马，其中还有几张女人的面孔。

祗园藤次最后一个下了船，悄悄登上岸。

他的脸色非常难看，简直无法形容，心情也糟糕透顶。他用头巾包住散乱的头发，整张脸黯淡无光。

此时，有人看到了他。

"喂——藤次先生，我在这里！"

喊他的女人戴着头巾，那张脸因吹着刺骨的寒风而显得僵硬，再厚的脂粉也掩盖不住她老去的年华。

"哦！是阿甲呀……你来接我吗？"

"你还问！不是你写信要我来接你吗？"

"我还一直担心你不能赶来呢！"

"怎么了？怎么没精打采的？"

"没事！我只是有点晕船……不说这些了，还是先到住吉找个好旅馆休息一下吧！"

"可是，轿夫已经等在那儿了！"

"真是有劳你了！旅馆是不是也帮我订好了？"

"是呀！大家都在等你呢！"

"啊？！"

藤次颇感意外，接着问道："喂，阿甲！你等一等！我约你来此见面，是想找一家安静的小旅馆，过几天二人世界……可你却招来一堆人，他们是谁？"

二

轿夫前来迎接藤次，可藤次却气急败坏地大吼："不坐！我不坐！"然后走到阿甲近前。

阿甲一开口，他就大骂："浑蛋！"根本不给对方解释的机会。

他之所以如此大发雷霆，除了因为阿甲擅作主张之外，更主要是因为在船上受到了奇耻大辱。此时，他心中的全部郁闷、愤怒统统爆发出来。

"我一个人去住旅馆！把这个轿夫赶走。这算什么？难道你不懂我的心情吗？笨蛋！笨蛋！"

一边说着，他一边拂袖而去。

河边的鱼市已经打烊，四处散落的鱼鳞宛如贝壳一样，在昏暗的院子里闪闪发光。

两人一前一后走到僻静处，阿甲抱着藤次说："好了！别生气了！"

"放手！"

"你要是能一个人去住旅馆，那就不是你了！"

"我无所谓！"

"别这么说嘛！"

她把涂满脂粉的冰冷面颊贴向藤次的脸，那熟悉的发香使藤次渐渐从旅途的孤独中缓过神来。

"……好不好嘛？求你了！"

"真让我失望了。"

"可是，我们还有其他独处的机会嘛！"

"我一直想着要和你在大阪玩上两三天。"

"我都知道。"

"既然你知道，为什么还拉来一大帮人？我那么想念你，可是你好像不怎么想我哟！"

藤次抱怨着。

"哎呀！你又说这种话……"

阿甲眼眶一红，差点哭出声。

其实，她的确也有苦衷。

她收到藤次的信后，本打算独自来大阪赴约。谁知，当天吉冈清十郎带着六七个弟子来"艾草屋"喝酒，无意间从朱实口中得知此事。

有人提出："既然藤次师兄会抵达大阪，我们是不是应该去接他呀！"

很多弟子也附和着，还有人说让朱实也一起去。见此情景，阿甲实在不好推辞。因此，同行的十来个人就都住进了住吉的旅馆。趁着那群人在玩乐，阿甲便一个人带着轿夫悄悄来接藤次。

——看来，阿甲的确事出无奈。不过，藤次依然愁眉苦脸。一天之内竟然接连发生两件倒霉事，真是"屋漏偏逢连夜雨"。

首先，他一上岸就听说清十郎带着弟子来到这里，这可是件麻烦事。因为他们必然会询问此次筹款的经过。不过，最糟糕的莫过于自己见到他们时，必须要摘下头巾。

"要如何解释呢？"

头上的发髻被人削断，令他无地自容，他也是一个有头有脸的武士。如果遭受的耻辱不为人知也就罢了，可是别人一旦知道了，他就全无颜面可言了。

"事到如今也只有这样了,把轿夫喊过来吧,我们去住吉。"

"你决定去了?"

阿甲立刻跑回码头。

三

傍晚时分,住在旅馆的吉冈门弟子早已沐浴更衣,准备迎接师兄。可是,去码头接藤次的阿甲却迟迟没回来,大家等得有些不耐烦。

"藤次和阿甲也该回来了吧!这么瞪着眼睛空等,实在无聊!"

最后,大家一致决定边喝边等。

如果只是喝点小酒,也无伤大雅。但一会工夫,这群人就喝得酩酊大醉,桌面上也是杯盘狼藉。

"住吉有没有歌女呀?"

"各位意下如何?我们是不是该叫几个漂亮的歌女来助兴啊?"

这些人故态复萌。

弟子们似乎都有此意,但他们对师父吉冈清十郎多少有些顾忌,因此有人提议:"小师父有朱实姑娘陪着,最好去一个安静点的房间。"

听到如此露骨的话,清十郎表面苦笑一下,心里却暗自高兴。如果能和朱实单独去一个有暖炉的房间喝酒聊天,总要好过跟这些醉鬼厮混。

随后,清十郎就离开了。

"来吧!我们可以尽情玩乐了!"

弟子们欢呼着。他们叫来一群打扮古怪的歌女,听说她们在十三间河一带颇有名气。歌女们拿着笛子、三弦等乐器来到院子里。

其中一位歌女问了一句:"你们到底在喝酒,还是在吵架呀?"

一位烂醉如泥的弟子说道:"笨蛋!哪有花钱来这儿吵架的?叫你们过来就是给我们助兴的!"

"那么,请各位稍微安静一些!"

众人随即静了下来。

"各位!我们要开始演唱了!"

众人连忙收腿做好,几个躺在地上的人也爬起来坐好。正当音乐即将响起之时,一个侍女走进来说:"您们等的客人已经到了。现在,他和那位前去迎接的人正往这里赶来。"

"什么?谁要来?"

"一个叫藤次的人。"

"来的真不是时候!"

此时,阿甲和祇园藤次一脸不悦地站在门口。看来,并没有人真正在等他们。藤次心想,自己为何要在年底和这群家伙来到住吉?虽然阿甲说他们是来欢迎自己的,可眼前的情景却并非如此。他强压怒火,喊了一声:

"喂！小丫头！"

"在！"侍女答道。

"小师父在哪里？我们去小师父的房间吧！"

说着，祇园藤次转身回到走廊。

这时，突然有一个喝醉的人从背后勾住了藤次的脖子。

"嘿！师兄，这么晚才回来呀！——让我们好等，是不是中途和阿甲去玩了？哎？你的装束很奇怪哟！"

这人口中散发出阵阵恶臭，藤次想要逃走，却被醉汉硬拽到桌旁。两人在拉扯之时，藤次一不小心踩到了掉在地上的吃食，只听一阵稀里哗啦声，两人都摔倒在地上。

"……啊！我的头巾！"

藤次急忙用手去护住头巾，但为时已晚，刚才滑倒时，头巾已被那个醉汉一把揪了下来。

四

"咦？"

众人一眼就看到藤次的头上少了发髻，感到非常奇怪。

"你的脑袋怎么了？"

"啊哟！好奇怪的发型哟！"

"这是怎么搞的呀？"

众目睽睽之下，藤次满脸通红、狼狈不堪，急忙用头巾把头发重新包好。

"别大惊小怪的！只是长了个脓包！"他想要遮掩过去。

"哇哈哈哈！"大家笑得东倒西歪。

"师兄带回来的礼物竟然是脓包呀！"

"真是欲盖弥彰啊！"

"证据就摆在眼前，还要狡辩！"

"你也有阴沟里翻船的时候！"

没人相信藤次的解释，大家你一言我一语地奚落他。

这些人喝了整整一晚。次日清早，吉冈门的这些弟子显得很精神，与昨晚简直完全不同。他们聚集在旅馆附近的海滩，高谈阔论。

海滩上长满矮松，这些人围坐在一起。

"真是岂有此理！"

大家群情激奋，有的吐口水，有的挥拳头。

"——刚才你说的都是真的吗？"

"我是亲耳听到的，你以为我在说谎吗！"

"好了！别再生气了，即使生气也没办法呀！"

"这不是说一句没办法,就能了事的!吉冈武馆可是天下知名的武学之所,岂能任人羞辱!这件事决不能就此罢休。"

"那你说该怎么办?"

"现在还来得及,我们只要找到那个带着小猴子的少年武士就行了。无论如何都要找到他,然后也砍断他的发髻。这不仅是为了洗刷藤次的耻辱,也是为了维护吉冈门的尊严!各位有异议吗?"

虽然昨天这些人喝得酩酊大醉,今天却生龙活虎。他们各个兴致盎然、情绪高昂。

大家之所以一早就聚集在此地,是有原因的——今早,这些人为了洗去昨夜的宿醉,便来到澡堂洗澡。在那里,他们遇到了一位堺国的商人。那商人说起昨天在阿波国到大阪的客船上发生的一件趣事:一位带着小猴的美少年用刀斩断了一个武士的发髻。他一边说一边比画,描绘着当时的情景。

"那位被斩断发髻的武士自称是吉冈门的高徒。这种弟子,真是丢尽了吉冈门的脸。"

吉冈门的众弟子一边泡澡,一边听他谈论此事。

大家都非常气愤,本想找祇园藤次问个究竟,但他一早就和清十郎商量事情,早饭后又和阿甲先行赶回京都了。

对于那位商人的话,大家都深信不疑。就算现在去追那个窝囊师兄,也无济于事了。还不如先找到那个带猴子的少年,然后为吉冈门讨回颜面。

"大家同意吗?"

"当然同意!"

"就这么决定!"

大家的意见得到统一后,纷纷站起身,拍净裤子上的沙土。

五

放眼望去,住吉海边的层层波浪就像一道道种满白蔷薇的围墙。冬日暖阳照耀着海面,增添了几许暖意。

朱实光着脚在海滩上漫步,她捡着什么东西,然后又丢掉了。

她远远看到,那些吉冈门弟子手握钢刀,向不同方向分散而去,就知道是发生了什么事情。

"咦?怎么了?"

朱实站在海边,瞪大双眼看着对面。

一位落在后面的弟子正要经过她身旁。

"你们要去哪儿?"朱实问道。

"啊!是朱实呀!"那人停住了脚步。

"你跟我们一起去找吧!我们现在都已经分头去找了。"

"找什么?"

"一个带着小猴的少年武士。"

"那个人得罪你们了吗？"

"要是不找到他，连清十郎师父的名誉也会受损。"

然后，这个弟子就将祇园藤次在船上的遭遇告诉了她。听完，朱实并无惊讶之色，只是说了一句："你们真是唯恐天下不乱。"

"我们并不是喜欢捣乱，但如果放过那个小子，闻名天下的吉冈武馆就会名誉扫地！"

"那也没什么了不起！"

"胡说八道！"

"你们男人哪！每天就会做一些无聊的事情。"

"那你刚才在这儿捡什么东西呢？"

"我——"

朱实低头看着脚下美丽的沙滩，说道："我在找贝壳！"

"贝壳……你看吧！女人干的事才无聊呢！这满地都是贝壳呀，还用找吗？"

"我找的不是普通的贝壳，是忘忧贝。"

"忘忧贝？有这种贝壳吗？"

"其他海边没有，只有住吉的海边才有。"

"不会吧！"

"是真的呀！"

"如果你不信，我可以证明给你看。请跟我来。"

朱实把那个弟子强拉到附近的一片松林里，那里有一座石碑。

上面刻着一首选自《新勒撰集》的古诗：

　　在闲暇时光

　　来住吉海边

　　尽情地寻找吧

　　寻找那忘记爱情的忘忧贝！

朱实得意地说："怎么样？这下你没话说了吧！"

"这只是一个传说，那些诗里的话怎么能信呢？"

"听说住吉还有忘忧水、忘忧草呢！"

"好吧！就算有——这又有什么用呢？"

"听说把忘忧贝放在腰带里，就可以忘记一切事情。"

"如此说来，你想忘记很多事情喽？"

"是的。我想要忘掉一切。就是因为忘不了，我才食不下咽、夜不成寐……所以我要来找忘忧贝，你也帮我一起找吧！"

"现在可不行啊！"

那个弟子突然想起什么事，转身就跑。

六

——好想忘掉一切。

每当她感到痛苦时，就希望如此。

"可是——我又不想忘记呀！"

朱实双手抱胸，陷入极度矛盾之中。

"要是真有忘忧贝，她好想偷偷放进清十郎的袖子里，这样他就会忘记我了。"

她轻轻叹了一口气。

"他老是缠着我不放……"

朱实满心哀怨，不想自己的青春断送在清十郎手里。

每当她被清十郎的死缠烂打弄得心力交瘁时，心灵深处就会浮现出武藏的影子。——只有对武藏的想念，才可以把她从痛苦中解脱出来。但另一方面，这种思念也会加剧她的痛苦。尽管她想抛开眼前的一切，去寻找自己的幸福，但却没有这样的勇气。

"可是……"

她又叹了一口气，担心自己只是一厢情愿。

"……哎！真希望能忘了那件事。"

蔚蓝的大海似乎在向她招手，朱实凝望着海面，心底涌起一丝恐惧。她不再叹息，只想立刻投入大海的怀抱。

她对武藏如此一往情深，就连继母阿甲都不知情，清十郎就更不可能知道了。身边的人都认为她天真烂漫、心无杂念，尚不知晓男欢女爱。

朱实从未向继母和那些客人吐露过心声，她可以与他们嬉戏玩闹，甚至晃动着袖口的铃铛，装出一副天真的模样。但每当独处之时，爱情的火焰就会在她心中熊熊燃烧。

"小姐，小姐，清十郎先生一直在找你。你去哪儿了？他很担心你啊！"

旅馆的男仆看到朱实站在石碑前，就寻了过来。

朱实回到旅馆，看见清十郎独自坐在房间里闭目听着阵阵松涛，手放进安放被炉的红色棉褥中取暖。

看到朱实，他立刻问道："外面这么冷，你去哪儿了？"

"外面才不冷呢！海边的阳光暖洋洋的。"

"你去那儿干什么？"

"捡贝壳！"

"真像小孩子!"

"我本来就是小孩子。"

"来年你都多大了!"

"无论多大,我都想当小孩子……不行吗?"

"这可不行!你必须要顾及你母亲的想法。"

"母亲从没想过我的事,她还觉得自己很年轻呢!"

"好了!过来暖和一下吧!"

"我最讨厌炉子了……又不是老人家!"

"朱实!"清十郎抓着她的手,把她拉到自己身边。

"今天谁都不在,你母亲也很识相,先回京都去了……"

看到清十郎炽热的眼神,朱实吓呆了。

朱实下意识地往后退了几步,但是清十郎却紧抓着她不放。

"为什么要跑?"清十郎反问着,额头上青筋毕现。

"我没逃走!"

"难得今天大家都不在,对吧?朱实!"

"你要干什么?"

"别这么冷冰冰的。我们都快认识一年了,你应该明白我的心意。阿甲可是个明白人,她说我之所以得不到你,是因为我不够硬气……所以,今天……"

"不行!"朱实喊了一声,被迫趴在地上。

"放开我,把手放开!"

"就是不放!"

"不要!不要!不要!"

朱实的手被清十郎攥得发红,几乎快被扭断了,但清十郎仍不放手。更何况他还有京八派的武功基础,无论朱实怎么挣扎也是无济于事。并且,今天的清十郎也不同于往日,平时他总是自暴自弃,借酒意来纠缠朱实。但今天他却滴酒未沾,惨白的面孔让人害怕。

"朱实,你已经把我逼到这个地步了,现在还要让我没面子吗?"

"我才不管!"朱实说道。

"你再不放手,我就要喊了!把所有人都喊来。"

"你叫吧……这里远离主屋,不会有人来的!"

"我要回去。"

"不要走!"

"我又不是你的手下!"

"胡说!你去问问你继母,我已经付给她一笔钱了。"

"即便她想把我卖掉,我也不干。我宁死也不会委身于自己厌恶的男人。"

"什么!"

清十郎抓起被炉上的红色褥子,压住朱实的脸,朱实使尽全力,拼命嘶喊。

她挣扎着,叫喊着,但依然没人走过来。

微弱的阳光静静地照着隔扇门,微风拂过松林,发出阵阵潮水般的声音,屋外一片静谧,只听见远处鸟儿的啁啾之声,似乎这里的一切恶行都与它无关。

过了一段时间。

隔扇门里传出了朱实的哀号声。

那哭声持续了一段时间之后,又是一片死寂。接着,清十郎铁青着脸,出现在门外。

他用手压着被抓伤的左手指。

突然,咔嗒一声,隔扇门被用力拉开,朱实跑了出去。

"啊……"

清十郎吓了一跳,他只顾按着包扎好的伤手,根本来不及阻止朱实,只能眼睁睁看着她逃走。朱实就像疯了一样,狂奔而去。

清十郎有些不安,但他并未追过去。——只是目送着朱实的背影,看着她穿过院子跑进旅馆的另一个房间,这才放下心来。此时,一种异样的满足感传遍他全身,那张玩世不恭的脸上不由得露出一丝微笑。

无常

一

"我说权叔啊!"

"哦!什么事?"

"你不累吗?"

"稍微有点。"

"我想你也累了,我今天也走乏了。你看,这不愧是住吉的神社呀!建造得多么气派……哎!这就是那棵被称为'若宫八幡神'的神奇橘树吧!"

"应该就是!"

"听说神功皇后(日本古代传说中的皇后)渡海去三韩时,有八十艘满载贡品的货船,其中这棵橘树结的橘子是最为珍贵的贡品。"

"阿婆,听说这个神社的马棚里的马,特别出众。要是让它参加茂赛马会,一定会夺魁的。"

"嗯，好像是一匹微红色的菊花青宝马哟！"

"那里有一块牌子哟！"

"上面写着：将马饲料中的豆子煎服，可以治疗夜啼、磨牙。权叔，你要不要试一试呀？"

"您别取笑我了！"

两人一边说笑着，一边四处张望。

"咦？又八呢？"

"真的呀！又八跑哪儿去了？"

"在那里！他在神乐殿下面休息呢。"

"阿又，阿又！"阿杉婆扬手招呼着。

"要是往那边走，又会折回牌坊那里了——我们要赶往高灯笼哟！"她又喊了一句。

又八慢吞吞地走过来，每天带着两位老人赶路，对他的耐心是一种极大的考验。如果只是短途旅行也就罢了，可一想到此行的目的是为了追讨武藏，他就郁郁寡欢。

他曾提议，与其三人同行，还不如分头去寻找武藏。结果遭到了母亲的反对，阿杉婆认为，母子应该在新年来临之际，团聚在一起，共喝一杯屠苏酒（日本新年祈求无病长寿的喜庆酒）。也许这是自己最后一个团圆年了，她说什么也要和儿子共度新年。

又八无法违背母亲的意愿，却暗自盘算一过了正月初二就离开他们。这两个老人家不知是因为信佛，还是畏惧死亡，只要看到神社、庙宇就要进去烧香磕头，还要长时间地祈祷。今天光在住吉神社，就几乎耗掉了一整天。

"你还不快点过来！"

又八噘着嘴，磨磨蹭蹭地坐过来，把阿杉婆急得直跺脚。

"别总催我嘛！"又八反驳一句，脚下丝毫没加快速度。

"您不也让我等了老半天嘛！"他又加了一句。

"你说什么！既然来到神明之地，就应该虔心拜神。我还没看到你拜神呢，这会遭报应的！"

又八把头扭向一边。

"真啰唆！"

阿杉婆听到，立即反问一句："你说谁啰唆？"

母子相逢的最初两天，还是一幅其乐融融的景象。时间一长，又八事事都要顶撞阿杉婆。因此，每当三人一回到旅馆，阿杉婆一定会把儿子叫到面前严加训斥。

眼看阿杉婆又要开始教训又八，权叔为避免母子二人在神社里吵起来，急忙开口安抚道："好了！好了！"

二

权叔心想,这对母子真让人伤脑筋。

他想劝阿杉婆消消气,又要顾及又八的感受。所以一路上,一直注意着两人的情绪变化。

"啊!真香呀!那边的茶馆正在烤海蛤呢!阿婆,我们一起去喝一杯吧!"

在高灯笼的海滩附近,有一间苇帘茶馆。权叔见他们二人无精打采,便提议去喝酒。

"掌柜的,有酒吗?"权叔先走进去。

然后他拿起酒杯,对又八说:"来吧!又八,高兴点!阿婆,你也的确太啰唆了!"

"我才不喝呢!"阿杉婆把脸扭向一旁说道。

阿杉婆并不领情,权叔只好拿着杯子说:"那又八来喝一杯吧!"

说着,为他倒满一杯酒。

又八一仰头喝个精光,接着又喝了好几壶,他还在跟母亲怄气。

"喂!再来一壶!"

他不顾权叔阻拦,又叫来第四壶酒。

"你闹够了没有?"阿杉婆怒喝一声。

"我们这次出门不是为了游山玩水。权叔,你要收敛一些!你怎么和又八一样?也不想想自己多大年纪了!"

被阿杉婆劈头盖脸一顿数落,权叔立刻涨红了脸,为了顾及颜面他只好附和着说道:"是的,是的,你说的没错!"

权叔自知讨了个没趣,只好先走出去。

看来,阿杉婆的训诫之课又要上演了。她根本等不到回到旅馆,就旁若无人地教训起又八。这种母爱强烈而又脆弱,为了能让儿子振作起来,她真是苦口婆心、声色俱厉——但是,又八却满脸怒气地看着母亲,做无言的反抗。

阿杉婆教训完之后,换做又八开口了。

"母亲大人!"

"看来,我在您眼里就是一个毫无志气的不孝子喽?"

"没错!到目前为止,我还没发现你对此次的使命表现出决心!"

"我并没有置身事外。母亲,这一点你该明白。"

"你以为我不知道吗?俗话说知子莫如母。有你这样的儿子,真是我们本位田家的不幸。"

"等着看好了!我现在还年轻,等我创出一番事业,您就该后悔说过我的那些话了!"

"喔？我希望自己能后悔。恐怕等上一百年也没有这种机会了！想来真是可悲！"

"您既然感到可悲，我也没办法，那我只好离您而去。"

说完，又八愤然站起身，大步走了出去。

阿杉婆急得大叫："喂！回来！"

那声音有些颤抖，她想把又八喊回来，但又八并没回头——站在门外的权叔本可以拉住又八，但他却悠闲地看着海面，动也没动，好像屋里发生的一切跟自己没什么关系。

于是，阿杉婆又坐了下来。

"权叔！不要拦他，随他去吧！"

三

闻声，权叔回了一句："阿婆！"

不过，他要说的并不是阿杉婆关心的内容。

"你看，那边的女子有些奇怪哟——喂！等一等！"

话音未落，权叔一把扔下斗笠，像离弦之箭一样，飞奔向大海。

见此情景，阿杉婆吓了一跳。

"笨蛋！你要去哪里？又八去的不是那边呀！"

随后，阿杉婆也跟着跑出来，大约跑出二十米，她一不小心被沙滩上的海草绊倒了，整个人摔了出去。

"笨……笨蛋！"

她好不容易才爬起来，脸上、身上全是沙子。

阿杉婆满腹怨气，四处寻找权叔的踪影。突然，她睁大眼睛喊道："你这笨蛋！傻瓜！"

"你疯了吗？要去哪里？权叔！"

她拼命喊叫，甚至怀疑自己也疯了。看着权叔跑向大海，她也跟着追到海边。

仔细一看，权叔已经奋不顾身跳入大海。这一带都是浅滩，水深仅及小腿。然而权叔却拼命向海里跑去，溅起的阵阵浪花几乎将他吞没，周围泛起一层白雾。

可是——在权叔身前，还有一个年轻女子，也在拼命向海里跑去。

权叔最开始发现那个女子的时候，她只是站在松林下，一动不动地望着海面。——当权叔发现不对，大叫一声时，这个披头散发的女子便头也不回地直奔大海。

由于海滩很宽，所以刚开始时，海面仅到女子的膝盖。

她踩着白色的浪花，红色的衣袖和金线织成的腰带十分夺目，让人不由得联想起平敦盛（日本平安末期的武将）骑马涉水的情景。

"姑娘！姑娘！喂——"

权叔终于追到她近前，奋力喊叫着。就在此时，脚底的海滩陡然变深，只听见"咕咚！"一声，那女子已被大海吞没。

"你有什么苦衷？非得要自杀呀！"

同时，权叔一脚踏空，也掉进了海水里。

在岸上，阿杉婆急得跑来跑去。

当她看到那个女子和权叔的身影消失在大海里时，不由得大叫："哎呀！来人哪！快点来救人哪！再不快点，他们两个都会被淹死的！"

那语气就像在责怪别人。

"快去救人啊！快点！周围有人没有啊？"

阿杉婆连滚带爬，奋力挥手，好像自己也跌入了无边的深渊。

四

"是殉情吗？"

"怎么可能……"

赶来救人的渔夫看到躺在沙滩上的两个人，不禁笑起来。

权叔的手紧紧抓住那个年轻女子的腰带，看起来这两人都没呼吸了。

那年轻女子的头发虽然十分散乱，但脸上的妆容仍十分醒目，她轻咬着发紫的嘴唇，脸上带着一丝笑意。

"哦！我见过这个女的。"

"刚才，她不是一直在海边捡贝壳吗？"

"对了！她住在那边的旅馆里。"

大家议论着，并没有人去旅馆送信。此时，四五个旅馆的客人向这边跑来，吉冈清十郎也在其中。

他看到海边聚集了一些人，便快步跑来，一路气喘吁吁。

"啊！是朱实。"

霎时间，他脸色苍白。——他不敢走到前面，只是胆怯地躲在后面。

"武士先生，她是你的同伴吗？"

"是……是的。"

"快点让她把海水吐出来。"

"这……这有用吗？"

"别废话了，赶快动手！"

渔夫们分别挤压着权叔和朱实的胃部，并不停地敲打两人的后背，实施急救。

不一会儿，朱实苏醒过来了。为了尽快逃离众人的视线，清十郎让旅馆的伙计背着她，快步回到旅馆。

"权叔啊！权叔……"

阿杉婆一直把脸贴在权叔的耳边，哭个不停。

年轻的朱实得救了。但是，权叔却因为年事已高，再加上喝了点酒，永远停止了呼吸。任凭阿杉婆怎么呼唤，他都没再睁开眼睛。

渔夫们想尽一切办法，却回天乏术。

"这位老人没救了。"

听到此语，阿杉婆立刻止住哭声，对着那些热心施救的人吼道："你说什么！那个女子不是已经活过来了吗？难道权叔就不会醒过来吗？"

她咬牙切齿，厉声责骂众人，有些人想伸手帮忙，却被她使劲推开。

"我一定要救活他，给你们瞧瞧！"阿杉婆用尽各种方法，一心要让权叔死而复生。

看到她全身心投入的样子，众人都感动得落泪。可是，阿杉婆却对众人呶五喝六，一会儿说压背的方法不对，一会儿又让众人生火煎药，简直把大家当成了用人。这样一来，周围的人十分生气，愤愤不平地抱怨着。

"这算什么呀？臭老太婆！"

"死人和昏过去的人是不一样的。你说能救活，就自己去救吧！"

大家七嘴八舌，不一会儿就各自散去了。

暮色笼罩着海滩，暮霭沉沉的海面上映照着橙红色的薄云。此时，阿杉婆仍不死心，她生起一堆篝火，将权叔拖到火堆旁。

"喂！权叔——"

海面逐渐暗了下来。

无论篝火如何燃烧，也无法温暖权叔逐渐冰冷的身体。但是，阿杉婆仍不放弃，她总认为权叔会突然开口说话。于是，她从药盒中取出药丸，嚼碎了喂进权叔嘴里，还不住摇晃着他的身体。

"你睁开眼睛吧！开口说话呀！哎呀！这到底是怎么了？你竟然丢下我这个老太婆先走了——我们还没有找到武藏，还没有惩罚阿通那个丫头呢！"

# 旧时盟约

一

暮色时分，隔扇门外传来阵阵海浪声和松涛声。房间里，朱实睡得昏昏沉沉，她一直在发烧，不停说着胡话。

"……"

清十郎静静地坐在一旁，脸色比朱实还要苍白。一想到这朵花被自己踩躏，他既痛苦又内疚，无精打采地垂着头。看来，他还有一点儿良心。

他使用暴力得到了朱实的处女之身，这使他很满足，但另一方面，他又非常担心这个身心俱疲、万念俱灰的女子。他面色凝重，内心十分不安。

在短短一天之中，他的心理变化是如此巨大，但清十郎并不觉得这很矛盾。现在的他，脸上写满愧疚。

"朱实，心情放轻松些！不只是我，天下的男人都是一样的。总有一天，你会明白我的。可能是我的爱过于强烈，才会吓着你吧！"

清十郎满怀深情地重复这些话，不知是安慰朱实，还是安慰自己。

房间里十分阴暗，朱实白皙的手会偶尔伸出被子外，清十郎想要替她盖好被子，可她却厌恶地推开。

"今天是什么日子？"

"什么？"

"再……再过几天……就过年了。"

"今天才初七。过年之前，你一定会好起来的。大年初一之前，我们一定会回到京都。"

说着，清十郎把脸凑了过来。

"不要——！"

朱实声音里带着哭腔，抬手打了清十郎一记耳光。

"滚到那边去！"

"混蛋！衣冠禽兽！"她连声怒骂。

"……"

"禽兽！你是禽兽！"

"……"

"看到你就恶心！"

"朱实！请原谅我。"

"闭嘴！滚开！滚开！"

黑暗中，朱实不断挥着手。清十郎无奈地叹息着，默默看着朱实近乎疯狂的举动。稍微平静了一些之后，她又问："……今天几号？"

"……"

"怎么还没到新年呢？"

"……"

"武藏哥哥说过，从元旦到七草日（即新年第七天），他每天早晨都会去五条桥头。新年怎么还不到啊！啊！好想快点儿回京都呀！去五条桥头就能见到武藏哥哥了。"

"咦？武藏？"

"……"

"你说的武藏，是宫本武藏吗？"

朱实瞥了一眼满脸惊讶的清十郎，不再说话。她闭上青灰色的眼睑，昏昏睡去。

一阵风突然吹来，干枯的松叶打在隔扇门上，发出啪啦啪啦的响声。不知何处传来马儿嘶鸣之声。不一会儿，门外映入一盏灯火，原来是旅馆的侍女带着一个人走了进来。

"小师父，您在吗？"

二

"哦，是谁——我是清十郎。"

清十郎赶紧拉上里间的门，装出一副泰然自若的表情。

"我是植田良平。"

说着，他打开隔扇门，走进屋坐了下来。看得出他一路奔波而来，脸上、身上尽是尘土。

"啊！是植田呀！"

清十郎猜测着他的来意。植田良平和祇园藤次、南保余一兵卫、御池十郎左卫门、小桥藏人、太田黑兵助等一些吉冈门的资深弟子，号称"吉冈十剑"。

这次清十郎出行，自然不必带这些高徒同往。植田良平奉命留守四条武馆。——此时，见他一身出门的打扮，又是骑马而来，就知道武馆肯定出了大事。这段时间，武馆中肯定有很多急需处理的事务，莫非是年关将至那些债主又上门逼债，他来找自己商量对策？

"什么事？我不在的日子里发生了什么事？"

"请小师父立刻回武馆。在此，先向您作一个简单禀报。"

"嗯……"

"咦？奇怪！"

植田良平两手伸进怀里，找着贴身放的东西。

——此时，里间门里突然传出朱实的声音。

"不要——畜生——滚出去！"

可能是白天那场噩梦过于残酷，她梦话中的每一个字都很清晰。

良平大吃一惊。

"什么声音？"

"没什么……朱实……来到这儿后就生病发高烧，有时还说梦话。"

"原来是朱实啊！"

"先别管这个，有什么急事，赶紧告诉我吧！"

"就是这个。"

他从围腰里取出一封信，放到清十郎近前。

良平把侍女拿来的烛台放到清十郎跟前，清十郎扫了一眼信封。

"啊……是武藏写来的。"

良平用力回答："正是！"

"已经打开了吗？"

"因为是急件，武馆的人考虑再三，还是先行打开看了。"

"他信里说了什么？"

清十郎并未伸手拿信。——虽然宫本武藏在他心里占有举足轻重的地位，但他并不认为此人会送来第二封信。这事完全出乎他的意料，他惊愕万分，脊梁沟不由得发冷。由于全身僵硬，他一时间竟然想不起要去打开信封。他瞪着眼前这封信，呆了好长一段时间。

在一旁的良平已经怒不可遏，他咬牙切齿地说道："——那家伙终于要来了！春天他离开武馆时曾口出狂言，但我们都认为他不会再来京都。——没想到这个自以为是的家伙竟敢如期赴约。——您看，他信封上的收信人写着'吉冈清十郎阁下及弟子'，而寄信人只写着'新免宫本武藏'。看来，他打算以寡敌众。"

三

现在武藏究竟在哪儿？信上并未写明。

无论他人在何方，都没忘记履行跟吉冈门的约定，看来他们双方必然要分个你死我活。

所谓比武——就是一决生死。每个人赌上的是自己的武功和武士的尊严，比武绝非点到为止的比赛，乃是生死攸关的大事。

然而，对这近在咫尺的危机，清十郎竟然毫无警觉。直到今天，他还是优哉游哉，四处寻欢作乐。

留在京都的吉冈门弟子中，有几个很有骨气的人，对清十郎的行为极度不满。

这些人常常议论："看着吧！早晚有一天，他要吃大苦头！"

一想到吉冈门竟被一个游学武者欺辱到这步田地，他们就咬牙切齿，不禁悲从中来，心想："要是拳法老师还在就好了。"

不管怎样，大家一致认为这件事必须要让清十郎知道，并让他立即返回京都。这就是植田良平此行的目的。可是，面对武藏的来信，清十郎为何只把它搁在近前，而不拆开看一看呢？

"总之，请您先过目！"良平的语气略带催促。

"嗯……好吧！"清十郎终于拿起信，看了起来。

读信时，他的手指微微颤抖着——这并非是武藏言辞有多么激烈，而是他的内心从未像此时这样脆弱。躺在隔扇门另一侧的朱实断断续续说着梦话，使得清十郎仅存的武士道精神土崩瓦解。

武藏的信十分简明扼要，内容如下：

与君一别之后，想君定然安康无恙。

我依照之前约定，呈上信函。

想必阁下一直在勤学苦练，剑术又大有长进，在下也不敢懈怠。

敦请阁下决定比武的地点、日期。

在下谨遵您之决定，履行旧约，与君一决胜负。

自此，在下会一直在五条桥畔静候您的回音，直到正月七日。

新免宫本武藏政名

"立刻动身！"

清十郎将信放入袖子里，随即站起身。他心乱如麻，不愿在此地多逗留一刻。

他急忙叫来旅馆老板，结账之后，请老板暂时照看朱实一段时间。老板虽面有难色，却又无法拒绝，只好勉强答应。

——这令人讨厌的夜晚，清十郎一心只想尽快逃离这里。

"我要借用一下您的马匹！"清十郎跟旅馆的人打了声招呼。

他匆忙打点好行装，就像逃亡似的，跳上马扬长而去。植田良平紧随其后，二人快马加鞭穿过住吉街道两旁的昏暗的树影，直奔京都方向。

 晒衣竿

一

"哦！我们看见过。就是一个衣着讲究，肩膀上坐着一只猴子的少年。他刚从这里经过。"

一个路人这样说道。

"在哪里？在哪里？"

"什么！你说他走过高津的真言坡，往农夫桥方向去了？他没过桥，直接进了河东岸的兵器铺，是吗？"

"这下可有眉目了！是他！一定就是他！"

"快追呀！"

黄昏时分，一群男人站在路边、大瞪两眼，观察着来往行人。他们在搜寻美少年的身影，这简直无异于大海捞针。

此时，护城河东岸的很多商铺都已放下门帘。一行人中的一个跑进一家兵器铺，郑重其事地询问了一番之后，又跑了出来。

"快去天满!"

他带头跑在前面,其他人紧随其后,问道:"有下落了吗?"

当得知已有确切的消息时,大伙都欢呼起来。

"这回他可跑不了了!"

不用介绍,这帮人就是吉冈门的弟子。今早,他们以住吉为中心,开始四处寻找那个带着小猴的美少年。

刚才,他们从兵器铺的师父口中得知,那少年的确从真言坡而来。当时正值黄昏,店里正要点灯,一个弱冠之年的武士走进店中,并把随身带来的小猴放在了门外。

"老板在吗?"

当时,几个正在干活儿的工人回答:"不巧,老板刚出去了。"

"我有一把刀想拜托你们改铸一下。这是一把举世无双的宝刀,只有跟老板亲自交代清楚,我才放心。你们店里打造刀剑的手艺如何?可否拿些成品给我看看?"

于是,工匠们诚惶诚恐地拿出一些打造好的刀剑给他过目。他只瞄了一眼,便说道:"你们的手艺太过粗糙了!交给你们,我实在不放心。我要重新打造的是肩上这把绝世宝刀,它又叫'晒衣竿',虽然刀上并无铭文,却也没有半点瑕疵,是备前刀(日本旧时的备前国生产的刀的总称)中的名品。"

说完,少年还抽出刀给那些工匠看,并滔滔不绝地夸耀自己的宝刀。那些工匠心里很不是滋味,便半含讥讽地说:"原来如此,'晒衣竿'这名字真贴切,它的确又长又直,也许这是它唯一的优点吧!"那少年听后,有些不悦,便要告辞。临走时还询问了天满到京都的渡口怎么走。

"还是去京都改铸吧!大阪的兵器铺只能打造一些下等武士使用的劣质刀剑,我告辞了!"

撂下这句话后,他便一脸漠然地离开了。

看来这个年轻人相当狂妄,想必他斩断祇园藤次的发髻时,也是这般扬扬自得。所谓螳螂捕蝉,黄雀在后,他丝毫没察觉到危险已近在咫尺,还是依旧大摇大摆、招摇过市。

"等着瞧吧!臭小子!"吉冈门的弟子们暗下决心。

"事情好不容易有了眉目,千万不能操之过急!"

这群人从早上一直找到傍晚,个个疲惫不堪。可是,跑在前面的人依然喘着粗气催促着:"不行!再不快点儿就来不及了。驶向淀河上游的渡船可能就剩最后一班了!"

二

跑在最前面的人来到渡口后,望着天满河大叫着:"哎呀!糟了!"

后面的人急忙问:"怎么了?"

"码头的茶馆已经打烊了,河面上也没看到任何船只。"

"看来船已经开走了!"

大家呆呆地望着河面,像泄了气的皮球。通过询问茶馆的老板得知,那带着小猴的少年的确在船上。老板还告诉他们,最后一班船刚刚离岸,现在肯定还没到达丰崎码头。

由于船是从下游驶向上游,所以速度很慢,于是有人提议从陆上追应该能追上。

"对!不能轻言放弃!既然没在这里追上他,就不用着急了,先休息一下。"

于是,他们坐下来,要来点心和茶水。一顿狼吞虎咽之后,众人又沿着河边昏暗的小路追了下去。

周围一片漆黑,蜿蜒如银蛇般的淀河在此处分成了两道支流,一道是中津河,另一道是天满河。河面上隐约可见灯火闪烁。

"就是那艘船!"

"我们终于追上了。"

七个人面露得意之色。

河岸上干枯的芦苇,犹如无数把锋利的钢刀,闪着摄人的光芒。附近的农田里不见一根青草。尽管晚风带来阵阵寒意,但大家并不觉得冷。

"追上了!"

那艘船距离他们越来越近。

这时,一个吉冈门弟子,竟然冲动地大喊起来:"喂,那艘船,等一等!"

于是,船上有人也问了一声:"什么事?"

岸上的其他人都骂那个同伴沉不住气,现在根本不必打草惊蛇。因为再往前走几公里,就到渡口了,船必然会靠岸。现在大声喊叫,不就等于让船上的敌人有所防备吗?

"不管怎样!对方只有一个人,既然已经喊了,就索性告诉他我们是谁,然后防止他跳河逃跑。"

"没错!要特别留意。"

幸亏有人从中调停,大家才没吵起来。

于是,这七人整理队伍,快步追上那艘逆流而上的夜船。

"喂!"他们大叫着。

"什么事?"这回好像是船老大的声音。

"把船靠到岸边来!"

听到这儿,船上的人哄然大笑。

火之卷

"你们在开玩笑吧?"

"你敢不靠岸?"吉冈门弟子语气略带威胁。

这时,有个船上的人学着他们的语气答了一句:"就是不靠岸!"

此时,沿着河岸追赶的七个人已经跑得浑身大汗,喊话也喊得口干舌燥。

"好!你们要是不靠岸,我们就去前面的渡口等着。船上是不是有一个带着小猴的毛头小子?告诉他,要是他还有羞耻之心,就站到甲板上来!如果这家伙敢逃跑,那我们就把全船的人都抓上岸!懂了吗?"

三

从岸上可以清楚地看到,这艘中型客船上的人开始骚动起来,每个人都显得很惊慌。

那些岸上的武士,一个个撸胳膊、挽袖子,手握大刀。如果船一旦靠岸,肯定就有大事发生。

"船老大!你不要理他们!"

"任凭他们去叫喊,都不要开口!"

"到渡口之前都不能靠岸,因为渡口那儿有巡逻的岗哨。"

乘客们低声交谈,有的人紧张得直咽口水,刚才回嘴的那个男人就像哑巴一样,缩着脖子。陆地和河流之间尚有距离,可以暂保平安。

岸上的七人依然紧追不舍,他们一直等着船上人的回音,见船上好半天没有动静,就又大喊道:"听到了吗?那个带着小猴、乳臭未干的臭小子!快点儿到甲板上来!到甲板上!"

这回有人回答了。

"你们在找我吗?"

本来乘客们商量好,无论如何也不能回话。可现在,却有个年轻人站到了甲板上答话。

"噢!"

"真在船上!"

"你这个小子!"

岸上的人看清对方后,立时瞪大眼睛,对少年指指点点。看那架势,要是船再靠近一些,他们恐怕会跳上来。

这位少年背着那把"晒衣竿"长刀,笔直地站在船头。不时有水花溅上船舷,隐隐可见他脸上的冷笑。

"如果你们要找带着小猴的小子,那船上就只有我了!你们又是谁?是无所事事的流浪武士,还是身无分文的江湖艺人?"

少年的话顺着水音传来。

"什么!"岸上的七个人气得咬牙切齿。

"你这个耍猴的!竟敢口出狂言!"他们恶言相向,轮番谩骂少年。

"你现在得意忘形,一会儿就让你跪地求饶!"

"你可知我们是谁?我们就是吉冈清十郎的高徒!"

"快用河水把脖子洗干净吧!"

此时,船即将抵达毛马堤。

岸边有一座小屋专供放置缆绳。那七人看到船就要靠岸,就先一步跑到这里守株待兔。

可是,船却远远地在河心处绕圈儿,船老大和乘客都认为事态严重,不靠岸比较安全。见此情景,吉冈门的弟子喊道:"喂!为什么不靠岸?"

"你以为能一直不靠岸吗?到时可别后悔呀!"

"再不靠岸,我们就把船上的人全部抓来砍头!"

"等我们划小船过去,可别怪我们手下无情啊!"

对方不断恐吓,迫使那艘客船不得不靠向岸边。

突然,有人朝岸上大喊一声:"少废话!"

那声音撕裂了河面上凛冽的寒风。

"如你们所愿,我现在就上岸,准备接招吧!"

少年不顾众人劝阻,拿起船桨,熟练地划起来。船儿拨开水面,向岸边直冲过来。

四

"他来了!"

"等着受死吧!"

那七人紧握钢刀,围住了船即将靠岸的地方。

船儿笔直地横在水面上,就像一把斩断流水的宝剑。那少年纹丝不动地站在船头,岸上的人只见少年越来越近,突然感到他的身影高大无比。就在此时,嘎吱一声,船头插进了满是干枯芦苇的沼泽地,那七人还以为船要撞向自己,下意识地猛然跳开。此时,船上一个圆滚滚的小动物,一下跃过了八九米宽的泥沼,跳到了一个吉冈门弟子的头顶。

"哎呀!"那人大叫,七个人手里的刀同时出鞘,耀眼的白光划破夜空。

"是猴子啊!"

第一招未能命中,这些人才看清对手并不是少年。发现自己判读失误后,每个人都有些狼狈。

"别急于下手!"他们互相提醒着。

缩在船上的乘客们,看到岸上七人的狼狈相,紧绷的神经一下子放松下来,但谁也不敢出声。

其中,只有一个人叫了一声,原来手划船桨的美少年,将船桨插入芦苇

火之卷

塘，飞身跃上河岸，那动作比猴子还要灵敏、轻快。

"咦？"

少年的落点与七人预计的略有不同，于是他们同时转头看向那边。虽然一直等着对方跳下船，但此刻吉冈门弟子却突然紧张起来。他们原本打算围攻美少年，现在计划无法得逞，只得沿着河岸走近对方。阵型的突然变换，给了美少年充足的准备时间。

坐在队伍最前面的人，即使胆怯也无法后退，他双眼充血，耳朵听不见任何声音。平日练习的剑法，竟然一招也想不起来，他只好咬紧牙关，对着美少年硬生生地砍杀过去。

"……"

少年高大的身躯，巍然挺立。见对方杀过来，他用力挺起胸，右手伸向了肩上的刀柄，紧紧握住。

"你们自称是吉冈门的弟子，这太好了！先前我斩断了贵门弟子的发髻，对方并未追究。看来你们不肯善罢甘休，正好我也觉得不过瘾！"

"胡、胡说八道！"

"反正我的'晒衣竿'还要重新打造！"

听完少年的话，僵立在最前面的人想逃也来不及了。只见刀光一闪，"晒衣竿"已将那人劈为两半，整个过程就像砍瓜切菜一般容易。

五

死尸倒在后面人的肩膀上。其他六人看到对方如此轻松地就将一个人砍死，一时慌了神，乱作一团。

在这种情况下，人多反而不占优势。美少年乘胜追击，挥舞着长刀，奔向第二个人。

那人惨叫一声，横着飞进芦苇丛。虽然对方的腰并未被斩断，但伤势也一定很重。

"下一个！"

美少年环视着其余五人。这几人自知不是对手，便立刻摆出梅花阵，将少年团团围住。

"不要后退！"

"别被他吓住！"

他们互相鼓励着，觉得多少有了些胜算，便一拥而上。

"臭小子！"

此时突发的勇气，只是一种麻醉恐惧的小伎俩。敌我对阵，本无须多言，但其中一人为了给自己壮胆，竟然边喊着"拿命来！"一边向美少年冲了过去。他本想一刀砍倒对方，谁知刀尖在距离对方两尺远的地方，竟然扑了空。

这位过于自信的吉冈门弟子一时收招不及，只听"铿啷！"一声，刀砍在了石头上。他的脑袋不由自主地探了出去，屁股和脚面高高扬起，简直是将自己完全置于对方的利刃之下。

此时，美少年可以轻而易举地杀了他，但是他却迅速跳开，迎向身旁的敌人。

"哇！"

又是一声惨叫。胜负已定，剩余三人全无战斗力，慌忙逃窜。

看到他们抱头鼠窜的狼狈相，少年心中陡然燃起熊熊怒火，他双手握刀，杀气腾腾地追了过去。

"这就是吉冈门的武功吗？"

"真可耻！你们给我回来！"

少年一边厉声骂着，一边追赶。

"等等！你们特意把我从船上喊下来，现在竟然先逃跑了，有这种武士吗？如此狼狈逃窜，京八派的吉冈门将会贻笑天下！"

被同样身为武士的人如此嘲笑，对学武之人而言是极大的耻辱，甚至比当面被吐口水更加无地自容。但是，那几个只顾逃命的人已经听不到这些话了。

此时，毛马堤上寒风凛冽，偶尔传来几声马铃响。浓重的寒霜和映在淀河的灯火，将周围照得很亮，根本无须提灯笼。骑在马上的人和跟在马后的人不断吐出白雾，他们行色匆匆，早已顾不上寒冷。

"啊！"

"抱歉！"

被美少年追赶的三人只顾逃命，差点儿撞上迎面来的马匹，三人慌慌张张地向后退去。

六

马上的人急忙勒住缰绳，马儿一声长嘶，坐在马上的人看着对面三个神色慌张的人。

"咦？是你们几个呀！"

马上的人感到很意外，随即怒喝道："你们这群笨蛋，一整天去哪儿闲逛了？"

"啊！是小师父！"

接着，植田良平也从后面赶了上来。

"瞧你们这副德行！出了什么事？你们是陪小师父来住吉的，竟然只顾喝酒胡闹，不知道小师父现在要回京都吗？都给我收敛些！"

这几个人被误认为喝酒闹事，心里觉得很委屈，再加上少年在后面穷追不舍让他们非常害怕。于是，他们将自己如何维护武馆和师父的声誉拼死应战之事，一股脑儿地告诉了清十郎，语气中尽是不满，三个人讲得口干舌燥。

"你看！是他追来了！"

听到逐渐逼近的脚步声，三人不禁惊恐万状。

看到他们吓得体如筛糠，植田良平不由得心生怜悯。

"你们慌什么！没什么可怕的！说是想维护我派的清名声誉，却反受其辱！真是没用！好！让我来见见这个人。"

说完，植田良平让马上的清十郎和那三名弟子站在后面，自己往前走了十多步。

（等着瞧吧！臭小子！）

他拉好架势，侧耳听着逐渐逼近的脚步声。

此刻，美少年并不知道前面发生的情况，他挥舞着长刀，虎虎生风。

"你们这些家伙！等一等！逃跑是吉冈门的绝招吗？我不想杀生，可这把'晒衣竿'不答应啊！回来！回来！把脑袋留下再跑！"

少年一边喊着，一边从毛马堤上追下来，霎时间就来到植田良平近前。

植田良平朝手心里吐了几下口水，握紧刀柄。少年就像一阵风疾驰而过，根本没注意到已经拉好架势的植田良平。他快步如飞，差点儿从植田良平头上踩着过去。

"喝！"

植田良平大喝一声，双手握刀，拼命向上砍去，刀尖几乎要斩落夜空中的星星。少年一个金鸡独立，停住身子，回头一看。

"噢？又来个人！"

嚓！嚓！嚓！"晒衣竿"不断砍向植田良平，植田良平踉跄着频频后退。

植田良平从未见识过如此凶狠的刀法，他只感到一阵阴风直扑面门，转眼间人已跌落在毛马堤下面的农田里。还好河堤不算太高，农田里的泥水也已上冻，才不致太狼狈。很明显，他已彻底失去了战机，等他爬上河堤定睛一看，敌人恰似饿虎扑食一般，接连砍倒了那三个弟子，正朝着马上的清十郎杀奔过去。

七

清十郎以为此事无须自己出面，便在马上悠然自得地观战，谁料到危险转瞬即至。

对方刀法凶悍，"晒衣竿"向自己直刺过来。突然，那把长刀对准了马的腹部。

"岸柳先生，等一等！"

清十郎大喊一声，迅速将马镫里的一只脚放到马鞍上，本以为他要跳下来，他却站在了马鞍上面，马儿从少年头上跃过，像离弦之箭一样，狂奔而去。而清十郎则飘然落在少年对面四五米远的地方。

"好身手！"

夸奖他的并非自己的弟子，而是美少年。

少年重新握好"晒衣竿"，朝清十郎杀过来。

"刚才你跳马的动作十分漂亮，想必阁下就是吉冈清十郎。你来得正是时候，看刀！"

"晒衣竿"直刺向自己，少年的熊熊斗志从身体一直蔓延到刀尖。清十郎不愧是吉冈拳法的长子，他显得游刃有余。

"岩国的佐佐木小次郎的确眼力过人，但无论如何，我清十郎都不会毫无理由地与你比试。我们可以定一个时间，一决胜负。这究竟是怎么回事？请先把刀收起来。"

最初，清十郎称呼少年"岸柳先生"时，他并未听见。此刻，对方指明了自己的身份——岩国的佐佐木，这令他非常惊讶。

"咦？你怎么知道我是岸柳佐佐木小次郎呢？"

清十郎一拍大腿，说道："果然没错！您就是小次郎阁下！"

说着，他走到少年近前。

"你我虽然初次见面，但您的大名，我早有耳闻。"

"从谁那里？"小次郎有些茫然。

"就是你的师兄，伊藤弥五郎。"

"噢？你与一刀斋是好友？"

"直到今年秋天，一刀斋先生都住在白河神乐冈附近的草庵。我经常去拜访他，而一刀斋也经常莅临寒舍。"

"哦！"

小次郎轻轻一笑，脸上露出两个酒窝。

"如此说来，师兄和您并非泛泛之交喽？"

"一刀斋先生经常谈到你，他常说，岩国有一个名为岸柳佐佐木的人，与自己同为富田五郎左卫门的门人，师从钟卷自斋先生。虽然同门师兄弟中，他的年纪最小，但放眼天下，能与自己并驾齐驱的人，仅有他一人而已。"

"但你仅凭这些，怎么就能断定我是佐佐木小次郎？"

"我看你年纪不大，又从一刀斋那里得知了你的脾气秉性，也知道你自号'岸柳'，总之，我对你可是知之甚详。刚才又见你使用长刀，心中便更有把握，于是试着叫出声，果然被我猜中！"

"真巧！实在是巧遇！"

小次郎大呼快哉。当他看见自己手中沾满血迹的长刀时，不禁困惑起来。

火之卷

事情怎么演变成这个样子？

八

搞清楚事情的来龙去脉之后，佐佐木小次郎和吉冈清十郎仿佛老友一般，并肩走在毛马堤上。植田良平和那三个弟子，则默不作声地跟在后面，一行人朝着夜幕低垂的京都走去。

"哎呀！我也是莫名其妙被卷入这场战争的。其实，我并非好事之徒。"小次郎解释着。

清十郎自小次郎口中得知了弟子祇园藤次在船上的所作所为，气愤不已。

"岂有此理！回去之后我一定狠狠教训他，他不敢记仇，一切只能怪他学艺不精。"

听闻此言，小次郎不得不客气一番。

"不、不！我也是这种性格，喜欢说大话，与人争执从不相让。也不全是贵弟子的错。他们今晚这样做也是为了维护吉冈门和老师的颜面，只不过武功略弱。他们也是用心良苦，可以原谅他们！"

"是在下教导无方！"清十郎自我检讨，面色凝重。

小次郎表示，如果大家能摈弃前嫌，过去的不愉快就一笔勾销了。听到这儿，清十郎立刻说："这是求之不得的！我们也是不打不相识，以后就交个朋友吧！"

跟在后面的弟子，看到两人已经化敌为友，顿时放下心来。这位美少年身材挺拔，一派贵公子气，谁能想到他就是被伊藤弥五郎一刀斋赞为"岩国麒麟儿"的岸柳佐佐木。祇园藤次以为佐佐木年少可欺，不料却惹来大祸，自取其辱。

知晓少年的真实身份后，植田等人不由得暗暗倒吸一口冷气，庆幸自己从小次郎的爱刀"晒衣竿"下捡回一条命。

（他就是岸柳！）

每个人都睁大眼睛，重新打量起小次郎。此人的确英武非凡，只怪自己有眼不识泰山。

随后，一行人来到毛马村沼泽，也就是之前少年会斗吉冈门弟子的地方。那几具丧命于"晒衣竿"下的尸体，已经冻僵了。植田良平吩咐那三个弟子掩埋好尸体后，找回了刚才跑走的马儿。同时，佐佐木小次郎吹了几声口哨，召唤那只自己驯养的小猴。

听到口哨声，那只小猴不知从哪儿跑出来，跳到了他肩膀上。吉冈清十郎极力邀请小次郎去四条武馆暂住几日，并把自己的坐骑让给他。然而，小次郎却摇头说道："这怎么可以。我只是个资历尚浅的晚辈，阁下却是平安武学宗师吉冈拳法的长子，拥有数百弟子的一流武者！"

说完，他抓住马缰绳。

"请不要客气！比起一个人走路，我倒愿意为您牵马而行。俗话说恭敬不如从命，那我就去您府上叨扰了。我们可以一路聊着天儿赶往京都。"

本以为小次郎是傲慢无礼之人，没想到他却如此谦恭。马上就到新年了，与武藏比武之日也迫在眉睫。没想到会在此时巧遇小次郎，他正想借此机会将对方邀至家中，如此也增加自己的信心。

"那么，我就失礼了。你走累时，再换你骑乘。"

清十郎也十分客气，随后便跳上了马鞍。

火之卷